Katja Keweritsch
Agnes geht

KATJA KEWERITSCH

AGNES GEHT

ROMAN

DIANA

Von Katja Keweritsch sind im Diana Verlag erschienen:
Die wundersame Reise der Bienen
Agnes geht

Penguin Random House Verlagsgruppe FSC® N001967

Zitatnachweise S. 5:
Jane Austen, Stolz und Vorurteil, Stuttgart 2015.
Kristine Bilkau, Nebenan, München 2022.

Originalausgabe 03/2023
Copyright © 2023 by Diana Verlag,
München in der Penguin Random House Verlagsgruppe GmbH,
Neumarkter Straße 28, 81673 München
Dieses Werk wurde vermittelt
von der Literaturagentin Dorothee Schmidt.
Umschlaggestaltung: © das verlagsatelier Romy Pohl
Umschlagmotiv: © Shutterstock.com
(Fafarumba; Msnty studioX; Uncle Leo)
Redaktion: Antje Steinhäuser
Satz: Leingärtner, Nabburg
Druck und Bindung: GGP Media GmbH, Pößneck
Alle Rechte vorbehalten
Printed in Germany
ISBN 978-3-453-36148-5

www.diana-verlag.de

Ich gehe ganz gern zu Fuß. Die drei Meilen!
Wenn man ein Ziel hat,
ist die Entfernung nicht der Rede wert.

LIZZY BENNET IN JANE AUSTENS *STOLZ UND VORURTEIL*

Aus meiner Sicht ist es erstaunlich,
wie viel Einsamkeit es erfordern kann,
eine Ehe mit Kindern am Laufen zu halten.

MARLI IN KRISTINE BILKAUS *NEBENAN*

Wer sich nicht bewegt
spürt die Fesseln nicht.

ROSA LUXEMBURG

DONNERSTAG

HAMBURG HOHELUFT

Der Tag, an dem Agnes in die Schule einbrach, war ein Donnerstag. Sie schob sich mit den Füßen voran durch das ebenerdige Fenster des naturwissenschaftlichen Trakts. Es lag auf dem seitlichen Schulhof hinter zwei Hartriegelsträuchern, deren breiter Schattenwurf es für den Einbruch qualifizierte – hilfreich war zudem die Tatsache, dass jemand das Fenster auf Kipp gestellt hatte. Agnes hakte die seitlichen Scharniere aus, genauso wie bei dem kaputten Schlafzimmerfenster, um dessen Reparatur sie sich dringend kümmern mussten. Das Linoleum federte sowohl das Patschen des Aufpralls als auch ihren Körper ab. Trotzdem spürte sie, wie die Aufregung ihre Glieder verspannte. Aus den umliegenden Klassenzimmern drangen Stimmen. Es roch nach Putzmitteln, Schweiß und akademischen Fragen.

Agnes wunderte es nicht, dass heute Donnerstag war. All dies konnte nur an einem Donnerstag geschehen. Schließlich hatte jedes einschneidende Ereignis ihres Lebens am vierten Tag der Woche stattgefunden. Von ihrer Geburt über den ersten Kuss von Tom im Morgengrauen vor dem Banksy Graffiti in Hamburgs Steinwegpassage, der spontanen standesamtlichen Trauung, Jonas' Geburt (Emma hatte den Donnerstag um sieben Minuten verpasst, was sie gewissermaßen zu einem verhinderten Donnerstagskind machte) bis zur letzten Prüfung ihres Biologiestudiums. Selbst der Kanarienvogel ihrer Kindheit hatte an einem Donnerstag das Zeitliche gesegnet. Außerdem hatte Agnes sich eine eigentümliche Aussprache dieses mittlersten aller Wochentage angewöhnt. Donne-stag. Sie verschluckte das r. Es klang wie: Don, ne? Stag. Eine Handlungsanweisung in einer Kunstsprache, die nur sie verstand. Ihr ganz eigener Wochentag.

Agnes schaute sich um. Schließfächer, Kleiderhaken, Pinnwände, Bilder und vereinzelte Stühle säumten den breiten Flur, der sich ein Stück weiter in vier Richtungen aufspaltete. Von da aus führten Gänge tief in die fachschaftlichen Eingeweide der Schule. Niemand kam. Es war 8.55 Uhr. Die zweite Stunde des ersten Blocks begann gerade. Agnes schnappte sich einen Stuhl und schob ihn unter das geöffnete Fenster, damit sie notfalls schneller fliehen konnte. Sie schlich zur Flurkreuzung, bog ab in den langen Gang des Nawi-Trakts, der hinüber ins Hauptgebäude führte, drückte sich eng an der Wand entlang, erklomm die Freitreppe hinauf in den ersten Stock, nahm den zweiten Gang rechts und erreichte schließlich Emmas Klassenzimmer, ohne gesehen zu werden. Sie zog das zusammengerollte Plakat aus dem Rucksack und hängte es in einem Stoffbeutel an die Garderobe.

Zurück auf dem Schulhof ließ Agnes sich auf eine der

Bänke fallen. Obwohl sie die Lippen aufeinanderpresste, drang ein glucksendes Lachen aus ihrer Kehle. Sie war tatsächlich in die Schule eingebrochen! Hatte die Sekretärinnen mit ihrem »Das ist hier keine Poststelle!« und »Die Kinder müssen lernen, die Konsequenzen ihrer Vergesslichkeit selbst zu tragen!« ignoriert und das Glück ihrer Tochter in die Hand genommen. Natürlich wollte man herumschwirrende Helikoptereltern zügeln, die dem Nachwuchs täglich Radiergummis hinterhertrugen. Und klar ging es auch um die Sicherheit der Kinder. Es gab zu viele verstörende Geschichten, in denen sich Unbefugte Zutritt zu Schulen verschafft hatten. Aber die Kinder konnten ja auch einmal etwas wirklich Wichtiges vergessen. Das war nur menschlich. Und zeichnete sich Menschlichkeit nicht dadurch aus, dass man sich menschlich verhielt? Wie sollten die Kinder Anteilnahme, Nachsicht, Mitgefühl lernen, wenn man es ihnen nicht vorlebte? Natürlich spielte Verhältnismäßigkeit eine Rolle. Niemand lernte Großmut von einem verbummelten Radiergummi. Aber Emma hatte nächtelang über den Zeichnungen für das Plakat gebrütet. Mit der Zunge zwischen den Lippen malte sie das Herz-Kreislauf-System eines Menschen im Maßstab 1:1, tuschte es mit Aquarellfarben, beschriftete es bis zum letzten Lymphknoten, um nicht nur den verhassten Biologielehrer, sondern auch ihren medizinierenden Vater zu beeindrucken.

Und dann hatten sie alle heute Morgen verschlafen. Agnes rätselte noch immer, wie es dazu hatte kommen können. Sie war zwar eher Eule als Lerche, aber meist wachte sie bereits auf, wenn Tom die Wohnung zum Frühdienst verließ. Heute hatte nicht einmal der Wecker geholfen.

Sie rieb sich die Augen. Eine ungewohnte Müdigkeit lastete auf ihren Lidern. Es fühlte sich an, als sei sie ohne ihren Körper aufgestanden, als läge er noch immer horizontal auf den sieben Zonen der Kaltschaummatratze. Schwer und erschöpft. War wahrscheinlich der Hektik des Morgens geschuldet. Dem Adrenalin, das ihren Körper durchfahren, sie aufgeputscht und durch die Wohnung hatte hetzen lassen und das sich jetzt langsam abbaute. Sie textete Emma, dass das Plakat an der Garderobe hing und wünschte ihr viel Glück für die Präsentation.

Agnes entschied sich auf dem Weg zum Einkaufen für die Strecke entlang des Isebekkanals. Die Sonne strahlte, als hätte jemand sie am altweibersommerblauen Himmel festgeklebt und per Knopfdruck eingeschaltet. Sie stand bereits tief zu dieser Jahreszeit. Die Schatten der Bäume streckten sich weit, berührten fast die unteren Etagen der Häuser auf der gegenüberliegenden Uferseite. Licht spiegelte sich auf dem dunklen Wasser, brach auf zarten Wellen in glitzernde Tropfen. Agnes konnte sich nicht erinnern, wann sie zuletzt die Zeit für einen Ausflug gefunden hatten. Mal raus aus der Stadt, rein in die Natur. Hamburg bemühte sich. Redlich. Aber Beton war Beton war Beton.

Sie fuhr mit dem Rad in Richtung Hoheluftchaussee und schrieb Britta, dass sie ausnahmsweise morgen statt heute zum Arbeiten kommen würde.

Agnes: Frag nicht.

Britta: Witzig. Willst du, dass mein Psychologinnenherz stirbt vor Neugier?

Agnes: Das verhindert die Pädagogin in dir.

Britta: Erinnere mich daran, dir eine Fortbildung Empathie zu genehmigen.

Agnes grinste. Sie schrieb: Ich muss jetzt los. Fügte dann aber doch ein lachendes Emoji hinzu. Britta streckte ihr mit einem der kleinen gelben Gesichter die Zunge heraus.

Voll beladen schloss Agnes zwei Stunden später die schwere grüne Holztür zur Contastraße 15 auf. Sie stolperte ins Treppenhaus, in dem es zu jeder Tageszeit nach Essen roch. Der Duft schien dabei aus keiner der zehn Wohnungen selbst zu strömen, vielmehr haftete er in den Fugen der Kacheln und im Klebstoff der alten Lincrusta-Tapeten. Agnes liebte diesen Gründerzeitcharme. Den säuerlichen Bohnerwachsgeruch, der von den Linoleumplatten auf den Stufen ausging, das seltsame Strohgemisch, das aus den Holzbalkendecken rieselte, wenn man versuchte, eine neue Lampe aufzuhängen, den abgeplatzten Stuck, die Schrammen auf den Pitchpinedielen. Sie fand schon immer, dass man Narben stolz präsentieren sollte. Gelebte Geschichte. Es hatte Jahre gedauert, bis Tom und sie sich diesen gemeinsamen Traum leisten konnten: eine Altbauwohnung, hundertfünfundvierzig Quadratmeter Raum, absurd hohe Wände, zentral im Westen der Stadt gelegen.

In der Wohnung fand Agnes in der Küche die Brettchen, Gabeln, Teller und Messer vom Abendessen der Kinder in der Spüle. Zum Aufräumen und Frühstücken hatte es an diesem hektischen Morgen nicht gereicht. Sie seufzte. Wie viele Stunden Eltern weltweit wohl schon damit zugebracht hatten, ihre Kinder aufzufordern, das Geschirr direkt in die Spülmaschine zu stellen anstatt in die Spüle. Die Besiedelung des Mars hätte man in dieser Zeit abschließen können.

Sie packte die Einkäufe aus, räumte das Geschirr in die Maschine, kochte Gemüse und Nudeln, stapelte alles in einer Keramikschale und schob den Auflauf mit einer Käsesoße in den Ofen. Agnes staubsaugte das Wohnzimmer, klaubte schmutzige Klamotten aus den Kinderzimmern, füllte die Waschmaschine und leerte den Trockner. Deshalb liebte sie Aufläufe. Sie boten ihr die Gelegenheit, noch während des Kochens Dinge zu erledigen. Pfannkuchen waren dafür denkbar ungeeignet. Genauso wie geröstete Pinienkerne, Mehlschwitzen oder Kurzgebratenes. Zum Glück verzichteten sie inzwischen alle größtenteils auf Fleisch, was den mittäglichen Aufwand reduzierte.

Agnes wusste aus Kindheitstagen, wie schön es war, wenn zu Hause jemand mit warmem Mittagessen wartete. Allerdings endete der Unterricht ihrer Kinder meist zu unterschiedlichen Zeiten, sodass Agnes oft zweimal aß, um beiden gerecht zu werden. Ein Ritual, das im Laufe der Jahre nicht nur kneifende Hosen, sondern auch drückende BHs zur Folge hatte.

Mit einer halben Stunde Verspätung kam Emma als Erste nach Hause. Die Ereignisse des Schultags purzelten bereits im Flur aus ihr heraus. Noch bevor der Rucksack den Boden berührte, sie die Schnürbänder ihrer hohen

Sneaker gelöst und die Jeansjacke auf die Sitzbank gekickt hatte, kannte Agnes die emotionalen Eckpfeiler ihres Vormittags. Manchmal erschienen ihr diese atemlosen Erinnerungen wie Wackersteine, die Emma bei ihr ablud, um sie nicht länger selbst tragen zu müssen. Aber dafür waren Mütter schließlich da.

Offenbar hatte der Biologielehrer sich bei den Erläuterungen zum neuen Thema verquatscht, sodass am Ende zu wenig Zeit für Emmas Präsentation blieb. Sie sollte nächste Woche referieren, was Emma mit einem lapidaren Schulterzucken quittierte. Agnes hingegen spürte die Enttäuschung über ihren sinnlosen Einbruch wie ein zu eng geschnürtes Korsett.

Nach dem Mittagessen mit ihrer Tochter buk sie ihre Wut auf den Lehrer in einen Marmorkuchen, von dem Jonas die Hälfte verschlang, als er endlich heimkam. Nach Auflauf war ihm nicht.

Später radelte Emma zum Klavierunterricht, und Jonas musste zum Handball. Doch er trödelte.

»Ich gehe heute nicht zum Training.«

»Warum nicht?«

Er zuckte mit den Schultern.

»Du bist deiner Mannschaft gegenüber verpflichtet. Du kannst nicht einfach fortbleiben, nur weil du mal keine Lust hast.« Noch während sie das sagte, schloss Agnes innerlich die Augen. Sie klang wie ihre Mutter. Ein Bollwerk aus Regel, Moral und Anstand.

»Der neue Trainer nervt.«

»Tja. Dann melden wir dich wohl vom Handball ab.«

Jonas verdrehte die Augen. Er stapfte in sein Zimmer, schwang die Sporttasche über die Schulter und verließ die Wohnung grußlos.

Agnes bügelte einen Teil des Wäschebergs und rieb sich die müden Augen. Die Erschöpfung des Morgens klebte noch immer an ihr wie eine durchgeschwitzte Bluse.

Am Abend aßen sie alle gemeinsam. Tom legte Wert auf Familienmahlzeiten, wann immer es sein Dienst erlaubte. Im Anschluss chatteten und zockten die Kinder mit Freunden in ihren Zimmern. Agnes schlug Tom vor, den spätsommerlichen Abend im kleinen Hinterhofgarten bei einem Glas Wein zu genießen, aber er hatte einen furchtbaren Tag in der Klinik hinter sich und wollte zum Abschalten nur noch auf das Sofa und irgendeine Komödie streamen. Agnes leistete ihm Gesellschaft, bis er zu schnarchen begann. Sie schaltete den Fernseher aus, weckte Tom und brachte sie beide zu Bett.

FREITAG

HAMBURG RISSEN

Am nächsten Tag verließ Tom als Erster das Haus, die Kinder folgten kurz darauf. Agnes nutzte die ruhigen Morgenstunden, um Müslischalen, Löffel und Brettchen aus der Spüle in die Maschine zu räumen, das Bad zu putzen und die Wäsche zusammenzulegen. Danach öffnete sie alle Türen ihres Kleiderschranks und hockte sich im Schneidersitz davor.

Sie verbrachte fast eine halbe Stunde grübelnd, bevor sie dreimal das stretchige blaue Etuikleid anprobierte, zweimal das geblümte Wickelkleid, den langen grünen Rock, den kurzen geringelten. Sie wechselte die High Heels mit jedem Look und stöhnte schon jetzt über schmerzende Füße. Vielleicht hätte sie sich doch um ein neues Kleid kümmern sollen. Der Anlass gab das sicher her. Aber sie scheute die beflissenen Verkäuferinnen und die grell ausgeleuchteten Kabinen, die ihr bitter vor Augen führten, welchen Weg ihr Körper in den Jahren seit den Schwangerschaften gegangen war. Da gab es diese weichen, leicht schwabbeligen Stellen am Bauch, den Innenseiten der Ober-

15

arme, den Pobacken. Klar, lag am Alter. Aber während alle Frauen um sie herum diäteten und sich in Skinny-Jeans und Bikinis hungerten, hielt Agnes' Körper beharrlich an zehn postnatalen Kilos fest. Sie wirkte heute runder und weicher als früher. Mütterlich. Zwei Kinder hatte ihr Körper entwickelt, hervorgebracht und genährt. Lange Zeit gehörte er Agnes nur in Teilen, bisweilen gar nicht. Und irgendwie hatte sie nie wieder eine wirklich gute Beziehung zu ihm aufbauen können.

Sie entschied sich für das blaue Etuikleid, das Tom ihr vor einigen Jahren geschenkt hatte. Es spannte inzwischen über dem Busen und noch ein wenig mehr über dem Bauch. Aber sie wusste, dass er auf diesen zeitlosen, klassisch-eleganten Look stand. Und da das heute Abend eine Krankenhausveranstaltung war … Agnes seufzte. Sie faltete das Kleid, entschied sich für die am wenigsten quetschenden Stöckelschuhe und verstaute alles in ihrem Rucksack.

Sie lief die paar Meter zur Bushaltestelle an der Kottwitzstraße zu Fuß. Die Sonne strahlte hoch über den Dächern der Mehrfamilienhäuser. Agnes zog die Strickjacke aus. Sie konnte sich nicht erinnern, wann sie die meteorologische Singularität des Altweibersommers zum letzten Mal so bewusst gespürt hatte. Milde, fast windstille Luft, ungewöhnlich heiße Tage für September. Natürlich lag es an der Stadt. In den bunt gefärbten Wäldern der amerikanischen Ostküste wäre dieses alljährliche Phänomen ungleich schwerer zu übersehen. Das warme Ausklingen des Sommers erforderte eine Phase gleichmäßiger

Witterung und ein stabiles Hochdruckgebiet. Hatte wohl geklappt in diesem Jahr. Sogar in Hamburg.

Agnes stieg in die Linie 20 nach Altona. Die Luft schaffte es kaum, sich zwischen die Ausdünstungen der Fahrgäste zu zwängen. Agnes blieb in der Nähe der Tür. Die Müdigkeit des gestrigen Tages haftete noch immer an ihr. Wie ein Kaugummi unter der Schuhsohle, der sich einfach nicht abstreifen lassen wollte. Sie starrte auf urbane Farbstrahlen, die am Fenster vorbeiflossen und streckte sich an jeder Haltestelle dem Hauch eines frischen Luftzugs entgegen. In Altona wechselte sie in die S1, um in weiterer acht Stationen an den Rand der Stadt zu gelangen. Für viele Menschen aus den citynahen Vierteln wie Eimsbüttel, St. Georg, Altona oder ihrem eigenen Quartier Hoheluft kam das einer Reise ans Ende der Welt gleich. Und die meisten würden sich eher für Australien als für den spießigen Speckgürtel entscheiden.

Agnes schlenderte in Rissen durch den Schöns Park, eine knapp vier Hektar kleine wilde Ansammlung von Buchen, Birken und Nadelbäumen, die im Süden an die S-Bahn grenzte und im Norden durch etliche Wohnsiedlungen vom eigentlichen Waldgebiet des Klövensteen abgeschnitten wurde. Sie bog ab in eine der Nebenstraßen und erreichte das bonbonblaue Haus mit den bunten Graffiti-*tags*. Zwei Fahrräder warteten an der Wand, einträchtig aneinandergelehnt.

Agnes schmiss sich Schulter voran gegen die ewig klemmende Haustür, stolperte in den Flur und prallte gegen Britta.

»Hoppla!« Britta grinste, auf ihren mit Sommersprossen übersäten Wangen bildeten sich kleine Grübchen. Sie drehte den Kopf, klemmte den gerade nachwachsenden Pony hinter die schmalen, spitz zulaufenden Ohren, deren Läppchen angewachsen waren und ihr einen klugen, irgendwie zukunftsgewandten Ausdruck verliehen, und sagte: »Ich höre.«

Agnes lachte. »Darf ich erst ankommen?«

Generös lud Britta sie mit einer Geste ins Innere des Hauses ein. Agnes schlüpfte in das Kabuff neben dem Billardzimmer, hängte Rucksack und Strickjacke an einen Haken und gesellte sich zu Britta auf die angenehm kühle Terrasse.

Der verwilderte Garten lag im Halbschatten, die Sonne linste nur knapp über die hohen Wipfel der Buchen und Birken hinweg, die das Grundstück säumten. Moos wucherte im hinteren Teil zwischen Rasenschollen, Brombeersträuchern, einem Lagerfeuerplatz und Trittplatten aus Betonstein. An die Terrasse grenzte ein Hochbeet mit Karotten, ein kleiner Nutzacker, der Stangenbohnen, Kartoffeln und Broccoli nährte sowie diverse Blumenkübel mit rosafarbenen Hortensien, Farnen und weißen Astilben.

Britta reichte Agnes eine Tasse Tee. Sie zog die Augenbrauen hoch und schaute.

»Ja, ja, schon gut.« Agnes setzte sich zu ihr auf die selbst gebaute Bank – ein altes Türblatt auf zwei Baumstümpfen. »Ich bin gestern in die Schule eingebrochen.« Sie erzählte die Geschichte ihres unverhofften Abenteuers und konnte nicht verhindern, so etwas wie Stolz über die Verwunderung in Brittas Augen zu empfinden.

»Ich glaube, das ist so ziemlich das Verrückteste, das du in den fünfzehn Jahren, seit wir uns kennen, getan hast!« Britta prostete ihr zu. »Chapeau!«

Agnes lächelte. »Reine Mutterliebe.«

»Nein, nein, nein.« Britta schüttelte den Kopf. »Aus psychologischer Sicht, kann ich dir sagen, steckt viel mehr dahinter.«

Agnes rollte mit den Augen. Britta neigte dazu, die Dinge stets Länge mal Breite zu erörtern, gerne mit Bezug zu ihrem doppelten Studienabschluss und der Weisheit ihrer Gedanken. Doch dieses Mal überraschte sie sie.

»Meine Schwester arbeitet ja als Landschaftsökologin beim Pflanzenschutzamt in Berlin. Da wird jetzt eine Stelle frei. Ein Kollege wandert wohl mit seiner Familie nach Kanada aus. Ich denke, das wäre was.«

»Ach ja?« Agnes runzelte die Stirn. »Für wen?«

»Herrje, für dich natürlich!«

»Und auf diese Idee kommst du, weil ich gestern in die Schule meiner Kinder eingebrochen bin?«

»Diese Idee habe ich schon lange. Aber ich denke, dass jetzt endlich der richtige Zeitpunkt gekommen ist.«

Agnes zog ungläubig die Augenbrauen in die Höhe. »Ich habe noch nie fest angestellt irgendwo gearbeitet! Von den Jobs während des Studiums mal abgesehen. Und die sind fünfzehn Jahre her.«

»Eben! Darum passt das ja jetzt so gut! Vitamin B bringt dich in einen Job, bei dem du endlich beweisen kannst, wie gut du bist. War schließlich dein Diplomarbeitsthema, oder? Ökosysteme in Kulturlandschaften oder so ähnlich.«

»Willst du mich loswerden?«

»Himmel!« Britta rollte mit den Augen. »Du willst doch nicht in dieser Maßnahme versauern und bis an dein Lebensende Salat pflanzen!«

Agnes richtete sich auf. »Ich helfe benachteiligten Jugendlichen dabei, ihren Platz in der Gesellschaft zu finden, und zwar in einer chronisch unterfinanzierten Einrichtung, die meine Freundin ins Leben gerufen hat. Die Freundin übrigens, die mich noch vor drei Jahren bekniet hat mitzumachen und die es wegen ihres Psychologiestudiums nicht lassen kann, sich ständig in die Angelegenheiten anderer einzumischen.«

Britta winkte ab. »Das liegt an der Sozialpädagogik. Die Psychologin in mir schlägt sich ständig beschämt die Hände vors Gesicht. Jetzt gerade ist sie allerdings Feuer und Flamme! Komm schon, Agnes. Das wäre genau das Richtige.«

Agnes trank den letzten Schluck Tee. »Ein Vollzeitjob. In Berlin. Dreihundert Kilometer von hier entfernt.« Sie lachte. »Du spinnst.«

Britta stand auf. »Altersarmut. Schon mal gehört? Das betrifft vor allem Mütter. Weil sie zu Hause geblieben sind oder nur halbtags arbeiten, um Zeit für Haushalt und Kinder zu haben.«

»Tom verdient gut. Das betrifft mich nicht.«

»Und wenn ihr euch trennt?«

»Jetzt lass mal die Kirche im Dorf!«

»Herrgott noch einmal! Du bezeichnest dich selbst als emanzipiert und triffst derart reaktionäre Entscheidungen!«

Agnes erhob sich ebenfalls. »Weil ich nicht nach Berlin gehen will, bin ich reaktionär? Hörst du dir auch mal selber zu?«

Britta strich über Agnes' Arm. »Sei nicht so, Schatz. Sei anders. Spontaner. Wie gestern, als du in die Schule eingebrochen bist. Das Leben ist zu kurz.«

»In jedem Fall zu kurz für derartige Flausen. Aber danke, dass du an mich gedacht hast. Ich muss jetzt arbeiten, sonst bekomme ich Ärger mit meiner Chefin.«

BFR – BILDUNGS- UND FÖRDERSTÄTTE RISSEN

Den Vormittag über kümmerte Agnes sich um Cheyenne und Vanessa, zwei fünfzehnjährige Mädchen, die zarte Schritte unternahmen, wieder in einen geregelten Alltag einzusteigen, nachdem sich monatelang niemand darum gekümmert hatte, dass sie nächtelang durchfeierten und tagsüber die Schule verschliefen. Sie versuchten, pünktlich in der Maßnahme zu erscheinen, Verantwortung für eigene kleine Projekte zu übernehmen und regelmäßig zu essen. Heute wollte Agnes sie zum Gärtnern ermutigen. Die Blätter der Kartoffelpflanzen ragten bereits üppig über die Ränder des Hochbeets hinaus, und sie hoffte, dass der späte Erntezeitpunkt die Knollen nicht ruiniert hatte.

Agnes pflügte mit ihren Fingern durch den Boden. Kühl und weich umschloss die Erde ihre Hände, setzte sich unter den Fingernägeln fest und kuschelte sich in die Falten der Haut. Ein Gefühl, das sie jederzeit gegen einen Wellnesstag im Spa eingetauscht hätte. Aber die Mädchen sorgten sich um ihre Maniküre und beließen es beim Zuschauen. Unter gelangweilten Blicken zog Agnes eine Pflanze nach der anderen aus dem Hochbeet. Zumindest redete Cheyenne. Das war ein Fortschritt. Viele gute Krisengespräche begannen so. Die Jugendlichen mussten erst einmal den Kopf freibekommen, sich alles von der Seele rotzen, wie Britta es gern formulierte, bis nichts mehr das eigentliche Thema verdeckte, es archäologisch freigeschnäuzt war. Bei vielen hockte das Selbstwertgefühl weit jenseits der dunklen Schichten, aus denen Agnes gerade die Kartoffeln befreite.

»Hey ihr.« Britta lief zu ihnen hinüber, zwei Gläser in den Händen. Ihre Jeans schlackerte an den Beinen, und Agnes wünschte sich nicht zum ersten Mal, ihre Hose möge nur halb so gemütlich sitzen, wie es bei Britta aussah. »In der Küche gibt es Brötchen.«

Die Mädchen stießen einen Freudenschrei aus und rannten zurück zum Haus, ohne sich zu verabschieden. Agnes sah ihnen nach und schüttelte den Kopf.

»Nicht zweifeln«, mahnte Britta und reichte Agnes ein Glas Wasser. »Wenn du anfängst, an dir selbst zu zweifeln …«

»… haben schlechte Menschen gute Arbeit geleistet, ich weiß.« Agnes leerte das Glas in einem Zug. Ihre schmutzigen Finger hinterließen schwarze Abdrücke auf der geriffelten Oberfläche. »Danke! Das habe ich jetzt gebraucht.« Sie strich sich eine Strähne aus dem Gesicht, öffnete den obersten Knopf ihrer Jeans und setzte sich neben Britta auf die Bank. Sie sprachen über Cheyennes Fortschritte, darüber, dass sie sich langsam öffnete.

Später wusch Agnes die Kartoffeln, motivierte einen der

Jungs, ihr nach dem Brunch beim Laubrechen zu helfen, redete noch einmal mit Cheyenne, half einem neuen Mädchen beim Ausfüllen einiger Unterlagen für das Arbeitsamt. Am Nachmittag drehte sie eine Runde durch den Garten, stakste über Waschbetonplatten, deren Kanten und Ecken überall auf dem Grundstück in seltsamen Winkeln aus dem Boden ragten, und reinigte die Feuerstelle, die die Kids später sicher wieder benutzen würden. Schließlich kehrte sie in das blaue Haus zurück.

Agnes verschwand in dem Kabuff neben dem Billardzimmer, schlüpfte aus Schuhen, Hose und Sweatshirt und zog das blaue Etuikleid aus dem Rucksack. Am Schlitz hinten hatte sich eine Falte quer über den Stoff geknickt. Egal. Sie würde sowieso den ganzen Abend über auf einem unbequemen Holzstuhl hocken, fiel also niemandem auf. Agnes gähnte. Ihr graute vor den engen Stuhlreihen und den Stunden, während derer sie gegen eine Müdigkeit ankämpfen würde, die an ihr zog, als hätte jemand die Schwerkraft falsch austariert. War sie noch immer erschöpft oder schon wieder? Sie konnte es nicht sagen.

Entnervt stieg sie in das Kleid und kämpfte mit dem Reißverschluss auf dem Rücken. Beim Blick zurück in den Rucksack registrierte sie, dass sie eine kurze Radlerhose zum Unterziehen vergessen hatte. Im Winter funktionierten Kleider und Röcke dank Strumpfhosen hervorragend. Im Sommer variierte sie gegen die wunden Innenseiten ihrer Oberschenkel dünne Radlershorts, Babypuder, Vaseline oder Deoroller. Heute würde es ohne gehen müssen.

Agnes stopfte die hochhackigen Schuhe in ihre Handtasche und schlüpfte zurück in die Sneaker. Die ausgezogenen Klamotten schob sie neben dem Rucksack in das Metallregal.

Auf dem Flur begegnete sie Cheyenne. »Würdest du mir wohl den Reißverschluss hochziehen?« Agnes drehte sich um.

»Ich dachte, du willst uns hier beibringen, dass Partys und so scheiße sind.« Cheyenne zog am Reißverschluss. »Und nun gehst du selbst sündigen.«

Agnes rollte mit den Augen. »Witzig.«

Cheyenne grinste, musterte Agnes dann allerdings abschätzig. »Du willst nicht echt so gehen?«

Agnes sah an sich herunter. Das Kleid reichte bis kurz über die Knie. Es wellte sich am Bauch, war aber glücklicherweise so nachgiebig, dass es sich einigermaßen bequem anfühlte. Sie zuckte mit den Schultern. »Warum nicht?«

Zwanzig Minuten später versuchte Agnes, sich unter den Schichten Concealer, Foundation, Lidschatten, Eyeliner, Rouge und Highlighter wiederzufinden, die Cheyenne und Vanessa aus den Untiefen ihrer Handtaschen direkt auf ihr Gesicht befördert hatten, um sie dem Abend angemessen aufzuhübschen. Doch im Spiegel über dem Handwaschbecken im blau gekachelten Toilettenraum hockte eine Frau mit eng am Kopf anliegenden Zöpfen, Smokey Eyes und kirschroten Lippen, die Agnes nicht kannte.

MUSEUM FÜR HAMBURGISCHE GESCHICHTE

Die S1 fuhr in den Bahnhof Rissen ein, als Agnes die Fußgängerüberquerung erreichte. Sie spurtete zum Bahnsteig und sprang in den Zug. Als sie auf einen der freien Fensterplätze glitt, spürte sie, wie das Kleid über ihre Knie nach oben rutschte. Sie zubbelte am Stoff, aber die Rundungen ihres Oberkörpers beanspruchten so viel Material, dass unten schlicht etwas fehlte. Als sie den Blick des ihr gegenübersitzenden Mannes bemerkte, platzierte sie beschämt die Tasche auf den Beinen. Er grinste.

An den Landungsbrücken stieß die Bahn aus dem innerstädtischen Tunnel. Es war bereits 17:11 Uhr. Agnes stieg aus, erklomm mit müden Schritten den Elbhang der Helgoländer Allee, nahm die Abkürzung durch den kleinen Park, vorbei am Bismarck-Denkmal, überquerte die vielspurige Budapester Straße und erreichte endlich das Museum für Hamburgische Geschichte. Verblüfft hielt sie inne, mitten auf dem Radweg, und starrte auf das alte Backsteingebäude. Der Anblick war überwältigend.

Riesige Scheinwerfer setzten das imposante Haus, seinen

Turm und das Eingangsportal mit wechselnden Spots in Szene. Hohe Palmen in breiten Kübeln wechselten sich zu beiden Seiten eines langen roten Teppichs mit flackernden Feuerkörben ab. Hier dachte jemand nicht groß, sondern größer.

Agnes brauchte einen Moment, bis sie Tom neben einer Litfaßsäule seitlich des ganzen Brimboriums entdeckte. Er trug den dreiteiligen nachtblauen Anzug, den er sich vor zwei Wochen neu zugelegt und von dem Agnes lediglich das Sakko gesehen hatte. Tom war nach dem Shoppen zu genervt und kaputt gewesen, um ihr das komplette Ensemble vorzuführen. Mit einem weißen Hemd, gepunkteter Krawatte, Einstecktuch und braunen Schuhen orientierte er sich offenkundig an der Mode seiner Lieblingsserie *Suits*. Die dunklen Haare hielt er kurz, weil er nicht mochte, wenn sie sich zu sehr lockten. Agnes fand, dass ihm ein Bart gut stehen würde, aber Tom befürchtete, dass die Masken im OP nicht mehr dicht abschließen könnten. Er wirkte smart und urban und erfolgreich und einnehmend und stylisch und …

Agnes verlangsamte ihre Schritte. Sie fühlte, wie das Unheil einer steifen Brise gleich heranwehte. Es wirbelte über den roten Teppich, streifte ihre Arme und die feinen Härchen richteten sich auf, als wollten sie nachschauen, was geschah. Eine seltsame Anspannung lag in der Luft. Tom wandte den Kopf und sah zu ihr herüber.

Bis zu diesem Moment hatte Agnes geglaubt, jeglichen Ausdruck in den Augen ihres Mannes zu kennen. Sie las Tom zu jeder Zeit. Auch jetzt. Am liebsten wäre sie davongerannt.

»Agnes!« Er schritt auf sie zu, mit den Daumen die Finger reibend, sein Ausdruck von Nervosität.

»Hallo.« Sie wartete nicht, bis er zu ihr aufschloss, sondern bog ab in Richtung Fahrradständer und zerrte die Stöckelschuhe aus der Handtasche. »Ich wollte schnell hier sein, deshalb habe ich die Chucks angelassen.« Sie hielt sich an einem der Stahlbügel fest und wechselte die Schuhe. Die silbrig glitzernden High Heels waren an den Zehen geschlossen, sodass sie auf das Lackieren der Nägel verzichtet hatte. Auch die Fingernägel waren unlackiert, schließlich wusste sie, dass die Farbe die Gartenarbeit heute niemals überstanden hätte. All das erschien ihr wie die Zündschnur zu einer langen Reihe von Fehlentscheidungen.

Tom starrte sie an. Er brachte kein Wort heraus, wirkte gleichzeitig erschüttert und zornig. Da klopfte ihm ein Kollege auf die Schulter, und Tom setzte eine Maske auf. Er scherzte, begrüßte die Frau des Mannes, stellte Agnes vor. Dann reichte er ihr seinen Arm, und sie schritten alle gemeinsam mit etlichen weiteren Paaren über den roten Teppich hinein in den Glanz. Agnes spürte Toms Anspannung, wie es in ihm brodelte. Er hatte noch immer keinen Satz mit ihr gesprochen.

Als sie die Türsteher passierten und Tom die Karten vorzeigte, erkannte Agnes endgültig, dass sie sich im Vorfeld zu wenig mit diesem Abend auseinandergesetzt hatte. Um sie herum strahlten aufgepuderte Frauen in langen Ballkleidern mit dezent schimmerndem Schmuck und hauchfeinem Make-up. Einige der Männer waren im Smoking erschienen. Agnes nestelte am Saum ihres Kleids, aber es wollte sich nicht zu einem Festgewand entrollen.

Sie glitten durch die weitläufige Eingangshalle des Museums und fanden sich kurz darauf im riesigen Innenhof wieder, den in zwanzig Metern Höhe eine gewaltige Glaskuppel überspannte. Agnes empfand diesen Raum schon zu ruhigen Besuchszeiten als sakral und einschüchternd. Jetzt hatte ihn jemand genutzt, um ein beispielloses Happening zu inszenieren.

An etlichen Balken, die jeweils zwischen zwei Fenster der oberen Etagen gelegt worden waren, hingen mächtige Kronleuchter in unterschiedlichen Höhen. Agnes zählte einundzwanzig. Überall glitzerte und funkelte es. Den Boden mit dem Kopfsteinpflaster zierten Dutzende runder Tische. Antik anmutende Holzstühle bildeten einen edlen Kontrast zu langen weißen Tischdecken, glänzenden Gläsern, spiegelblankem Silberbesteck und zartem Porzellan. In der Mitte thronte jeweils eine Amphore mit einem üppigen Bouquet aus Farn, Goldruten, Hortensien, Fetthenne, Phlox und Duftnesseln. Apfelbäume in hohen Kübeln bildeten den Rahmen für das Fest. In ihren Ästen baumelten Windlichter. Auf den Stufen des alten Portals der Petrikirche, das hier in den Innenhof versetzt worden war, brannten riesige Leuchtbuchstaben: UKE. Universitätsklinikum Hamburg-Eppendorf.

»Wir müssen nach rechts.« Auf einer Tafel prangte der Saalplan mit den Sitznummern. Tom schob Agnes in den Hof hinein. Ihr Tisch lag in der Nähe einer Freitreppe, die hoch zur doppelflügeligen Tür eines weiteren Eingangsportals führte. Mit ihnen fanden fünf andere Paare Platz. Tom begrüßte seinen Chefarzt, dem er, soweit Agnes wusste, die Einladung zu diesem Event verdankte. Es stellte sich heraus, dass seine Frau eine toupierte Societygröße war, deren alterloses Gesicht Agnes bereits einige Male in Zeitschriften gesehen hatte. Sie glaubte, einen amüsierten Zug um Elna Markgrafs Mund zu entdecken, als diese ihr die Hand entgegenstreckte.

»Sie sind sicher sehr stolz auf Ihren Mann.«

Was für eine seltsame Aussage. Agnes nickte. »Natürlich.«

»Setzen wir uns doch«, schlug Tom vor und rückte Agnes den Stuhl zurecht.

Sie glitt bis an den vorderen Rand der Sitzfläche, bemüht das Kleid nicht bis zur Mitte der Oberschenkel hinaufrutschen zu lassen, zumal die Radlerhose fehlte, und fühlte sich dennoch in mehr als einer Hinsicht entblößt.

Im nächsten Moment erschienen livrierte Kellner mit schwarzen Fliegen und nahmen ihre Getränkewünsche auf. Tom unterhielt sich mit Gernot Markgraf, Agnes nickte dem unbekannten Mann rechts von sich zu, bevor sie weiter den unglaublichen Aufwand bestaunte, den das UKE zur Feier seines hundertdreißigjährigen Bestehens und dem siebzigsten Geburtstag seines noch immer aktiven Vorstandsvorsitzenden Prof. Dr. Friedhelm von den Berning betrieb. Sie hatte mit einem trockenen Festakt gerechnet, langweiligen Reden, gegenseitigem Schulterklopfen, Lachshäppchen und Sekt. Stattdessen musterte sie nun sprachlos den Gruß aus der Küche, das Amuse-Gueule, dessen eingelegtes Gemüse so arrangiert worden war, dass es tatsächlich erkennbar das Gesicht des Jubilars abbildete, der just in diesem Moment die Freitreppe erklomm und eine launige Rede hielt. Tom lachte und mit ihm der ganze Saal. Agnes versuchte, sich zu entspannen, aber Toms missbilligende Distanz und seine Schweigsamkeit schüchterten sie noch stärker ein als das Gefühl der Scham über ihren unzulänglichen Auftritt.

Weder zur Hummercremesuppe noch zu den Hors d'oeuvres aus gebackenen Austern richtete Tom das Wort an sie. Er unterhielt sich mit Gernot Markgraf über die kunstvoll arrangierten Speisen, die Suppe in einem Bambusschalenboot mit einem Segel aus hauchdünn gewalztem und kross gebackenem Brot und die Austern auf echten Elbkieseln mit Kaviarperlen.

»Tom.« Agnes spürte, wie eine Mischung aus Trotz und Unbehagen sie zwang, die Lippen aufeinanderzupressen. Er drehte sich zu ihr um. »Können wir bitte mal kurz rausgehen und reden?«

Seine Antwort verhallte im aufbrandenden Applaus für Prof. Dr. Kaltenbach, die Klinikdirektorin. In einem dunkelblauen Abendkleid mit paillettenbesetztem Oberteil funkelte sie von der Freitreppe herunter in den Saal. Sie sprach über das erfolgreich vergangene Jahr des UKE, Auszeichnungen, die errungen, Erfolge, die erwirtschaftet worden waren.

»Ganz besonders freue ich mich, wie in jedem Jahr unsere drei Excellence-Awards an aufstrebende, engagierte und über die Maßen qualifizierte Menschen vergeben zu dürfen, die mit ihrer Empathie und ihrem Einsatz neue Standards gesetzt haben.« Applaus brandete auf. Agnes schielte hinüber zu Tom, der nervös die Finger aneinanderrieb. An seinen Schläfen hatten sich glitzernde Schweißtröpfchen gebildet. »Das UKE ist sehr darauf bedacht, die Arbeit aller Kolleginnen und Kollegen und ihren Willen zu einem humanen und engagierten Miteinander sichtbar zu machen«, fuhr Prof. Dr. Kaltenbach fort. »Wissen, forschen, heilen durch vernetzte Kompetenz. Das ist unser Motto. Und getreu diesem Leitspruch vergeben wir unsere Excellence-Awards in genau diesen drei Kategorien. Ich möchte an diesem Abend mit dem Sinn unseres Handelns beginnen, dem Grund, aus dem wir alle hier gelandet sind – dem Heilen. Und dafür bitte ich Dr. Tom Morgenthaler zu mir auf die Treppe.«

Agnes erstarrte. Das konnte doch nicht sein. Sie musste sich verhört haben. Doch Tom erhob sich bereits unter erneutem Applaus und einigen Jubelrufen. Er strahlte, fuhr weiter mit den Daumen über seine Finger, wirkte jedoch nicht überrascht. Elna Markgraf nickte ihr über den Tisch hinweg lächelnd zu.

Da endlich begriff Agnes.

Elna Markgraf hatte es gewusst! Deshalb die seltsame Bemerkung vorhin. Alle hatten es gewusst!

Agnes fuhr sich mit der Hand über die Stirn. Ihr war schwindelig. Elna Markgraf schien das zu einer weiteren Geste zu ermuntern. Sie klatschte behutsam in die Hände, nickte Agnes erneut zu, noch immer lächelnd, deutete Applaus an für die starke Frau hinter dem starken Mann.

Das Paar zu ihrer Linken stimmte mit ein, nickte, lächelte und applaudierte in Agnes' Richtung. Selbst ihr Sitznachbar lehnte sich ein wenig herüber und raunte ein »Glückwunsch« durch die allgemeine Begeisterung hindurch.

Agnes umklammerte den Saum des Etuikleids und presste die Fingernägel in die Oberschenkel. Ihre Muskeln schienen in Sekundenbruchteilen zu übersäuern, und ihr Magen wünschte nichts sehnlicher, als sich umzustülpen und die zerkauten Überreste der Austern über die weiße Tischdecke zu speien.

Tom schritt unterdessen um den Tisch herum und federte die Stufen zu Prof. Dr. Kaltenbach hinauf, die ihn herzlich begrüßte. Die Klinikdirektorin pries Toms Arbeitsmoral, sein Engagement, was die Ausbildung des Nachwuchses anging, sein Ethos, die Empathie im Umgang mit den Patienten, seinen Humor, der im Krankenhausalltag so manche Brücke baute, die Präzision, mit der er arbeitete, und natürlich seine gewinnende Art.

»Und aus all diesen Gründen erhielt Dr. Tom Morgenthaler bei der diesjährigen Abstimmung zum Excellence-Award in der Kategorie Heilen mit großem Abstand die meisten Stimmen. Herzlichen Glückwunsch!«

Sie überreichte Tom eine gerahmte Urkunde und einen Blumenstrauß aus rosafarbenen Lilien. Es gab Wangenküsschen. Tom verbeugte sich. Die Menschen im Saal erhoben sich klatschend, als er zum Tisch zurückkehrte. Agnes stand ebenfalls auf. Ihr Herz peitschte gegen den Brustkasten, und ihre Beine drohten zitternd unter ihr wegzuknicken. Mit versteinertem Gesicht ertrug sie Toms

Umarmung, die sicher jeder hier von ihnen erwartete. Sie überwand sich, ihm zu gratulieren, bevor er sich umdrehte, um den Handschlag von Gernot Markgraf und die Wangenküsse von dessen Frau entgegenzunehmen. Agnes wusste nicht, wo sie hinschauen sollte. Sie blinzelte unschlüssig in die Runde, nestelte an ihrem Kleid, den vielen geflochtenen Zöpfen, stützte sich auf der Stuhllehne ab. Der Moment schien ewig anzudauern.

Endlich trugen die livrierten Kellner unter wohlwollendem Gemurmel den nächsten Gang auf, und alle setzten sich. Es gab Zander an Kürbisschaumpüree, arrangiert zu einem Pokal. Auf der essbaren Plakette stand *Tom*. Er lachte, jemand rief: »Ein Hoch auf den Koch!« Erneutes Klatschen. Die Atmosphäre im Raum lockerte sich, es war inzwischen ausreichend Alkohol im Umlauf. Nur Agnes starrte den Tränen nah auf ihren Teller.

Warum hatte Tom ihr nichts erzählt? Er musste seit Wochen von der Auszeichnung gewusst haben. Wieso nur hatte er diesen Abend als Einladung von Gernot Markgraf getarnt? Und es derart heruntergespielt, dass Agnes nicht nur underdressed, sondern vollkommen uninformiert zur Stunde seines Triumphs erschien und jetzt derart deplatziert am Tisch hockte, dass die Scham wie Feuer auf ihrer Haut brannte? Was sollte das? Wollte er von seiner vollkommen überraschten Ehefrau bewundert werden? Sollte sie ihn zusammen mit seiner gottverdammten Auszeichnung auf ein Podest stellen und anhimmeln? Tom rettete Leben! Jede Woche! Manchmal sogar zwei pro Tag! Er war ein Held. Jeder wusste das. Agnes wusste es. Das hier war eine Demonstration von Macht und Stärke. Nie hätte sie geglaubt, dass diese Aspekte in ihrer Ehe eine Rolle spielten.

Agnes ertrug es keinen Augenblick länger.

Sie erhob sich, stieß dabei ein Wasserglas um, das der Mann neben ihr mit einer schnellen Bewegung wieder aufstellte, um sogleich darauf mit einer Serviette auf der nassen Tischdecke herumzutupfen. Agnes griff nach ihrer Handtasche, die über der Stuhllehne baumelte, quetschte sich an Tom vorbei, blieb mit dem Schulterriemen der Tasche hängen, sodass ihr Stuhl sich drehte, gegen den Tisch stieß, den Sitznachbarn touchierte und schließlich polternd auf den Steinboden krachte. Agnes spürte, wie sich die Blicke Hunderter Augenpaare mit medizinischer Präzision in ihren Rücken bohrten. Sie schnappte nach Luft. So schnell die verfluchten High Heels es erlaubten, stürzte sie über das unebene Kopfsteinpflaster durch den Saal hinaus in die Eingangshalle. Tränen verwischten das Make-up. Sie rannte über den roten Teppich, zwischen Palmen und Feuerkörben hindurch und stützte sich schließlich auf eine niedrige Mauer, die die Wallanlagen von der Straße abgrenzten. Keuchend rang sie um Atem.

»Agnes!« Tom schloss mit schnellen Schritten zu ihr auf. »Was bitte soll das?« Wie ein Ausrufezeichen zog sich die Zornesfalte von seinem Nasenrücken zwischen den Augenbrauen hindurch bis in die Stirn.

»Das frage ich dich!« Sie schluchzte. »Wie konntest du mir das antun? Mich so bloßzustellen!«

»Was?« Er trat einen Schritt vor. »Das hast du ja wohl

ganz allein geschafft! Sieh dich nur an!« Er streckte die Arme aus, deutete mit den Handflächen auf sie. »Dieses Kleid! Auf einem Ball! Und dann diese Girlie-Hippie-Frisur, die vielleicht Emma stehen würde. Und dazu trägst du Make-up wie der letzte Vamp des Abends. Herrgott! Was hast du dir nur dabei gedacht? Wer hat hier wen blamiert?«

Agnes richtete sich auf. »Das Kleid hast du mir geschenkt!«

»Vor zehn Jahren!« Tom schrie jetzt. »Da hat es auch noch gepasst! Und der Anlass war sicher kein Ball!«

Agnes schloss die Augen. Tränen quollen unter den getuschten Lidern hervor, hinterließen dunkle Rinnen auf den Wangen, tropften schmutzig von ihrem Kinn.

»Warum hast du mir nichts von der Auszeichnung gesagt?«

Tom fuhr sich mit den Fingern durch die Haare. »In der Tat, das war ein großer Fehler! Mein Gott, wie konnte ich nur so dumm sein!« Er kickte einen Stein zur Seite, verengte die Augen zu schmalen Schlitzen. »Da habe ich doch tatsächlich in meinem hohen Alter, nach sechzehn Jahren Ehe, gedacht, ich könnte meine Frau noch einmal beeindrucken!«

Seine Stimme triefte seit jeher vor Ironie, wenn er versuchte, Verletzungen zu kaschieren. Er verwendete seinen Zorn als Ausdruck von Autorität oder vielleicht auch zum Beweis von Männlichkeit. Agnes hatte das eine nie vom anderen trennen können. Und es war auch egal. Jedes seiner Worte rammte Pfähle in ihr Herz.

»Vielleicht«, fuhr Tom mit erhobener Stimme fort, »wollte

ich auch einfach nur mal wieder spüren, dass ich dir etwas bedeute, dass du stolz auf mich bist. Dass alles irgendeine Bedeutung hat!« Er wedelte in einer energischen Geste mit den Armen. »Ich dachte, du würdest im Publikum sitzen und dich mit mir über diese Auszeichnung freuen! Vielleicht wollte ich die Zeit zurückdrehen. Vielleicht wollte ich uns zurück. Vielleicht wollte ich aber auch etwas, das es so schon lange nicht mehr gibt.«

»Was?« Agnes atmete scharf ein.

»Herrgott!« Tom rollte mit den Augen. »Jetzt tu doch nicht so, als ob alles prima laufen würde. Unsere Ehe ist am Ende! Unser ganzes Leben ist im Arsch! Ich gehe vor die Hunde, und du merkst es nicht einmal!« Er lachte. Laut und falsch. »Ich schufte! Seit Jahren! Jeden Tag! Schichtdienste, Überstunden, Bereitschaften, Fortbildungen. Nie ist es genug. Und wofür? Für dich und die Kinder! Für die Altbauwohnung mit Garten, mitten in der Stadt, ein Auto, Klavier, Reiten, Gitarre, Handball, Skifahren, Sommerurlaube, Bionahrungsmittel.« Er rang nach Luft. »Verdammt! Ich fühle mich wie der Esel, der Gold scheißt!«

»Du tust so, als würde ich nichts zu unserem Leben beitragen!«

Tom warf die Arme in die Höhe. »Dieser lächerliche Job bei Britta? Das reicht nicht mal für Emmas Klavierstunden!«

Agnes schluckte. Sie dachte an Elna Markgrafs stille Gratulation zur besten Ehefrau des Abends. »Ich kümmere mich um die Kinder, den Haushalt und alles andere. Du erhältst Excellence Awards, weil ich dir den Rücken freihalte.«

»Wow! Du kümmerst dich um zwei Teenager und den Haushalt?« Mit hochgezogenen Augenbrauen begann Tom, ein imaginäres Hindernis zu umrunden, zu dem er auch zu sprechen schien. »In der Tat, vielleicht sollte ich dir dabei noch mehr zur Hand gehen, was meinst du? Neben den Patienten, der Station, meinen Mitarbeitern, der Verwaltung, externen Gutachten, Fachtagungen, unserem Einkommen, dem Auto kümmere ich mich jetzt auch noch um die Wäsche und Emmas Hausaufgaben. Kein Problem.«

»So habe ich das doch gar nicht …«

»Nein, nein!« Er wackelte mit dem rechten Zeigefinger in der Luft wie ein Lehrer alter Schule. »Lass uns bei der Wahrheit bleiben, ja? Du hast das ganz genau so gemeint. Mein Erfolg ist eigentlich gar nicht mein Erfolg, sondern deiner. Dabei beweist die Auszeichnung heute Abend genau das Gegenteil! Denn mit dem Excellence Award wurde der *Arzt* Tom Morgenthaler gekürt!« Agnes senkte den Blick. Sie spürte es. Genau jetzt. Wie Tom sich in eine Rage redete, die über sie beide hinwegrauschte und keine Überlebenden zurückließ. »Ich bin der Arzt, der sich vorbildlich um seine Patienten kümmert! Der Arzt, der fachlich herausragend arbeitet! Der Arzt, der das Team einer Station führen kann! Der Arzt, der im vergangenen Jahr mehr und besser performt hat als jeder andere in diesem verdammten Krankenhaus!« Tom schnaubte. »Ahnst du überhaupt, was mir diese Auszeichnung bedeutet?« Endlich blieb er stehen, hielt in dieser sich aufwärts schraubenden Kreisbewegung inne und fixierte Agnes. »Ja, verdammt, ich wollte heute Abend glänzen! Ich wollte endlich ernten, was ich seit Jahren säe. Und dann kommst du in diesem … diesem lächerlichen Aufzug daher! Gönnst mir nicht den Lohn meiner Mühen, wirfst mir vor, dich bloßzustellen, den Erfolg nicht verdient zu haben. Scheiße! Ich reiße mir den Arsch auf und dachte tatsächlich, die Auszeichnung heute Abend würde für mich sprechen! Aber du hörst gar nicht zu! Nie hätte ich gedacht, dass so etwas wie Neid in unserer Ehe eine Rolle spielen könnte.«

Tom verharrte einige Sekunden in einem bohrenden Blick, den er durch die Zeit und Agnes' Herz trieb. Dann drehte er sich abrupt um, stapfte mit riesigen Schritten zurück zum roten Teppich und entschwand durch das angeleuchtete Portal des Museums.

Agnes schlug die Hände vor das Gesicht. Sie drückte mit den Fingern auf Augen, Schläfen, Wangenknochen, hielt alles am Platz, damit es nicht verrutschte, ihr nicht entglitt. Das Leben rieselte durch ihre Hände, und je mehr sie versuchte, es zu halten, desto schneller entschwand es. Sie schnappte nach Luft, hyperventilierte, zwang sich, auf das hektische Flattern ihres Atems zu lauschen.

Noch nie hatte Tom so mit ihr geredet. Noch nie! Noch nie hatte er ihr all diese Dinge vorgeworfen. Noch nie hatte seine Stimme so eisig geklungen. Noch nie hatte sie solche Angst empfunden. Noch nie. Niemals in ihrem Leben.

Agnes sprang auf. Sie wankte in die Wallanlagen, stakste hinein in den Park, der auf den Ruinen der ehemaligen Stadtbefestigung wuchs. Die Stilettoabsätze sanken in die Fugen zwischen den Pflastersteinen. Agnes taumelte. Sie konnte an nichts denken, erinnerte sich kaum, warum sie hier war. Über allem schwebte dieses Gefühl von Fassungs-losigkeit. Entsetzen. Scham. Wie hatte das nur passieren können? Wie war sie hier gelandet? Bedeutete das das Ende ihrer Ehe? Wie konnte er ihr das antun? Was sollte sie den Kindern sagen? Würden sie die Wohnung verkaufen? Wie konnte es so weit kommen? Liebte Tom sie nicht mehr?

Agnes stolperte, versuchte noch, das Gleichgewicht auf den hohen Schuhen wiederzufinden, doch ihr rechter Fuß knickte um, ihre Arme ruderten, ihre Hände griffen ins Leere. Agnes fiel, stürzte ins Bodenlose, spürte, wie der Absatz ihres linken High Heels sich tief in die weiche Erde bohrte, bevor sie in einem Beet aus Funkien landete. Sie schluchzte zwischen den halbrunden Stängeln der Pflanzen, verbarg das Gesicht unter den herzförmigen Blättern und weinte um ihr Leben.

»Allens klor bi dir?«

Agnes erschrak. Hinter ihren Füßen ragte eine ältere Frau in den abendlichen Himmel. Sie trug ein schwarz-weiß gemustertes Kleid und darüber eine Weste in buntem Patchwork-Style. Ihre blondierten Haare türmten sich zu einem hoch angesetzten Dutt. Agnes wischte sich mit dem Handrücken über die nassen Wangen, rollte auf die Seite und setzte sich auf.

»Kummst du trecht?«, fragte die Frau in breitem Hamburger Platt.

»Geht schon.« Agnes nestelte am Saum des Stretchkleides, dessen Stoff sich in den Leisten krumpelte und ungebräunte Oberschenkel entblößte. Erdbröckchen rieselten auf ihre Beine. Es roch nach feuchtem Moos.

»Dann kumm man hoach, men Deern.«

Die Frau griff beherzt unter Agnes' rechten Arm. Sie zog mit einer Geschicklichkeit, die Jahre in einem Pflegeberuf vermuten ließen, und stützte Agnes, die sich zittrig auf den High Heels ausbalancierte und das Kleid glatt strich.

»Danke.«

Die Frau bückte sich in die Rabatte. »Dat is keen Mann wert.« Sie reichte Agnes ihre Tasche.

»Wie bitte?«

»Und ok keen Fro.« Sie grinste. »Du hest di! In slechte Tiden is dat allens, was zählt.«

Bedächtig hob sie die Hand und tätschelte Agnes' Arm. Ihre Haut war wie Marzipan, zart und fest und ein wenig klebrig. Agnes konnte sie schlecht einschätzen. Sie hatte entweder schwierige sechzig Jahre hinter sich oder entspannte hundert.

»Morgen sütt die Welt al anners ut.« Die Frau lächelte. »Geh man no Hus, men Deern.«

Agnes stockte. Nach Hause. Sie konnte jetzt nicht nach Hause fahren. Sich zu Tom ins Bett legen, so tun, als hätten sie sich lediglich ein wenig gekabbelt – der Gedanke war unerträglich. Dasselbe galt für eine Nacht auf dem Sofa. Oder noch schlimmer: Vor Tom zu Hause sein und bang darauf warten, dass er von der Feier heimkäme. Jetzt in die Contastraße zu fahren, würde ihren Schmerz bagatellisieren, die Kränkung herunterspielen und den Streit, die augenscheinliche Schieflage ihrer Ehe relativieren. Sie wollte Tom nicht gegenübertreten. Nicht heute Nacht. »Ich kann nicht nach Hause.«

»Na, denn eben no een Fründin.«

Agnes nickte. Sie dachte an Britta. Natürlich könnte sie bei ihr übernachten. Sicher. Doch dann erinnerte sie sich an die Vehemenz, mit der sie ihre Ehe noch vor wenigen Stunden verteidigt hatte. »Ich komme klar.«

Die Alte wiegte den Kopf und schwankte dabei mit dem ganzen Körper vor und zurück. Schließlich hob sie die Hand. »Allens Gode, men Deern.«

»Danke.« Agnes sah der Frau nach, wie sie mit kleinen Schritten den Weg am Museum entlang in Richtung Reeperbahn einschlug. Der Dutt thronte herrschaftlich hoch an ihrem Kopf.

Agnes schloss die Augen. Was nun? Sie spürte, wie sich beim Gedanken an Tom erneut Tränen unter ihren Lidern sammelten. Die Wimperntusche brannte. Aber in den Wallanlagen stehen und rumheulen half niemandem. Besser sie brachte Abstand zwischen sich, ihren Ehemann und diesen verheerenden Abend.

Agnes hängte sich die Tasche quer über die Brust und stöckelte tiefer in den Park. Vor den Beeten reihten sich die Lichtkreise der Laternen aneinander wie Perlen auf einer Schnur. Ab und an rauschte ein Radfahrer durch das Wechselspiel von hell und dunkel, darüber hinaus blieb sie allein. Das dumpfe Grollen der Stadt brandete irgendwo hinter Bäumen, Büschen und Blumen an die Mauern der Wallanlagen.

Agnes zupfte am Kleid über ihren an den Innenseiten wunden Oberschenkeln. Der Stoff hatte sich beim Sturz in die Rabatte verdreht. Unterrock und Überkleid rieben seltsam aneinander und raschelten bei jedem Schritt. Es klang, als zersetzte das Kleid sich selbst. Agnes graute vor der Scham, die es entblößen würde. Sie fühlte sie auf der Haut, an den Haarwurzeln, den Armen, Beinen und an den Fußfesseln, wo die Riemen der High Heels ins Fleisch schnitten, und ganz egal, wie sehr sie sich wandte, egal, wie sehr sie versuchte, den Schmerz zu ignorieren, sie verbrannte sich bei jeder Bewegung.

Endlich blieb sie stehen. Schwarze Tränen tropften auf das Kleid und die glitzernden Stöckelschuhe. Wie hatte sie diesen Abend im Vorweg nur so falsch einschätzen können? Wieso musste es ausgerechnet ein Ball sein? Warum hatte sie nichts von Toms Unzufriedenheit geahnt? Was um alles in der Welt ließ sie die prekäre Lage ihrer Ehe übersehen? War sie wirklich neidisch? Wie hatte nur alles derart eskalieren können?

Agnes schluchzte, beugte sich hinab, öffnete die Riemen der Stilettos, zog die Turnschuhe aus der Tasche und schlüpfte in die ausgelatschten weinroten Chucks, die sie seit Jugendtagen trug und immer erst dann gegen ein neues Paar austauschte, wenn die Sohlen an der ewig gleichen Stelle zu brechen drohten. Sie griff nach den silbrigen High Heels und platzierte sie auf dem Deckel der nächsten Mülltonne. Vielleicht brachten sie einer anderen mehr Glück.

Agnes passierte das Justizforum, dessen angeleuchtete Palastfassaden den Wallanlagen etwas mehr Helligkeit schenkten, unterquerte erst den Sievekingplatz, dann die Jungiusstraße und erreichte schließlich die Mittelmeerterrassen im Alten Botanischen Garten. Einige Pärchen hatten die schweren Deckchairs aus Holz nebeneinandergerückt und gestanden sich flüsternd zu Bier und Wein ihre Liebe, den Blick auf die schluchtartigen Reste des alten Stadtgrabens und die Lichter der Stadt gerichtet. Agnes schauerte. Obwohl die schwarzen Schieferplatten am Hang die gespeicherte Wärme des Tages ausdünsteten und Säulenzypressen, Bitterorangen und Hibisken jeden Besucher olfaktorisch in die Toskana versetzten, hielt eine lähmende Kälte sie umklammert.

Wie hatte Tom sie nur anschreien können? So gingen sie nicht miteinander um. Ihre Ehe prägten Verständnis und Gespräche und Zuhören und Vertrauen und … klar zickten sie sich mal an, wenn einer von ihnen einen schlechten Tag hatte. Aber eigentlich waren sie beide so harmoniebedürftig, dass Agnes die echten Streits, die sie geführt hatten, an einer Hand abzählen konnte. Tom hatte heute eine Linie überschritten.

Agnes starrte ein junges Paar an, das sich über die breiten Armlehnen der Hamburger Hummelstühle hinweg küsste, und traf eine Entscheidung. Unter überhaupt gar keinen Umständen würde sie sich bei Tom melden. Weder jetzt noch heute Nacht oder morgen. Sollte er sich ruhig Sorgen machen, sich fragen, wo sie blieb und vor Angst durchdrehen. Vielleicht befürchtete er, sie sei angefahren oder entführt worden oder mit einem attraktiven One-Night-Stand in dessen Wohnung abgestiegen. Fein. Sollte er sich Sorgen machen. Große Sorgen.

Natürlich würde sie den Kindern antworten, sollten sie ihr Nachrichten schicken. Aber morgen war Samstag. Da fuhr sie gewöhnlich zum Markt, kaufte frisches Obst, Gemüse und Fisch, während Tom und die Kinder ausschliefen. Überhaupt lümmelten Jonas und Emma am Wochenende stundenlang in ihren Betten herum und verbrachten die beiden Tage am liebsten liegend. Tom würde erst spät etwas von ihnen in Erfahrung bringen. Gut so. Agnes schlang die Arme um den Oberkörper. Der niedere Gedanke an Vergeltung machte den Schmerz erträglich. Wenigstens für den Augenblick.

Sie zog ihr Handy aus der Tasche und schaltete es aus. Was hatte Tom ihr in seiner Brandrede vorgeworfen? Sie würde das Geld verprassen, das er verdiente? Ein zarter Nebel aus Trotz umwehte ihre Trauer. Entschlossen verließ sie den Park, ignorierte die brennenden Innenseiten ihrer Oberschenkel, durchquerte die Colonnaden und bog an der Alster auf den Neuen Jungfernstieg ab.

Kurz darauf schob sich das Hotel Vier Jahreszeiten in ihren Blick. Das gewaltige weiße Haus mit dem grünen Kupferdach tauchte den gesamten Straßenzug mit seiner Fassadenbeleuchtung in warmes, einladendes Licht. Agnes hatte bislang weder eines der luxuriösen Restaurants noch eine der exklusiven Bars des Hotels besucht. Von einer Übernachtung ganz abgesehen. Aber großer Schmerz erforderte große Maßnahmen.

Sie schlappte in ihren Chucks über den braunen Teppich in die mondäne Eingangshalle und wünschte kurz, sie hätte die Stöckelschuhe nicht im Park ausgesetzt. Von einem Sessel in der Lobby trieb glockenhelles Gelächter zwischen den Säulen der Halle hindurch und schwang sich hinauf bis zum Kronleuchter. Zwei Paare, die Männer im Smoking, die Frauen in langer Ballrobe, versanken in üppigen Sesseln, schwenkten Whiskeygläser und amüsierten sich. Agnes zupfte am Saum des Kleids. An der holzvertäfelten Rezeption schluckte sie beim Preis von zweihundertdreißig Euro für den Rest dieser angebrochenen Nacht und huschte mit einem Zimmerschlüssel hastig durch die geöffneten Türen in den Fahrstuhl.

Im zweiten Stock empfing sie ein gediegenes Zimmer in Beige und Limettengrün, dessen Fenster den Blick auf einen dunklen Innenhof lenkte. Sie duschte, vergoss Tränen, die mit den Resten des Make-ups im Abfluss versickerten, wusch ihre Unterwäsche und vergrub sich und ihre Nacktheit unter einer pluderigen Bettdecke.

Zehn Minuten später stand sie wieder auf.

Agnes konnte das Gedankenkarussell in ihrem Kopf nicht anhalten. Es drehte und drehte sich, bildete seltsame Fliehkräfte und schien die Enge des Zimmers zu sprengen. Liebte Tom sie noch? Hatte er eine andere Frau kennengelernt? War dies das Ende ihrer Ehe?

Sie schaltete den Fernseher ein und zappte sich von einem dänischen Krimi über eine unterirdische Reality-Show zu einem amerikanischen Action-Reißer hin zu einer Doku über Surfer und die herausforderndsten Wellen der Welt. Bewaffnet mit Sekt aus der Minibar versuchte sie, dem Kampf Männer gegen die Natur zu folgen, fand die heldenhafte Vergötterung der Extremsportler aber extrem ermüdend. Mit dem zweiten Piccolo entdeckte sie endlich einen Sender, der Tier- und Naturdokus in Dauerschleife sendete, und gab sich dem beruhigenden Schräpen von Amazonenpapageien hin, dem melancholischen Gesang der Buckelwale und Regenwaldbildern aus Uganda.

SAMSTAG

HAMBURGER INNENSTADT

Um kurz nach sieben ging endlich die Sonne auf. Sie flutete das Hotelzimmer mit Licht und bemühte sich mehr als redlich, die Dämonen der vergangenen Nacht zu vertreiben. Doch alles, was der erwachende Tag in Szene setzte, war die Frage: Und jetzt?

Agnes schlurfte erneut in die Dusche, glitt an den kühlen Fliesen hinab und hockte sich mit angezogenen Beinen unter den heißen Massagestrahl. Das Wasser prasselte auf ihre Schultern und tätowierte ausgefranste rote Kreise auf die Haut. Sie versuchte, sich auf die Strudel zu konzentrieren, die ihre Zehen umflossen, beobachtete die Tropfen, die in kleinen Fontänen vom Körper sprangen, doch ihre Gedanken schnitten weiter Messern gleich durch die Ereignisse der vergangenen Nacht. Keine zwölf Stunden war es her, seit ihr Leben ohne ihre Zustimmung eine neue Richtung eingeschlagen und den Rückweg unter tonnenschweren Vorwürfen begraben hatte. Selbst wenn sie wollte – wie sollte sie Tom seine Worte je verzeihen? Was könnte er tun, um die präzisen Stiche seiner skalpellscharfen Sätze ungesagt und darüber hinaus ungehört zu machen?

Die minimalistische Einrichtung des Bads verschwand hinter weißen Wasserdämpfen, die Lüftung röhrte. Agnes erhob sich. Sie wischte den beschlagenen Spiegel frei, strich sich nasse Haarsträhnen aus der Stirn und tastete nach dem Altsein in ihrem Gesicht. Die Falten zwischen Nase und Mundwinkel, die Krähenfüße an den Augen. Ihre Gesichtshaut spannte. Sie konnte sich nicht erinnern, wann oder ob sie überhaupt je in ihrem Leben einmal in einen Tag gestartet war, ohne sich einzucremen.

Agnes klaubte die trockene Unterwäsche von der Heizung und schlüpfte hinein. Sie fühlte sich sauber genug, der Welt entgegenzutreten. Doch das Gefühl verpuffte, als sie in das Etuikleid stieg, die wunden Innenseiten ihrer Oberschenkel aneinanderrieben, und der Reißverschluss auf dem Rücken klemmte. Sie wollte nicht schon wieder weinen, bemühte sich, den eingezippten Stoff betont ruhig freizulegen, und beschloss einem Rat zu folgen, den sie den Kindern oft erteilte, wenn ihnen die Schule und das Leben über den Kopf wuchsen: Immer ein Ding der Unmöglichkeit nach dem anderen.

Es half nichts, sich wegen des Zustands ihrer Ehe zu quälen, sich über Verletzungen und Vergebung Gedanken zu machen. Nicht jetzt. Sie brauchte einen Tee, Frühstück und neue Klamotten.

Agnes checkte aus. Die solide Gediegenheit der alten Hotelmauern erschien ihr wie eine zynische Randnotiz zu den weltenumwälzenden Ereignissen der vergangenen

Nacht. Ihr ganzes Leben war ihr seit Stunden fremd, da brauchte sie nicht noch eine Umgebung, die ihr das Gefühl vermittelte, in eine andere Existenz einzutauchen.

Sie umrundete die im zarten Morgenlicht glitzernden Wasser der Binnenalster, auf der zwei Schwäne dahinglitten, passierte die edlen Boutiquen des Jungfernstiegs und tappte durch die menschenleeren Einkaufsstraßen der City. Selbst die Cafés waren noch geschlossen. Mit einem Kaffee und einem Croissant vom Bäcker am Hauptbahnhof lehnte sie sich schließlich an das Geländer der Wandelhalle und starrte hinunter auf Gleise, Züge und Reisende. Die Geschäftigkeit beruhigte sie. Obwohl die Konstanten ihres Daseins mit dem nächtlichen Blinzeln des Freitags verschwunden waren, rotierte die Erde noch immer mit derselben Drehbewegung um die eigene Achse, schwang das menschliche Leben im gleichen Rhythmus wie tags zuvor. Freitag? Agnes runzelte die Stirn. Seltsam. Kein Don, ne? Stag. Noch vor Kurzem hatte sie den Einbruch in die Schule der Kinder an ihrem ganz persönlichen Wochentag für das dramatischste Ereignis seit Langem gehalten. Wie man sich täuschen konnte.

Als die ersten Geschäfte öffneten, startete Agnes ihre Shoppingtour. Sie ertrug das Kleid keinen Augenblick länger und kaufte die erste Hose, die passte. Eine hellblaue Jeans aus dünnem Stretchstoff. Die Beine waren wie immer zu lang, aber das Krempeln der Achtziger erlebte gerade ein Revival. Dazu ein weißes Shirt, bequeme Unterwäsche und einen grauen Hoodie. Sie zog die neuen Sachen gleich an und stopfte das Etuikleid in die Tasche.

Erschöpft fand sie sich nach zwei Stunden auf dem Rathausplatz wieder. Auf der großen betonierten Fläche herrschte ein Gedränge wie auf einem Wimmelbild. Dazu ein akustisches Allerlei aus Gelächter, Motorrollern, Radklingeln, Unterhaltungen, Schreien, Hupen, Musik. Die lärmende Geschäftigkeit der Stadt überwältigte sie. Weder Tom noch die Kinder hatten sich bislang gemeldet.

Agnes ließ die Innenstadt hinter sich und stapfte durch Nebenstraßen zum Nikolaifleet und von dort hinunter an die Elbe. Der Fluss strömte hier durch den Zollkanal, vorbei an den prunkvollen Backsteingebäuden der Speicherstadt, weiter zu den Landungsbrücken und dem Fischmarkt bis hinunter nach Wedel und Glückstadt, um bei Brunsbüttel schließlich in die Nordsee zu münden. Das Wasser sprach von Gegenden, die es gesehen hatte und Orten, die es noch finden würde. Seine Geschichten klangen abenteuerlich, offenbarten sich aber stets so zurückhaltend, dass sie die eigenen Gedanken nicht übertönten. Die Elbe war eine gute Zuhörerin.

Agnes folgte ihr stromaufwärts. Es schien natürlich, die Vergangenheit des Wassers zu ergründen, ganz so, wie sie sich wünschte, ihren eigenen Lebensweg oder doch wenigstens die vergangene Nacht rückblickend zu begreifen. Die Shoppingtour hatte sie abgelenkt, aber ein neuer Slip löste keine Eheprobleme.

Kurz nachdem Agnes die Deichtorhallen passiert hatte und auf dem schmalen Asphaltstreifen zwischen dem Fluss und den Zäunen des Großmarkts entlangstrich, vibrierte ihr Handy. Endlich. Eine Nachricht von Emma.

Emma: Weißt du, wo der braune Hoodie ist?

Keine Begrüßung, kein Kuss-Emoji, keine Verwunderung, wo sie war. Was hatte Tom den Kindern erzählt?

Agnes lehnte sich auf eine von Flechten und Moos überwucherte Steinmauer und starrte hinüber zur Halbinsel Grasbrook, auf der Dutzende Kräne seit Jahren die Hafencity schufen. Haustiefe Löcher klafften im Boden, doch selbst wenn Agnes durch irgendeinen dummen Zufall in eines hineingestürzt wäre, hätte das bis jetzt keine Menschenseele interessiert. Niemand schien sie zu vermissen. Offensichtlich spielte es keine Rolle, dass sie sich samstags extra früh aus dem Bett quälte, Brötchen besorgte, auf dem Markt einen Teil der Wocheneinkäufe erledigte und oftmals sogar noch den Tisch deckte, weil der Rest der Familie sich noch nicht hatte aufraffen können. Keiner wollte wissen, wo sie die vergangene Nacht verbracht hatte. Aber wehe der Lieblingspulli fehlte.

Agnes: Bei der Schneiderin. Die eingerissene Kängurutasche, du erinnerst dich?

Emma: 👿 ⚠️ *Der sollte doch gestern fertig sein!!!*

Agnes: Ja.

Emma: Aber?

Agnes: Hast du ihn abgeholt?

Emma schreibt …

Emma: Ich dachte das machst du.

Agnes schreibt … Entschuldige, das habe ich gestern in der Hektik vergessen, ich wollte …

Sie stockte, löschte den Satz. Was wollte sie? Sich bei ihrer Tochter dafür entschuldigen, den Hoodie nicht abgeholt zu haben? Die Nacht in einem Hotel verbracht und sich mit Emmas Vater gestritten zu haben? Eine schlechte Mutter zu sein? Agnes schüttelte den Kopf. Ihr Leben implodierte gerade, wieso musste sie sich dafür auch noch entschuldigen? Andererseits traf Emma natürlich keine Schuld an dem Chaos, dessen erster Kollateralschaden ein brauner Hoodie zu sein schien.

Emma: Wo ist der Abholschein?

Agnes: Rechts auf dem Buffet im Briefständer. Ich habe schon bezahlt. Aber ich weiß nicht, wie lange heute geöffnet ist.

Emma schreibt …

Doch dann verschwand die blinkende Anzeige. Emma war offline.

Agnes steckte das Handy zurück in die Tasche und rang um Fassung. Wie konnte es sein, dass ihre Familie sich keine Sorgen machte? War es so selbstverständlich, dass es ihr gut ging? Aber wie konnte Tom sich da sicher sein? Interessierte ihn das überhaupt noch?

Ein Radfahrer klingelte. Agnes sprang zur Seite und stieß gegen das dunkelgraue Geländer einer kleinen Schleuse. Direkt vor ihr überspannten drei Eisenbahnbrücken das Wasser, im Hintergrund glaubte sie bereits die markante Fischform der Neuen Elbbrücke zu erkennen. Jetzt lebte sie bereits seit zwanzig Jahren in Hamburg und wusste nicht, wie man die Stadt zu Fuß verließ. Diese Gegend war ihr vollkommen fremd – genauso wie die egozentrischen Gedanken ihrer Teenagertochter, die Unzufriedenheit ihres Mannes oder die Zukunft ihrer Ehe. Sie lachte trocken auf. Was für eine Farce.

Agnes ging weiter. Sie wusste nicht, was sie sonst hätte tun können.

Also setzte sie einen Schritt vor den anderen, unterquerte die Elbbrücken, passierte den Entenwerder Elbpark, schritt auf dem Deich über die Halbinsel Kaltenhofe, vorbei am Holzhafen bis nach Moorfleet, wo der schmale Seitenarm der Dove Elbe in den breiteren Strom der Norderelbe mündete. Obwohl sie sich nach gut eineinhalb Stunden noch immer auf hamburgischem Boden bewegte, hatte sie die Aufregung der Innenstadt mit all ihren Geräuschen, Lichtern und Menschen weit hinter sich gelassen. Es grünte um sie herum. Weiden und Erlen säumten die Ufer der Elbe. Schilf wucherte in breiten Streifen. Schafe käuten das Gras des Deichs wieder. Dahinter strömten die Wasser des Flusses in gleichmütiger Ruhe, sie hatten hier mehr Platz, waren nicht so radikal kanalisiert wie im Hafengebiet. Die Häuser auf der gegenüberliegenden Seite wirkten an vielen Stellen bereits wie Exponate aus dem Miniaturwunderland.

Agnes atmete auf.

Sie fühlte bei jedem Schritt, wie sich ihre Lungen dehnten. Eine seltsame Ruhe überkam sie. Gedanken wollten meist, dass man draußen mit ihnen spazieren ging. Es war, als lösten sich durch die Bewegung komplizierte Verknotungen. Agnes sah keine Lösung, noch nicht einmal Antworten, aber ihr Blick schien sich zu klären. Wenn nichts mehr geht, geht gehen. Vielleicht war das wirklich so.

Als der Deich sich in einer sanften Kurve nach Süden wandte, erreichte Agnes ein Wohngebiet. Weiße Doppelhaushälften mit tiefgezogenen schwarzen Dächern. Am Ende der Stichstraße eine Bushaltestelle. Sie verlangsamte ihren Schritt. Neben dem gesplitterten und mit rot-weißem Absperrband umwickelten Seitenfenster des Wartehäuschens hockte ein Mann und schälte einen Apfel. Sein Messer glitt sanft und unablässig um das weiße Fruchtfleisch und wickelte ein langes Schalenstück ab, das sich auf einem am Boden liegenden Taschentuch kringelte. Ein vielleicht vierjähriges Mädchen hüpfte davor auf und ab und klatschte in die Hände. Der Mann zerschnitt den Apfel und reichte der Kleinen das erste Stück. Agnes trat hinter den Stamm einer ausladenden Platane. Sie wollte nicht beim Starren erwischt werden.

Der Mann verstaute jetzt Schale und Schnitze in einer Box und reichte dem Mädchen ein Stück nach dem anderen. Agnes wandte den Blick ab. Sie sah Tom vor sich, wie er früher samstags mit den noch kleinen Kindern zum

Spielplatz zuckelte, den Rucksack gefüllt mit Apfelschnitzen, Karottenstiften und Gurkenscheiben, die sie zuvor liebevoll hergerichtet hatte. Sie schämte sich damals für den Egoismus, der ihre Hände antrieb, sie drängte, besonders viel zuzubereiten, damit die Mikroabenteurer es gut draußen aushielten und ihre eigene Pause sich länger anfühlte als ein kurzes Durchschnaufen.

Agnes keuchte. Sie spürte, wie ihre Gedanken in Bewegung gerieten, so als hätte der Marsch hierher ihnen einen Schubs versetzt. Ein Gefühl, das schon lange gärte, tief verborgen. Sie konnte es nicht fassen, immer wieder entglitt ihr der Kern. Aber da war etwas, sie fühlte es genau.

Nachdenklich überquerte sie die Tatenberger Schleuse, die den Nebenarm der Dove Elbe vom Tide-Geschehen der Norderelbe abschnitt und in ein Stillgewässer verwandelte. Das Grün der Bäume, Gräser und Sträucher spiegelte sich dunkel auf dem ruhigen Fluss. Die Sonne goss spätsommerliche Schönheit über die Welt.

Agnes hatte während eines Seminars zum Thema *Biodiversität der Pflanzen* vor Jahren eine Exkursion hierher unternommen und einen großartigen Tag mit Gummistiefeln im Wasser verbracht. Damals wusste sie genau, sie würde einmal die Leitung eines Biosphärenreservats übernehmen, sich um den Naturschutz genauso kümmern wie um die wissenschaftliche Forschung, für Umweltbildung sorgen und sich in der internationalen Zusammenarbeit beweisen.

Seitdem war viel geschehen.

Sie blieb stehen und zerrte das Handy aus der Tasche,

aber es gab keine verpassten Sprachanrufe, keine Nachrichten, keine Neuigkeiten. Am liebsten hätte sie das verdammte Ding in den Fluss geschleudert. Wieso interessierte es niemanden in ihrer Familie, wo sie blieb?

Agnes schloss die Augen. Sie war müde, und ihre Füße schmerzten. Für den täglichen Einkauf waren Chucks prima, aber die Sohlen einfach zu dünn, um eine Großstadt darauf zu durchqueren. Zudem knurrte ihr Magen. Außer Croissant und Kaffee hatte sie heute noch nichts zu sich genommen. Sie fühlte sich erschöpft. Vom Laufen und vom Leben.

Agnes googelte nach geöffneten Restaurants, Supermärkten oder Bäckereien in der Nähe, musste hier in den Marschlanden aber noch fast eine Dreiviertelstunde lang gehen, bis sie sich kraftlos neben einer Gruppe von aufgedrehten Fahrradfahrern in einem vollbesetzten Restaurant auf einen Stuhl fallen ließ. Ihr Hals schmerzte, weil der Riemen der Handtasche ihr schon den ganzen Tag über in die Schulter schnitt. Die Finger waren geschwollen. An ihrem Katzentisch verhinderten zwei Säulen und ein Paravent den Blick auf die Elbe, der Cola mangelte es an Kohlensäure, die Matjesfilets ertranken in Mayonnaise und die Ü70-Fahrradfahrer prosteten sich lautstark mit Bier zu, als gäbe es kein Morgen. Das Handy vibrierte nicht.

Nach einer qualvoll langen Stunde, in der sie den existenziellsten Hunger gestillt und nicht geweint hatte, machte Agnes sich auf den Weg zu einer kleinen Pension, die ganz in der Nähe auf Google Maps eingezeichnet war. Sie wollte sich irgendwo hinlegen, die Füße von den Chucks befreien, den Schweiß der Ungewissheit von der Haut duschen, nicht nach Hause fahren. Auf keinen Fall würde sie den ersten Schritt auf Tom zugehen. Nach allem, was er gesagt hatte, müsste er aktiv werden, wenn sie einander je wieder auf Augenhöhe begegnen wollten.

Agnes checkte für eine Nacht ein und bemühte sich, die Trostlosigkeit des Zimmers zu übersehen. Sie duschte gerade hinter einem steifen Plastikvorhang, als das Handy piepste.

Hektisch sprang sie aus der Dusche, stolperte über den Wannenrand und schrammte mit dem rechten Schienbein gegen den Waschtisch. Tränen schossen ihr in die Augen. Agnes fluchte, während sie das Zimmer durchhüpfte, den Teppich volltropfte und das Handy aus der Tasche fummelte.

Tom: Kommst du irgendwann wieder nach Hause, oder kann ich deine Klamotten zur Altkleidersammlung geben?

Agnes sank auf den Boden. Von ihren nassen Haaren flossen Rinnsale über den Rücken. Sie versuchte auf *Antworten* zu tippen, aber durch den Tränenschleier erkannte sie die Buchstaben nicht.

Tom: Du bist online! 🐌 *Wir wissen also, dass du lebst. Danke für diese Information! Mehr muss man über seine Ehefrau und die Mutter der eigenen Kinder ja auch nicht wissen.*

Agnes wischte mit dem Handrücken über ihr Gesicht.

Agnes: Klingt auch nicht so, als würde dich mehr interessieren.

Ihr Handy klingelte. Tom rief an. Agnes japste. Sie konnte jetzt nicht mit ihm sprechen. Seine als Ironie getarnte Wut schwappte bereits einer Flutwelle gleich durch die Textnachrichten. Wie sollte sie atmen, sich ihm entgegenstellen, wenn sie seine Stimme hörte?

Tom schreibt …

Tom: Du verschwindest für zwei Tage und Nächte, lässt deine Familie vor Sorge durchdrehen, willst nicht mit mir reden und wirfst mir vor, ich interessiere mich nicht für dich?? Was um alles in der Welt ist los mit dir, Agnes?? Ich erkenne dich nicht wieder!!

Agnes: Da sind wir schon zwei.

Tom: Was soll das jetzt wieder heißen?? Wo bist du??

Agnes: Ich brauche Zeit.

Tom: Wofür? WO BIST DU??

Agnes: In den Vier- und Marschlanden.

Tom: Was?? Warum??

Agnes seufzte. Sie konnte nicht mit Tom diskutieren, solange er in erboster Zwei-Fragezeichen-Manier mit ihr kommunizierte. Wenn seine Fragen wie echte Fragen klängen, solche, die sich auch für Antworten interessierten, dann wäre sicher eine bessere Zeit. Erneutes Piepen. Eine weitere Nachricht von Tom. Agnes schaltete das Handy aus, ohne den Text zu lesen. Der Akkustand näherte sich den letzten zehn Prozent. Vielleicht brauchte sie die noch.

HAMBURG, CONTASTRAßE

Tom schleuderte das Handy quer durch den offenen Raum vom Küchentresen über den dunkelblauen Lesesessel und den Couchtisch bis auf das Sofa.

»Scheiße!«

Mit ein wenig mehr Mut hätte er es gegen die Wand gefeuert. Aber genau der fehlte ihm seit geraumer Zeit.

»Papa?« Emma linste aus dem Flur in die Küche. »Alles okay?«

Tom rieb seine Daumen gegen die Finger, atmete einmal tief aus. Dann drehte er sich um. »Sicher, Schatz. Ich habe mich nur geärgert.«

»Über Mama?«

»Was? Nein! Nein, nicht über Mama. Ich habe … nur gerade auf den Dienstplan geschaut und mal wieder einen Fehler entdeckt.«

Emma schlurfte in einem Oversized T-Shirt, Slip, Kuschelsocken und pubertätsbedingten Endlosbeinen in die Küche, öffnete den Kühlschrank, starrte hinein, schloss die Tür wieder, öffnete die Speisekammer, brach ein Stück

Nougatschokolade ab und hockte sich auf einen der Stühle am Tresen. »Wo ist Mama?«

»Nun … bei einer Freundin.« Tom verfluchte Agnes. Wegen ihr musste er seine Tochter anlügen.

»Bei Britta?«

»Nein …« Tom begann, die Spülmaschine auszuräumen. Er hoffte, diese Geschäftigkeit würde Emma von ihren Fragen ablenken.

»Hä? Bei wem denn dann? Bleibt sie da das ganze Wochenende? Morgen ist das Turnier. Ich dachte, sie fährt mich.«

»In der Tat …« Tom lächelte, unbekümmert und fröhlich, wie er hoffte. »Das kann ich doch machen.«

Emma rollte mit den Augen. »Du und Pferde.«

»Mama kann doch auch nicht reiten.«

In Emmas Augen traten Tränen. »Aber die kennt sich voll gut aus und weiß auch wegen Sindris Mähne Bescheid.«

Tom umrundete den Küchentresen und nahm seine Tochter in den Arm. »Komm schon, trau mir was zu. Ich schaffe das.«

Emma zog die Augenbrauen in die Höhe. »Du willst Sindri einen andalusischen Zopf flechten.«

»Klar.«

»Genau.«

»Ich beweise es dir. Morgen.« Tom grinste. Er fühlte sich nicht halb so siegesgewiss wie seine Mimik hoffentlich suggerierte. »Und jetzt ab ins Bett.«

Emma erhob sich schwerfällig und trottete durch die Küche zurück in den Flur. Im Türrahmen drehte sie sich noch einmal um. »Denkst du dann auch an den Beitrag zum Buffet? Mama wollte Käsekuchen machen.«

»Klar. Backe ich morgen früh.«

»Wow.«

»Ach was …« Tom winkte ab. Endlich ein positiver Effekt dieses ganzen Dramas. Seine pubertierende Tochter wirkte beeindruckt.

»Nein, ich meine, wow, da stehst du echt schon früh auf an deinem freien Sonntag.«

»Tue ich das?«

»Wir müssen um acht Uhr am Stall sein. Wenn du vorher noch Käsekuchen backen willst … na ja, gute Nacht.«

Tom stöhnte. Er stapfte durch das Wohnzimmer, klaubte das Handy vom Sofa, erleichtert, es doch nicht gegen die Wand gepfeffert zu haben, googelte Käsekuchenrezepte und legte eine Backnachtschicht ein, während er sich auf YouTube Tutorials zu den schönsten Pferdefrisuren anschaute.

HAMBURG, VIER- UND MARSCHLANDE

Agnes erwachte vom Wimmern eines Babys. Sie knipste die Nachttischlampe an, stand auf und öffnete die Zimmertür. Herzzerreißendes Gebrüll bahnte sich den Weg durch die gegenüberliegende Tür. Agnes hatte vermutet, dass das Einfamilienhaus neben der Einliegerwohnung leer stand. Die Jalousien waren heute Nachmittag überall heruntergezogen gewesen. Die Bezahlung für das Zimmer mit Pantryküche und Duschbad war per Paypal und das Einchecken online über den Code für einen Briefkasten vor der Haustür erfolgt. Sie hatte darin einen Schlüssel gefunden und sich selbst eingelassen.

Das Baby schrie jetzt markerweichend. Markerweichend. Agnes hielt inne. Emma hatte das Wort einmal benutzt. Im Urlaub auf Kreta. Tom erklärte damals, dass es *markerschütternd* hieß, da Knochenmark stark durchblutetes, schwammartiges Gewebe war, das die Hohlräume im Inneren vieler Knochen ausfüllte und also bereits weich war, was den Ausdruck *markerweichend* ad absurdum führte. Jonas hatte erwidert, dass es aber prima zu seinem Klassenkameraden Mark passte und zu dessen schmachtenden Blicken auf Emma. Selbst Emma, der sonst so ziemlich alles peinlich war, hatte gelacht. Markerweichend. Als ob herzerweichend für ein wabbeliges Organ sinnvoller wäre. Agnes schüttelte den Kopf. Sie drückte die Klinke der dunkelbraunen Holzimitattür im Flur gegenüber. Sie sprang auf.

»Hallo?«

Ein kurzer, dunkler Flur führte zu einer weiteren Tür, hinter der sich das Baby laut würgend zu übergeben schien. Agnes öffnete sie ebenfalls. Vor ihr erstreckte sich ein spärlich möblierter Raum mit schwarzen Kunstledersofas, einem weißen Esstisch und einer offenen Küche, in der eine Frau versuchte, ein Baby mit hochrotem Kopf schuckelnd zu beschwichtigen. Agnes wollte sich gerade leise zurückziehen, als die Frau sie entdeckte.

»Was zur Hölle machen Sie hier? Wie kommen Sie hier rein?«

Die Frau schrie, was das Baby derart aus dem Rhythmus zu bringen schien, dass es prompt aufhörte zu brüllen.

»Ich habe die Wohnung nebenan für heute Nacht gemietet.« Agnes sprach schnell, um die vermutlich knappe Schreipause auszunutzen. »Entschuldigung, dass ich hier so reinplatze. Ich habe das Baby weinen gehört und mir Sorgen gemacht. Ich wollte Sie nicht erschrecken.«

Das Baby wandte den Kopf in Agnes' Richtung. Die junge Frau verwendete das Überraschungsmoment und schob die Tülle einer Flasche zwischen die zarten Lippen des Mündchens. Verdutzt begann das Kleine zu saugen.

»So ist's gut«, murmelte die Frau und bedeutete Agnes mit einer Kopfbewegung näher zu kommen.

Sie setzten sich an den Esstisch. Die Frau war jung, vielleicht Mitte zwanzig, unter ihren Augen schimmerten dunkle Schatten und die Lider schienen irgendwie geschwollen. Ihr glattes Haar klemmte strohig in einem Pferdeschwanz. Sie trug ein überdimensioniertes T-Shirt, das nach saurer Milch roch.

»Cosmo schreit zurzeit jede Nacht.« Sie flüsterte. »Er hat so Hunger und kann sich wirklich gar nicht beruhigen, und ich schaffe es nicht, ihn zum Stillen anzulegen. Er dreht dann total durch.« Die Frau blinzelte einige Tränen fort. »Seit gestern versuche ich es mit Babynahrung, weil … na ja … ich glaube, dass er einfach gar nicht wirklich satt wird von der Muttermilch, aber mein Mann sagt, dass das nicht gut ist für Babys. Die sollen in den ersten sechs Monaten nur gestillt werden. Aber er ist halt auch auf Montage und hört Cosmo nicht die ganze Zeit schreien und …« Sie schluchzte leise.

Agnes versuchte sich an einem aufmunternden Lächeln. »Ich hole dir erst mal etwas zu trinken.«

Die Frau nickte.

In der schmalen Küchenzeile stapelten sich Teller, Schüsseln, Tassen, Brettchen, Babyflaschen und Schnuller. Über allem staubte eine Schicht aus weißem Pulver, das wohl zur zusammenrührbaren Ersatzmilch gehörte.

Agnes organisierte ein Glas Wasser und hielt es der erschöpften Mutter an die Lippen. Mit Baby und Fläschchen hatte sie keine Hand frei.

»Danke.«

Agnes erwiderte das Lächeln der Frau und wollte sich gerade verabschieden, als die junge Mutter zu erzählen begann. Wie müde sie war. Dass sie die Kolleginnen aus der Drogerie vermisste, überhaupt Erwachsene zum Reden, immer nur war sie mit dem Baby allein. Ihr Mann hatte erklärt, dass Kinder anfangs vor allem die Mutter bräuchten, er könnte schließlich nicht stillen, und dass er als Vater erst später zum Einsatz käme, wenn Cosmo größer wäre und er mehr mit ihm anzufangen wüsste.

»Er sagt, ich kann von Natur aus viel besser mit Cosmo umgehen, so als Frau und Mama.« Sie schluchzte. »Aber ich hab gar keine Ahnung! Ich google ständig und check irgendwelche Foren und ruf meine eigene Mama an …«

Die Worte flossen aus der jungen Frau wie die Muttermilch, die sich in wachsenden Flecken auf ihrem Shirt abzeichnete. Ihr Körper reagierte auf das schmatzende Baby. Agnes hätte ihr gerne über die Wangen gestreichelt, die Tränen fortgewischt, ihr das Gefühl gegeben, gesehen zu werden. Aber irgendwie erschien ihr das zu intim.

Sie dachte daran, wie gerne sie selbst gestillt hatte. Wattebauschmomente voller Nähe. Allerdings litt sie bei Jonas auch unter Milchstau. Wahnsinnige Druckschmerzen, ein Gefühl, als ob der Busen einem prallen Ballon gleich zerplatzen würde, Quarkwickel, mit denen sie barbusig Stunden auf dem Sofa verbrachte. Bei Emma entwickelte sich der Milchspendereflex zu stark, sodass ihr winziges Baby schrie und schrie und schrie, während die Milch aus den Brustwarzen strömte und sie fast ertränkte. Agnes musste ihre Kleine aufrecht halten, fast sitzend, ein Balanceakt, der zu wunden Brustwarzen führte, gegen die sie dicke Schichten Wollfettcreme auftrug. Sie stillte alle drei Stunden, was maximal drei Stunden Schlaf am Stück bedeutete. Zudem haderte sie seit Beginn der ersten Schwangerschaft mit den Veränderungen ihres Körpers. Es schien, als schrumpfte seine Daseinsberechtigung auf eine einzige, dramatische Essenz: die Zufriedenstellung eines anderen Wesens. Agnes selbst entfremdete sich immer mehr von ihrem Bauch, von Busen, Beckenboden, Gebärmutter, Vulva, Vagina. Es fühlte sich an, als hätte ihr Körper sie verlassen. Er arbeitete für jemand anderen, hatte eine sinnvolle Aufgabe im Leben gefunden und ihre Bedürfnisse dafür zurückgewiesen.

Agnes betrachtete Cosmo und seine Mama. Der Kleine öffnete endlich das Erdbeermündchen und ließ mit einem leisen Schmatzer von der Flasche ab. Er seufzte mit geschlossenen Augen, alle Spannung entwich, der schmale Körper ergab sich der Schwerkraft und baumelte schließlich schlaff in dem noch übergroßen Strampler.

Die junge Frau erhob sich und legte ihr Baby sacht über die Schulter. »Sorry … ich meine, wirklich … für das hier. Ich erkenne mich selbst nicht wieder …«

Agnes lächelte. Aufmunternd. Sie wollte der jungen Frau ein Gefühl der Schwesternschaft vermitteln. Ihr sagen, dass alles besser und irgendwann sogar wieder gut werden würde. Sie dachte an Tom, den Streit, das Telefonat mit Emma und senkte beschämt den Blick.

SONNTAG

SCHENEFELD

Tom schlürfte dankbar an dem wässrigen Gesöff, das jemand ihm mit den Worten »Hier, Kaffee.« in die Hand gedrückt hatte. Die Sonne zwängte sich zwischen den Blättern der hohen Bäume rund um den Kastanienhof hindurch und sprenkelte den Turnierplatz mit pinzettenschmalen Lichtstrahlen. Langsam wurde es wärmer.

Tom blinzelte. Es könnte schlimmer sein, alles in allem.

Das Verladen der Pferde war reibungslos verlaufen, soweit er das beurteilen konnte. Sein erster Flechtversuch eines andalusischen Zopfes in Sindris Mähne hatte Emma sogar ein Kopfnicken entlockt, vor allem weil er die störrischen Haare dank des Tutorials vorab angefeuchtet hatte. Endlich zahlten sich das handwerkliche Geschick und sein Hang zum Perfektionismus auch privat mal aus.

Tom lehnte am Zaun, knapp neben dem Bahnpunkt R an der langen Seite des Reitplatzes. Emma hatte ihm irgendwann einmal die Bedeutung dieser seltsamen Buchstaben rund um das Carré erklärt, aber er konnte sich nicht mehr erinnern.

»Herrlicher Tag für das Turnier, was?« Ein Mann um die sechzig gesellte sich zu ihm. Grüne Steppjacke, rote Hose, wie so viele hier.

»In der Tat, wir scheinen Glück mit dem Wetter zu haben.«

»Oh ja … und jetzt …« Der Mann räusperte sich. »Jetzt kommt die Feuertaufe.«

Tom hob fragend die Augenbrauen. Das reichte als Aufforderung. Während der nächsten zehn Minuten lauschte er einem Monolog über die unterschiedliche Beschaffenheit von Reitplätzen. Es ging um die Tritt- und Rutschfestigkeit der Böden, Deckschichten, Trennschichten und Tretschichten, Oberflächenentwässerung, Drainage und Rohrsysteme und vor allem um die vorausschauende Arbeit der Reitplatzbaufirma, mit der sich sein Gegenüber von einem passionierten Reiter zum amtierenden CEO eines vierköpfigen Teams hochgearbeitet hatte.

Endlich erschien Emma mit Sindri auf dem Platz, und Tom hatte einen Grund, sich zu entschuldigen, um einen Standort näher am Einlass zum Turniergeschehen zu suchen. Gerade als er sich auf den Weg machen wollte, klingelte sein Handy.

»Dr. Morgenthaler, es tut mir sehr leid, Sie an Ihrem freien Wochenende zu stören.« Nikolai Mattners Stimme klang belegt. Der Assistenzarzt räusperte sich. »Es gab eine Massenkarambolage hinter dem Elbtunnel in Othmarschen. Wir kommen hier allein nicht mehr klar. Sie müssen kommen.«

Tom seufzte. »Ich bin in fünfundvierzig Minuten da.«

Er hielt Ausschau nach Emma, umrundete den Turnierplatz, entdeckte Sindri und sah, wie seine Tochter ihren Liebling mit der immergleichen Geste tätschelte. Sie war nervös. Das Frühstück heute Morgen hatte sie abgelehnt, die Toilette auf dem Kastanienhof aber bereits dreimal aufgesucht.

»Weißt du …«, flüsterte Tom, als er Emma erreichte, und beugte sich zu ihr. »Ich habe mich umgesehen. Du und Sindri, ihr seid mit Abstand das coolste Team hier am Platz.«

»Du bist voreingenommen.«

»Etwa weil ich diese herausragend schöne Frisur geflochten habe? Niemals! Ich betrachte das ganz objektiv.«

Emma rang sich ein Schmunzeln ab.

»Seid ihr jetzt gleich dran?«

»Warum? Hast du es eilig?« Emma sah zu Tom, arglos. Doch dann schien sie etwas in seinem Blick zu entdecken, runzelte die Stirn und starrte steif hinüber zum Geschehen auf dem Reitplatz. »Dauert noch ewig, bis wir dran sind. Du musst nicht bleiben.«

»Schatz …« Tom wusste nicht, welche Tonlage er seiner Stimme verleihen sollte. Samtig weich voll schlechtem Gewissen, kantig wegen der andauernden Wut auf Agnes, die jetzt an seiner Stelle hier sein sollte, um ihrer Tochter die Unterstützung zukommen zu lassen, die sie verdiente, ganz straight als rationaler Arzt, der er nun einmal war, fließend und voller Mitgefühl für seine wundervolle Tochter, die er nun allein lassen musste. Er krächzte: »Ich würde wirklich wahnsinnig gern bleiben, Schatz, nur lei…«

Emma wandte sich an eines der älteren Mädchen aus ihrer Reitgruppe. »Habt ihr noch Platz im Auto? Kann ich später mit euch zurückfahren? Mein Vater muss los.«

Das Mädchen nickte.

»Super, danke. Tschüss, Papa.« Emma duckte sich unter Sindris Hals hindurch und verschwand hinter seinen Schultern.

»Schatz, bitte!« Tom beugte sich über Sindris nicht allzu hohen Isländerrücken. »Ich würde viel lieber hier bei dir bleiben, aber es gab einen Notfall in der Klinik. Da sind Menschen, die mich brauchen.«

»Hier ja glücklicherweise nicht.«

»Komm schon, Emma, bitte, mach es mir doch nicht so schwer. Ich …« Tom glaubte, Tränen in den Augen seiner Tochter schimmern zu sehen, aber Emma starrte derart beharrlich zum Turnierplatz hinüber, dass er sich auch irren konnte. Er seufzte. »Wir sehen uns heute Abend. Hals und Beinbruch für deinen Ritt.«

Agnes hatte sich für den Weg auf dem Deich entschieden. Das Gras klebte spätsommerlich platt zwischen
Löwenzahnrosetten, Kies und Schafskötteln, aber der erhöhte Weg erlaubte ihr einen wunderbaren Rundumblick.
Hinter dem gepflasterten Pfad auf der Wasserseite erstreckte sich am Flussufer ein schmaler Sandstreifen
Strand. Die Elbe floss bedächtig hier, fast träge, immer
wieder unterbrochen von steinernen Buhnen, die die Ufer
schützten. Auf der Landseite stießen Felder an die Straße.
Viel Grünkohl, aber auch Kürbis und Bohnen. Vereinzelt
unterbrachen lange Gewächshäuser und rot geklinkerte
Bauernhöfe die landwirtschaftliche Fläche. Agnes genoss
die Wärme und den wolkenlosen Himmel, der einen glauben ließ, dass es niemals dunkel werden würde. Tiefblau
überzog er die Landschaft mit Weite. Es roch nach feuchtem Grün, Sonne und Aufbruch.

Sie hatte wenig geschlafen in dieser Nacht. Das Gespräch
mit Cosmos Mutter und das Bild eines riesigen Knäuels ver-
hedderter Gedanken waren ihr nicht aus dem Kopf gegan-

gen. Es musste Jahre her sein, dass sie bewusst an die Geburten der Kinder und die aufreibende Stillzeit gedacht hatte. Natürlich erzählten sie Emma und Jonas an deren Geburtstagen gerne und immer wieder die amüsantesten Anekdoten rund um deren Ankunft in der Welt. Aber was das mit ihr und ihnen als Eltern gemacht hatte, nun ja.

Agnes trippelte die Deichschulter hinab zum Strand. Sie hatte gehofft, dass ihre Füße sich über Nacht erholen würden, doch das Druckgefühl unter den Ballen pochte stetig um Aufmerksamkeit.

Sie folgte der Elbe weiter stromaufwärts. So war es am einfachsten. Das Wasser trieb voran und bewegte ihren Geist. Denken war eine Freiluftaktivität, und der Fluss gab die Richtung vor, navigierte sie wie ein Kompass und schenkte ihr Orientierung. Dass es jetzt auch körperlich wurde – warum nicht.

Agnes zog die Chucks aus und grub die Zehen in den Sand. Das üppige Frühstück, das sie in dem Restaurant von gestern Abend eingenommen hatte, schaukelte in ihrem Magen. Sie schritt am Schilf und einigen mächtigen Silberweiden entlang zum Ufer, als sie jemanden rufen hörte.

»Hey!«

Ein Pfiff. Agnes schaute sich um, aber sie konnte weder einen Mann noch einen Hund ausmachen.

»Hallo! Hier oben!«

Sie blieb stehen und blickte zwischen den weiß changierenden Blättern der Silberweiden in die Baumkronen hinauf. Dort oben, etwa fünf Meter über ihr, hockte ein Mann auf einem Ast.

»Tu mir mal bitte einen Gefallen.« Der Baumfreund klammerte sich an den Stamm. »Mein Fahrrad steht da vorne hinter dem Schilf. In der linken Tasche am Gepäckträger ist ein blauer Beutel mit einem Kameraobjektiv. Kannst du mir das geben?«

»Und wie bekomme ich das zu dir hinauf?«

Der Mann zog ein schmales Seil aus einer der aufgesetzten Taschen seiner Cargohose und ließ es hinab.

Agnes fand das Rennrad, zog den blauen Beutel mit dem Kameraobjektiv aus einer unfassbar akkurat sortierten Gepäcktasche und knotete ihn an das Ende des Seils.

»Super!«, rief der Mann und zog alles zu sich hinauf. Er winkte.

Agnes erwiderte den Gruß und stapfte weiter in Richtung Ufer, um ihre Füße im trüben Wasser der Elbe zu kühlen. Der Sand war rau hier, durchzogen von allerlei fein geschliffenem Kies und Backsteinbröckchen, die Zeugnis ablegten von den Hunderten Ziegeleien, die den typisch norddeutschen Stein früher an der Elbe herstellten. Agnes fand eine weiche, seichte Stelle und genoss den stillen Strom des Wassers. Hier kannte die Elbe noch Gezeiten. Bis zur Staustufe in Geesthacht reichte der Einfluss der Nordsee, ganze hundertzweiundvierzig Kilometer weit, das hatte sie noch zu Schulzeiten lernen müssen. Ebbe und Flut wechselten sich in regelmäßigen Tiden ab, kamen und gingen im stetigen Lauf der Zeit. Agnes hatte diesen Rhythmus immer gemocht. Vielleicht weil er sie daran erinnerte, dass auch sie als Frau einem Zyklus folgte – zum Glück nicht alle sechs Stunden. Vielleicht sahen Männer das

Meer und den Gezeitenwechsel anders, entdeckten an anderen Stellen Gemeinsamkeiten, fanden in anderen Dingen Trost. Ein Gedanke, den sie gerne mit Tom geteilt hätte.

Als sich ihre Füße einigermaßen erholt anfühlten, stakste Agnes zurück auf den Sand und hockte sich auf einen Stein, um zurück in die Chucks zu schlüpfen. Da bremste der Baumfreund auf seinem Rennrad neben ihr ab.

»Weißt du, dass Schuhe, die ohne Socken getragen werden, ein wahrer Bakterienhort sind?«

Agnes schaute zu ihm auf. »Tatsächlich.«

Er grinste. »Bei Tests wurde festgestellt, dass Stoffschuhe wie Chucks bis zu dreimal mehr Bakterien kultivieren, wenn du sie ohne Socken trägst. Ist echt creepy. Da ist der Fußpilz vorprogrammiert.« Er lachte, und die dunklen Locken, die er auf dem Kopf länger trug als an den Seiten, wippten im Takt. »Ich bin Per.«

»Agnes.«

»Nice to meet you, Agnes, Retterin des besten Elbefotos, das ich je geschossen habe. Das Licht war nämlich gerade absolut perfekt und hätte ich erst vom Baum runter und dann wieder hochgemusst, tja, da wär's bestimmt zu spät gewesen. Von daher: Super, dass du justamente vorbeigekommen bist! Ist ja sonst nicht viel los hier.«

Agnes musterte ihn fasziniert. Obwohl er nur wenig jünger zu sein schien, strahlte Per eine geradezu jugendliche Energie aus. Er wirkte wie der abenteuerlustige Hipster aus der Werbekampagne eines E-Zigaretten-Herstellers. Nur ohne Bart.

»Ich dachte ja, ich würde hier ein paar mehr Leute treffen an einem Sonntag. Aber die Touris ballen sich dann doch wieder an den bekannten spots. Du wohnst nicht zufällig hier in der Gegend, was?«

Agnes schüttelte den Kopf. »Ich gehe hier nur spazieren.«

Per strahlte. »Super! Dann begleite ich dich ein Stück. Ich habe in zwei Stunden ein Interview mit dem Gastro-Leiter vom Zollenspieker Fährhaus.«

Per erzählte, dass er bloggte. Und Bücher schrieb. Reiseliteratur. Er war Mitglied im elitären Traveler's Century Club, einem Verein für weit herumgekommene Menschen, dessen Mitglieder als Aufnahmekriterium mindestens hundert der von einem Gremium als bereisbar definierten Länder und Regionen der Erde besucht haben mussten. Hundertacht hatte er bereits abgehakt, zweihunderteinundzwanzig fehlten noch. Leider kamen ihm immer wieder Brotjobs in den Weg, Aufträge, die er annahm, um sich und die Reisen zu finanzieren. Jetzt gerade schrieb er an der Neuauflage eines Tourenguides zum Elberadweg. »Ich bin an der Flussmündung in Cuxhaven gestartet und fahre hinauf bis zur Quelle im Riesengebirge an der Grenze zwischen Polen und Tschechien. Ist ja gerade ziemlich angesagt, so regional unterwegs zu sein.«

Agnes lauschte Pers überschäumenden Geschichten, hörte, wie ein atemloses Wort das andere zu überholen versuchte. Sein Leben schien so voller Abenteuer, Begegnungen und Wagnisse zu stecken. Selbst die Arktis hatte er schon bereist!

»So.« Per schwang ein Bein über den Sattel. »Ich muss

dann mal. Der Gastro-Typ will mir gleich ein bisschen was über die Gegend erzählen. Geheimtipps und so.« Er zwinkerte.

Agnes lächelte. »Vielleicht sehen wir uns in den nächsten Tagen noch mal.«

»Ach ja?«

Sie hob das Kinn. »Ich wandere an der Elbe entlang nach Berlin. Da wartet ein neuer Job auf mich.«

Per nickte. »Cool.« Dann verabschiedete er sich.

Agnes stapfte den Deich hinauf. Von dort hatte sie einen besseren Blick auf den vor ihr liegenden Weg: auf ihren Weg nach Berlin! Erst in diesem Moment erkannte sie die Bedeutung der Worte. Sie hatte eine Möglichkeit gefunden, wie es nach dem demütigenden Streit für sie weitergehen konnte. Eine Entscheidung, die vielleicht jäh erschien, sich aber überraschend vertraut anfühlte. Sie würde nach Berlin gehen. Fast dreihundert Kilometer. Wie lang mochte das dauern? Es war verrückt! Machbar. Und verrückt! Berlin! Brittas Ratschlag. Agnes hatte nach jenem Gespräch im Garten der Maßnahme nicht einen einzigen weiteren Gedanken daran verschwendet. Viel zu abwegig schien die Idee, sie könne aus ihrem Leben ausbrechen, eigene Pläne verwirklichen, Tom und die Kinder tagelang allein lassen.

Aber nun hatte sie bereits zwei Nächte nicht in ihrem Bett geschlafen, war überhaupt zum allererersten Mal seit den Geburten der Kinder allein auf Reisen, na ja, unterwegs, und die Welt hatte ihr Drehen weder verlangsamt noch war sie mit einem Ruck stehen geblieben. Das Leben lief einfach weiter. Irgendwie. Tom kümmerte sich um die Kinder, während sie gleichsam parallel existierte. In einer alternativen Realität. So als hätte das Leben sie in einer rasanten Kurve aus der Bahn geschleudert und böte ihr nun die Gelegenheit, sich zu berappeln, die Kleider glatt zu streichen und sich zu orientieren. War das egoistisch?

Agnes blickte auf die Elbe. Kleine Strudel kräuselten sich an den Buhnen, platschten ins Schilf, zogen hinüber ans andere Ufer und glitzerten in der Sonne. Zwei Reiherenten segelten schnatternd über das Wasser. Irgendwo hupte ein Auto. Sie spürte ein Kribbeln im Bauch, gleich unterhalb des Nabels, ein fingernagelgroßer Punkt, der zu flattern schien, eine Form der Rastlosigkeit, die durch den Körper sirrte, Gedanken vor sich hertrieb, Hormone küsste, durch vergessene Türen torkelte und über verwildertes Gelände schnurrte.

Es ging nicht einfach um ein paar freie Tage, eine Ehe-Auszeit, Wanderkilometer oder einen neuen Job. Da entwickelte sich etwas in ihr. Etwas Großes, Veränderndes. Agnes konnte es fühlen. Es war unvermeidlich.

Wie immer stülpte Tom den linken Handschuh über den rechten und zog beide aus. Er entknotete den Mundschutz hinter dem Kopf, schlüpfte aus Kittel und Haube und entsorgte alles im Mülleimer.

Die OP war reibungslos verlaufen, alle Handgriffe hatten wie die Strähnen eines andalusischen Zopfs ineinandergefasst. Das Gestänge des Fixateur externe hatte die zersplitterten Knochenfragmente im Unterschenkel gut stabilisiert, was die abschließende Röntgenkontrolle bestätigte. Jetzt schenkte Sibylle Kaffee ein, Lara lachte mit Arash über irgendein Instagram-Meme, Marina riss das Fenster auf und Colin war schon auf dem Weg in den nächsten OP. Tom stockte, als etwas Feuchtes seine Haut berührte, und realisierte, dass er seine Hände, die während der vergangenen zwei Stunden steril verpackt in Handschuhen gesteckt hatten, gerade unnötigerweise unter den Spender mit dem Desinfektionsmittel hielt.

»Bitte, Herr Doktor.« Sibylle reichte ihm eine Tasse Kaffee. »Mit Schuss.« Sie zwinkerte.

Tom straffte seine Glieder und rang sich ein Lächeln ab. Wie seine Lieblings-OP-Schwester es schaffte, ihm täglich einen sahnigen Karamellklecks von *Sibylles Own* abzuzwacken, obwohl er schon von gierigen Diebstählen aus Geheimverstecken hinter Aktenordnern gehört hatte, rechnete er ihr hoch an. Heute pushte ihn jedoch nicht einmal der Zuckerschock.

Tom trank aus, schlurfte aus dem OP-Bereich, zog sich in eine leere Sitzecke mit Blick auf den Eppendorfer Park zurück und rief Emma an. Die Mailbox meldete sich. Emma musste ihren ersten Ritt längst hinter sich haben. Eigentlich gab es keinen Grund, seinen Anruf nicht zu beantworten. Er rieb sich die Augen. Vielleicht musste sie noch einmal antreten? In einer anderen Disziplin? Tom krampfte die Finger um das Smartphone. Wie konnte Agnes nur diesen Termin verpassen? Aus Wut auf ihn nahm sie die Enttäuschung ihrer Tochter in Kauf, zerrte die Kinder quasi mit in ihre Beziehungsprobleme. Was für ein Scheiß war das?

»Hey!« Jemand hieb ihm auf die Schulter. »Hab schon gehört, dass du da bist.« Tom drehte sich um. »So viel mal wieder zur Familienverträglichkeit unseres Jobs, was?«

Tom quälte sich ein angedeutetes Lächeln ins Gesicht, während Konstantin den blonden Pony mit einem einstudierten Kopfnicken zur Seite schwenkte.

»Zeit für einen Kaffee?«

Tom spähte hilfeheischend den Gang hinab. Nach den gellenden Ereignissen dieses Wochenendes wollte er auf Konstantins laute Heilsverkündung eines exzessiven Konsumrauschs bei Problemen unbedingt verzichten.

»Ehrlich gesagt wirkst du ein wenig angeschlagen.« Der Oberarzt der Inneren kräuselte die Stirn. »Ist was schiefgelaufen heute bei der OP? Oder gibt's Knatsch zu Hause?« Er grinste.

Tom zuckte ausweichend mit den Schultern.

»Du solltest wirklich weniger arbeiten. Ich meine, klar, Glückwunsch zum Excellence Award und so, aber mit einem Burnout hilfst du hier niemandem.«

Tom nickte. War das noch ein Kompliment oder schon ein Vorwurf?

»Treffen wir uns doch mal wieder zu einem ausgiebigen Frühschoppen«, fuhr Konstantin fort. »Nächsten Sonntag ist Antiquitätenmarkt auf Kampnagel. Ließe sich doch super miteinander verbinden.«

Tom seufzte. Da war es wieder. Hatte nicht allzu lange gedauert. Schon als er Konstantin Anfang des Studiums bei der Besichtigung einer WG kennenlernte, ließ der angehende Internist an seiner Vorliebe für materielle Güter keine Zweifel aufkommen. Er war Sammler. Beim Anblick der Vitrinen mit Aberdutzenden von Sonnenbrillen im Flur der WG geriet er damals derart in Verzückung, dass er Tom das Zimmer vor der Nase wegschnappte. Nach dem Horten von Biergläsern, Uhren, Flipperautomaten, Füllfederhaltern und Oldtimern war er inzwischen bei Bauhausmöbeln angelangt und wurde niemals müde, Tom vom Glücksgefühl beim Kauf eines original Laccio Couchtischs mit Stahlrohrgestell von Marcel Breuer vorzuschwärmen.

»Komm schon«, raunte Konstantin jetzt. »Du besitzt doch noch die Kaiser idell Leuchte, die wir vor ein paar

Jahren beim Betriebsausflug in dieser Antiquitätenscheune geschossen haben, oder?«

Tom nickte ergeben.

»Ein wirklich schönes Stück.« Konstantin lächelte versonnen. »Ich texte dir noch mal wegen nächster Woche.«

Tom schob sich an ihm vorbei zurück auf den Flur. »Ich muss.« Er hob die Hand zum Abschiedsgruß, hechtete mit schnellen Schritten über das Linoleum, huschte durch die Treppenhaustür und sprang immer zwei Stufen auf einmal nehmend hinunter in den zweiten Stock. Er beschloss, die Kaiser idell Leuchte auf eBay zu verkaufen.

»Dr. Morgenthaler?«

Eine Frauenstimme tönte über den menschenleeren Flur. Tom stöhnte. Er brauchte jetzt wirklich eine Pause.

»Dr. Morgenthaler …«

Er drehte sich um.

»Frau Kaplan!« Sein verknautschtes Gesicht entspannte sich. »Was machen Sie denn hier an einem Sonntag?«

Sie lächelte. »Ich könnte Sie das Gleiche fragen.«

»In der Tat.« Emina Kaplans schwarze Haare, die sie sonst in einem strengen Pferdeschwanz zähmte, fielen in üppigen Wellen bis vor ihre Brust. Tom ertappte sich bei dem Gedanken, wie es sich wohl anfühlen mochte, ihr einen andalusischen Zopf zu flechten. »Ich …« Er räusperte sich. »… musste operieren. Hinter dem Elbtunnel gab es eine Massenkarambolage.«

»Oh.« Emina Kaplan wirkte aufrichtig besorgt, eine Eigenschaft, die er neben ihrer brillanten Arbeit besonders schätzte. So seltsam es klang, aber unter vielen Kollegen galt die Fähigkeit, mitfühlen zu können, als Schwäche, der man besser nicht erlag, wollte man einen guten Job erledigen. Tom hatte diese Einschätzung noch nie geteilt.

»Da sollte ich Sie besser nicht aufhalten.« Die orthopädische Schuhmacherin nickte ihm zu und wollte sich gerade abwenden, als Tom sie aufhielt. »Ich habe jetzt Pause und könnte ein bisschen Gesellschaft ganz gut gebrauchen. Haben Sie Lust auf einen Kaffee?«

Sie musterte ihn einige Sekunden lang, was Tom genügend Zeit bot, sein Vorpreschen zu bereuen. Warum lud er Emina Kaplan auf einen Kaffee ein? Er hatte gerade erst einen getrunken. Was sollte das? Und wenn sie Konstantin trafen?

»Ich trinke keinen Kaffee.« Sie lächelte.

»In der Tat … ich denke, ich könnte den Anblick einer Teetasse auf dem Tisch verkraften.«

»Was, wenn ich auch keinen Tee trinke?«

Sie lächelte noch immer, doch Tom entschied, dass es keine weiteren Zugeständnisse seinerseits geben würde. Das hier lief falsch. Grundsätzlich und ganz speziell.

Da nickte Emina Kaplan, als ob sie seine Gedanken gelesen hätte. »Auf einen Kaffee und eine Cola also.«

Er lächelte, befürchtete aber, dass die Mundwinkel in seinem Gesicht nicht an die dafür vorgesehenen Stellen rutschten. Auf einen Kaffee mit der schönen Emina Kaplan. Wirklich? Warum? Wem versuchte er hier etwas zu beweisen? Dem schnöseligen Konstantin? Agnes? Sich selbst? Andererseits: Begann nicht alles immer viel früher, als es zutage trat? Gruben die Wurzeln unserer Taten sich nicht schon lange ein Leben, bevor sie als Bäume sichtbar wurden? Wollte er das hier nicht eigentlich schon viel länger?

Tom schüttelte den Kopf. Vielleicht hatte Konstantin doch recht und er sollte sich weniger verausgaben, einfach mal entspannen und nicht so viel in die Dinge hineininterpretieren. Nur weil Agnes und er gerade ein paar Probleme hatten, durfte er ja wohl noch mit einer Kollegin Kaffee trinken gehen. Das eine hatte rein gar nichts mit dem anderen zu tun. Die Vorstellung war lächerlich.

»Dr. Morgenthaler?« Emina Kaplan blieb stehen. Offenbar hatten sie sich bereits ein ganzes Stück in Richtung Cafeteria bewegt.

Tom drehte sich zu ihr um. »Ja?«

»Wir können das Kaffeetrinken gerne auf ein anderes Mal verschieben.«

»Nein … schon okay.«

Sie lachte kurz auf. »Wissen Sie … ich habe heute Morgen Marmelade eingekocht.« Er sah sie verwirrt an. »Wochenlang habe ich sehnsüchtig darauf gewartet, dass die Brombeeren endlich reif und saftig sind, dann habe ich sie voller Vorfreude geerntet und angefangen, Marmelade zu kochen.« Sie verschränkte die Arme vor der Brust. »Aber schon nach den ersten Gläsern hatte ich keine Lust mehr und wollte das klebrige Zeug nur noch loswerden.« Sie lächelte. »Genau so sehen Sie aus. Als wollten Sie das klebrige Zeug loswerden. Als bereite Ihnen das, was Sie gerade tun, überhaupt keine Freude. Als wären Sie auf dem Sprung.«

Toms Pager klingelte, als hätte er den Punkt in Emina Kaplans letztem Satz abgewartet.

»Entschuldigung, ich muss …« Tom hoffte, sein Blick wirkte nicht zu erleichtert. »Wir holen das nach.«

Sie lächelte. »Aber sicher.«

HAMBURG, VIER- UND MARSCHLANDE

Agnes schob den Teller beiseite. Das weiße Porzellan glänzte. Sie hatte mit dem Brot die letzten Flecken und Krümel der Kürbisgnocchi an Pfifferlingrahmsoße aufgesaugt. Gehen machte hungrig. So viel stand fest.

Sie versuchte noch einmal, ihrem Handy Leben einzuhauchen, aber der Akku hatte sich endgültig verabschiedet. Agnes war unfreiwillig offline, zum ersten Mal, seit sie damals ihren ersten Handyvertrag abgeschlossen hatte. Seit Jahren also. Erstaunlich. Sie war tatsächlich unerreichbar. Sozial, digital und in ihrem Schmerz. Komplett off.

Ein seltsames Gefühl stieg in ihrer Brust auf, und sie befürchtete einen Anflug von Panik, aber dann schaute sie hinaus auf die Elbe und der Moment verging. Eigentlich fühlte es sich gar nicht schlecht an, unauffindbar zu sein. Irgendwie frei und unabhängig. Als würde die Zeit stillstehen oder sich in einem anderen Tempo fortbewegen. Alternative Realität.

Trotzdem erkundigte sie sich an der Rezeption des Zollenspieker Fährhauses nach einem Ladekabel zum Ausleihen. Leider konnten sie ihr das ebenso wenig vermitteln, wie ein freies Zimmer zum Übernachten. Seltsamerweise feierte heute, an einem Sonntag, eine große Hochzeitsgesellschaft im Festsaal und hatte das komplette Hotel mitgebucht. Der Kellner wollte seine Chefin nach anderen Unterkünften in der Nähe fragen, aber Agnes hätte gern selbst gegoogelt. Außerdem musste sie Britta Bescheid geben, dass sie die nächsten zwei Wochen nicht zur Arbeit käme. Und wahrscheinlich schadete es auch nicht, wenn Britta ihrer Schwester mitteilte, dass die neue Arbeitskollegin quasi auf dem Weg war. Agnes lächelte. Berlin. Was für eine verrückte Idee. Sie fühlte sich wie mit Anfang zwanzig. Voller Aufbruchstimmung und Tatendrang. Sie würde ihr Leben verändern, es in andere Bahnen lenken!

Dann kam ihr Tom in den Sinn. Wie er ihr in seiner Rede bei der Hochzeitsfeier vor sechzehn Jahren versprochen hatte, den Lebensweg gemeinsam zu beschreiten. Hand in Hand. Auch wenn es sicher Phasen geben würde, in denen einer von ihnen stärker ziehen müsste.

Vielleicht tat ihnen eine räumliche Trennung gut, einige Tage, in denen sie über die Entwicklung ihrer Beziehung nachdenken konnten, über das, was gewesen war, wo sie standen, was folgen sollte, ob es noch irgendwo Wege gab, die sie zusammen entdecken wollten. Und was Emma und Jonas betraf …

Agnes leerte das Bierglas. Nicht an die Kinder denken. Da waren Untiefen in ihren Gefühlen, die sie in Angst versetzten, seltsame Riffe, die sie unbedingt umschiffen musste, abgelagerte Sedimente längst vergangener Tage, die aufzuwirbeln und sich zu verteilen drohten. Nicht an die Kinder denken. Tom war da. Er würde sich kümmern.

Mit dem rechten großen Zeh tastete Agnes nach den Chucks, die sie auf der Terrasse sofort ausgezogen und unter den Tisch geschoben hatte. Sie spürte, wie die ersten Blasen unter ihren Ballen aufquollen. Wollte sie wirklich zu Fuß nach Berlin gehen, brauchte sie unbedingt andere Schuhe. Und Socken. Per würde es freuen.

Der Kellner reichte Agnes einen Zettel mit der Adresse einer Pension auf der anderen Elbseite hinter dem Sperrwerk zur Ilmenau. Er hatte bereits angerufen. Es gab freie Zimmer, und die Fähre verkehrte noch bis 20 Uhr. Agnes bedankte sich und schlenderte barfuß von der Terrasse hinunter an den schmalen Sandstrand. Das hübsche weiße Renaissancegebäude mit seinen Giebeln, Erkern und Verzierungen thronte auf den Grundmauern eines mittelalterlichen Zollhauses, auf einer künstlich angelegten Anhöhe, die vor Überschwemmungen schützen sollte. Von dort führte ein Weg hinunter zum Flussufer und ein anderer über eine schmale Holzbrücke zu einem Pegelhäuschen auf einem etwa sieben Meter hohen Pfeiler aus Backsteinen. Agnes hatte auf der Speisekarte gelesen, dass es heute als kleinstes Restaurant der Welt für romantische Dinner genutzt wurde. Als sie jetzt vom Strand hinaufschaute, erspähte sie jemanden vor der Hütte, der ihr zuwinkte.

»Hey! Hier oben!« Per lachte und signalisierte, dass er hinunterkommen würde.

Der Baumfreund. Agnes hatte überlegt, wie Per es auffassen würde, sollten sie sich hier am Zollenspieker erneut begegnen. Aber sie hatte den Gedanken verworfen. Das hier war das einzige Restaurant weit und breit. Zudem lag es auf ihrer beider Weg.

»Ich sehe, du lüftest gerade deine Schuhe aus.« Per stapfte in Wanderstiefeln über den Strand. »Hilft aber nicht gegen Bakterien.«

Agnes lächelte. »Wie war das Interview?«

»Fulminant!« Per erzählte ihr von der Geschichte des Fährhauses, das am südlichsten Punkt Hamburgs lag, seinen Grundmauern, die bis ins Jahr 1252 zurückreichten, den alten Kastanienbäumen auf der Terrasse, den Zerstörungen und Sanierungen. Er war ein Entertainer. Seine Geschichten glänzten mit Details, Spannungskurven und dramatischen Cliffhangern. Wenn er genauso schrieb, sollte sie sich seinen Blog einmal anschauen.

Agnes blickte hinüber zur anderen Elbseite und erkannte, dass die Fähre ablegte, wahrscheinlich mit ebenso vielen Sonntagsausflüglern, Fahrrädern und Motorrädern beladen wie hier am Steg noch auf eine Überfahrt in umgekehrter Richtung warteten.

»Ich muss mich auf den Weg machen.« Sie deutete auf das Schiff, säuberte ihre Füße und schlüpfte zurück in die Chucks.

Per runzelte die Stirn. »Du hast doch gesagt, du läufst an der Elbe entlang nach Berlin.«

»Das ist der Plan.«

»Etwa linkselbisch? Also, das ist auf den späteren Abschnitten nice, aber hinter Hamburg liegen die hübschen Städtchen auf dieser Seite. Geesthacht, Lauenburg, Boizenburg. Alle rechtselbisch. Die darfst du dir nicht entgehen lassen.«

»Erst mal muss ich heute Nacht irgendwo schlafen.«

»Hey, ich fahre gleich zu einer echt geilen Location! Ist ein alter Bauernhof. Die haben Waldhütten und Baumzelte. Da ist bestimmt noch was frei. Ich nehme dich mit.« Per ließ kein Nein gelten. Seine Energie wischte zeitraubendes Zögern beiseite wie lästige Wespen auf einem Franzbrötchen.

Agnes folgte ihm zu seinem Rennrad, das er hinter einem Unterstand auf der Rückseite des Hotels geparkt hatte.

»Ist es weit bis zu deinem Bauernhof?«

Per verstaute die Kamera, die er die ganze Zeit über in der Hand gehalten hatte, in der gut sortierten Radtasche. »Ach was. Zehn Kilometer oder so.«

»Ich bin zu Fuß!« Agnes stöhnte beim Gedanken an die Blasen unter ihren Ballen. Dann doch lieber mit der Fähre auf die andere Elbseite.

Per musterte sie. Er stieg auf den Sattel, stützte sich mit einem Fuß auf dem Boden ab, platzierte den anderen auf die Pedale und klopfte mit beiden Händen auf die Stange. »Auf geht's.«

Agnes zögerte. Sie schielte auf den Gepäckträger, aber dort stapelten sich zwischen den beiden seitlichen Radtaschen noch weitere in der Mitte. »Das andere Zimmer ist schon gebucht …« Ihre Fußsohlen pochten.

»Sagst du vom Bauernhof aus ab.« Per schnalzte mit der Zunge. »Na, komm schon. Ich halte dich. Ist ja nicht weit.«

Agnes gab sich einen Ruck. Jetzt war die Zeit. Endlich

passierte etwas Aufregenderes in ihrem Leben als das unerlaubte Betreten einer Schule. An einem Sonntag! Sie schob die Tasche vor den Bauch und fragte sich gerade, wie um alles in der Welt sie aufsteigen sollte, als Per ihr ein Pedal zum Hochklettern anbot. Agnes umklammerte das Lenkrad, lehnte sich in Pers Arme und spürte seinen Atem auf ihrer Wange.

»Let's go«, flüsterte er, und Agnes durchlief ein Schauer. Seit Tom war sie keinem anderen Mann mehr so nahegekommen – von den Begrüßungs- oder Geburtstagsgratulationsumarmungen von Freunden einmal abgesehen.

Per schlingerte auf den Bürgersteig, der jetzt genauso wie die Fahrbahn auf der Deichkrone verlief. Er dozierte über die Elbe. Dass sie als einziger Fluss Mitteleuropas über sechshundert Kilometer ohne Staustufen dahinfloss, ihre Wasser die angrenzenden Auen regelmäßig überschwemmten, sich wieder zurückzogen, Sedimente ablagerten, Neues hervorbrachten und damit fulminante Lebensbedingungen für allerlei Pflanzen und Tiere schufen.

Agnes lauschte seiner Stimme wie einem sanften Plätschern. Per erklärte die Welt, um zu verdeutlichen, dass er sie sich angeeignet hatte. Die ganzen wundersamen Details, all die Vielfalt, die er beschrieb, manifestierten seine Deutungshoheit.

»Außerdem verlief entlang der Elbe auf der Strecke zwischen Lauenburg und Schnackenburg früher der Eiserne Vorhang.« Per schnaufte ein wenig, trat aber beständig weiter in die Pedale. »Das war der Grenzstreifen, ziemlich gefährliches Gebiet, durfte natürlich niemand betreten.

Deshalb konnte die Natur sich da safe entwickeln. Heißt jetzt Grünes Band. Viele Zugvögel nisten dort. Seeadler, Kraniche und so.«

Agnes ließ die Gedanken mit dem Blick über den Fluss schweifen. Auf der anderen Seite säumten Strände das Ufer, mehrere Leute schienen zu picknicken. In einigen Kilometern Entfernung mäanderte die Elbe in einem weitläufigen Bogen Richtung Südosten. Das Land war flach hier. Die Bäume am Horizont trennten das Blau des Wassers kaum vom Blau des himmelhohen Himmels. Und obwohl das Sonnenlicht gestanzte Schatten heraufbeschwor, schien die Welt dort draußen weniger scharfkantig zu sein. So als könne man sich nicht schneiden oder anderweitig verletzen.

Es war wunderschön. So wie jeder Anfang.

UNIVERSITÄTSKLINIKUM HAMBURG EPPENDORF

Das struwwelige Alpaka färbte sich langsam wieder schwarz, genauso wie der Rest der entsetzlich hässlichen Zaubertasse mit dem sinnreichen Spruch *Mir egal, ich bin ein Alpaka*, den Sibylle ihm mit einem weiteren ordentlichen Schuss Zucker im Kaffee nach der vierten OP des Tages in sein Büro gebracht hatte. Wer bitte stellte derart furchtbare Becher her? Und noch schlimmer: Wer kaufte sie?

Tom schob die erkaltete Magic Mug beiseite und widmete sich wieder dem Computerbildschirm. Der Posteingang seines Mailaccounts schien ähnlich viel magische Kräfte zu besitzen, wie der dämliche Becher – er färbte sich zwar nicht schwarz, dafür schrumpfte er nie. Patientenakten, die er anschauen, durchsehen oder ergänzen musste, Anfragen für Vorträge, Rückrufaufforderungen von Hausärzten und niedergelassenen Orthopäden, Briefe von Krankenkassen, Konsiliarberichte. Die Dinge überlagerten sich, schubsten und drängelten und gierten um Aufmerksamkeit. Wäre der PC ein Schuhkarton, sein Deckel ließe sich schon lange nicht mehr schließen.

Tom drückte auf *Senden* einer überfälligen E-Mail an die Hausärztin eines Patienten und riss den pinkfarbenen Post-It-Zettel mit dem Dringlichkeitsvermerk von der Umrandung seines Bildschirms. Er wünschte, Jutta würde ihre Vorliebe für bunte Papierchen nicht in seinem Büro ausleben, aber außer einem lapidaren Schulterzucken und dem Hinweis, eine Sekretärin der Marke *old-fashioned* zu sein, hatte er bislang wenig erreicht.

Er starrte auf die gelben, blauen und pinkfarbenen Quadrate, die den Bildschirm wie einen Heiligenschein umwehten, und erkannte mal wieder, dass Unordnung ihm Umstände bereitete. Das Leben war zu kurz für unablässiges Suchen. Für ihn galt Ordnung als das Maß aller Dinge. In seinem Büro fand jeder Zettel, jeder Stift, jede Pflanze, jeder Kittel, jede Akte und jeder Ordner seinen eigenen angestammten Platz. Er wünschte oft, Agnes würde seine Liebe zu dieser Aufgeräumtheit teilen. Ordnung im Haus schuf Ordnung im Kopf. Daran glaubte er. Aber zu Hause flog ständig etwas herum – von Jonas' Gitarrennoten über Emmas Haargummis bis hin zu Agnes' Einkaufszetteln. Nach der Geburt der Kinder hatte er sogar mal auf einer Putzfrau bestanden, um dem heimischen Chaos beizukommen. Aber absurderweise putzte Agnes, bevor die gute Frau kam, die ausgerechnet Konstantin ihm vermittelt hatte, was alle wahnsinnig stresste, sodass sie das Experiment nach einigen ergebnislosen Diskussionen abbrachen und die Wohnung erneut in Lotterei versank. Tom kapitulierte. Der Job erforderte damals wie heute all seine Energie. Da konnte er sich nicht auch noch um ungefaltete Wäscheberge und Kinderspielzeug im Wohnzimmer kümmern.

Er versuchte erneut, Emma anzurufen, erreichte aber wieder nur die Mailbox. Tom wollte Agnes fragen, ob sie vielleicht von Emma gehört hatte, aber auch dort landete er nur bei der Ansage einer abgehackten Computerstimme.

»Verdammt noch mal!«

Er stieß sich mit seinem Bürostuhl vom Schreibtisch ab, rollte zum Fenster und wählte Jonas' Nummer.

»Jaa?«

»Hi, hier ist Papa.«

»Weiß ich.«

»Klar … na ja. Ist Emma schon zurück?«

»Kein Plan.«

»Wo bist du denn?«

»In meinem Zimmer.«

»Okay … würdest du dann bitte mal kurz nachsehen, ob sie da ist?«

»Sollte sie? Die Turniere dauern doch immer'n ganzen Tag.«

»Jonas, bitte.«

»Warum rufst du sie nicht an?«

»Jonas!«

Tom hörte Kissen kruscheln. Das Knarzen von Holzdielen, einschnappende Türen. Lautes Rascheln. Dann die gedehnte Stimme seines Sohnes. »Nee, issie nich.«

»Alles klar. Danke. Würdest du heute Abend wohl für uns alle etwas kochen? Ich denke, ich bin gegen 19 Uhr zu Hause.«

»Leon ist hier.«

»Ich habe nichts dagegen, wenn ihr gemeinsam kocht.«

»Leon hat Karten für den Poetry Slam im Schauspielhaus. Wir gehen da gleich hin.«

»Seit wann interessierst du dich für Poetry Slam?«

»Äh … schon ewig?«

»Tatsächlich?«

Stöhnen. Tom sah Jonas vor sich, wie er kopfschüttelnd zu Leon blickte, die Augen verdrehte und sich mit der Hand durch die kunstvoll zerwühlten Haare strich. »Leon jobbt bei der Theaterschneiderin, und wir dürfen backstage.«

»Ach … ja, genau, das hat Mama neulich erzählt …«

»Wo ist Mama?«

»Sie besuch…«

Jonas fiel ihm ins Wort, plötzlich ganz wach und lebendig. »Jetzt sag nicht, sie ist bei irgendeiner Freundin!« Der Satz klang scharf, wie mit Chillies gewürzt. »Ich bin nicht vierzehn, und ich bin nicht Emma!«

Tom seufzte. Er schaute hinaus auf die Straße, wo das Leben sich dem wöchentlichen Ende des sonntäglichen Spaziergangs näherte. »Nein, das bist du nicht. Mama ist in den Vier- und Marschlanden. Sie braucht mal ein paar Tage für sich.«

Pause.

»Lasst ihr euch scheiden?«

»Was? Nein! Nein …«

»Habt ihr euch gestritten?«

»Ja, na ja, das kommt in den besten Beziehungen vor. Du streitest dich ja auch mit Leon.«

»Wir streiten nie.«

»Okay …« Toms Schultern sackten auf einen neuen Tagestiefpunkt. »Okay, aber wenn man sechzehn Jahre verheiratet ist, dann kann es schon mal vorkommen, dass man streitet und danach ein paar Tage braucht, um alles sacken zu lassen. Du musst dir keine Sorgen machen. Das wird schon wieder.«

Tom beendete das Gespräch und rollte zurück an den Schreibtisch, konnte sich aber auf keine der To-do-Aufgaben mehr konzentrieren. Seine Beine kribbelten, und er wippte unentwegt mit den Fußballen auf und ab. Am liebsten wäre er in den Süden Hamburgs gefahren, um Agnes anzuschreien. Wie konnte sie ihm das antun? Einfach abzuhauen! Sie ließ ihn mit dem ganzen Scheiß allein! Mit Emmas Enttäuschung, Jonas' Genervtheit, dem Turnier, Sindris Mähne, dem Käsekuchen, Abendessen. Wie lange sollte das so weitergehen? Er konnte sich weder vervielfältigen noch aufspalten. Was sollte er denn noch alles machen?

Tom schaltete den PC aus und verließ das Krankenhaus. Er kaufte Sushi in Emmas Lieblingsrestaurant, räumte zu Hause das Geschirr aus der Spüle in die Geschirrspülmaschine, fragte sich, warum die Kinder dazu nicht selbst in der Lage waren, und deckte den Tisch. Dann wartete er auf Emma. Jonas und Leon lauschten offenbar bereits irgendwelchen lyrischen Ergüssen. Tom versuchte, ein Buch zu lesen, konnte sich aber nicht auf den Inhalt konzentrieren. Er schaltete den Fernseher ein und wieder aus. Im kleinen Gartenstück, das neben vielen weiteren Parzellen zum grünen Innenhof des Häuserquartiers gehörte, gönnte er sich ein Glas Rotwein. Agnes hatte die knapp siebzig Quadratmeter trotz der großen Eiche auf der anderen Seite in einen Dschungel verwandelt. Überall grünte es, kleine Blätter wechselten sich mit größeren ab, rot gezackte Blüten bildeten den Hintergrund für glockenförmige weiße. Und obwohl alles so prächtig prunkte, wirkte es doch nicht überladen. Tom kuschelte sich in die weichen Kissen des Loungesofas und genoss die ruhige Abendstimmung. Er hatte ewig nicht hier draußen gesessen.

Als Emma endlich eintrudelte, hatte der Rotwein Tom in eine entspanntere Version seiner selbst verwandelt. Er bemühte sich beim Essen um Konversation, auch wenn Emma ihn mit maximal Zwei-Wort-Antworten abstrafte. Tom blieb hartnäckig, und nach einer Weile erkannte er schimmernde Risse in der abweisenden Schale seiner Tochter. Er spürte, dass er in seinem Interesse nicht nachlassen durfte, weder an diesem noch an einem der folgenden Abende. Ihre Beziehung ähnelte den instabilen Verbindungen, die er während der Chemiesemester hatte auswendig lernen müssen. Ein viel zu unübersichtliches stoffliches Gemisch, das sich viel zu empfindlich gegenüber mechanischen oder thermischen Einwirkungen zeigte.

Kinder neigten zu einem feinen Gespür, was die Gefühlslage ihrer Eltern betraf. So egozentrisch sich Teenager auch gebärden mochten, sie verfügten über perfekt austarierte Seismografen, was die empfindlichen Stellen interfamiliärer Gemengelagen betraf. Und das, obwohl sie selbst in dieser Lebensphase eine Menge mit sich und ihrer

Umwelt und den verzwickten Wechselwirkungen beider auszuhalten hatten. Tom verstand Emma nur zu gut. Und er befürchtete, dass auch sie ihn verstand. Aber letztlich hatte sie ihre Hölle, und er hatte seine.

MONTAG

NATURSCHUTZGEBIET BORGHORSTER ELBLANDSCHAFT

Das Lama grinste, bevor es spuckte. Agnes rieb mit den Fingerspitzen über ihre Unterarme, ertastete die Feuchtigkeit. Und wachte abrupt auf. Sie japste.

Überall um sie herum dämmerte es orange, eine Art Plane. Verwirrt versuchte sie, sich aufzurichten, aber der Untergrund schaukelte wie auf hoher See. Es gab nichts zum Festhalten. *Ein Lama, ein Lama, das geht nach Yokohama.* Der Text des Kinderlieds von Jonas' früherer Lieblings-CD schlingerte durch ihren Kopf. Sie spürte Übelkeit in sich aufsteigen, wandte sich um und sah einen Mann neben sich mit offenem Mund schlafen. Der Baumfreund. Hinter seinem Kopf entdeckte Agnes einen Reißverschluss. Sie zog ihn auf, streckte den Kopf nach draußen und stieß einen erschrockenen Schrei aus.

»Was …« Per setzte sich auf. Alles wackelte.

Agnes sortierte ihre Beine und schwang die Füße aus der Öffnung. *Ein Lama, ein Lama.* Sie ließ sich langsam hinabgleiten, bis ihre Zehenspitzen eine dreistufige Plastiktreppe berührten, die aussah wie ein orangefarbener

Tritthocker für Kinder. Schwankend trippelte sie auf festen Boden, würgte und erbrach sich hinter einer schmalen Buche.

»Alles klar bei dir?« Per rieb sich die Augen.

Agnes kniete auf dem feuchten Waldboden, den Geschmack von Magensäure im Mund. Sie blickte etwa zwei Meter zu Per empor, der auf dem Bauch im Baumzelt lag und mit nacktem Oberkörper aus dem Eingang lugte. Die Befestigungsgurte spannten straff an drei umliegenden Bäumen.

»Da ist Wasser in der Kiste.« Per deutete auf eine Metallbox unterhalb des Zelts.

Agnes trottete hinüber und trank eine der kleinen Flaschen leer. *Ein Lama, ein Lama, das geht nach Yokohama.* In ihrem Kopf röhrte zu der immergleichen Songzeile ein Schiffsmotor, der, während er von der linken zur rechten Seite tuckerte, mit seiner Schraube jede ihrer Gehirnwindungen touchierte. Sie presste die Handballen gegen die Schläfen und stöhnte. Langsam kehrten die Erinnerungen zurück. Der Rotwein (drei Flaschen? vier?) am Feuerkorb auf der Veranda, Pers Geschichten über seine Reisen. Natürlich gab es kein freies Bett mehr in der hübschen Pension. Per hatte sie daraufhin in sein gemietetes Baumzelt eingeladen.

Mit gerunzelter Stirn schaute Agnes zu ihm hoch. Per lächelte.

»Ich …« Agnes räusperte sich mit einem Hüsteln, das keine Linderung brachte. »… habe gestern ganz schön viel getrunken …«

»Kann man so sagen.« Per fuhr sich mit den Fingern durch die aufgesprungenen Locken und gähnte.

»Haben wir … ich meine …« Sie zögerte. Wollte sie wirklich riskieren, sich vollkommen lächerlich zu machen? Per sah gut aus. Er hatte diese Art, einen so aktiv von schräg unten anzusehen, was irgendwie eindringlich und gleichzeitig durchschauend wirkte. So als wüsste er über die Welt Bescheid. Nach all seinen Erzählungen vermutete Agnes, dass das sogar der Wahrheit entsprechen könnte. Allerdings schien ihr Erinnerungsvermögen in der vergangenen Nacht gelitten zu haben. Wie sollte sie sich diesem Morgen entsprechend verhalten, wenn ihr die Ereignisse der vergangenen Nacht abhandengekommen waren?

»Hatten wir Sex?«

Per schnaubte. »Du würdest dich daran erinnern, wenn es so wäre.«

»Ja!« Agnes seufzte erleichtert. »Sicher! Entschuldige bitte, ich meine nur … Gott, ich habe so viel getrunken …«

»Und du hältst mich für jemanden, der es nötig hat, das auszunutzen?«

»Was? Nein! Natürlich nicht. Ich … tut mir leid. Ich drücke mich irgendwie falsch aus. Das muss am Kater liegen, ich …«

Per sprang aus dem Baumzelt. Er trug zerknautschte Boxershorts und einen unamüsierten Gesichtsausdruck. »Ich traue mir durchaus zu, eine vollkommen nüchterne Frau von meinen Qualitäten zu überzeugen.«

Agnes nickte. Das Gespräch überforderte sie.

Per ging ins Gemeinschaftsbad im Bauernhaus duschen, während Agnes die Erinnerungsschnipsel des gestrigen Abends einsammelte und sie zu einem großformatigen Bild zusammenpuzzelte. Sie hatte sich betrunken. Zielstrebig. Und neben einem fremden Mann in einem hängenden Zelt geschlafen. Aus irgendeinem Grund hatte sie das vor einigen Stunden für eine gute Idee gehalten.

Sie schnappte ihre Tasche, verbot sich jeden Gedanken an Kinderlieder über reisende Lamas und trottete zum Haus. Per lieh ihr sein feuchtes Handtuch, und Agnes verwandelte sich mithilfe von eiskaltem Wasser zurück in eine Person, die ihr zumindest oberflächlich ähnelte – leider noch immer mit trockener, spröder Haut, was sie mehr von sich entfremdete, als sie jemals vermutet hätte.

In der geräumigen Bauerndiele verschlang Agnes mit Per und sechs weiteren Gästen ein üppiges Frühstück. Sie bestellte pochierte Eier. Die gelangen ihr zu Hause nie. Gerade als sie mit einer Toastecke die letzten gelben Kleckse auf dem Teller wegtupfen wollte, begann die Verschwörung der Dinge. Agnes stieß mit dem Ellbogen gegen den Teller, der daraufhin das Glas touchierte, das mit seinem Orangensaft die Tischdecke flutete. Kurz darauf landete ihr Toast mit der eigelben Seite auf dem Boden, natürlich nicht, ohne vorher einen Fleck auf ihrer Jeans zu hinterlassen. Per grinste, die Frau vom Nebentisch reichte einen Pack Servietten herüber und Agnes begann, den Schlamassel zu beseitigen. Es war 8:52 Uhr. Ihr graute vor dem Rest des Tages.

Nach dem Frühstück packte Per seine Satteltaschen und

belud das Rennrad. Er wollte weiter nach Geesthacht fahren, sich die Stadt erschließen, den Weg am Hohen Elbufer entlang nehmen und Lauenburg erkunden.

»Man sieht sich.«

Sie verrieten einander weder ihre Nachnamen noch tauschten sie Handynummern aus. Es schien, als hätte Agnes' Nachfrage zu letzter Nacht Pers Ego einen empfindlichen Kratzer zugefügt.

Auf einer Karte, die in der Bauerndiele hing, plante Agnes ihren Weg nach Geesthacht. Gute eineinhalb Stunden würde sie durch die Naturschutzgebiete Borghorster Elblandschaft und Besenhorster Sandberge und Elbsandwiesen laufen, bis sie in der Geesthachter City ein Ladekabel, Socken und Schuhe kaufen könnte, um sich auf ihren Marsch nach Berlin vorzubereiten.

Sie verließ das reetgedeckte Bauernhaus mit den weißen Fachwerkbalken und marschierte auf der gegenüberliegenden Seite über weitläufige Wiesen in einen kleinen Wald.

Es begann zu regnen, kaum dass sie die ersten Bäume erreichte. Zwar breitete der Mischwald sein schützendes Blätterdach aus, doch bereits einen halben Kilometer später badeten Agnes' Füße zusammen mit allerlei Schmodder in den Chucks und sie spürte, wie Hoodie, Shirt und Jeans sich wasserdurchtränkt um ihren Körper wickelten, noch enger als das vermaledeite Etuikleid zwei Tage zuvor.

Trotzig stapfte sie weiter, entschlossen, sich weder von Regen, Blitz noch Donner, Tod oder Teufel von ihrem Weg abdrängen zu lassen. Sie stopfte die Haare unter die Kapuze und umklammerte die Tasche. Um sie herum ragten Kiefern, Eichen und Birken gleichgültig gen Himmel. Der nasse Sandboden saugte an den Sohlen der Schuhe.

Agnes patschte durch einen menschenleeren Wald. Überall tropfte, spritzte, wogte und raschelte es. Die Luft roch nach Herbst und Pilzen.

Als sie ein brodelndes Geräusch vernahm, blieb sie stehen, lauschte und erkletterte sich einen Weg durch das sperrige Unterholz. Durchnässter ging sowieso nicht mehr.

Hinter einer leichten Anhöhe entdeckte sie eine Flutmulde, in der es blubberte. Qualmwasser. Agnes hatte seit fast zwanzig Jahren nicht mehr an das Seminar zum Thema *Deichverteidigung und Hochwasserschutz* gedacht. Jetzt erinnerte sie sich plötzlich wieder an die Diagramme, die zeigten, wie ein Deich durch den Wasserdruck eines hohen Flusspegels unterströmt wurde. Das Grundwasser trat binnenseits wieder aus, manchmal brodelnd, weil im grobporigen sandig-kiesigen Boden eingelagerte Luft hochgedrückt wurde. Qualmwasser. In Naturschutzgebieten entstanden auf diese Weise wertvolle Biotope.

Agnes' Augen füllten sich plötzlich mit Tränen. Sie vermisste die Biologie. Wissenschaftliches Arbeiten generell. Den Aufbau der Natur zu erforschen, das Leben verstehen zu lernen, sich gedanklich herauszufordern, Probleme zu diskutieren. All das fehlte ihr. Warum hatte sie sich das nie eingestanden?

Sie liebte ihre Kinder. Über die Maßen. Und sie hatte sie sicher nicht auf die Welt gebracht, um dann nicht bestmöglich für sie zu sorgen und für sie da zu sein. Aber musste sie dieser Liebe alles opfern? Jegliche eigenen Bedürfnisse und Träume hintanstellen? Tat eine gute Mutter das wirklich? Und was bedeutete das im Umkehrschluss? Eine Mutter, die auch mal an sich selbst dachte, die beispielsweise ungeplant die Familie verließ, um einige Tage die Elbe entlangzugehen, die war also keine gute Mutter? Eine Rabenmutter?

Agnes schloss die Augen. Sie fühlte, wie etwas in ihr sich Raum brach, wie ein Laut durch die Verästelungen ihrer Lungenbläschen schlingerte, durch die Kehle nach oben stieg, von innen gegen ihre Lippen brandete, bis sie keine andere Wahl mehr hatte, egal, wie sehr sie sich sträubte, versuchte, es zurückzuhalten, schließlich aber doch den Mund öffnen musste und es aus ihr herausflutete – ein Schrei.

Agnes schrie. Laut. Gellend. Unkontrolliert. Heiser.

Sie hatte nicht gewusst, dass dieser Wehruf in ihr steckte, nicht geahnt, mit welcher Vehemenz er sich Bahn brechen würde, ja, noch nicht einmal gewusst, ob sie das überhaupt noch konnte. Schreien. Ihre Stimme grub einen breiten Tunnel durch die Regenschnüre, schmetterte gegen Baumstämme und verklang schließlich im dumpfen Echo der triefenden Blätter. Es war irritierend, peinlich und unerhört, sich selbst schreien zu hören. Aber Agnes fühlte auch so etwas wie Selbstermächtigung. Eine aus ihrem Inneren aufsteigende Kraft, produktives Chaos, das sich jeglichen Zwängen entzog.

Sie weinte. Wegen des Regens. Wegen all der Dinge,

die falsch liefen. Wegen all dem Gewesenen, das keine Veränderungen mehr zuließ. Und weil sie noch schreien konnte.

GEESTHACHT

Triefend schlappte Agnes zurück auf den Weg. Sie passierte die Ruinen einer alten Pulverfabrik, überlegte kurz, sich unterzustellen, und musste ob der inzwischen wirkungslosen Maßnahme beinahe laut auflachen. Sie unterquerte eine Landstraße am Rande des Naturschutzgebiets und lief sich beim Marsch durch asphaltierte Wohngebiete in der nächsten halben Stunde schmerzhafte Blasen, unter, auf und an den Seiten ihrer Füße.

Sie erreichte die Parkplatzuhr am Einkaufscenter in der Geesthachter City um 12:36 Uhr. Jede achtsame Schnecke hätte den Wald wohl schneller durchquert.

Agnes verrammelte sich in einer öffentlichen Toilette und versuchte, ihrem Aussehen einen zivilisierten Look zu verleihen. Sie trocknete sich die Haare unter einem Handtrockner, pellte die verdreckte, klatschnasse Jeans von ihren Beinen, schlüpfte in das einigermaßen trockene Etuikleid, zog den durchweichten Hoodie darüber, wusch die Chucks im Waschbecken und quatschte mit schmerzenden Füßen und frierenden Beinen in die wenigen Geschäfte vor Ort. Sie kaufte ein Ladekabel, Gesichtscreme, Seife, Shampoo, Zahnbürste und Zahnpasta, Socken, ein kleines Handtuch, eine hässliche türkisfarbene Regenjacke mit passender Hose, die sich zu einem Knäuel zusammenknautschen ließen, einen einigermaßen bequemen Rucksack mit etwas breiteren Trageriemen und das einzig passende Paar ziemlich billig aussehender Trekkingschuhe in Weinrot. Sie fragte an der Kasse des Drogeriemarkts nach einem Hotel in der Nähe und pilgerte kurz darauf zu einer betagten, biederen Unterkunft an der Elbe. Immerhin gab es ein ebenerdiges freies Zimmer ohne schaukelnden orangefarbenen Boden.

Agnes lud ihr Handy auf, während sie die Klamotten im Waschbecken reinigte und zum Trocknen auf der Heizung drapierte. Als sie wagte, es einzuschalten, pingten ihr Dutzende Benachrichtigungen entgegen. Tom hatte dreimal angerufen und fünf Text-Messages geschickt. Es gab einen Anruf von Britta, vier Nachrichten von Emma, zwei von Jonas, einen Anruf ihrer Mutter, einen von der Schneiderin, eine Nachricht der Mutter von Emmas Reitfreundin Eva, neun Nachrichten aus dem Eltern-Klassenchat der 9a, siebzehn aus dem Chat der Reitmannschaft, zwei E-Mails vom Judoverein, eine von der Steuerberaterin und ein Anruf von Toms Mutter. Agnes überlegte kurz, das Handy in der Toilette zu entsorgen. Sie fühlte sich außerstande, auch nur eine der Nachrichten zu beantworten. Schließlich screenshottete sie die neuen Kommentare aus den Chats, schickte sie kommentarlos an Tom und fügte ihn zum Eltern-Klassenchat der 9a und der Reitmannschaftsgruppe hinzu. Die E-Mails vom Judoverein und der Steuerberaterin leitete sie ebenfalls an ihn weiter.

Dann brauchte sie eine Pause.

HAMBURG HOHELUFT

Schon zwanzig Minuten bevor der Wecker ihn heute Morgen aus seiner wohlverdienten Ruhe geschreckt hatte, fragte sich Tom, wie er diese Woche unter den Umständen, die Agnes für sie alle erschaffen hatte, bewerkstelligen sollte. Druck rausnehmen war das Erste, was ihm einfiel. Vor allem für die Kinder. Er rief in der Klinik an und log, schob einen vergessenen Zahnarzttermin vor. Heute standen keine OPs auf dem Plan, nur Meetings und Verwaltungskram. Trotzdem ärgerte es ihn, zu welchen Handlungen Agnes ihn zwang.

Er bezog Stellung in der Küche, um ein ausgewogenes Frühstück für Jonas und Emma zu zaubern: Rühreier, Pumpernickel mit Tomaten und ein kleiner Salat aus Birnen, Zwetschgen und Brombeeren. Leider fand er kein frisches Obst in der Speisekammer. Und die letzten beiden Tomaten schimmelten. Er konzentrierte sich auf das Rührei, doch Jonas schaffte es nicht, sich aus dem Bett zu quälen und hetzte schließlich ohne Frühstück aus der Wohnung. Emma, organisiert wie sie war, hatte zwar ausreichend Zeitpolster eingeplant, verbrachte die verbliebenen zwanzig Minuten aber lieber Infos aufsaugend am Handy.

Als Tom sich wunderte, wer zu dieser frühen Stunde bereits Neuigkeiten posten konnte, die über den Inhalt von Träumen hinausgingen, verdrehte Emma die Augen. »Zeitzonen, Papa?«

Sie ergänzte, dass montags Bäckertag war. Sie und die Mädels frühstückten da immer erst in der großen Pause, weil das Frischeparadies neben der Schule Franzbrötchen für neunundneunzig Cent verkaufte.

Frustriert futterte Tom drei Portionen Rührei und beseitigte das Chaos in der Küche. Er wunderte sich, woher all die verkrusteten Teller und Schalen in der Spüle stammten und warum niemand sie in die leere Maschine räumte, scheiterte dann aber beim Versuch, den Geschirrspüler nach dem Befüllen zu starten, weil es keine Tabs mehr gab. Entnervt stapfte er zum Supermarkt, kaufte einige Basics, mit denen sie über die nächsten Tage kommen sollten, und verfluchte Agnes zum wiederholten Mal für die vollkommen überzogene Entscheidung, sich nach einem Streit einfach abzusetzen. Hatten sie nicht immer über ihre Probleme gesprochen? Andererseits verspürte er zurzeit überhaupt kein Bedürfnis, sich mit ihr zu unterhalten. Der unsägliche Freitagabend, sein Ausbruch, die Worte, deren abgefeuerte Heftigkeit ihn in einer Art Rückstoßprinzip jetzt selbst trafen, auch wenn er sich noch immer nicht recht erklären konnte, was da eigentlich genau geschehen war, die besorgten Nachfragen der Kollegen im Anschluss an Agnes' theatralischen Abgang, seine stotternd vorgetragene Entschuldigung, sie fühle sich unwohl, Emmas Turnier, die Lügen zum Wohle der Kinder, noch mal die Unwahrheit heute Morgen – all das rumorte in ihm wie eine vermaledeite Hiatushernie, ein Zwerchfellbruch, durch den Organe an Orte im Körper wanderten, an die sie keinesfalls gehörten.

Zurück in der Wohnung musste Tom feststellen, dass der Vormittag bereits zur Hälfte verstrichen war. Er verstaute die Einkäufe und traf eine Entscheidung. Eine Entscheidung, die diesen widerspenstigen Tag und dieses elende Wochenende aus dem Tal holen sollte: Zum ersten Mal seit er im UKE arbeitete, ja, sogar zum allerersten Mal seit er als Arzt praktizierte, wenn nicht gar überhaupt erstmalig in seiner beruflichen Laufbahn, entschied er, einen ganzen Tag lang blauzumachen.

Tom rief mit hochschlagendem Herzen und einem zaudernden Unterton in der Stimme, den hoffentlich nur er hörte, in der Klinik an und stammelte in gedämpftem Ton von Nachwirkungen des Zahnarztbesuchs, die ihn auf das Sofa zwangen. Seine Finger zitterten, als er das Gespräch beendete und den roten Telefonhörer auf dem Handy drückte.

Heute würde er sich nicht um andere kümmern. Heute ging es nur um ihn.

Zunächst radelte Tom an den Hafen. Es fühlte sich gut an, in Bewegung zu bleiben, den Gedanken keinen Stillstand zuzugestehen. Nur so würde es ihm gelingen, die Zeit zu überbrücken, bis er wieder das Bedürfnis verspürte, mit Agnes zu reden. Was auch immer sie dann besprachen.

Er schloss das Rad an den schiefen Zaun vor dem alten Elbtunnel, enterte eine der Fähren und gondelte während der nächsten eineinhalb Stunden an Deck stehend im Zickzackkurs stromauf- und -abwärts.

Es war ein Tag ohne Wetter, weder warm noch kalt, nicht hell und nicht dunkel. Die Wasser der Elbe suppten wie zähflüssiger Sirup an Land, und man wunderte sich geradezu, warum sie keine schmutzigen Ränder am Bug des Schiffes hinterließen. Irgendwann bauschten sich Regenwolken über dem hinteren Abschnitt des Hafengebiets, aber Tom genoss es, noch ein wenig länger in Bewegung zu bleiben, ohne sich selbst anstrengen zu müssen. Der Fluss gab die Richtung vor, er musste gedanklich nur mittreiben.

Mit den ersten Regentropfen stopfte Tom sich und das Fahrrad in die überfüllte S1 und nahm Kurs auf die Kunsthalle. Nach einigen pädagogisch wertvollen Besuchen mit Emma und Jonas zu ihren anstrengenden Kleinkindzeiten, hatten Agnes und er die schiere Existenz von Museen, Cafés und Galerien aus ihrem Gedächtnis verbannt und sich auf nachwuchsfreundlichere Unternehmungen beschränkt. Zoos, Schwimmbäder, Kinos, Eislaufbahnen, Freizeitparks, Wildgehege. Tom würde Zeiten und Abläufe der Fütterungen von Flachland-Tapiren, Zwergottern und Grünflügel-Aras bis an sein Lebensende erinnern. Jetzt dachte er zum ersten Mal seit langer Zeit wieder an die Kunsthalle. Es fühlte sich gut an.

HAMBURGER KUNSTHALLE

»Herbstwind wirble das Laub und zerschlage die stöhnenden Äste, doch um so fester im Grund wurzelt der trotzige Stamm.«

Tom las den Text unter dem gewaltigen Ölgemälde zum dritten Mal. Auf Leinwand gebannte Windflüchter, die ihre Wuchsform mit den Jahren der einseitigen Wetterlage anpassten. Er sah, wie die jungen Birken sich bogen, hörte ihr Ächzen in den zeternden Böen, fühlte die Wucht, mit der der Sturm an den Spitzen der Blätter riss.

Er schüttelte den Kopf. Nein, er würde jetzt keine symbolschwangeren Parallelen zu seinem Leben ziehen. Obwohl Valentin Ruths, ein deutscher Landschaftsmaler des späten 19. Jahrhunderts, zu Agnes' Lieblingskünstlern in diesen Räumen zählte, hatten sie vor diesem verhängnisvollen Wochenende ja nicht ahnen können, wie sehr dessen Bilder von Auenwiesen, wild rangierenden Wolken und knatschenden Birken einmal Teil ihres Lebens werden würden.

Tom verließ das Treppenhaus mit seinen Auftragsmalereien, durchquerte den Backsteinbau der Kunsthalle und ließ die alten Meister hinter sich. So sehr er sich für deren Präzision und Detailverliebtheit begeistern konnte, so sehr schätzte er die zeitgenössische Kunst im hellen Sandsteinkubus der Galerie der Gegenwart nebenan. Hier galt es, nicht einfach vollkommen subjektiv in Bild gefrorene Geschichte zu betrachten, sondern Argumente und Ideen aktueller Debatten zu hinterfragen.

Wie leidenschaftlich er früher Fragen nach der Daseinsberechtigung von Kunst diskutiert hatte, wie kommerziell sie sein durfte, wie sehr sie in der Pflicht stand, sich mit gesellschaftlich relevanten Themen auseinanderzusetzen, welche Rolle die Digitalisierung bei ihrer Ausstellung und Aneignung spielte. Heute diskutierte er die Ästhetik künstlicher Hüftgelenke und moderner Prothesen.

Tom hob den Blick und schaute durch das Glasdach im Lichthof der Galerie der Gegenwart hinauf in den Himmel. Eine kühle Ruhe durchströmte ihn. Die hohen Räume, Bedächtigkeit, gemäßigte Schritte, flüsternde Gespräche. Mit der Eintrittskarte zur Kunsthalle, die wegen einer großen Sonderausstellung zurzeit an allen sieben Wochentagen öffnete, hatte er sich den Zugang zu einer anderen Welt erkauft. Einer Welt, die dem hektischen Klinikalltag kaum weniger entsprechen könnte, und doch hatte er sich hier einmal zu Hause gefühlt.

Mit einem Espresso setzte Tom sich auf die Terrasse des Museumscafés, den Blick auf die emsig dahin schippernden Barkassen der Außenalster gerichtet, und beglückwünschte sich zu diesem geschenkten Tag.

»Tom? Tom Morgenthaler?«

Tom wandte den Kopf und starrte auf einen hochgewachsenen, dünnen Mann, der sich mit schwarzem Rollkragenpulli zu Jeans, Sakko, kurz geschorenen Haaren und kantiger Hornbrille einen bewusst intellektuellen Look verordnet hatte.

»Ilias? Das gibt's doch nicht!«

Er sprang auf und streckte sich, um seinen ehemaligen Kommilitonen zu umarmen. »Was machst du hier?«

Ilias lachte. »Äh, ich arbeite hier. Die Frage ist eher, was dich hertreibt.«

Der Mann, der seine üppigen Locken früher in einer derart wallenden Mähne trug, dass Studierende aller Fachrichtungen ihn auf Pflegemaßnahmen ansprachen, platzierte einen Stapel Bücher und Mappen auf dem Bistrotisch und setzte sich zu Tom. Sie brachten sich auf den aktuellen Stand ihrer Biografien, und Ilias erzählte vom mühsamen Aufstieg eines ewigen Ausstellungspraktikanten hin zum festangestellten Kurator der Kunsthalle.

»Kinder?«

Ilias rümpfte die Nase. »Äh … dafür hatte ich nie genug Geld. Na ja, jetzt wäre es okay, aber ich bin eher seriell monogam und date lieber Menschen, die ein wenig älter und weiser sind als ich. Man lernt halt nie aus.« Er lachte. »Ähm … wie geht es Agnes?«

Tom wollte zu einer Lobeshymne auf das abgesicherte Leben eines Oberarztes ansetzen, die Freuden eines Familienvaters und Ehemanns anpreisen, um Ilias' süßen Unabhängigkeitsgedanken etwas entgegenzusetzen. Doch er besann sich. Er musste nichts beweisen. Weder sich noch einem alten Freund oder unterschiedlichen Lebensmodellen, die mitunter so entzweiend wirken konnten. Und so berichtete er in groben Zügen vom verheerenden Freitagsstreit, der jahrelangen Überlastung im Klinikalltag, und diesem ersten freien Montag seit langer Zeit.

Ilias betrachtete ihn nachdenklich. »Ähm … tja, wer hätte das gedacht? Der engagierte Tom Morgenthaler schreit nicht, tobt nicht und streitet nicht für die Erfüllung seines Lebenstraums. Stattdessen ersatzhandelst du mit einem Besuch in der Kunsthalle und staubst die Erlebnisse früherer Zeiten ab. Äh … ich würde mal sagen, so viel zu den Geistern, die du riefst. Jetzt noch ein Motorrad und die Klauen der Midlife Crisis bohren sich tief in dein Fleisch.«

Tom stöhnte. »Jetzt weiß ich wieder, warum ich dich während der letzten Jahre nicht vermisst habe.«

Ilias lachte, glucksend hell, genau wie früher. »Du hast die Wahrheit noch nie gern gehört, Tomix.« Er erhob sich. »Ähm … na komm. Wenn du dich schon unbedingt im Elend suhlen musst, dann wenigstens so richtig.«

Tom begleitete Ilias zu dessen Büro, wo sie Bücher und Mappen deponierten. Zusammen mit Toms Fahrrad spazierten sie danach über die Lombardsbrücke und durch die Wallanlagen bis nach Ottensen. Zum Glück war der Regen weitergezogen. Agnes' Klingelton verriet ihm, dass Nachrichten von ihr eingingen, aber er hatte keine Lust, sich damit auseinanderzusetzen. Stattdessen lauschte er Ilias' Anekdoten über den Kunstbetrieb. Verrückt ging es da zu, genau wie früher.

Nach einer guten Stunde hielten sie vor einer mit poppi-

gen bunten Lichtern dekorierten Glastür in einem Hinterhof voller Hochbeete. Im Inneren des Altbaus rammten
Bässe das Fundament für einen ausschweifenden Abend
in den Raum.

»Street Art.« Ilias grinste. »Äh … ich denke, ich über-
treibe nicht, wenn ich sage, dass in dieser kleinen Galerie
gerade Kunstgeschichte geschrieben wird. Der Markt reißt
sich um die Inszenierungen dieses aufgeblasenen Rotzlöffels.« Er zuckte mit den Schultern. Dann beugte er
sich zu Tom hinab und raunte: »Zeit, Träume abzustau-
ben, Tomix.«

DIENSTAG

VON GEESTHACHT NACH LAUENBURG

Neue Schuhe verursachten neue Blasen. Gut, dass war jetzt keine weltumwälzende Erkenntnis, aber Agnes spürte, wie die Wanderschuhe tatsächlich Stellen an ihren Füßen entdeckten, die sich noch relativ unbehelligt vom Schmerz zwischen den bereits vorhandenen drei Blasen links und den vieren rechts versteckt hatten. Jetzt scheuerte es auch dort, und die Haut begann, sich zu wölben. Agnes lief unrund und wackelig von Geesthacht nach Lauenburg, als müsse sie eine Wiese voll schlafender Igel überqueren.

Eigentlich hatte sie gedacht, dass dieses Wandern ohne Mann, ohne Kinder, dass dieses Wandern ihr ein Alleinsein schenken würde, das nach all den Jahren ratternder To-do-Listen im Kopf einen Raum zum Denken öffnen könnte. Sie hatte auf treibende Gedanken gehofft, Ideenfetzen, die in ihr Blickfeld drifteten, denen sie sich in aller Ruhe würde widmen können und die ihr letztlich Antworten lieferten. Und das alles inmitten herrlichster Natur und Auenlandschaft.

Stattdessen war sie an den fetten Rohren eines Pump-

speicherkraftwerks entlanggelaufen, die wie grüne Tunnel-
rutschen den Geesthang hinab in die Elbe stürzten, und
das ehemalige Kernkraftwerk Krümmel hatte sie auch schon
passiert. Beide thronten an einer vielbefahrenen Landstraße
neben zugewucherten Böschungen, hinter denen man den
wegweisenden Fluss lediglich vermuten konnte.

Agnes und die Landschaft entspannten sich erst mit Beginn des Naturschutzgebiets Hohes Elbufer. Hier begann
der Wald. Es sollte Biber und Eisvögel geben, Beutelmei-
sen und Schwarzspechte. Es roch nach kühler Feuchtigkeit. Die dösig strömenden Wasser der Elbe blinzelten ab
und an zwischen den Baumstämmen hindurch. Agnes
wollte den federnden Waldboden genießen, die Ruhe, das
Alleinsein, den Geestrücken und die Kerbtäler. Aber ihre
Füße schmerzten. Und der Rücken. Alle Gelenke eigentlich. Ihre Finger schwollen durch das stundenlange Run-
terbaumeln derart an, dass sie ihren Ehering nicht mehr
abstreifen konnte. Müdigkeit wickelte sich Baumwurzeln
gleich um ihre Beine, trotz der zehn Stunden Schlaf vergangene Nacht. Nie schien die Erdanziehungskraft stärker
ausgeprägt gewesen zu sein.

Agnes ging und dachte wenig, fühlte sich fast emotions-
los. Die Anstrengung absorbierte jegliche Regung in ihr,
verschlang sogar die Traurigkeit. Wandern war eine Pla-
ckerei! Und das schon am dritten Tag.

Nach gut elf Kilometern, für die sie auf dem unbefestigten, auf und ab führenden Waldweg sehr viel länger
brauchte, als die von Google Maps veranschlagten zwei
Stunden und achtzehn Minuten, erreichte Agnes ein kleines

Ausflugslokal. Sie ignorierte die Anhöhe, auf die man für eine Aussicht auf das am südlichen Ufer gleich neben dem Elbe-Seitenkanal kauernde Örtchen Artlenburg klettern konnte, und plumpste in einen Liegestuhl im Cafégarten. Sie überlegte kurz, sich die vermaledeiten Wanderschuhe von den Füßen zu reißen, befürchtete aber, nie wieder hineinzukommen.

Es war ein Tag ohne Wetter, wie Tom es gern formulierte. Wolken, Sonne und Himmel versteckten sich hinter einem trüben grauen Farbton, der sich wie ein schmutziges Seidentuch über die Welt legte. Es war nicht warm, nicht kalt, weder besonders trocken noch außergewöhnlich feucht. Es war gar nichts. Trotzdem klebte das T-Shirt nass an ihrem Rücken und sogar der Slip schien durchschwitzt zu sein. Agnes aß Matjes an Pellkartoffeln, leerte ein Glas Cola ohne abzusetzen, und wartete sehnsüchtig auf eine belebende Wirkung.

Später checkte sie ihre Nachrichten, aber es gab keine Neuigkeiten. Sie hatte sich gestern Abend spät noch aufgerafft und Britta in groben Zügen ihre Situation geschildert. Als Antwort erreichte sie ein großgeschriebenes *GO* gefolgt von einem roten Herz. Mit Emma hatte sie sogar kurz telefoniert. Dabei stellte sich heraus, dass Agnes nicht nur das Turnier am Sonntag verpasst hatte, es war ihr bis zu jenem Moment, als Emma davon berichtete, sogar vollständig entfallen.

Rabenmutter.

Agnes entschuldigte sich überschwänglich bei ihrer Tochter.

»Schon gut«, sagte Emma, und es klang so bedürftig, dass Agnes übel wurde.

Emma fragte nicht, was sie an die Elbe trieb, ob es einen Streit gegeben hatte oder warum sie nach Berlin gehen wollte. Sie fragte gar nichts. Agnes hielt die Tränen zurück, aber in ihr ergriff sie ein stummes Schluchzen, das die Kehle emporstieg, ihr den Atem nahm und sie das Gespräch überstürzt beenden ließ. Heute Morgen hatte sie beiden Kindern ein Kussmundselfie geschickt.

Agnes setzte ihren Fußmarsch nach Lauenburg durch einen gepflasterten Hohlweg fort. Obwohl die Zivilisation jetzt immer stärker in das Naturschutzgebiet hineinschnitt und adrette Einfamilienhäuser sich hinter lang gestreckten Vorgärten mit toten, für Bienen, Marienkäfer und Eichhörnchen vollkommen unnützen Rasenflächen in Stellung brachten, lief Agnes noch fast eineinhalb Stunden, bis sie oben auf dem Elbhang das Hotel erreichte, in dem sie ein Zimmer reserviert hatte.

Sie pulte die Schuhe von den wunden Füßen, duschte sich und die verschwitzten Klamotten. Dann fiel sie nackt auf das Bett. Die erste Erschöpfung rollte über sie wie ein Tsunami, und Agnes überlegte kurz, ob sie darunter hinwegtauchen könnte, aber ihr fehlte die Kraft. Vielleicht wäre das unter den gegebenen Umständen auch übermenschlich.

Nach einer Zeit regungslosen Stillliegens schaute sie sich im Zimmer um und erkannte, dass weder Schreibtisch noch Bett, Garderobe oder Stuhl, ja noch nicht einmal das Telefon nach ihr verlangten. Nichts erforderte ihre

Aufmerksamkeit. Es gab keine Notwendigkeiten, es gab nichts zu tun. Sie wusste nicht, wann sie zuletzt in ihrem Leben einen derart schwerelosen Zustand erfahren hatte. Oder ob jemals. Selbst Urlaubstage waren in kleinen Ferienwohnungen mit jungen Kindern kaum mehr als Alltag unter veränderten, oftmals erschwerten Rahmenbedingungen.

Agnes schlief gut in dieser Nacht. Sie wälzte sich nicht herum, suchte keine bequeme Position, schloss noch nicht einmal wissentlich die Augen. Sie sank einfach hinab, und es war wie ein langer Fall in einen tiefen Brunnen.

Am nächsten Morgen gönnte sie sich ein ausgiebiges Frühstück unter den Lindenbäumen auf der Terrasse mit einer herrlichen Aussicht hinunter auf den Fluss. Der Blick glitt im Westen hinüber in die Stadt, im Süden verlor er sich hinter der Lauenburger Brücke in den Weiten der niedersächsischen Elbtalauen. Die Sonne hatte sich den Platz am Himmel zurückerobert und strahlte altweibersommerlich warm.

Agnes war in Socken zum Essen gehumpelt. Ihre Füße bettelten weiterhin um Wellness, Creme, kühle Umschläge und hochgelagerte Ruhe. Stattdessen quetschte sie sie zurück in die Wanderschuhe. Aufgeben war keine Option! Kleinlaut den Schlüssel zur Wohnung in der Contastraße umdrehen und einfach weitermachen wie früher? Auf keinen Fall! Sie brauchte das hier. Auch wenn es sich bislang vollkommen anders anfühlte als gedacht.

MITTWOCH

VON LAUENBURG NACH BOIZENBURG

Der Weg zum nächsten Etappenziel begann mit fünfundachtzig Stufen den Geesthang hinab in die Lauenburger Altstadt. Agnes hinkte, hangelte sich am Geländer entlang, schleppte sich eher, als dass sie lief. Glücklicherweise gab es niemanden, der ihre Verrenkungen beobachtete. Die Blasen schmerzten so sehr, dass sie bei jedem Auftreten befürchtete, aufgeben zu müssen.

Unten angekommen rappelte sie sich auf und eierte über das Kopfsteinpflaster. Ihre Entschlossenheit bröckelte. Doch nach zweihundert, dreihundert Metern geschah etwas Seltsames. Ihr Schritt begradigte sich. Agnes rollte die Füße ab. Richtete den Körper auf. Straffte die Schultern. Lief in den Schmerz hinein. Sie spürte den qualvollen Druck, das Scheuern roher Haut bei jedem Tritt, aber es fühlte sich aushaltbar an. So als ob sie in das Leid hineinwachsen würde. Als hätte sie das Elend akzeptiert und es dadurch den übergroßen Schrecken verloren.

Sie schritt aufrecht durch Lauenburgs schmale Gassen, vorbei an Fachwerkhäusern und steilen Treppen, die hinauf in die Oberstadt führten. Agnes überlegte kurz, sich das Schloss hoch auf dem Geestrücken anzuschauen. Aber man musste es ja nicht übertreiben.

Kurz vor der Ausfallstraße entdeckte sie einen kleinen Supermarkt. Agnes stromerte durch die Gänge, kaufte zwei Müsliriegel, einen Apfel und eine kleine Flasche Cola. Zusammen mit den Brötchen vom Frühstücksbuffet, die sie in zwei Servietten eingewickelt zwischen die Falten des Etuikleids gestopft hatte, sollte sie das über den Tag bringen. Sie ging zur Kasse und stellte sich hinter einem älteren Mann an. Plötzlich spürte sie, wie Hitze in ihr aufwallte. Ein Gefühl von Scham durchzuckte sie.

Verwirrt sah Agnes sich um. Sie fixierte das kurze Förderband, trat einige Schritte zurück, starrte auf die vier Teile in ihrem Arm und brauchte einen Moment, um zu begreifen. Offenbar hatte sie den wöchentlichen Großeinkauf mit all den vielen Waren körperlich abgespeichert und gleich mit Scham auf die peinliche Situation reagiert, die das zu kurze Kassenband verursachen würde, weil sie mit dem Einpacken einfach nicht schnell genug hinterherkäme. Dabei war das hier gar kein Familieneinkauf! Sie arbeitete keine penibel geführte Liste ab, bei der jedes vergessene Lebensmittel zu nölenden Kindern und zeitraubenden Konsequenzen führte. Sie musste weder an den Himbeermilchreis für Jonas denken noch an den veganen Sahneersatz für Emma oder den französischen Weichkäse mit mindestens fünfundvierzig Prozent Fett in der Trockenmasse für Tom. Sie kaufte nur für sich ein. Nur für diesen Tag. Sie musste an niemanden sonst denken, sich nicht an den Bedürfnissen anderer orientieren. War ihr eigenes Maß. Agnes platzierte Müsliriegel, Apfel und Cola sorgsam auf dem Band und entspannte sich.

Sie verließ den Supermarkt und lief östlich aus der Stadt hinaus. Nach zwei Kilometern, während derer sie die Abgase der LKW auf der Hauptstraße entlang des Elbe-Lübeck-Kanals aushustete, erreichte sie die Brücke mit der Landstraße und bog endlich auf einen schmalen Feldweg ein, der sie zurück an die Ufer der Elbe führen sollte.

Schon nach wenigen Hundert Metern fühlte Agnes sich hier sehr weit weg von allem. Um sie herum wuchsen offene Auwiesen. Solitärbäume tüpfelten die Weite. Das Gras auf diesen Außendeichflächen wurde regelmäßig überflutet und jährlich ein- bis zweimal gemäht. Nach dem traditionellen Schnitt im Juli war es inzwischen üppig nachgewachsen.

»Flutrasen«, murmelte Agnes, als sie sich an den Fachbegriff für das Grünland im Urstromtal der Elbe erinnerte. Ein extremer Lebensraum, der gut angepasste Pflanzenarten hervorbrachte. Plötzlich freute sie sich auf die vor ihr liegende Strecke, auf Brenndolden, Elbspitzkletten, Poleiminze, Röhrigen Wasserfenchel, Zaunwinde und Alant. Sicher blühte jetzt nicht mehr so viel wie im Hochsommer, aber der Artenreichtum der Auenlandschaft würde sich ihr auch noch im September offenbaren.

Sie schritt in Richtung Deich. Die Sonne eilte voraus und schickte angenehme Wärme in die Welt. Durch die Ritzen im Asphalt zwängte sich Natur, und Agnes erspähte einen Grünspecht, der völlig unbefangen mitten auf dem Weg nach Larven und Ameisen stocherte. Sie blieb stehen und beobachtete ihn. Gänse schnatterten vom Fluss herüber. Eine Grille schnarrte. Es roch nach Harz und Hitze, fast so wie früher in den Spätsommertagen ihrer Kindheit. So weit sie auch schaute, niemand sonst war zu sehen. Alles hier atmete Ruhe und Frieden.

Agnes erklomm den Deich und blickte hinunter auf die Elbe, die hier so langsam floss, dass sie wie ein lang gestreckter See anmutete. Überwachsene Buhnen säumten ihre Ufer, hohe Weiden und vereinzelte Flatterulmen breiteten die Äste aus. Die Stadt war hinter Wiesen und Wallhecken kaum mehr zu erkennen.

Agnes wanderte los. Google Maps berechnete die Strecke zwischen Lauenburg und Boizenburg mit etwas mehr als sechzehn Kilometern und mutmaßte eine Dauer von etwa dreieinhalb Stunden für den Fußmarsch. Aber Agnes hatte bis hierher schon gut zwei Stunden gebraucht und noch nicht einmal die Grenze zwischen Schleswig-Holstein und Mecklenburg-Vorpommern überschritten. Sie und Google würden auf dieser Wanderung keine Freundschaft mehr schließen.

Agnes wollte das Handy gerade wieder zurück in den Rucksack stecken, als es plötzlich vibrierte und klingelte. Das Geräusch klang falsch in dieser Umgebung, und Agnes hätte das Gerät beinahe fallen gelassen. Mit klopfendem Herzen spähte sie auf das Display. Ihre Mutter.

»Hallo Mama.«

»Agnes!« Freya deckte den Lautsprecher des Festnetztelefons offenbar mit der Hand ab, denn Agnes hörte den nächsten Satz begleitet von einem dumpfen Kruscheln.

»Sven! Ich habe unsere Agnes erreicht!«

Agnes konnte sich die Szene zu Hause in dem rot geklinkerten Einfamilienhaus in der Nähe von Kellinghusen genau vorstellen. Ihr Vater lag im ledernen Fernsehsessel im Wohnzimmer, Lehne und Fußteil leicht hoch- oder runtergefahren, und las in der Lokalzeitung, während ihre Mutter den Vormittag damit verbrachte, einkaufen zu gehen und zu kochen. Die Zubereitungskünste ihres Vaters kamen lediglich an Weihnachten beim Gänsebraten oder an Grillabenden zum Einsatz.

»Kind, was machst du denn bloß für Sachen!« Freya klang jetzt wieder klar.

»Warum? Was ist passiert?«

Stille.

»Mama?«

»Wo bist du?«

Agnes hörte den lauernden Unterton in der Stimme ihrer Mutter.

»Kurz hinter Lauenburg.«

»Und was machst du da?«

Agnes dachte über die Antwort nach. Sie wollte nicht erklären, sich rechtfertigen, verteidigen. Ihr fehlte die Kraft. »Wandern.«

»Wandern!« Freyas Stimme bebte. »Mitten in der Woche. Während der Schulzeit. Kind, was ist nur los mit dir?«

»Ich gehe nach Berlin. Da wartet ein Job auf mich.«

Stille. Agnes hörte ihre Mutter denken.

Freya seufzte. »Weißt du noch, wie du damals unbedingt einen eigenen Hund haben wolltest?«

Irritiert schüttelte Agnes den Kopf, hängte dann ein knappes »Nein« an.

»Ich glaube, du warst sechs, nein, erst fünf, in jedem Fall noch nicht in der Schule.« Freya seufzte erneut. »Wirklich … du warst so ein niedliches Kind mit deinen geflochtenen Zöpfen, so sanftmütig und immer hilfsbereit, das muss ich sagen. Im Prinzip führten wir die Haustierdiskussion da schon eine ganze Weile. Na, in jedem Fall hast du dir Papas alten Wecker gemopst und ihn auf fünf Uhr morgens gestellt, nicht wahr? Du bist aufgestanden, hast dich angezogen und bist in der Dunkelheit nach draußen gegangen, es muss im Herbst gewesen sein.«

»Daran kann ich mich gar nicht erinnern …« Agnes dachte nicht zum ersten Mal, dass Erwachsene sich ganz andere Dinge aus der Kindheit einprägten als man selbst. Das ließ für Emma und Jonas vielleicht hoffen.

»Kind, wir sind umgekommen vor Sorge, wirklich! Stell dir nur mal vor, als wir aufgestanden sind – da lagst du nicht in deinem Bett! Dieser Schock! Wir sind dann zu den Nachbarn gelaufen, die ganze Straße auf und ab, haben in der Scheune von Harmsen nachgeschaut, wirklich, deren Kuh sollte ja jeden Moment kalben, wir dachten, du bist vielleicht nachschauen gegangen. Und dann, kurz bevor wir die Polizei rufen wollten, kamst du, die kleine Madame, ganz lässig anmarschiert. Konntest kein Wässerchen trüben und die ganze Aufregung nicht verstehen.«

»Das hast du mir nie erzählt.«

Freya schnaubte ein knappes »Hm«.

»Und warum habe ich das gemacht?«

»Ach … Kind, was weiß denn ich. Du wolltest irgendetwas beweisen, nicht wahr? Dass du jeden Morgen mit einem Hund Gassi gehen würdest. Aber darum geht es ja gar nicht.«

Agnes holte Luft, wappnete sich, richtete von der Deichkrone hinab den Blick auf ein Paar Kanadagänse, die gerade tief über die ruhigen Wasser der Elbe glitten.

»Es geht darum, dass du dir überhaupt keine Gedanken um uns gemacht hast, nicht wahr? Bist einfach gegangen, weil es dir wichtig war!«

»Mama, du willst mir doch nicht ernsthaft vorwerfen, was ich als Fünfjährige getan habe!«

»Aber du machst es ja schon wieder, Kind, nicht wahr? Ich habe am Sonntag zweimal bei euch angerufen und am Montag dreimal. Dreimal! Niemand da. Gestern habe ich dann endlich Emma erreicht. Sie war ganz verstört, weißt du, und hat mir erzählt, dass ihr Papa gesagt hat, dass du an der Elbe entlang nach Berlin läufst, weil du da irgendeinen Job bekommst. In Berlin! Wirklich! Agnes! Was soll denn das? Du bist Mutter! Hast zwei Kinder! Und zwar in Hamburg! Was ist mit Tom? Soll der sich neben seiner Arbeit in der Klinik jetzt auch noch um den Haushalt kümmern?«

»Er hat wohl keine andere Wahl.«

»Agnes!«

»Mama …« Jetzt seufzte auch Agnes. Es lohnte sich

nicht. Ihre Mutter hatte eigene Vorstellungen von der Ehe und der Rolle der Frau darin, genauso wie von Frauen, die fluchten, Frauen, die Männer ansprachen, mehrgewichtigen Frauen, stark geschminkten Frauen, wenig auf ihr Äußeres achtenden Frauen, Rabenmüttern, unzufriedenen Müttern. Sie lebte mit einer Grammatik, die die Worte Frau und Bedürfnisse nicht in einem Satz unterbrachte. Freya jammerte nie. Das gehörte sich ebenso wenig wie ein Getöse um eigene Errungenschaften zu machen. Einser-Abi? Freundliches Nicken. Uniabschluss trotz Baby? Schön.

Agnes beendete das Gespräch beschwichtigend, beruhigend, versöhnlich. Sehr viel sanfter, als sie sich fühlte. »Ich kläre das mit Tom und den Kindern, macht euch keine Sorgen. Wir brauchen gerade mal eine Auszeit, wir kriegen das schon hin.«

Die Aufregung ihrer Mutter verriet das Ausmaß des Tabubruchs, den Agnes gerade beging. Einfach zu gehen. Kinder und Mann zurückzulassen. Das tat eine gute Mutter nicht. Niemals! Agnes kannte viele Menschen, die ohne Vater aufgewachsen waren. Aber niemanden ohne Mutter. Zumindest nicht in ihrer Generation und ganz sicher nicht in der ihrer Eltern. Sie spürte, wie ihre Mädchenerziehung und die gesellschaftlichen Erwartungen mit der Entscheidung, die sie vor zwei Tagen gefällt hatte, kollidierten.

Nach etlichen weiteren Metern auf dem Deich, verkündete ein Schild das vorläufige Ende der offenen Auenlandschaft. Auf den nächsten Kilometern wartete der bewaldete

Teil des Unesco-Biosphärenreservats Flusslandschaft Elbe-Mecklenburg-Vorpommern. Agnes dachte kurz an ihre Studentinnenträume, wischte das Wort Biosphärenreservat dann aber beiseite wie eine der lästigen Mücken, die sich seit Beginn des Waldgebiets zu lauernden Geschwadern formierten. Sie wanderte über einen mit Kiefernzapfen gesprenkelten Sandweg, der sie immer höher auf den Geesthang trieb. Es roch würzig hier und ein bisschen süßlich. Gras wucherte an den Seiten fast hüfthoch. Außerdem quietschte es. Knirschende, lang gestreckte Töne. Da in einem Naturschutzgebiet nicht gewirtschaftet wurde, durften Äste fallen, wie sie wollten; und also fielen sie, rieben dabei aneinander, schoben sich wuchernd beiseite und trieben ihre Zweige entlang benachbarter Bäume.

Es hörte sich ein wenig unheimlich an, zumal Agnes noch immer niemanden getroffen hatte. Kein Mensch schien sich an einem Wochentag hierher zu verirren. Nicht einmal Hundebesitzer. Hinter den Bäumen war die Elbe jetzt nicht mehr zu erkennen und der Kiefernwald wechselte über in einen Laubwald. Zunächst leitete der Weg sie breit und ausgetreten parallel zum Fluss. Ins Kerbtal hinunter, auf den Geesträcken hinauf und immer so weiter. Dann verzweigte er sich, schmale Trittpfade führten zwischen Brennnesselstreifen hindurch oder endeten auf einer Lichtung. Sobald Agnes anhielt, um sich mithilfe von Google zu orientieren, stachen Dutzende von Mücken auf sie ein. Also lief sie weiter, bog ab, änderte die Richtung und hatte schon ziemlich bald das Gefühl, sich komplett verlaufen zu haben. Es war absurd! Verloren gegangen auf den sechzehn Kilometern zwischen Lauenburg und Boizenburg.

Agnes kehrte um, lief einige Hundert Meter zurück, um eine andere Abzweigung auszuprobieren. Google hatte sich verabschiedet. Laut Karte wuselte sie auf einer hellgrünen Fläche ohne Wege herum. Niemandsland. Sie beschloss, sich am Blaugrau zwischen den Baumstämmen zu orientieren und so zurück an die Elbe zu gelangen. Wahrscheinlich bedeutete das einen Umweg, weil der Fluss hier eine weitgezogene Kurve vollzog, aber dieses Umherirren ergab noch weniger Sinn.

Sie pulte eines der Brötchen aus dem Rucksack, belebte ihr Durchhaltevermögen mit Cola und streifte weiter durch den Wald. Das Handy behauptete, es wären erst siebzig Minuten vergangen, seit sie die Auenwiesen verlassen hatte. Dabei fühlte es sich an, als hätte sie die Orientierung schon vor Stunden verloren. Vielleicht sogar noch früher. Vor Wochen. Oder Monaten. Jahren.

Wie konnte es sein, dass sie nicht bemerkt hatte, wie unglücklich Tom war? Wo sie die minimalste Erschütterung im Leben der Kinder doch immer gespürt hatte wie ein Erdbeben. War sie zu sehr damit beschäftigt gewesen? Mit den Kindern? Mit dem Haushalt, den einzelnen Tagen, diesem schwarzen Loch Alltag, das die Galaxien ihrer Träume einsaugte und verschlang? Vielleicht war es wichtig, jetzt gerade durch diesen dämlichen Wald zu irren. Mit peinigenden Gelenken und blutigen Füßen. Offen zu sein für den Schmerz und all das Leid. Für das Unbe-

kannte. Das Neue zu umarmen und auch die Ungewissheit. Sich zu verlieren. Wie sonst sollte sie sich je wiederfinden.

HAMBURG

Tom entdeckte die Galerie im zweiten Hinterhof, in den er hineinschaute. Die bunten Lichter pappten noch immer auf der Glastür hinter den Hochbeeten, verströmten ausgeschaltet jedoch keinerlei Flair. Er spähte durch die Scheibe. Drinnen war alles dunkel.

Enttäuscht wandte Tom sich ab. Zu gern hätte er sich die Bilder und Installationen des aufgeblasenen Rotzlöffels, wie Ilias den gerade zweiundzwanzigjährigen Dennis nannte, noch einmal in Ruhe angeschaut. Besonders faszinierte ihn, wie gut D€nn/s (so sein Künstlername) den elitären Kunstbetrieb trotz seines Alters bereits durchschaute – auch wenn Ilias behauptete, der Junge verdanke Ruhm und Ehre hauptsächlich seiner Mutter, einer Kunsthändlerin bei Sotheby's.

Schon als Vierzehnjähriger hatte D€nn/s, tief in der jugendlichen Subkultur des illegalen Graffitis verwurzelt, *tags* an jede Wand gesprayt – in seinem Fall das namensgebende €/. Später wandte er sich von diesem *bombing* und der Szene ab und suchte sein Glück in der Street Art. Ein geradezu ungeheuerlicher Schritt! Schließlich verriet er mit seinem Wechsel hin zur kommerziellen Kunst Lebenseinstellungen, ja, ganze Weltanschauungen.

D€nn/s verfeinerte seinen Stil, begnügte sich aber nie mit unbedeutenden Hinterhofwänden (ein Widerspruch, den er zu lieben schien, denn offenbar präsentierte er seine mit perfektem Storytelling digital in Szene gesetzten Werke später ausschließlich in kleinen Hinterhofgalerien). Er sprayte Schablonenbilder auf die Außenmauern der Hamburger Kunsthalle, auf die des Musée d'Orsay in Paris, des Museo del Prado in Madrid, des Museum of Modern Art in New York. Und erstaunlicherweise begegnete der Kunstbetrieb diesen dreisten Coups mit Anerkennung. Die Stencils wurden nicht entfernt, vielmehr versah man sie mit Exponatsschildern und präsentierte den Neuzugang der außerhäuslichen Sammlung in den sozialen Medien. D€nn/s war sicher kein Banksy, aber auf dem besten Weg dorthin.

Tom beschloss das Zeitfenster, das er sich eigentlich für einen inspirierenden Rundgang durch die Galerie freigeschaufelt hatte, mit einem Fußmarsch nach Hause zu füllen. Er war bei den OPs heute den ganzen Tag auf den Beinen gewesen und sehnte sich nach bewusster körperlicher Entspannung. Wenn nichts mehr geht, geht gehen. Waren das nicht Agnes' Worte?

Tom dachte daran, wie sie früher den schreienden Jonas in ein Tragetuch wickelten und gemeinsam durch die Stadt stromerten. Stundenlang. Das gleichmäßige Schaukeln und ihre Stimmen schienen den Kleinen zu beruhigen.

Also hatten sie geredet, immerzu. Über Alltägliches, Banalitäten, das erste Lächeln ihres Babys, Ereignisse, die im kleinen Familienkosmos ihre Welt bewegten. Aber sie unterhielten sich auch über das Leben an sich und wie sie sich selbst mit ihren Ideen, Gefühlen und Ansichten darin verorteten. Nie gingen ihnen die Themen aus. Vielleicht war es das, was Tom an Agnes immer am meisten geliebt hatte. Er konnte sich kaum an Augenblicke erinnern, die sie sprachlos miteinander verbrachten, sich anschwiegen. Immer schien es wichtig zu sein, den anderen an den eigenen Gedanken teilhaben zu lassen, zu erfahren, wie sich die eigenen Vorstellungen darin spiegelten. Gut, während des Sex redeten sie meist nicht so viel. Aber den hatten sie auf der langen Strecke hierher ja sowieso schon verloren.

Tom erreichte die Contastraße nach einer guten Stunde und schloss die schwere grüne Holztür zur Nummer 15 auf. Wie immer müffelte es im Flur nach den Mahlzeiten vergangener Jahrzehnte. Er rümpfte die Nase. Auf sein Drängen hin hatte Herr Schröter, der Hausmeister, vor einigen Wochen endlich eine Anwohnerbefragung zur Erneuerung der verranzten Lincrusta-Tapeten im Haus angeleiert. Der entsetzte Aufschrei der Gründerzeitaltbaucharmefanatiker hallte bis heute von den Wänden wider.

Tom zubbelte seinen Schlüsselbund aus dem kleinen Fach am Rucksack, als die Wohnungstür nach innen aufschwang.

»Na endlich!« Seine Mutter riss beide Arme in die Höhe. Die goldenen Armbänder klimperten. Über der hellblauen

138

Bluse und dem schmalen grauen Bleistiftrock trug Regine eine blütenweiße Kochschürze, die Tom noch nie gesehen hatte. »Ich habe mir schon Sorgen gemacht! Wo bleibst du denn? Das Essen dürfte inzwischen nur noch lauwarm sein, ich habe dir ja schon mehrfach gesagt, dass ihr euch so eine Warmhalteschublade zulegen solltet wie dein Bruder, das ist ungemein praktisch.«

Der Wortschwall seiner Mutter riss nicht ab, und Tom versuchte, nur jedes zehnte Wort zu hören. Eine Taktik, die er bereits als Sechzehnjähriger perfektioniert hatte. Er stellte den Rucksack ab und erreichte den Esstisch zeitgleich mit der Suppenschale, die seine Mutter an der Kopfseite des Tischs auf einem flachen Teller neben einer akkurat gefalteten Serviette platzierte, auf der Löffel, Gabel und Messer im genau gleichen Abstand zur Tischkante symmetrierten. Sie war inzwischen bei der Wohnung seines Bruders angelangt und schwärmte von dem Neubau in Köln Rodenkirchen, wo die Eichendielen noch nach Holz dufteten, so frisch hatte das Sägewerk sie angeblich geliefert.

»Alles Handarbeit, versteht sich.«

Tom nickte.

»Wolltet ihr nicht auch bald hinfahren?« Regine schlüpfte aus der Schürze, legte sie zusammen und schob sie in ihre Handtasche.

»Vielleicht im Herbst …«

Sie setzte sich zu Tom an den Tisch. »Falls ihr bis dahin eine Lösung für diese unsägliche Situation gefunden habt, meinst du.«

»Mutter, bitte.«

»Ja, ja, schon gut. Ich mische mich nicht ein.« Sie erhob sich. »Aber eine Mutter, die ihre Kinder verlässt, Hals über Kopf, ohne sich darum zu kümmern, ob es ihnen gut geht – das macht man nicht! Meine Meinung.«

»Ich bin ja auch noch da.«

»Du arbeitest! Wie willst du das schaffen? Ich habe vorhin den Trockner ausgeräumt, die Wäsche gewaschen, durchgesaugt, gekocht und mit den Kindern gegessen. Aber der Rest vom Haushalt liegt brach. Ich kann nicht jeden Tag kommen!«

Tom seufzte. »Das erwartet auch niemand.«

»Ich konnte euch heute nur unter die Arme greifen, weil dein Vater netterweise die Einweisung für den neuen Gärtner übernommen hat. Ich hoffe, meine Rosen stehen noch, wenn ich nach Hause komme.« Regine stapfte in den Flur, glitt in Schuhe und Jacke. »Bestell mir bitte ein Taxi, ja?«

Tom telefonierte, wie immer ein wenig befremdet vom Snobismus seiner Mutter, die lieber fünfunddreißig Euro für eine Privatfahrt berappte, als sich mit dem Fußvolk in den Öffis gemeinzumachen. Er bereute, ihr beim sonntäglichen 10-Uhr-Anruf aus lauter Wut über Agnes von der seltsamen Situation berichtet zu haben, in der sie sich zurzeit befanden. Das nächste Angebot, zum Kochen vorbeizukommen, würde er ausschlagen.

Jonas linste aus dem Flur. »Ist Großmama noch da?«

»Gerade gegangen.«

Tom sah den erleichterten Ausdruck in Jonas' Gesicht,

als er in die Küche schlenderte und in der Schublade mit dem Süßkram kruschelte.

»War alles okay mit Großmama?«

Jonas zuckte mit den Schultern. »So okay, wie es mit einer Oma sein kann, die darauf besteht, dass man sie Großmama nennt.«

»Jonas ... das hatten wir ...«

Er hob beschwichtigend die Hände. »Just saying.«

Tom seufzte. Dieser Tag hatte so etwas Zerfasertes, als verschwämmen die Umrisse, je weiter er den Blick hob. Selbst die fast meditative Konzentration, die er sonst während der OPs fühlte, hatte sich heute von einem tunnelartigen Schwarz in ein verwaschenes Grau verwandelt.

»Was hältst du davon, wenn wir alle zusammen einen Film schauen?«

»Leon kommt gleich.«

Es klingelte. Jonas nahm Anlauf und schlitterte zur Tür. Tom hörte ein Klacken, kurzes Gemurmel, dann einen Aufschrei. Er lief in den Flur.

»Alles okay?«

Jonas schmatzte seinem Freund einen Kuss auf die Wange.

»Hallo.« Leon grinste. Breit und einnehmend. Die Mundwinkel berührten fast die riesigen Gläser seiner randlosen Brille. Mit der verkehrt herum aufgesetzten Basecap und der Bundfaltenhose wirkte er, als könnte er sich nicht zwischen dem Leben eines Skateboarders und dem eines Intellektuellen entscheiden. Aber vielleicht schloss das eine das andere ja nicht aus.

»Leon hat gerade erfahren, dass er in den Herbstferien ein …«

Leon fiel Jonas ins Wort. »Ich bekomme einen offiziellen Praktikumsplatz am Theater!« Er reckte das Kinn und wuchs bis knapp unter die Decke des Flurs.

»Glückwunsch.« Tom lächelte. »Allerdings … ich dachte, du bist jetzt schon da …«

»Er darf der Schneiderin manchmal helfen, weil sie eine Freundin von Frau Deters ist.«

»Frau Deters?«

»Unsere Klassenlehrerin!«

»Wer hat Geburtstag?« Emma schlenderte in einen Pfirsich beißend zu ihnen. Der Saft tropfte auf die Dielen.

»Emma!« Tom deutete auf die Flecken. »Iss am Tisch!«

Sie verdrehte die Augen. »Chill, Papa … Ich mach' das gleich weg. Also wer hat Geburtstag?«

Jonas erzählte, was es mit den Glückwünschen auf sich hatte, und Tom wunderte sich, in was für ein Chamäleon die Pubertät seine Tochter verwandelte. Es fiel ihm schwer, die coole Erwachsenenattitüde, mit der sie gerade lässig an der Flurwand lehnte, mit den Tränen übereinzubringen, die sie trotzig nicht geweint hatte, als er ihr in groben Zügen von Agnes und dem Streit erzählt hatte. Sie stellte keine Fragen, wollte nichts weiter wissen. So als dränge jede zusätzliche Erkenntnis die Situation unumkehrbarer in eine Sackgasse. Tom hätte sie gerne in den Arm genommen, damals wie jetzt, auf ihre Seele gepustet, ein buntes Pflaster aufgeklebt und den Schmerz vertrieben. Aber so lief das nicht mehr.

Am Ende dieses langen, ausgefransten Tages sehnte er sich nach einem Glas Rotwein ganz allein auf der Terrasse.

Da stupste ihn Jonas am Arm. »Komödie oder Action?«

DONNERSTAG

HINTER BOIZENBURG

Der Rauch blähte sich zu einer plüschigen Wolke oberhalb der Baumkronen auf. Agnes hielt es erst für eine Art Morgennebel, aber es war schon fast Mittag und die Sonnenstrahlen walzten breit über einen blauen Himmel. Vom Deich aus hatte sie einen guten Blick über die Weiden und auf das kleine Waldstück, das in Begleitung eines Flüsschens parallel zur Elbe verlief.

Sie schaute sich um. Elbabwärts leuchteten am Horizont die roten Dächer Boizenburgs wie Klatschmohn vor einer grünen Waldwand. Sie hatte die hübsche Pension etwas außerhalb der historischen Altstadt vor knapp zwei Stunden verlassen. Stromaufwärts blickte sie hinüber auf bis zu fünfhundert Meter breite Auenwiesen. Kein Mensch weit und breit. Vor etwa zwanzig Minuten hatte sie ein Trupp aus sechs Radlern überholt. Seitdem herrschte Stille. Keine schrabbelnden Motoren, noch nicht einmal das Surren eines E-Bikes. Keinerlei zivilisatorisches Knirschen – wenn man von dem qualmenden Wäldchen absah.

Agnes wusste nicht recht, was sie tun sollte. Die Feuer-

144

wehr zu rufen erschien ihr übertrieben, zumal sie keine Flammen entdeckte, nur diesen aufgebauschten Rauch.

Sie beschloss nachzuschauen, glitt den Deichrücken hinab, duckte sich unter einem elektrischen Weidezaun hindurch und stapfte über die Wiese bis zum Ufer des Flüsschens. Würziger Brandgeruch zog über das Wasser. Agnes schätzte die Entfernung zur anderen Seite auf etwa sechs Meter. Sie bahnte sich einen Weg am Gewässerrand entlang, zwischen Schilfhalmen hindurch, und erreichte schließlich eine lang gezogene Biegung mit einer flachen Furt. Barfuß und mit hochgekrempelter Jeans watete sie hinüber. Ihre Zehen glitten tief in den morastigen Boden. Die Hose sog sich bis zu den Oberschenkeln voll Wasser.

»So ein Mist!«

Am anderen Ufer zuppelte Agnes die Socken über ihre nach wie vor schmerzenden Füße, verzog das Gesicht, als sie zurück in die Schuhe glitt und marschierte über die Wiese in den Wald. Wahrscheinlich machte sie sich gerade vollkommen lächerlich.

Der Brandgeruch verschärfte sich, je weiter sie lief. Allerdings blieb es seltsam still. Agnes vernahm das übliche Naturgemurmel aus raschelnden Blättern, singenden Vögeln und Sonnenstrahlen, die dickstrahlig durch Äste und Zweige brachen. Aber sie hörte weder das Geräusch von knackendem Holz noch das knisternde Züngeln gieriger Flammen. Sie eilte über einen Trampelpfad zwischen Weiden und Eichen hindurch, bis sie eine Lichtung erreichte, auf der sich eine Art Datsche, ein rosa getünchtes Häuschen, neben einer überdimensionierten Scheune behauptete, die aus allen Ritzen qualmte.

Agnes spurtete los, auf das Haus zu, beobachtete aus den Augenwinkeln, wie Rauch sich zwischen den Dachschindeln der Scheune hindurchkringelte und aus den Spalten zwischen den gezimmerten Brettern pfiff.

»Hallo!« Agnes schrie, während sie gegen die Haustür hämmerte. Lärm drang aus dem Inneren, ein gewaltiges Wummern. Niemand öffnete.

Sie rannte um das Haus herum, stolperte über eine niedrige Buchshecke und riss beinahe einen Staketenzaun um, bevor sie auf der Rückseite eine weit geöffnete Terrassentür entdeckte, stürmte ins Haus und erkannte, dass das dumpfe Wummern von Bässen herrührte, die wie Steine durch die Zimmer rumpelten. Ohrenbetäubende Heavy-Metal-Töne, die die Möbel vibrieren ließen.

»Hallo?« Sie schrie erneut, hörte ihre Stimme bei dem Lärm aber kaum selbst.

Plötzlich trat ein Mann durch die Wohnzimmertür und erstarrte. Er schien sich noch gewaltiger zu erschrecken als Agnes, denn der Teller, den er gerade noch gehalten hatte, zersprang auf dem Boden. Die Musik schluckte das Scheppern, sodass sich die Szene für Agnes wie in einem lärmenden Stummfilm abspielte. Der Mann hob eine Hand, was wohl so etwas wie »einen Moment« bedeuten sollte, zog ein Handy aus der Hosentasche, tippte darauf herum und schaltete eine Stille ein, die schmerzhaft in den Ohren pochte.

Er schrie ein wenig, als er zu sprechen begann. »Was machen Sie hier?«

»Ihre Scheune brennt!«

Der Mann betrachtete Agnes einen Moment lang ausdruckslos, dann schien er zu begreifen. Und lachte.

Verwirrt sah Agnes ihn an. Er wirkte nicht durchgeknallt oder gar gefährlich. Sie schätzte ihn etwa gleichalt, groß, bestimmt ein Meter neunzig. Er hatte strohige, straßenköterblonde Haare, die sich wild auf seinem Kopf zu verknoten schienen, und Arme, die als Eichenstämme hätten durchgehen können. Aber sein Gesicht zählte zu diesen jungenhaften, das in den Zwanzigern zu schön, zu glatt und viel zu perfekt gewesen war. Ein Gesicht, in das er erst hineinwachsen musste, um ernst genommen zu werden. Dank der Falten, dem grauen Haaransatz und einem braun gesprenkelten Vollbart passte es inzwischen.

»Was ist so lustig?«

»Entschuldigung …« Er winkte ab und nickte mit dem Kinn in Richtung ihrer Beine. Das Wasser hatte sich durch den hochgekrempelten Jeansstoff bis zum Bund hinaufgesogen und sogar die untere Hälfte von T-Shirt und Hoodie durchtränkt. »Sind Sie vom Elberadweg extra durch die Sude gewatet, um mir das mitzuteilen?«

»Ich …«

Er grinste. »Kommen Sie, ich zeige Ihnen etwas.«

Er ging so nah an Agnes vorbei, dass sein Geruch sie anwehte: verbranntes Holz. Vielleicht lag sie doch nicht so falsch.

Agnes folgte dem Mann aus der Terrassentür hinaus und umrundete das Haus mit ihm diesmal auf der anderen Seite. Sie schritten zwischen Gemüsebeeten hindurch, passierten einen alten Brunnen, neben dem ein zweifarbiger Bulli parkte, und steuerten auf ein Tor in der noch immer qualmenden Scheune zu. Er schien ihr Zögern zu bemerken.

»Keine Sorge. Da brennt nichts.« Er stieß den rechten Türflügel auf. Eine Rauchfahne entwich. Dabei floh ein Duft aus dem Gebäude, in dem sich das Aroma von verbranntem Holz mit würzigem Harz und scharfem Alkoholgeruch vereinte. Der Mann betrat die Scheune, hustete und schritt vorbei an langen Tischen mit allerlei Töpfen, Schüsseln, Geschirr, bunten Pappen, Stoffen, Hölzern, Metallstangen und Regenschirmen. An den Wänden baumelten verrostete Fallen. Am Ende des hohen Raums führte eine Holzleiter hinauf auf den Boden. Er erklomm die Stufen. Agnes folgte ihm.

Oben angekommen verdichtete sich der Rauch zu einer breiigen Suppe. Der Mann reichte ihr ein Taschentuch.

»Halten Sie das vor den Mund.« Er deutete auf etwas in der hinteren Ecke. »Da ist der Übeltäter.«

Agnes erkannte eine Art weißen, gemauerten Ofen, aus dem noch immer dicke Qualmsoden entwichen. Sie sah kein Feuer.

»Okay?« Der Mann tippte an ihren Arm. »Lassen Sie uns runtergehen, dann erkläre ich Ihnen, was passiert ist.«

Zurück im Freien trank Agnes von der frischen Luft und fühlte, wie ihre Lungen sich dankbar dehnten.

»Darf ich Ihnen etwas zu trinken anbieten nach all den Mühen, die Sie auf sich genommen haben?« Der Mann lächelte.

Agnes ließ sich von ihm zu einem der Liegestühle auf

der Terrasse führen und krempelte die Hosenbeine herunter, während er die Getränke holte. Es war schattig, sie fröstelte in den nassen Klamotten.

»Ich bin übrigens Bastian, aber alle nennen mich Bas.«

Er platzierte ein Tablett mit Wasser, Bier und einer Flasche Korn auf dem Gartentisch. »Auf den Schreck?«

Agnes nickte und spürte schon kurz darauf, wie der scharfe Alkohol den Rauch aus ihrer Kehle vertrieb. Vielleicht wärmte er sie ja auch von innen.

»Ich heiße Agnes.«

Sie prosteten einander zu, während Agnes versuchte, die krabbelnde Kälte zu ignorieren, und sich in dieser absurden Situation zurechtzufinden.

»Ein Nachbar hat mir vor einigen Tagen selbst geräucherten Fisch geschenkt«, begann Bas zu erzählen. »Er ist nach der Wende wohl oft mit dem Vorbesitzer der Datsche hier auf die Jagd gegangen und zum Angeln raus auf die Elbe gefahren. Vorher war das ja nur ausgewählten Funktionären erlaubt, schließlich gehörte hier wegen der Grenze alles zum Sperrgebiet. Na, in jedem Fall haben sie ihren Fang anfangs in einem kleinen Fass geräuchert, bis sie irgendwann auf die Idee kamen, einen richtigen Räucherofen oben auf dem Scheunenboden zu bauen. Tja …« Er leerte die Bierflasche mit einem großzügigen Schluck. »Ich war neugierig und wollte mal sehen, was der alte Kasten noch so draufhat.«

»Nicht viel, wie es scheint.«

Er lachte. »Sieht ganz danach aus. Allerdings stimmte wohl auch etwas nicht mit dem Holz. Zu harzig oder feucht oder …« Er zuckte mit den Schultern. »Ich habe erst ein kleines Whiskeyfass zerschlagen, das ich noch von einem Job hatte. Für das Aroma, dachte ich. Aber das qualmte nicht ausreichend. Also habe ich ein bisschen Buche und Birke draufgeworfen. Die lagen noch hinterm Haus. Dann bin ich rübergegangen, um zu kochen.« Er grinste. »Nicht die beste Idee meines Lebens.«

Agnes lächelte. Sie mochte, wie selbstironisch Bas sprach, ohne sich dabei zu geißeln. War halt schiefgegangen. Davon ging die Welt nicht unter. Wahrscheinlich noch nicht einmal die Scheune. Schließlich hatte er das Malheur irgendwann gerochen und das Feuer gelöscht. Bas strahlte eine Leichtigkeit aus, die ansteckend wirkte.

»Und du hast extra dein Rad stehen gelassen, um durch die Sude zu waten und mich zu retten?«

»Nun ja …« Agnes spürte die nassen Klamotten auf der Haut. Ein Schauer durchlief ihren Körper.

Bas sprang auf. »Entschuldige bitte! Du musst wahnsinnig frieren. Du kannst gerne heiß duschen, und ich schmeiße deine Sachen in den Trockner. Oben im Schrank liegen ein paar Klamotten von meiner Tochter, die kannst du anziehen.«

Agnes überlegte, wie schlau es war, sich bei einem Fremden auszuziehen und zu duschen. Aber die Kälte kroch inzwischen tief in ihre Eingeweide. Außerdem hatte sie bereits mit Per im Baumzelt übernachtet. Und Bas schien nett zu sein. Was also war schon dabei?

Sie stapfte hinter ihm eine steile Treppe hinauf in den ersten Stock. In einem holzvertäfelten Zimmerchen öffnete er einen von zwei alten Bauernschränken. »Such dir aus, was du magst. Das Badezimmer ist gegenüber. Ich lege dir Handtücher raus.«

Agnes schälte sich aus den feuchten Klamotten. Selbst ihr Slip war nass geworden. In einem winzigen, renovierungsbedürftigen Bad duschte sie so lange so heiß, bis ihre Haut sich rot verfärbte. Doch die Kälte saß tiefer, eher innen, und sie schien unbeeindruckt von ein bisschen warmem Wasser.

Agnes schlüpfte in die Wechselunterwäsche aus dem Rucksack und entschied sich für Jogginghose, Sweatshirt und dicke Socken aus dem Fundus von Bas' Tochter. Doch die Sachen saßen zu eng, und der Spiegel auf der Innenseite der Schranktür bestätigte, dass sie sich dem Aussehen einer Pufferjacke annäherte. Sie zog alles wieder aus, durchwühlte die Schubladen der Kommode neben dem Bett und entdeckte ein großes, grün kariertes Holzfällerhemd, das wahrscheinlich eher Bas gehörte. Sie streifte es über, stieg in eine schwarze Strumpfhose und gönnte ihren geschundenen Füßen die dicken Wollsocken.

Unten traf sie Bas in der Küche an.

Er lächelte. »Schönes Hemd.«

»Ist ja nur, bis meine Klamotten wieder trocken sind.« Agnes fühlte sich unter seinem Blick verlegen. *Cringe* würde Emma das nennen.

Er winkte ab. »Steht dir viel besser als mir.«

Bas zeigte ihr den Trockner in einem kleinen Hauswirtschaftsraum am Ende des Flurs. Agnes stopfte Jeans, Socken, Shirt, Unterwäsche und Hoodie hinein und freute sich über den modernen Komfort, den das Haus in seiner etwas altbacken wirkenden Hutzeligkeit gar nicht vermuten ließ. Als sie sich umdrehte, lehnte Bas im Türrahmen und musterte sie. Obwohl das schwarze T-Shirt zur Jeans wenig spektakulär wirkte und er noch immer mit jeder Pore seines Körpers den Geruch von verbranntem Holz ausdünstete, spürte Agnes, wie nervös es sie machte, selbst wenn er einfach nur dastand. Bas war jemand, der Räumen die Luft entzog. Der allein durch seine Anwesenheit wirkte. Allerdings fragte Agnes sich, ob nur sie diese Ausstrahlung spürte, bedürftig wie sie war, gegängelt vom Leben, oder ob es sich um eine generelle Fähigkeit handelte.

»Wie wäre es mit einer Stulle?« Bas fuhr sich mit der Hand über den Bart. »Ein gutes Käsebrot kann Leben retten. Davon bin ich zutiefst überzeugt.«

Sie kehrten auf die Terrasse zurück, und Bas servierte Käsebrote mit Tomatensalat und Bier. Agnes atmete auf. Erst jetzt nahm sie die wilde Blumenwiese wahr, die sich vor ihr bis zu einem kleinen Streuobstgarten mit alten Apfel- und Birnbäumen erstreckte. Hummeln schnarrten, zwei Zitronenfalter trudelten über die Blüten. Wärme flatterte zurück in ihren Körper. Agnes fühlte sich umsorgt und geborgen. Das kleine Wäldchen umschloss das Idyll und schützte es vor der Außenwelt wie ein Bann. Nur der beißende Holzgeruch hing noch immer mahnend in der Luft.

Als hätte er ihre Gedanken erahnt, erzählte Bas, dass er die Datsche erst vor zwei Jahren gekauft hatte. Er sehnte sich nach einem Ort für eine kreative Klausur, fernab der

Berliner Lichtverschmutzung, weit weg von Straßen und Großstadtlärm.

»Genug Geld zu verdienen, um nicht immer und jederzeit voll am Puls sein zu müssen, Stille zu genießen. Das ist wahrer Luxus für mich.«

Bas arbeitete international als selbstständiger Food-Artist. Er war über den Umweg des Grafik-Designs zum künstlerisch anspruchsvollen Catering gelangt und schnitzte inzwischen genauso selbstverständlich kunstvolle Blumen in Melonen wie er Gesichter aus Salatzutaten zusammenstellte, Schokoladenwasserfälle auf großen Events installierte oder Donuts an Regenschirmen von der Decke baumeln ließ.

»Deshalb also liebst du Stullen.« Agnes grinste.

»Schuldig«, sagte er und lachte.

Agnes ließ den Blick über die sonnenbetupfte Wiese gleiten und genoss das leicht duselige Gefühl nach dem zweiten Bier. Es war so einfach. Sie musste nur hier sitzen. Ein wenig plaudern, ein kleines bisschen flirten. Das Leben durfte einfach geschehen und ihr guttun.

»Und was treibst du, wenn du nicht gerade an der Elbe unterwegs bist?« Bas lehnte lässig im Gartenstuhl, ein Bein untergeschlagen, Bier in der Hand.

Agnes erzählte von Brittas Sozialmaßnahme, der Arbeit mit den Jugendlichen, die sie als sinnstiftend und nervig zugleich empfand. Bas sprach über die schwierige Zeit des Umbruchs nach der Trennung von der Mutter seiner einundzwanzigjährigen Tochter Fanny und erklärte, dass es ihn oft verwunderte, dass überhaupt jemand unbeschadet durch die Pubertät gelangte.

Sie unterhielten sich über ihre Kinder, das Biosphärenreservat hier an der Elbe, Bas' Heimatort Schwerin, sein Leben in Berlin, über Hamburg, Agnes' Biologiestudium, Gott und die Welt und alles andere. Ein epischer Rundumschlag, der Agnes kurz in die aufregende Kennenlernphase mit Tom zurückversetzte. Sie verdrängte die Erinnerung schnell.

Das Gespräch mit Bas perlte wie guter Sekt, und Agnes fühlte sich berauscht. Sie wünschte, sie könnte einfach hier sitzen bleiben. Mit diesem interessierten und interessanten Mann auf der Terrasse dieser hutzeligen Datsche. Dabei lag noch der feuchte Rückweg durch die Sude vor ihr, mindestens zwei Stunden Fußmarsch plus eine Fährfahrt über die Elbe. Sie hatte ein Zimmer in einer Pension in Bleckede gebucht.

»Ich sollte mich langsam wieder auf den Weg machen.« Sie erhob sich. »Es ist schon spät.«

Agnes klaubte ihre Sachen aus dem Trockner, zog sich um und reichte Bas sein Hemd. »Danke. Ich hatte einen wirklich schönen Nachmittag hier bei dir.«

Er nickte, fuhr sich mit der Hand über den Bart. »Was … ich meine … was hältst du davon, wenn du zum Abendessen bleibst und ich dich später mit dem Auto zur Fähre bringe? Würde dir auch ein erneutes Bad in der Sude ersparen.« Er lächelte. »Außerdem ist noch so viel von dem geräucherten Fisch übrig … das schaffe ich alleine gar nicht.«

Agnes zögerte. Bas stand da, eingefasst vom Rahmen der Küchentür, wie ein Gemälde. Seine Stimme war Bern stein und Holz. Sie freute sich derart über die Einladung, dass es sie ängstigte, betonte es doch einmal mehr das groteske Ausmaß ihrer Bedürftigkeit. Sie hatte den ganzen Tag über nichts von Tom und den Kindern gehört. Und wenn sie versuchte, sich einmal wirklich wahrhaftig mit ihren Gefühlen auseinanderzusetzen, erahnte sie tief in ihrem Inneren, dass sie sie gerade jetzt, zurzeit, genau hier, in diesem Moment gar nicht vermisste. Sie hatte nach fünf Tagen keine Sehnsucht nach den Kindern, von denen sie bislang höchstens einmal vier Tage während einer Klassenfahrt getrennt gewesen war. In Agnes' Ohren klang das nach Hochverrat.

»Ich …« Sie suchte nach den richtigen Worten.

Bas winkte ab. »Schon gut.« Er stieß sich vom Türrahmen ab, und seine Hand streifte wie zufällig ihren Arm. Agnes schaute zu ihm auf, ihre Blicke kreuzten sich und die Illusion des Zufalls verpuffte.

»Fisch klingt toll«, sagte sie, und Bas lächelte.

HAMBURG, CONTASTRAßE

Tom schaltete die Dunstabzugshaube auf die höchste Stufe, um den Fettgeruch der Fischstäbchen zu vertreiben. Nach kaum dreißig Sekunden begann das Metall der Lüftung dröhnend zu vibrieren, und er erinnerte sich an das Telefonat mit dem Hausmeister, das seit Wochen auf seiner To-do-Liste stand.

»Nicht anmachen!«, schrie Emma vom Sofa herüber. »Sonst knallt …«

In diesem Moment ging das Licht aus. Der Herd schaltete sich ab, der Kühlschrank gab ein letztes Röcheln von sich und das Röhren der Dunstabzugshaube verhallte in tönender Stille.

»… die Sicherung raus.« Sie kuschelte sich zurück in die Decke, justierte die Wärmflasche und zog den kalten Waschlappen zurück über die Augen.

Tom fluchte leise. Er stieg in seine Sneaker, riss den Schlüssel vom Haken und stapfte hinunter in den Keller, um die Sicherung wieder einzuschalten. Gleich morgen würde er sich bei Herrn Schröter melden.

Zurück in der Wohnung briet er Emmas Soulfood zu Ende: Fischstäbchen. Das einzige Fertiggericht, das sie liebte und trotz ansonsten gesunder, vegetarischer Ernährung immer dann brauchte, wenn sie sich schlecht fühlte.

Vor etwa zwei Stunden hatte die Schule bei Tom angerufen, weil Emma mit Krämpfen im Krankenzimmer lag. Ihre Menstruation verlief meist schmerzhaft, oft gepaart mit einer Migräne. Sie hatte es bereits mit verschiedenen Schmerzmitteln versucht, aber keines half wirklich.

Tom hatte im Krankenhaus kurzfristig Arbeitspläne getauscht, eine OP verschoben und den Rest einfach liegen gelassen. Auf dem Weg zur Schule fühlte er sich hilflos wie immer, wenn eines seiner Kinder litt. Er wollte die väterliche Emotionalität beiseiteschieben, um sich auf seine medizinischen Qualifikationen besinnen zu können. Aber beim Blick in Emmas verweintes Gesicht fiel ihm das schwer.

Tom hatte die Wohnung abgedunkelt und es Emma auf dem Sofa bequem gemacht. Er servierte ihr die fertig gebratenen Fischstäbchen auf einem Tablett im Wohnzimmer, wärmte sich selbst eine Tomatensuppe auf, die Agnes tiefgefroren hatte, aß betont leise am Esszimmertisch und hockte sich danach auf den Lesesessel.

Er wusste nicht recht, was er mit sich anfangen sollte. Emma war eingeschlafen. Er fand keine Muße zum Lesen und keine Lust, sich um die Wäsche oder den Abwasch zu kümmern. Schließlich erhob er sich und tigerte vom Wohnzimmer in die Küche, weiter in den Flur, von dort ins Bad, in Emmas Zimmer, zurück in den Flur und wieder ins Wohnzimmer. Die Wände der Wohnung markierten die

Grenze, die die große Freiheit hütete. Dort, im Draußen, wo bezahlte Arbeit, Anerkennung und Wirksamkeit warteten. Hier drinnen schien es Tom, als belauerte er sich selbst. Er musste alles in Ordnung halten, die Wohnung, die Kinder, den Tag, das Leben. Aber er fühlte sich allein. Zurückgelassen. Niemanden kümmerte es, dass er alle Pläne umgeworfen hatte, um für seine Tochter da sein zu können. Kein Mensch lobte ihn für die knusprigen Fischstäbchen. Ja, es leistete ihm noch nicht einmal jemand Gesellschaft, während er darauf wartete, dass Emma aufwachte und dieser Tag endlich ein Ende fand.

Er öffnete die Terrassentür und schlüpfte hinaus auf das Loungesofa. Wenigstens hatte er hier nicht mehr das Gefühl zu ersticken. Tom konnte sich nicht erinnern, wann er zuletzt so viel Zeit eingesperrt in dieser Wohnung verbracht hatte. Wie hielt Agnes das nur aus?

Agnes. Tom stöhnte. Er rutschte auf die Sitzpolster hinunter, legte sich flach auf den Rücken und schloss die Augen. Agnes marschierte jetzt gerade irgendwo an der Elbe entlang, tankte frische Luft und genoss eine Freiheit, die offenbar immer nur einer von ihnen zeitgleich erleben konnte. Verpflichtungen. Sie hatten sich gemeinsam für ein Leben mit Kindern entschieden. Nur verdiente er eben mehr, von daher stand nie infrage, wer zu Hause bleiben und sich kümmern würde. Warum also platzte diese seltsame Aufbruchstimmung gerade jetzt aus ihr heraus? Was war ihm entgangen? Wie konnte etwas derart in Agnes rumoren, ohne dass er davon wusste? Welches Missverständnis schob sich zwischen sie wie ein Keil und spaltete das

Wir ihrer Ehe in zwei Ichs, die einander wie Fremde gegenüberstanden und nichts vom anderen wussten?

Tom blinzelte gegen einige Sonnenstrahlen an, die sich zwischen den dicken Ästen der alten Eiche hindurch auf sein Gesicht schoben. Er musste mit Agnes reden. Diese Situation war unerträglich. Die Kinder brauchten sie. Nächste Woche könnte er sich zwei Tage freinehmen, und dann mussten sie sich darüber unterhalten, wie es weitergehen würde. Wollte Agnes den Job in Berlin wirklich annehmen? Wie sollte das funktionieren? Und was für ein Job war das eigentlich? Tom beschloss, sich bei Britta zu melden. Vielleicht wusste sie mehr. Aber davon abgesehen mussten sie auch darüber reden, was eigentlich gerade mit ihrer Beziehung geschah. Er war noch immer wütend! Aber dieses beidseitige Schmollen hatte sie in den vergangenen Tagen nicht weitergebracht.

Als Tom aufwachte, brannte seine Haut. Die Sonne hatte sich hinter der Eiche hervorgewagt und seinen bleichen Krankenhausteint verspottet. Er strich im Bad eine beruhigende Creme auf die glühenden Wangen, konnte aber nicht mehr verhindern, dass der rote Zinken in seinem Gesicht der Nase eines Schneemanns ähnelte.

Emma war aufgewacht und schaute irgendeine Zeichentrickserie im Fernsehen. Sie fühlte sich besser. Tom durchstöberte die Tiefkühltruhe und fand zum Glück eine große Portion Gemüseauflauf, die er in den Backofen schob. Er kochte Reis dazu und deckte den Tisch. Doch Emma erklärte, dass sie nichts essen könnte, weil ihr Unterleib noch immer schmerzte. Und Jonas erzählte auf Toms Nachfrage, dass er noch mit Leon unterwegs wäre und schon einen Burger hatte. Tom aß allein und schob den Rest von Agnes' Auflauf genervt in den Kühlschrank, weil er nicht wusste, ob er sich noch einmal einfrieren ließ.

Er schaute eine Weile lang mit Emma fern, konnte das Gequieke der Cartoonfiguren aber nicht ertragen. Schließlich surfte er im Internet und öffnete eine Flasche Weißwein. Doch noch bevor der erste Tropfen den Boden des Glases benetzte, schraubte er die Flasche wieder zu. Sich jetzt mit Alkohol zu trösten erschien ihm wie ein kläglich überstrapaziertes Klischee.

DIE DATSCHE AUF DER LICHTUNG

Bas hatte das köstliche Abendessen aus geräuchertem Fisch, selbst gebackenem Brot und Gartensalat mit einem Dessert aus Joghurtmousse und Obst gekrönt, für das er Pflaumen, Birnen und Brombeeren zu einem die Flügel spreizenden Ara arrangiert hatte. Agnes wagte kaum davon zu essen.

»Das ist wunderschön!«

Sie tranken sich inzwischen durch die zweite Flasche Rotwein, und Agnes erzählte Bas von den beeindruckend hergerichteten Speisen an jenem verhängnisvollen Freitag im Museum für Hamburgische Geschichte.

»Nein!« Er riss die Augenbrauen in die Höhe. Auf seiner Stirn kräuselten sich zahllose Falten. »Das gibt es doch gar nicht! Das war mein Catering!«

Agnes starrte ihn an. »Du hast diese Vorspeise gemacht, die aussah wie das Gesicht vom Vorstandschef des UKE?«

Bas nickte. »Ja, ja, ja! Und den Pokal aus Kürbisschaumpüree. Und die sechsstöckige Regenbogentorte mit den weißen Rosen.«

Agnes schüttelte den Kopf. Das war verrückt! Mitten in der Einöde, irgendwo hinter einem Nebenfluss der Elbe auf einer Waldlichtung in Mecklenburg-Vorpommern, traf sie jemanden, der mit dem schrecklichsten Abend ihres Lebens in Verbindung stand. Das glaubte ihr niemand.

Bas begeisterte sich für die seltsame Fügung. »Ich finde es beruhigend, dass nicht alles im Leben planbar ist. Der Zufall spielt immer eine Rolle. Aber man muss ihm auch eine Chance geben.« Er grinste. »Sieht so aus, als sollten wir uns kennenlernen …«

Agnes ließ den Blick durch das Wohnzimmer schweifen. Der Abend hatte sich kühl über die Lichtung gelegt, und sie waren zum Essen direkt von der Terrasse ins Haus umgezogen. Bas hatte den Couchtisch gedeckt, weil es im offenen Durchgang zur schmalen Küche nur eine Theke mit zwei Hockern gab. Er mochte sich hier, in dieser Abgeschiedenheit, nicht mit dem profanen Aspekt seiner Arbeit beschäftigen, vielmehr sollte die kreative Klausur im Vordergrund stehen. Deshalb hatte er auf einen Esstisch verzichtet. Den Raum gegenüber des blauen Samtsofas füllten Regale voller Bücher, Bilder und Inspirationen: getrocknete Kornblumen in einem Glasrahmen, aufgereihte Matrjoschka-Figuren, Postkarten aus Kopenhagen, auf einen Rahmen genagelte Stofffetzen einer Blaudruckerei. Davor prunkte ein lederner Ohrensessel mit Fußbank. Bas fand, dass die Möbel aus seiner Berliner Wohnung in ein urbanes Setting gehörten, nicht auf diese Lichtung. Deshalb hatte er für die Datsche Antiquitäten von einem Händler in der Nähe besorgt. Agnes mochte die behagliche, etwas rustikal wirkende Einrichtung aus Schaffellen, Teppichen und unlackiertem Holz.

Sie riss den Blick von den rosafarbenen Astern in der kleinen Kristallvase und schaute zu Bas. »Wir konnten uns am Freitag nicht kennenlernen, weil ich nur kurz auf der Feier war.« Sie verschränkte die Arme, versuchte, sich Halt zu geben. »Mein Mann arbeitet im UKE, deshalb waren wir dort. Für ihn hast du den Pokal aus Kürbisschaumpüree anfertigen müssen. Tom. Nur irgendwie verlief der Abend ganz anders als geplant. Wir hatten einen furchtbaren Streit. Draußen, vor dem Museum …« Agnes hob das Kinn. »Deshalb bin ich hier. Wandere entlang der Elbe. Es ist wohl so eine Art Zäsur. Und ich habe überhaupt keine Ahnung, wie es danach weitergehen soll.«

Bas sah sie an, lange. Es schien, als lese er in ihrem Blick eine emotionale Zusammenfassung der Ereignisse, als erkenne er den Kompass, nach dem sie seit Tagen suchte. Schließlich lächelte er. »Weiß man das denn je?«

Agnes hätte gerne geantwortet, dass sie das zumindest bis Freitagabend noch angenommen hatte, aber irgendwie war sie sich nicht mehr sicher, ob das stimmte.

Bas murmelte etwas, das sie nicht verstand, und Agnes wandte den Kopf, um besser hören zu können, während sie sich gleichzeitig auf der Lehne des Sofas zu ihm hinüberbeugte, und auf einmal küssten sie sich. Aus Versehen sozusagen. Irgendwie waren sie ineinandergeraten. Agnes zögerte einen Augenblick, als Bas' Lippen auf ihre trafen. Sein Bart kitzelte. Aber mit dem Mondlicht hatte sich Sorglosigkeit über dem Haus und der verwunschenen

Lichtung ergossen. Sie spürte es ganz deutlich. Dieses unbekümmerte, schwebende Gefühl, das ihr Herz anhob und alles andere aus der Situation drängte. Sie wollte Bas küssen nach diesem schönen Tag, keinen Gedanken an Tom verschwenden oder ihr Leben, nicht über Moral grübeln, ihr Gewissen ausschalten, einfach nur hier auf dem Samtsofa sitzen und knutschen.

Ihre Küsse waren ein sanftes Ertasten, kein stürmisches Begehren. Eher Erkennen als Erregung.

Agnes grub sich in Bas' Arme. Es war so viel mehr an ihm dran als an Tom. Er war nicht dick, aber irgendwie massig. Agnes fühlte sich seinem Körper nicht so unterlegen wie Toms drahtigen Muskeln. Doch dann begann Bas, sie zu berühren. Seine Hand glitt über ihren Rücken und rumpelte über den Rückenspeck, den der BH portionierte. Agnes versteifte sich. Tom kannte ihren Körper, wusste wie er sich mit dem Alter und den Schwangerschaften verändert hatte. Und trotzdem vermied sie es, nackt durch die Wohnung zu laufen. Oder beim Sex das Licht anzuschalten. Aber wie sollte sie dieser Situation begegnen? Ohne ihren Körper mit Bas zu schlafen war kaum möglich.

»Was ist los?« Bas strich ihr eine Haarsträhne hinter das Ohr, fuhr mit seinen Fingern über die Stirn, den Nasenrücken hinunter und malte die Konturen ihrer Lippen nach. »Geht es dir zu schnell? Dein Tempo, deine Entscheidung, okay? Aber du fühlst dich so wundervoll an …« Er küsste ihren Hals.

Agnes schloss die Augen. Sie wollte sich diesem Kribbeln hingeben, dem aufgeregten Schlag ihres Herzens, der

Erregung, die sich langsam spannte wie ein kordelndes Seil. Stattdessen dachte sie an ihre wenig prallen Brüste, die Bas sehen würde. An die Rundung ihres Bauchs. Die kleine Fettschürze (was für ein furchtbares Wort!) über der Kaiserschnittnarbe, wo Haut Haut berührte. Was wenn er weiter über ihren Rücken strich und dort die Wellen ertastete, die ihr überflüssiges Gewicht auch ohne BH schlug? Wenn er die Cellulite sah, die ihren Po deformierte? Die frisch sprießenden Haare an den Unterschenkeln bemerkte, die sie seit Freitag nicht wegrasiert hatte? Agnes wollte glauben, dass ihr Wert als Mensch oder auch nur ihr Wert als Sexualpartnerin in dieser Nacht nicht von der Form ihres Körpers abhing. Aber sie konnte nicht.

Langsam entwand sie sich Bas' Armen. Er fuhr sich mit den Händen durch die Haare und atmete schwer.

»Ist es wegen deinem Mann?«

Agnes schüttelte den Kopf. Sie spürte, wie Tränen über ihre Wangen rannen. Wäre das doch der Grund! Ein moralisches Dilemma. Aber sie konnte noch nicht einmal Tugendhaftigkeit in die Waagschale werfen. Nur Scham.

Sie weinte jetzt richtig, fühlte sich gedemütigt von der Situation, von Bas' Verständnis, von ihrer Abhängigkeit von Äußerlichkeiten, vom Alter, ihrer Unzufriedenheit mit sich selbst.

»Hey …« Bas umarmte sie. »Es tut mir leid. Ich wollte dich nicht bedrängen. Ich hatte das gar nicht geplant …«

Agnes sah ihn an. »Ach nein?« Sie rang sich ein Lächeln ab. »Du hast heute den ganzen Tag über nicht ein einziges Mal daran gedacht, wie es wäre, mich zu küssen?«

Bas grinste, wog den Kopf bedächtig hin und her. »Nur etwa fünfzig bis hundert Mal.«

Agnes wischte mit den Hoodieärmeln die Wangen trocken. »Tut mir leid, dass ich hier so ein Drama veranstalte.«

»Das muss es nicht.«

»Doch!« Sie nahm das Taschentuch entgegen, das Bas ihr reichte, und trocknete den nächsten Tränenschwall. Dann nahm sie seine Hand und führte sie an ihren Rücken, sodass er die kleinen Wülste unterhalb des BHs ertasten konnte. »Fühlst du das?«

Bas zuckte mit den Schultern. »Der BH schneidet ein bisschen in deine Haut. Ich habe nie verstanden, warum Frauen dieses Folterinstrument täglich tragen.«

Agnes hob das Kinn. »Der BH schneidet in meine Haut, weil da viel ist, in das er schneiden kann. Viel wellendes Fettgewebe.«

»Darum geht es? Um unsere nicht mehr taufrischen Körper?«

»Es geht um meinen dicken Körper!« Erneut quollen Tränen unter Agnes' Lidern hervor. Sie verachtete sich dafür, konnte es aber nicht verhindern.

Bas musterte sie. Eine ganze Weile lang, während Agnes schniefte und keinen Zugang zu seinem Schweigen fand. Was sollte das hier? Am besten verabschiedete sie sich zügig und verschwand in Richtung Bleckede. Das hätte sie bereits vor Stunden tun sollen.

»Vertraust du mir?« Bas' Stimme klang rau. »Na ja, also so weit man jemandem vertrauen kann, den man kaum einen Tag kennt.«

Agnes zuckte mit den Schultern.

»Das reicht mir.« Er grinste.

Bas stand auf, nahm Agnes an der Hand und zog sie hinter sich her nach oben.

»Bas, ich weiß nicht, ob …«

Er drehte sich auf halber Treppe um. »Gib mir einen Vertrauensvorschuss, okay? Nur einen kleinen.«

Sie durchquerten den schmalen Flur im ersten Stock mit vier Schritten. Bas' Schlafzimmer lag neben dem Bad. Der Raum war klein. Graue Wände, ein Fenster. Sonst nichts. Gar nichts. Bis auf ein wunderschönes, altes Himmelbett aus dunklem Holz mit gedrechselten Pfosten. Zarte weiße Stoffbahnen kräuselten sich an den Seiten.

»Flohmarktfund«, erklärte Bas. »Viel zu wuchtig für diesen schmalen Raum, aber ich liebe es sehr. Deshalb habe ich alle anderen Möbel rausgeworfen. Hier geht es um das Wesentliche, die Essenz. Deshalb sind wir hier.«

Er schob Agnes auf das Bett und setzte sich neben sie. »Ich zeige dir jetzt den Teil meines Körpers, der mir am besten gefällt.« Er streckte ihr seine Unterarme entgegen und spannte die Muskeln an. Adern wölbten sich wie Wege auf einer Landkarte. »Ich finde, meine Unterarme sehen aus, als würde ich nach Feierabend mit wilden Tieren kämpfen.«

Agnes lachte. Und Bas stimmte ein.

»Ich war noch nie im Fitnessstudio oder so. Keine Ahnung, warum sie so aussehen. Ist wohl genetisch. Jetzt du.«

Agnes zögerte, doch dann zog sie die Socken aus und platzierte ihre nackten Füße nebeneinander. »Das Wandern hat sie leider ein bisschen deformiert, aber wenn man von den Blasen absieht, mag ich meine Füße wirklich gern. Ich finde, die Zehen mit den schmalen Nägeln sehen aus wie Perlen auf einer Schnur.«

Bas nickte anerkennend. Er präsentierte Agnes daraufhin sein linkes Ohrläppchen, das sich besonders hübsch wölbte. Sie konterte mit ihren vollen Augenbrauen, er zeigte eine Narbe am Knie, die von einer erfolgreich absolvierten Mutprobe aus Kindertagen stammte, sie überlegte, ihre Brustwarzen zu zeigen, entschied sich dann aber doch für die Handgelenke.

»Du ahnst es bereits …« Bas zog sein Shirt aus. »Jetzt kommt die Kehrseite.« Er pikste mit dem Zeigefinger in seinen nackten Bauch. »Schwabbelt seit einiger Zeit. Nicht dass ich mir je ein Sixpack erarbeitet hätte. Aber ein wenig durchtrainierter sah es früher schon aus.«

Agnes lächelte. Da hockte ihr unter einem traumhaften Betthimmel in einer Datsche auf einer verwunschenen Lichtung irgendwo hinter der Elbe in Mecklenburg-Vorpommern dieser unglaubliche Mann gegenüber und entblößte sich. Körperlich und seelisch. Striptease mit einem Unbekannten.

Sie sah Bas an. Es gab nichts zu verlieren. Agnes schälte sich aus dem Hoodie, ohne den Blick abzuwenden. Dann entledigte sie sich des T-Shirts und knöpfte den BH im Rücken auf. Als sie die Träger von den Armen streifte, befürchtete sie, Bas könne ihr Herz von innen gegen den Brustkorb explodieren sehen.

»Meine linke Brust hängt ein bisschen weiter hinunter als die rechte. Als ich jung war, ist mir das nie aufgefallen.

Vielleicht hat es sich aber auch erst mit dem Stillen entwickelt. Keine Ahnung. Jetzt ist es Realität.«

Bas betrachtete ihren Busen, und Agnes hätte sich am liebsten unter der Decke verkrochen. Er lächelte, als er sich umdrehte und ihr seine Schulterblätter zeigte.

»Ich finde das wirklich ekelig, aber aus irgendeinem Grund wachsen mir dort Haare. Ich selbst komme zum Rasieren nicht richtig hin, deshalb habe ich mir extra eine lange Stange mit einer Halterung für eine Klinge gebastelt. Siehst du den roten Striemen? Klappt so mittelgut.«

Agnes hätte beinahe laut aufgelacht. Ein bisschen, weil es sie peinlich berührte. Aber auch, weil es so lächerlich war. Sie mochte Bas in seiner ganzen Basgesamtheit. Wie konnte sie die paar Haare auf seinem Schulterblatt oder den weichen Bauch getrennt von ihm betrachten? Sie saßen einander mit Abstand gegenüber, aber sie hatte längst das Gefühl, als wäre er in ihren Gedanken, als berührte er sie und sie beide wären ein gemeinsamer Teil eines mittelalten, so furchtbar normalen Körpers.

Agnes streckte die Hand aus und fuhr mit den Fingerspitzen über Bas' Schulter und seine Brust. Als er ihre Berührung erwiderte und von ihrem Schlüsselbein zu ihrem Busen strich, fegte ein Zittern über ihre Haut, pulsierte Licht durch ihre Adern. Alles an ihnen beiden schien transparent zu sein, offen dargelegt, sie leuchteten von innen heraus. Sahen einander und erkannten dadurch sich selbst.

Als Agnes spät in dieser Nacht erwachte, weil das sahnige Licht des Vollmonds sie blendete, schlief Bas neben ihr, schwer wie ein Felsbrocken. Sein Schnarchen klang nach schlaffem Gaumensegel. Sie stand auf, stellte sich nackt ans Fenster und fühlte sich verwegen. Die Lichtung schlief in stiller Nacht. Es roch noch immer nach dem Rauch, den die Scheune bisweilen in schmalen kringeligen Säulen ausschnaufte.

Plötzlich stand Bas hinter ihr und umarmte sie. Seine Hände glitten von den Schultern auf ihren Bauch, den sie in einer automatisierten Geste einzog. Seine Lippen streichelten ihr Ohr, seine Worte ein warmes, leises Dröhnen. »Tu das nicht.« Agnes wagte kaum, sich zu rühren, sie wollte seinen Händen nicht noch mehr undefiniertes Fettgewebe preisgeben. »Man kann seinen Körper nicht in eine Form hassen, die man liebt.« Bas küsste sie auf die Schulter, umschloss ihren Körper und presste sich an sie. Da endlich ließ Agnes los.

SAMSTAG

HAMBURG HOHELUFT

Tom zog die Bettdecke bis über die Schultern. In einer Altbauwohnung war es immer kalt, selbst im Sommer. Er tastete hinüber auf Agnes' leere Seite und zog auch ihre Decke über sich. Zarter Rosenduft kitzelte seine Nase. Tom schloss die Augen, dann besann er sich. Er würde nicht hier herumliegen und Trübsal blasen.

Um 8:17 Uhr verließ er das Haus. Er konnte sich nicht erinnern, wann er zum letzten Mal an einem Samstagmorgen in dieser Herrgottsfrühe durch die Stadt geradelt war. Dabei tummelten sich bereits eine Unmenge an Menschen, Bussen, Autos und Fahrrädern auf den Straßen. Tom musste plötzlich an die Ruhe und Abgeschiedenheit der Geltinger Birk denken. An das hohe Gras, durch das der Wind strich. Die Salzwiesen. Das raschelnde Schilf, die Vögel im eingedeichten Sumpfgebiet. Obwohl sie den lang geplanten Familienausflug eigentlich nur an die Ostsee verlegt hatten, weil Emma nach einer TV-Doku über die dort lebenden Wildpferde wochenlang darum gebettelt hatte, war es letztlich Tom, der alle zur großen Wanderung um die Landzunge des Naturschutzgebiets herum überredet hatte. Er erinnerte sich, wie Agnes ihm zuraunte, dass die Kinder auf der weiten Strecke sicher nölig werden würden. Und natürlich geschah genau das. Aber Agnes stimmte kurzerhand einige Songs aus den alten Bibi-und-Tina-Filmen an, deren Texte Tom zwar nur fragmentarisch kannte, die alle anderen aber leidenschaftlich mitschmetterten. Aus irgendeinem Grund blieb ihm von diesem Nachmittag neben der Ruhe vor allem dieses seltsam aufgehobene Gefühl während des Singens in Erinnerung. Das musste Monate her sein. Länger. Viel länger.

Tom radelte über die Hoheluftbrücke und hielt nach einem Platz zum Anschließen für das Fahrrad Ausschau. Als er dabei einen Blick in die Isestraße warf, stoppte er so abrupt, dass ihm der nachfolgende Radfahrer fast hinten reingefahren wäre. Tom stolperte auf den Gehweg. Eine ältere Frau beobachtete sein Manöver, und Tom fragte sie, ob heute denn gar kein Markt wäre. Sie schüttelte den Kopf, ob abschätzig oder negierend vermochte er nicht zu sagen. »Dienstags und freitags.«

Irritiert starrte Tom in die zugeparkte Straße und auf den Gehweg unter den Pfeilern der S-Bahn, den heute keine Marktstände säumten. Natürlich hätte er googeln können, auf welchem anderen Markt Agnes samstags einen Teil der Besorgungen erledigte. Aber das Papier des Einkaufszettels schnitt scharf in sein Gewissen. War er wirklich so ignorant? Hatte sich das zunächst simple Anderssein von Agnes' Alltag im Vergleich zu seinem tatsächlich in eine grundsätzliche Unkenntnis verwandelt? In ein generelles

Kopfschütteln, was die täglichen Abläufe betraf? Seit wann wussten sie so wenig voneinander?

Tom wendete, überquerte die Kreuzung und schlug den Weg zum Supermarkt ein. Er kaufte im Samstagsgedränge ein, musste viel zu viele Sachen auf dem kurzen Warenband an der Kasse ablegen und die Dinge hektisch in Taschen stopfen, bevor er das Fahrrad mit sechs prall gefüllten Beuteln behängen und alles schiebend nach Hause verfrachten konnte. Schnaufend schleppte er die Taschen in die Küche, ließ sich auf einen Stuhl am Esstisch sinken und trank ein Glas Wasser. Ihm graute davor, die Lebensmittel beim Wegräumen zum vierten Mal in die Hand nehmen zu müssen.

Nach einigen Minuten erhob er sich, um das Unvermeidliche anzugehen, als er plötzlich innehielt. Warum eigentlich war er allein für den kompletten Wocheneinkauf verantwortlich? Er hatte bereits die Einkaufsliste geschrieben, vorab in den Schränken recherchiert, was sie überhaupt benötigten, er war früh aufgestanden, hatte fälschlicherweise den Umweg über den nicht stattfindenden Isemarkt genommen, war in den Supermarkt gefahren, hatte die Lebensmittel im Einkaufswagen gestapelt, alles auf das Band gelegt, in Beutel verpackt und nach Hause transportiert. Warum fiel es jetzt auch noch in seine Zuständigkeit, den ganzen Kram zu verstauen?

Tom lief durch den Flur, klopfte kurz an Jonas' Tür, marschierte ins Zimmer und riss die Gardinen auf.

»Guten Morgen. In der Küche stehen die Einkäufe. Ich möchte, dass du aufstehst und alles wegräumst. Ich muss noch mal los.«

Jonas wickelte sich aus der Bettdecke. »Was …?«

Tom stapfte weiter zu Emmas Zimmer. Auch hier klopfte er nur anstandshalber, stürmte quer durch den Raum und zog das Rollo in die Höhe.

»Guten Morgen. In der Küche stehen die Einkäufe. Ich möchte, dass du aufstehst und alles wegräumst. Ich muss noch mal los.«

»Papa …« Emma stöhnte und vergrub den Kopf unter dem Kissen.

Tom lief ins Wohnzimmer, schaltete den Fernseher ein, switchte auf einen dieser nervtötenden Kindersender und regelte die Lautstärke auf fünfunddreißig, nein, besser auf fünfundvierzig. Japanische Anime-Figuren purzelten über den Bildschirm. Ihre Schreie gellten durch die Wohnung. Tom hielt sich die Ohren zu, stürzte zur Tür und verließ das Haus.

Zufrieden schwang er sich erneut auf das Fahrrad und strampelte quer durch Eimsbüttel in Richtung Schanze. Als er in einem Café einkehrte und sich draußen auf einer schmalen Bank einen Milchkaffee gönnte, las er Jonas' Nachricht.

Jonas: witzig, papa
Tom: Oder? 🌚

Tom bezahlte und radelte los. Er musste immer wieder Trauben von Mittzwanzigern umkurven, die das Trendviertel seit Jahren prägten und nie älter zu werden schienen, bis er endlich die Schanzenstraße erreichte und vor einem Laden parkte. Er öffnete die Tür. Eine Metallglocke schepperte. Hinter dem Tresen tippte ein Typ mit Basecap und Hoodie etwas in ein Handy. Tom passierte die Regale mit Klamotten, LPs und Sneakern und stoppte vor der Wand mit den Spraydosen. Er entschied sich für die Montana Gold Edition in den Farben Fjord, Mount Fuji und Black.

Zurück zu Hause stapfte er als Erstes hinunter in den Keller. Sie hatten zwei nebeneinanderliegende Räume gemietet, weil in der Wohnung einfach kein Platz für all das Zeug blieb, das ein Leben heutzutage erforderte. Schlitten, Luftmatratzen, Stand-up-Paddle Boards, Airtrack-Matte, Zaumzeug, Dressursattel, Skateboards, Inlineskates, Schlittschuhe, Einrad, Koffer, Dampfentsafter, Weihnachtsschmuck, Osterdeko, Geburtstagsgirlanden, selbst gemachte Adventskalender, Kisten voller Spielzeug und aussortierter Klamotten, die Agnes im Dezember regelmäßig auf eBay einstellte, Werkzeug, Farbtöpfe, Tapetenreste, zusätzliches Geschirr für Feste, Tapeziertisch, Planen für die Gartenmöbel im Winter, Emmas alter Sitzsack, von dem sie sich nicht trennen mochte, die Holzwiege (ein Familienerbstück) und schließlich unter dem Regal mit den Dosen für die Weihnachtsplätzchen eine Umzugskiste. Tom zerrte das staubige Ungetüm aus seiner seit Jahren angestammten Nische, hustete, säuberte es mit einer Serviette aus der Osterdeko-Box und wuchtete es die Treppe hinauf in die Wohnung.

Die Kinder hatten die Einkäufe verstaut und auch schon gefrühstückt; eine Tatsache, die Tom unschwer von dem in der Spüle gestapelten Geschirr ableitete. Es hatte Rührei gegeben.

Er platzierte die Kiste auf dem Esstisch und öffnete das

Tor zu seiner Vergangenheit. Neben Dosen mit Öl- und Aquarellfarben, einigen Leinwänden, Pinselsets, einer Blumenpresse und zwei Mischpaletten kramte Tom durchsichtige PVC-Folie, einen Cutter, Marker, eine Silhouettenschere und ein Metalllineal hervor. Er ging in die Küche, setzte eine Kanne Kaffee auf, schob die Kiste in den Flur, räumte die Kerze und die Vase mit den verblühten Blumen vom Esstisch und machte sich an die Arbeit.

DIE DATSCHE AUF DER LICHTUNG

Bas wandte ihr den Rücken zu. Er werkelte am Küchentresen und summte zu einem Klavierstück, das aus der Boombox auf der Fensterbank tönte. Eine seltsam melancholische Melodie. Agnes verharrte im Türrahmen. Sonnenstrahlen lugten durch das niedrige Fenster, tippten mit der wehmütigen Aura eines verblühenden Sommers an jedes Staubkorn im Raum und umgaben Bas mit einem geheimnisvoll wabernden, merkwürdig retro anmutenden Dunst.

Mit geschmeidigen Bewegungen zerschnitt er Gurken, Tomaten, Pfirsiche und Birnen. Obwohl sein Körper so groß und massig wirkte, vollzogen die Hände einen eleganten Reigen aus Kraft und Besonnenheit, der bis in die Fingerspitzen floss. Bas hüllte sich und seinen nackten Körper in eine tänzelnde Leichtigkeit, die Agnes an die zerwühlten Stunden der vergangenen Nacht erinnerte. Und an die des gestrigen Tages. Und der Nacht zuvor.

Sie waren einfach im Bett geblieben. Versunken im Duft des anderen Körpers. Es gab wenig Worte, stattdessen sprach Haut zu Haut. Ja, sie waren einander rasch nähergekommen.

Vielleicht lag das am Alter. Die Risikobereitschaft nahm zu. Das Leben lehrte unentwegt Endlichkeit, aber all die ereignisreichen Jahre bisher hatten ein Zuhören verhindert. Jetzt, wo sich ihre Welt langsamer drehte, sie aus ganz unterschiedlichen Gründen innehielten, vernahmen sie das Flüstern. Sie wussten um das Ende und mussten die Zeit nutzen. Es gab noch so viel zu erleben.

Bas wiegte sich zur Musik. Sobald er die Muskeln anspannte, erschienen auf seinem Po wundervoll runde Dellen. Agnes wusste, wie weich die Haut sich dort anfühlte. Sie wünschte, er würde immer so weiter kochen, sich niemals umdrehen, bis in alle Ewigkeit in diesen selbstverständlich selbstvergessenen Bewegungen schwingen, und sie könnte der Welt entfliehen, indem sie einfach in diesem hölzernen Türrahmen stehen blieb und sich den sanften Klängen des Morgens ergab.

Da drehte Bas sich um, als hätte er ihre Anwesenheit gespürt.

»Hey.« Lächelnd steuerte er auf sie zu. Die widerspenstigen Haare wippten bei jedem Schritt. »Was ist los?« Er wischte ihr mit dem Handrücken über die Wangen. »Warum weinst du?«

»Tue ich das?« Agnes blinzelte, und Bas umarmte sie. Er duftete nach Wärme, Sex, Pfirsichen und Schlaf. Seine Brusthaare kitzelten in ihrer Nase. Agnes fühlte sich geborgen in diesen Armen, die nach Feierabend gegen wilde Tiere kämpften, und befürchtete doch, der von ihnen ausgehende Trost könnte sie zugleich von innen heraus zerfressen. Was um alles in der Welt machte sie hier?

Bas hielt ihren Kopf und küsste sie auf die Haare. »Ich muss mich kurz um unser Essen kümmern, dann können wir reden.«

Er kehrte zurück an den Herd und arrangierte sodann auf einem riesigen Tablett ein herrschaftliches Mahl aus Rühreiern auf herzförmigem Toast, Orangensaft, Kaffee, selbst gemachten Marmeladen, verschiedenen Käsesorten, Gemüse und Heidelbeeren, die er auf Holzspieße gefädelt zu Müsli und Obst in die Schalen steckte. Dazu leuchteten violetter Schmetterlingsflieder, weißer Phlox und rosafarbene Schlangenköpfchen in einer Kristallvase. Bas bedeutete Agnes, einen der Griffe des Holzbretts zu fassen, und gemeinsam schlängelten sie sich durch das Wohnzimmer hinaus in den Garten, wo zwischen den Bäumen der Streuobstwiese eine gestreifte Picknickdecke auf dem Gras thronte.

Gänsehaut huschte über Bas' nackten Körper wie ein Schatten. Sie setzten das Tablett behutsam auf das Gras und schlüpften unter die bereitgelegten Decken. Bas zog Agnes an sich, sie schloss die Augen und vergaß. Dass die Welt sich weiterdrehte, die Natur grünte, die Sonne glitzerte, das Leben sprang und die Gedanken an Tom sich in einer spitzen Spirale in ihr Herz bohrten.

Natürlich war es einfacher mit Bas. Er war ein Fremder, alles entsprechend neu und aufregend. In ihr kribbelte es schon, bevor seine Fingerspitzen ihre Haut berührten. Bas war Ablenkung, Balsam, Kraft, Zuversicht. Agnes wusste das. Und dennoch.

»Ich habe Tom noch nie betrogen.«

Bas setzte sich auf und griff nach der Kaffeetasse. »Ich nehme das jetzt mal als Kompliment.«

Sie lächelte.

»Ich habe die Mutter meiner Tochter betrogen.« Er räusperte sich. »Leider habe ich den Fehler begangen, es ihr zu erzählen.«

Agnes wusste nicht, was sie mit dieser Information anfangen sollte. »Hm …«

»Ich wollte mutig und ehrlich sein, aber es hat nur zu unserer Trennung geführt.«

»Du hast dein schlechtes Gewissen bei ihr abgeladen.«

Bas musterte sie. Dann schüttelte er den Kopf. »Vielleicht. Aber letztlich hat die Affäre das Vertrauen zwischen uns zerstört, nicht meine Beichte.«

Agnes sank tief unter die Decke. Die septemberrauen Sonnenstrahlen hatten sich in den Zweigen der Obstbäume verästelt und schickten kaum Wärme.

Bas stupste mit der Schulter an ihre und lächelte. »Ich weiß nicht, was das hier ist oder wie es weitergehen wird. Aber ich weiß, dass ich die Zeit mit dir genieße. Sehr sogar.« Er sah sie an, lange, und Agnes' Blick zog es zu ihm, so als wäre die Schwerkraft im Spiel oder etwas anderes, weniger wissenschaftliches. »Bleib übers Wochenende bei mir.« Er flüsterte, küsste sie, atmete. Dann zog ein Grinsen über sein Gesicht. »Begleite mich auf eine Hochzeit.«

HAMBURG, CONTASTRASSE

Tom hatte nicht lange über eine Antwort nachdenken müssen. Es fühlte sich ein bisschen an wie früher zur Blütezeit seines kreativen Schaffens. Sobald er die Frage formuliert hatte, sprangen ihm ganze Bündel von Antworten in den Sinn und er musste nur noch auswählen. Dieses Überschäumende, Wilde, Verzweigte in seinen Gedanken, das hatte er lange unterdrückt oder vielleicht war es auch immer präsent gewesen und er hatte es nur nicht bemerkt. So wie er Agnes' Lieblingsblumen, die Akeleien, immer nur als Teil einer wie auch immer gearteten Natur betrachtet hatte, bis sie ihn auf deren Schönheit und Bedeutung aufmerksam gemacht hatte. Heute identifizierte er sie zuverlässig auf jeder noch so bunten Blumenwiese.

Tatsächlich bildeten die zarten Akeleien eines der Antwortcluster, die sich in seiner Vorstellung aufbauschten. Sie standen für Demut und Erlösung, aber auch für die sexuelle Kraft des Mannes, für Verführung und Liebe. Er schüttelte den Kopf. Viel zu bedeutungsschwer. Er wollte eher neue Wege beschreiten, einen modernen Ansatz verfolgen. Die Werke von D€nn/s ploppten vor seinem inneren Auge auf.

Tom ließ den Blick durch die Wohnung gleiten. Der dunkelblaue Lesesessel, die goldene Kaiser idell Lampe auf dem runden Beistelltisch, die er dringend auf eBay verkaufen sollte, das graue Sofa mit den bunten Kissen, der hölzerne Couchtisch, der beige-schwarz gestreifte Teppich, die hohe Pflanze mit den dunkelgrünen Blättern, die hellgraue Wand. Um das Wesen der Realität zu begreifen, durfte er sie unter keinen Umständen einfach nur in aller Detailtreue naturalistisch abbilden, so wie die alten Meister. Um zu ihrer Essenz durchzudringen, um zu begreifen, worum es eigentlich ging, ja, vielleicht sogar, um zu einer Transformation zu gelangen, musste er sie reduzieren. Oder destillieren wie guten Whiskey. Damit das konzentrierte Aroma ihm schließlich die Wahrheit offenbarte.

Tom machte sich ans Werk. Er fotografierte das Wohnzimmer aus allen Blickwinkeln. Kletterte auf den Tisch, knipste von oben herab, legte sich für die Froschperspektive auf den Teppich, rückte die Möbel zusammen, schob alles wieder auseinander, zog die Vorhänge zu, veränderte das Licht, platzierte einen Kaffeebecher und Zeitschriften auf dem Couchtisch, arrangierte alles neu, bis er endlich auf den Handybildschirm blickte und wusste, dass er sein Motiv gefunden hatte.

Im Schneidersitz hockte er sich auf den Lesesessel und lud das Foto in ein Bildbearbeitungsprogramm. Wie unkompliziert es doch heute war, ein Schwarz-Weiß-Foto zu kreieren, das gleich deutlich machte, an welchen Stellen er

Stege hinzufügen musste, um später eine zusammenhängende Schablone zu erhalten. Allein dieser Prozess hatte früher Stunden in Anspruch genommen. Jetzt stellte sich bereits nach einigen Klicks heraus, dass der Teppich optisch alles zusammenhalten würde. Tom druckte das Foto aus. Dann klebte er die transparenten PVC-Folien an die Wand über dem Sofa. Er entschied sich für eine Fläche von knapp zwei mal zwei Metern. Mit dem Foto in der Hand, unentwegt abgleichend, übertrug er die Konturen mit einem Marker und schraffierte die auszuschneidende Fläche. Seine Hände waren ganz ruhig. Obwohl er sich irgendwann auf das Sofa stellen musste, um den oberen Teil zu zeichnen, und das Bild anders als ein Patient im OP nicht vor ihm auf einem Tisch lag, sondern senkrecht die Wand hoch reichte, fühlte sich die filigrane Arbeit mit den Händen vertraut an. Nein, nicht vertraut. Eher so, als hätte er seit Jahren nicht gebadet und wäre nun plötzlich in tiefes Wasser gestürzt. Und siehe da, er schwamm.

Tom schnitt die Deckel des Umzugskartons ab und breitete sie auf dem Tisch aus. Er platzierte die Folie darauf, schnitt das Motiv mit Cutter und Silhouettenschere heraus und klebte es mit Tesafilm zu einer großen Schablone zusammen. Zufrieden betrachtete er sein Werk. Dann begann das große Möbelschieben. Tom verfrachtete das Sofa in den kleinen Erker neben das Bücherregal, stapelte die kleinen Tische darauf, schob die Pflanze auf die Terrasse, trug den Lesesessel vor die Küchenzeile, rollte den Teppich zusammen und nieste. Wollmäuse wehten über das Parkett. Ein blaues Haargummi von Emma klemmte im Ritz zwischen zwei Dielenbrettern und eine kleine Figur, die aussah wie ein gelber Hase mit zu schmalen Ohren, klebte mit einem Kaugummi an der Fußleiste. Tom saugte und wischte das Wohnzimmer. In der Kommode im Flur fand er unter den Strandhandtüchern einige alte Bettlaken. Er schlug sie auf, bedeckte die Wohnzimmerdielen und alle angrenzenden Möbel, nieste noch einige Male und wunderte sich, dass die Kinder in ihren Zimmern sein künstlerisches Schaffen stoisch ignorierten. Vielleicht schmollten sie noch wegen der morgendlichen Erziehungsmaßnahme.

Tom holte die Leiter aus dem Keller, fixierte die Schablone mit einer Wasserwaage lotrecht an der Wand und begann, die Spraydosen zu schütteln. Er würde das Stencil einfarbig gestalten, in Fjord, mit einem etwas helleren Schatten in Mount Fuji. Für sein *tag* käme wie damals nur Schwarz infrage. Er grinste. Hätte man ihm als fünfzehnjährigem Sprayer gesagt, er würde einmal Street Art an seiner Wohnzimmerwand produzieren, er hätte sich schlappgelacht. Graffiti war das Gegenteil von Wohnzimmer. Und auf die gesetzten Street-Art-Jungs hatten sie immer nur milde herabgelächelt. Für die waren Kunst und Kommerz dasselbe. Seine Crew aber, die beiden Olivers, diese zwei besten gleichnamigen Freunde seiner Jugend, sie hatten aufbegehrt gegen das Vorstadtidyll, wild und authentisch. Zumindest bis zu Ollis Unfall.

Tom rückte die Leiter ein wenig von der Wand ab, bis er glaubte, den perfekten Sprühabstand gefunden zu haben. Dann legte er los. Er sprayte in drei Schichten, weil dünne Lagen besser trockneten als eine dicke. Trotzdem konnte er zwei Farbnasen nicht vermeiden. Er fluchte und machte weiter. Sprayen war ein schnelles Handwerk, er musste die Folie abziehen, noch bevor die Farbe durchtrocknete, um keine Teile des Motivs mit abzulösen. Es dauerte kaum fünf Minuten. Tom zog die Folie ab und bestaunte den ersten Teil seiner Arbeit bei einer Tasse Kaffee. Doch noch vor dem letzten Schluck erklomm er die Leiter erneut, brachte die Folie um einige Zentimeter versetzt an und sprayte den Schatten in Mount Fuji. Als das erledigt war, räumte er Folie und Leiter mit klopfendem Herz zur Seite. Er konnte kaum glauben, dass es ihn tatsächlich so anrührte, aber er musste einige tiefe Atemzüge nehmen, bevor seine Hände sich beruhigten und er zitterfrei *taggen* konnte.

Gleich darauf richtete er das Wohnzimmer wieder her, räumte alles an seinen Platz, setzte sich im Schneidersitz auf den Esstisch und betrachtete sein Werk. Das Stencil vom Wohnzimmer im Wohnzimmer. Eine Überhöhung der Realität, in der Form reduziert, was den eigentlichen Konsum, der hinter allem steckte, ins Lächerliche zog. Ein ironisches Statement zu seinem Leben.

Tom fuhr sich mit der Hand über das Gesicht und bemerkte die Feuchtigkeit auf den Wangen, bevor er realisierte, dass er weinte. Er blinzelte irritiert. Seit Jahren hatte er keine Tränen vergossen. Zum letzten Mal wahrscheinlich nach Ollis Unfall, da war er siebzehn. Er schnäuzte sich und hoffte dem Flüssigkeitsverlust damit Einhalt zu gebieten, aber die Tränen rannen weiter. Und zu allem Überfluss fühlten sie sich gut an. Befreiend. Tom schluchzte. Er spürte, wie das Weinen anschwoll, sich aus der Situation verabschiedete, wie es immer mehr Gedanken mit sich riss, tief in die Vergangenheit eintauchte. Er weinte, weil er Olli vermisste. Wegen der Dinge, die falsch gelaufen waren, weil sich die Zeit nicht zurückdrehen ließ, um seine aufmüpfigen Jugendjahre, die Kunst, all die kreativen Ideen, sein junges Ich, diese in Ehren gehaltene Erinnerung, in der noch so viel Leben steckte. Das Entweder/Oder seiner Entscheidungen war immer so endgültig gewesen, hart zu sich selbst, fordernd und perfektionistisch. Vielleicht ging es im Leben gar nicht um unumkehrbare Entschlüsse, sondern um die Art und Weise von Veränderung. Warum nur erkannte man immer erst, was man brauchte, wenn es bereits verloren war.

Das schrabbelnde Quietschen der Haustür holte Tom zurück in die Gegenwart. Emma und Jonas giggelten sich gemeinsam mit Leon in die Küche, bis plötzlich jeglicher Laut erstarb. Tom drehte sich um. Die drei starrten ihn von der Küchenzeile aus an, die Münder tatsächlich zu einem Ausdruck des Erstaunens geöffnet.

Emma fand die Sprache als Erste wieder. »Hast du das mit Mama abgesprochen?«

Tom folgte ihrem Blick zum Stencil an der Wand. »Das ist auch meine Wohnung, weißt du.«

Sie nickte.

»Also, ich find's geil!« Leon nestelte an seiner Brille und grinste. »Erinnert mich voll an D€nn/s. Ein Stencil Piece, das an den Ort erinnert, der es wiederum prägt. Das Wohnzimmer im Wohnzimmer.«

Toms Herz schwoll an.

»D€nn/s sprayt in Regenbogenfarben!« Jonas verdrehte die Augen.

»Das wäre vielleicht ein bisschen zu klischeehaft rübergekommen, meinst du nicht?« Leon neigte den Kopf wie ein interessierter Galeriebesucher. »Abkupfern kann jeder. Nein ... das hier, das hat eine ganz eigene Kraft.«

»Alter!« Emma schüttelte den Kopf und stapfte zu ihrem Zimmer. »Geh vom Tisch runter, Papa!«

Ertappt glitt Tom vom Tisch und fand sich nun etwas verloren zwischen Jonas, Leon und dem Stencil wieder.

»Warum Tomix?«, fragte Leon mit einer Offenheit, die seine Kinder zurzeit wohl eher nicht aufbrachten.

»Mein altes Sprayer-*tag*. Ich habe früher immer die verrücktesten Mix-Kassetten und -CDs aufgenommen. Ich wollte mich nie für nur einen Musikstil entscheiden und habe immer alles wild durcheinander gehört. Auch meine Freunde kamen immer aus ganz unterschiedlichen Gruppen. Ich trug immer x-verschiedene Klamottenmarken übereinander und mochte Marvel genauso wie DC. Menschen, die mich nicht mochten, fanden, ich sei weder Fisch noch Fleisch. Meine Freunde sagten, ich sei ein cooler Mix. Tomix.«

ZWISCHEN GOTHMANN UND BOIZENBURG

Schon wieder drückte die Querstange eines Fahrrads in ihre Oberschenkel. Agnes stopfte den apricotfarbenen Stoff des Kleids zwischen die Beine und zupfte zum hundertsten Mal am gesmokten Oberteil, während sie beständig um Gleichgewicht rang.

»Hör auf zu zappeln.« Bas küsste ihre Haare. »Du siehst wunderschön aus.«

Agnes seufzte. Sie wünschte, Bas hätte weniger rhetorisches Talent und sie wäre standhaft bei ihrem Outfit aus Strumpfhose und Hemd geblieben, statt sich überreden zu lassen, Fannys Rock als Kleid zu tragen. Dank etwa zwanzig Zentimetern Größenunterschied und dem gesmokten Bündchen funktionierte der Designtrick, aber sie fühlte sich unwohl. Vielleicht erinnerte die Situation sie einfach zu sehr an den letzten verunglückten Stylingversuch und seine Konsequenzen, die seitdem ihr Leben erschütterten.

Agnes verschränkte die schlenkernden Füße und konzentrierte sich auf das vertraute Gefühl, das die Chucks ihr schenkten. Sie beschloss, den Abend zu genießen. Sollte das Leben nicht eigentlich genau so sein? Ohne Socken, mit Wind in den Haaren. Sie lehnte sich an Bas' Schulter und beobachtete, wie zwei Hasen im Zickzacklauf durch die Ackerfurchen huschten. Ihr Handy, die Verbindung zur Außenwelt, hatte sie auf dem Sofatisch im hutzeligen Haus zurückgelassen. Es fühlte sich tollkühn an.

»Weißt du, was mir an deinem blauen Etuikleid nicht gefallen hat?« Bas schnaufte, während er sie beide eine kleine Anhöhe hinauftrat.

Agnes schüttelte den Kopf.

»Viel zu spießig. So sehe ich dich gar nicht. Kennst du dieses strohblonde Model aus den 2000er-Jahren? Agyness Deyn? An sie erinnerst du mich.«

»Wegen meiner ellenlangen Beine, der Jugendlichkeit und dem Pixie Cut, oder?«

Bas pustete Agnes' Haare aus seinem Mund. »Sie hat sich damals den Künstlernamen Agyness zugelegt, weil es zu ihr passte, edgy zu sein. Kantig, eigensinnig, unkonventionell. Mit dieser gewissen Rockstar-Attitüde. Ich glaube, es steckt viel mehr in dir als du ahnst.«

Schweigend strampelte er weiter. Agnes wusste nicht, ob er seinen Worten dadurch mehr Gewicht verleihen wollte oder ob die Straße einfach seinen ganzen Atem beanspruchte. Es spielte auch keine Rolle. Bas' Einschätzung war lächerlich. Da reichte schon der Erinnerungsschnipsel an Toms entsetzten Gesichtsausdruck vor dem Museum für Hamburgische Geschichte. Die Gedanken an diesen furchtbaren Abend tanzten auf ihrem Selbstbewusstsein, trampelnde Tritte, mehr Polka als Walzer.

Sie fuhren weiter über offene Auwiesen und eine schmale Brücke in den kleinen Ort Gothmann hinein, passierten alte Höfe und neue Häuser, setzten ihren Weg am Deich entlang fort, eine Strecke, die Agnes bereits erwandert hatte, umrundeten das mittelalterliche Zentrum Boizenburgs und zuckelten schließlich über Nebenstraßen in den Stadtwald.

Bas parkte das Fahrrad neben etlichen anderen an einer kleinen Kirche. Während er fluchend das verrostete Schloss traktierte, betrachtete Agnes eine Ahnentafel, die an der Seitenwand der Kapelle prangte. Eine kunstvoll gegossene Eiche verewigte in ihren Ästen die Nachkommen eines gewissen Johann Arnolt: Friederich Arnolt, Johannes Arnolt, Arndt Arnolt. Agnes überflog die achtzehn Namen auf der Tafel. Es waren nur Männer. Die Mütter dieser Männer existierten in der Aufzeichnung nicht. Ihre Schwestern ebenso wenig. Das Gleiche galt für ihre Ehefrauen, Töchter, Enkelinnen oder Nichten. Die Linie setzte sich männlich fort. Frauen verschwanden im historischen Kontext. Einfach so. Sie waren unsichtbar, lebten ungelebte Leben.

»Komm, lass uns feiern.« Bas streckte ihr seine Hand entgegen, und Agnes griff beherzt zu.

Sie nahmen hinter der Kapelle einen Pfad, der in den Wald hineinführte. Schon nach wenigen Metern leuchtete es aus dem Dunkel heraus. Lichterketten schwangen von Ast zu Ast, weiße Lampions baumelten an Zweigen, Windlichter flackerten und sogar ein Kronleuchter voller Kerzen schwebte zwischen zwei schmalen Buchen. Von einigen Ästen wehten lange weiße Stoffbahnen, die dem Wäldchen eine geradezu verwunschene Aura verliehen.

Inmitten dieser Lichterpracht hatte man Biergarnituren mit weißen Tischdecken aufgehübscht und sie kreuz und quer zwischen den eng stehenden Bäumen verteilt. Auf dem weichen Boden wiesen Stege aus Teppichen den Weg, und überall bauschten sich Sträuße aus Schleierkraut in zinkfarbenen Eimern.

Die Gäste plauderten in Grüppchen zwischen den Tischen. Es waren sicher weit über hundert Menschen, deren Murmeln und Lachen die Luft erfüllte. Agnes drückte Bas' Hand. Es war bezaubernd.

»Bas!« Eine junge Frau stürzte auf ihn zu. Offenbar die Braut. Zu einem schlichten weißen Baumwollkleid mit üppigster Lochstickerei trug sie nackte Füße und einen Kranz aus Schleierkraut auf den raspelkurzen Haaren. Sie warf sich Bas an den Hals. »Genau so hab' ich's gewollt!« Sie küsste ihn auf die Wange, nickte Agnes zu und puzzelte sich hüpfend zurück in eine der hinteren Gruppen.

»Ich nehme an, das war Jette.« Agnes lächelte. »Du hast nicht zu viel versprochen.«

Bas grinste. Er schob die Daumen in die schmalen Taschen der grauen Weste, die er mit einem weißen Hemd zur Anzughose trug. »Gefällt es dir?«

»Sehr.«

Sie schlenderten zum Büffet und stießen mit einem Glas Sekt an. Bas kannte eigentlich niemanden auf der Hochzeitsfeier, und doch gratulierten ihm immer wieder Gäste zu der gelungen Deko-Idee und dem ausgefallenen Setting inmitten des Waldes. Er gab sich bescheiden und behauptete, nur an einer netten Kaffeerunde im Hause eines Nachbarn teilgenommen zu haben – was Jette und Roberto letztlich aus dem Gespräch gezaubert hatten, war ganz allein ihr Werk.

Agnes ließ sich von Bas einen Teller mit Leckereien vom Buffet füllen (er hatte das Catering empfohlen). Sie aßen am Tisch unter dem Kronleuchter. Bas scherzte, dass es bei seiner nächsten Hochzeit in jedem Fall Stühle mit Lehnen geben würde. Nächte auf Bierbänken nahm ihm sein Rücken seit einigen Jahren übel.

Sie tranken, redeten, tanzten zu den größten Hits der Achtziger, obwohl das Brautpaar da wahrscheinlich noch nicht einmal in den Wünschen seiner Eltern existiert hatte, und ließen sich von der Atmosphäre berauschen.

Als die Nacht immer kühler an den weißen Stoffbahnen zupfte, beschlossen sie, sich auf den Heimweg zu machen. Agnes fröstelte in ihrem ärmellosen Rockkleid und schmiegte sich auf der Fahrradstange eng an Bas, während sie durch die menschenleeren Gassen der Stadt trudelten.

Als sie Boizenburg hinter sich ließen, verschluckte die Finsternis der Landstraße sie hinter der ersten Kurve mit einem plötzlichen Happs. Bas versuchte noch dem dicken Ast auszuweichen, der sich auf einmal im flackernden Kegel des Vorderlichts materialisierte, aber mit Agnes auf der Querstange geriet sein Schlenker zu einem hoffnungslosen Manöver.

Als das Fahrrad über den Grünstreifen hoppelte, klammerte Agnes sich an den Lenker. Sie hüpfte auf der Querstange, die schmerzhaft gegen ihre Oberschenkel stieß, rutschte gegen die Griffe. Um sie herum raschelten, knackten, brachen die Halme eines Maisfeldes. Schließlich verkantete sich der Vorderreifen, und Agnes verlor das Gleichgewicht. Sie zog Bas mit sich, und gemeinsam stürzten sie vom Fahrrad hinunter zwischen die harten Stängel.

Einen Moment lang blieb alles still. Agnes wälzte sich auf den Rücken. Ihre Knie brannten, das linke Handgelenk pochte. Gegen das Mondlicht glaubte sie die Pflanzen ringsherum die Köpfchen schütteln zu sehen.

»Agnes?« Bas raschelte irgendwo hinter ihr. »Ist alles okay?«

Sie spürte, wie ein Lachen sich in die schmale Lücke zwischen oberflächlicher Bauchatmung und prustendem Zwerchfell zwängte. Ein leicht hysterischer Ton, der klein startete, sich immer weiter aufblähte, ihre Kehle hinaufstieg, den Mund erreichte, die Lippen von innen aufbrach und sich in einer lauten Salve entlud. Ein Ganzkörperlachen schüttelte Agnes, drängte Tränen unter den Lidern hervor, stieg ihr zu Kopf und vereinnahmte ihre Stimme. Sie schnaubte und kiekste und fühlte sich außerstande aufzuhören.

Bas war neben sie gekrabbelt, kniete an ihrer Seite und schnaufte.

»Ich …« Agnes versuchte zu sprechen, aber das Lachen war längst nicht mit ihr fertig.

»Schon okay.« Bas' Tonfall fiel weich über ihren ausgestreckten Körper im Maisfeld. »Es scheint dir gut zu gehen.«

SONNTAG

HAMBURG, CONTASTRAßE

»Tom?« Seine Mutter schrie jetzt. »Hörst du mich? Geht es dir nicht gut? Ich habe auf dem Festnetzanschluss angerufen, aber niemand hat abgenommen. Tom?«

»Hm …« Tom tippte auf den Lautsprecher-Knopf des Handys, aber das störrische Ding verwehrte seine Dienste. Er drückte erneut, das Smartphone rutschte von der Sofalehne, polterte auf die Dielen, und Tom, dessen verzögerte Bewegungen es nicht mehr aufzufangen vermochten, rumpelte hinterher. Er stieß sich den Kopf am Couchtisch, fluchte, sortierte Arme und Beine, verfing sich mit dem rechten Fuß in der Wolldecke, riss den Weinkelch und einige Zeitschriften herunter, fluchte erneut und stieß schließlich mit aller Wucht gegen den Couchtisch, der krachend gegen die Stühle am Esstisch schlitterte.

»Tom?« Regines Stimme plärrte durch das Wohnzimmer. Offenbar funktionierte der Lautsprecher doch.

»Ich bin hier, Mutter. Alles okay.«

»Bist du sicher? Was war das für ein Tumult?«

Tom sah sich um. Der ovale Couchtisch klemmte zwischen zwei Stuhlbeinen, Pistazienschalen säumten seine Flugbahn, auf dem Esstisch türmte sich das Handwerkszeug eines Sprayers und in den Klamotten vom Vortag hing ein im Selbstmitleid ertrunkener Mittvierziger in einer verhedderten Wolldecke zwischen Himmel und Hölle, na ja, Sofa und Teppich.

»Kein Tumult, nur das Handy.«

Regine lenkte ein. Sie wollte etwas loswerden, und das ließ sich scheinbar nicht länger hinter Besorgnis verstecken. »Ihr müsst heute Nachmittag herkommen. Also du und die Kinder.«

»Was … warum?« Tom hatte es endlich geschafft, sich von der Wolldecke zu befreien und lehnte jetzt mit schwerem Kopf am Lesesessel.

»Das kann ich dir nicht sagen. Es ist wichtig.«

»Mutter …« Tom fuhr sich mit den Händen über das Gesicht. »Wir sind …«

»Um 15 Uhr«, sagte Regine und legte auf.

ZWISCHEN BOIZENBURG UND BLECKEDE

»Du meinst es also wirklich ernst ...« Bas hob den Rucksack vom Boden und half Agnes, ihn aufzusetzen. Er deutete den Deich hinab über die Wiese auf den Wald hinter der Sude. »Luftlinie ist es kein Kilometer zu einem reich gedeckten Tisch und noch warmen Bettlaken ...«

Agnes lächelte. »Ich weiß.«

Bas seufzte, umschloss ihr Gesicht mit seinen Händen und küsste sie. »Ich werde dieses Wochenende in guter Erinnerung behalten.«

»So wie ich.« Agnes hielt seine Hände, küsste die Innenflächen.

Dann wandte sie sich ab.

Es gab kein Halt gebendes Protokoll für Verabschiedungen nach einem Affären-Wochenende, weder Konventionen noch Bräuche. Tränen waren zu viel, eine Umarmung zu wenig. Wie sollte sie jemanden verlassen, den sie noch gar nicht in seiner Gesamtheit erfasst, dessen wahres Sein sie nicht wirklich begriffen hatte, mit dem sie aber einige der intimsten Momente ihres Lebens geteilt hatte?

Agnes schritt weit aus und zwang sich, nach vorne zu schauen. Nur nicht zurückblicken, sich nicht in der kräftezehrenden Auseinandersetzung mit diesem Moment verlieren. Stattdessen schaute sie auf den gepflasterten Weg, der auf dem Deichrücken in Richtung Bleckede führte.

Er verlief in einem gewaltigen Bogen um ausgedehnte Auwiesen herum. Ein sanftes Grün, durchzogen von goldenen Strähnen. An einem Tümpel, der von der letzten Überschwemmung noch Wasser führte, rasteten Graugänse. Sie schnatterten und schwatzten und erfüllten die Luft mit nachdrücklicher Geschäftigkeit. Agnes zwang sich, einen Schritt vor den anderen zu setzen. Die Blasen schmerzten schlimmer als drei Tage zuvor, und sie schaffte es diesmal nicht, in das Gefühl hineinzulaufen. Das Leid anzunehmen. Bas hatte die Schürfwunden auf ihren Knien mit Mullbinden vor dem reibenden Stoff der Jeanshose geschützt, aber sie spürte schon jetzt, wie alles zu rutschen begann. Nicht nur der Verband. Dinge in ihr waren in Bewegung geraten, rollten und schlitterten wie die Ladung eines Schiffs bei Sturm.

Agnes hielt Ausschau nach den ruhigen Wassern der Elbe. Doch sie konnte zwischen den Weiden am Horizont lediglich einen schmalen, silbern schimmernden Streif ausmachen. Niemanden hatte es an diesem Sonntagmorgen hierher verschlagen. Sie war ganz allein mit der Sonne, die aus einem derart prächtigen Königsblau auf sie herunterbrannte, als wollte sie ihren Kummer verspotten. Agnes schwitzte. Kleine Tröpfchen rannen über ihren Rücken.

Nur nicht an Bas denken. Die vergangenen zwei Tage

nicht analysieren. Nicht über Tom nachgrübeln. Und schon gar nicht über die Kinder. Wanderte sie nicht genau deshalb an der Elbe entlang? Nahm sie nicht genau deshalb all diese Strapazen auf sich? Um sich wenigstens einmal kurz von allem zu befreien?

Agnes erhöhte das Schritttempo. In einiger Entfernung, irgendwo hinter dieser lang gestreckten Kurve, erkannte sie einen Aussichtsturm, der in der flachen Landschaft wie eine Leiter in den Himmel ragte. Bis dorthin würde sie in einer Geschwindigkeit marschieren, die jegliche Gedanken aus dem Kopf fegte. Sie wollte ihren galoppierenden Herzschlag spüren, hören, wie das Blut in den Ohren rauschte, Schweißtropfen auf den Lippen schmecken, diesen fokussierten Blick einnehmen, der die Umgebung ausblendete und sich rein auf das Ziel konzentrierte.

Mit wilder Willenskraft trabte Agnes über den Deich. Sie keuchte. Schnaufte. Fluchte (in Gedanken, für Worte fand sie keine Luft). Mit letzter Energie stürzte sie schließlich den Deichrücken zum Aussichtsturm hinab, riss den Rucksack herunter, zerrte die Wanderschuhe von den Füßen und schmiss sich rücklings ins Gras. Nie wieder aufstehen! Einfach für immer liegen bleiben, eine leere Hülle, um Luft ringend in den wolkenlosen Himmel starrend.

»Von oben ist die Aussicht besser.«

Agnes blinzelte schnaufend gegen die Sonne an.

Ein älterer Mann ragte neben ihr auf. Er zog den Reißverschluss seiner beigefarbenen Weste zu. »Das ist doch viel zu kalt, so auf dem Boden.«

Agnes setzte sich auf, noch immer hechelnd. Jetzt sah

sie auch die Frau des Mannes. Sie verstaute Brote und Apfelschnitze in Tupperdosen und räumte alles in die Satteltaschen zweier E-Bikes.

»Wir sind in Bleckede gestartet«, sagte der Mann und erzählte von schönem Wetter, Gänsen, Kranichen und Schafen.

Agnes erhob sich. Der Mann war noch immer größer, aber das Gespräch fühlte sich doch mehr auf Augenhöhe an.

»Und Sie laufen.« Er deutete auf einen Punkt am Ende des Deichs. »Ist noch ein ganzes Stückchen bis zur Fähre.«

Agnes nickte. Sie wusste nicht, was sie antworten sollte. Es war ja nicht einmal eine Frage.

»Na, lächeln Sie doch mal!« Der Mann grinste. »Der Tag ist zu schön zum Trübsal blasen, was?«

Agnes spürte, wie ihre Mundwinkel sich verschoben, wie ihre Lippen der Aufforderung nachkamen, obwohl sie genau wusste, dass sie sich gerade nicht nach lächeln fühlte.

»Sehen Sie, geht doch. Genießen Sie den Tag!« Der Mann nickte ihr zu, ging zu seiner Frau, ließ sich von ihr Wangen und Nase mit Sonnenschutzcreme einreiben, schob das E-Bike zurück auf den Radweg und brauste davon. Seine Frau folgte ihm.

Agnes plumpste zurück auf das Gras. Sie trank etwas, zwängte die schmerzenden Füße erneut in die Wanderschuhe, krempelte die Beine der Jeans hoch, löste die verkrumpelten Verbände, rappelte sich auf und stieg auf den sechzehn Meter hohen Aussichtsturm.

Endlich sah sie die Elbe wieder, die sich zwischen Bäumen und Wiesen durch die flache Landschaft schlängelte. Ein kleines Boot tuckerte gemächlich dahin. Obwohl die Sonne ihre Kraft in die Welt herausschrie, verneigte die Natur sich bereits vor den Mächten des nahenden Herbstes. Das Grün stand nicht mehr in voller Pracht, dafür steigerte sich die Varianz der Farben. Agnes atmete tief ein und inhalierte die stille Schönheit des Moments.

HAMBURG SASEL

Sein Vater hasste es, wenn jemand zu spät kam. Er hielt es für die Egozentrik langweiliger Menschen, die nach einer Charaktereigenschaft suchten, die sie auszeichnete. Dabei waren sie bloß zu faul, eine exotische Sprache oder eine neue Sportart zu lernen. Tom konnte die Litanei über ihr Zuspätkommen hören, lange bevor sie den Osten der Stadt erreichten. Er lehnte den Kopf an die Fensterscheibe im S-Bahn-Abteil. Die Kinder saßen ihm gegenüber und schmollten. In diesem Zustand waren sie an der Kottwitz-straße bereits in den 20er-Bus eingestiegen, hatten genauso an der Hudtwalckerstraße in die U-Bahn gewechselt, in Ohlsdorf in die S-Bahn und würden vermutlich ebenso übel gelaunt in Wellingsbüttel den 168er nach Sasel besteigen. Emma, weil sie eigentlich mit einer Freundin hatte ausrei-ten wollen. Jonas, weil Leon nicht mitkommen durfte, da die Großeltern noch immer nichts von dessen Existenz ahnten. Tom fühlte sich heute zu diesem schon länger an-stehenden Gespräch außerstande, was ihm Jonas zu Recht übel nahm. Die Vorzeichen standen auf Waterloo.

Tom sah aus dem Fenster und ließ die Stadt an sich vorüberziehen. Sonnenlicht fiel auf Häuser und Straßen. Selbst wenn es nichts gab, auf das zu fallen es sich lohnte, es fiel dennoch. Mit einem gleichgültigen Schulterzucken. Er hatte immer gedacht, Hamburg säße in ihm fest. All die Graffitis, Kneipen, Ausstellungen, Konzerte, Galerien. Die Kultur und die Menschen mit ihrem hanseatischen Understatement. Agnes hatte früher oft scherzhaft behauptet, man könne Tomix aus der Stadt nehmen, aber die Stadt nicht aus Tomix. Trotzdem war es geschehen.

Seine abgestaubten Träume hatte er der Wohnung gestern wie ein Branding aufgedrückt. Unmissverständlich. Zwei mal zwei Meter groß. Tomix in action. Und nun? Ein Stencil Piece und sein Leben lief wieder wie am Schnürchen? Einmal den Duft der Jugend geschnuppert und dieses Odeur trug ihn jetzt durch die nächsten Jahre? Was wollte er eigentlich? Seinen Beruf aufgeben und wieder Graffitis sprayen? Sicher nicht! Er war gerne Orthopäde und sah in seiner Arbeit nicht einfach irgendeine Beschäftigung. Arzt war kein Job. Das war er! So wie er Vater war. Oder zurzeit noch Ehemann.

Tom spürte, wie sich etwas in seinem Leben löste. Dinge, die vorher eng miteinander verschraubt schienen, fest verklebt und verwoben, entfernten sich plötzlich voneinander. Oder vielleicht nicht plötzlich, sondern in der Tat schon seit längerer Zeit, so genau konnte er das nicht sagen. Aber in ihm veränderte sich etwas. Als hätte ein Physiotherapeut sein Leben durchgewalkt, die Muskulatur gelockert. Vielleicht setzte auch Agnes' Wanderung diese Veränderung in

Gang, schubste sie zumindest an und verlieh ihr Schwung. Es war Zeit für eine Zäsur, einen Blick von außen.

Tom rappelte sich auf. Er versuchte es mit einem Lächeln für die Kinder. Aber Emma und Jonas hatten ihre Ear Pods eingestöpselt und sich von der Welt abgemeldet. Sie fochten ihre eigenen Kämpfe.

In Sasel entschied Tom sich für den hübschen Weg durch die parkähnlichen Schrebergärten, sodass sie den weiß geklinkerten Bungalow, in dem er und Nils aufgewachsen waren, vom großzügigen Garten aus erreichten. Seine Eltern empörten sich seit Jahren leidenschaftlich über das Konzept der »Wachsenden Stadt«, das eine Bebauung in zweiter Reihe ermöglichte. Viele Nachbarn hatten bereits Anteile ihrer Grundstücke verkauft, jungen Familien den Traum vom kleinen Eigenheim ermöglicht und selbst noch einen Batzen Geld verdient. Lothar und Regine Morgenthaler sahen durch die modernen Fertighäuser in erster Linie den norddeutschen Heimatstil gefährdet, der das Saseler Ortsbild ihrer Ansicht nach prägte. Eine Diskussion, deren Gewässer Tom so gut als irgend möglich umschiffte.

Vor der übermannshohen Hecke angekommen, die das Grundstück der Morgenthalers umsäumte, drehte Tom am Knauf der Holztür, staunte kurz über die Partyklänge, die von einem der Gärten der betagten Nachbarn herüberwehen mussten, öffnete das Tor und erstarrte.

Im leicht abschüssigen Garten, auf dem gepflegten Rasen zwischen Beeten voller Rosen, gruppierten sich mehrere Dutzend Menschen in Sommerkleidern und Anzügen.

Sie lachten, schwatzten und tranken – vermutlich Alkohol, was sowohl die Lautstärke als auch die Sektflöten in den Händen erklären würde. Auf der Terrasse qualmte der Weber Grill, an dem ein Mann mit weißem Kochhut hantierte, und an der Hauswand brach der Esszimmertisch unter der Last eines überbordenden Buffets beinahe zusammen. Jemand klatschte.

»Papa … was …« Der Rest von Jonas' Worten verhallte in aufbrandendem Applaus und vereinzelten Jubelrufen.

Emma und Jonas drängten sich dicht hinter Tom, der sich noch nie in seinem Leben weniger ratlos gefühlt hatte.

Die Menschen, unter denen er jetzt Nachbarn und Freunde seiner Eltern ausmachte, öffneten einen Korridor für ihn und die Kinder. Durch diese Schneise schritten sie hinauf zur Terrasse, wo Regine ihnen die Arme in einem blauen Sommerkleid entgegenstreckte, und Lothar, weißes Hemd, marinefarbener Anzug, ganz Chefarzt a.D., das Gesicht zu einem Lächeln verzog, das die Augen nicht erreichte. Tom erinnerte sich an die halbstündige Verspätung, unterband den Gedanken jedoch sofort, denn Lothar erhob Sektglas und Stimme.

»Liebe Kollegen, Nachbarn und Freunde.« Seine Stimme dröhnte, jegliches Gläserklirren und Flüstern verstummte. »Hier ist er endlich, unser Sohn! Tom Morgenthaler! Träger des Excellence-Awards des UKE Hamburg!«

Erneuter Applaus, lauter jetzt, durchsetzt mit Johlen und Pfiffen. Lothar schritt auf Tom und die Kinder zu, Regine gleich hinter ihm, jemand reichte Tom ein Sektglas und seine Eltern stießen mit ihm an, während einer der Gäste

»Hoch soll er leben« anstimmte und kurz darauf ein schräger Chor seinen Erfolg besang.

Lothar und Regine strahlten, nahmen Emma und Jonas in ihre Mitte und Tom mühte sich um einige Allgemeinplätze als Dankesworte. Er schüttelte mehr Hände als der Papst, honorierte artig jeden Glückwunsch, hielt Small Talk mit alten Weggefährten seines Vaters, die ihn zuletzt als Vierjährigen mit Beinbruch behandelt hatten, scherzte mit Regines Freundinnen vom Rotary-Club und kämpfte sich dabei Schritt für Schritt näher an die Terrassentür. Schließlich fehlte nur noch ein knapper Meter, um ins ruhige Innere des Hauses zu entkommen, und Tom wagte ein mutiges Ablenkungsmanöver, entschuldigte sich und verschwand durch das Wohnzimmer, den Flur und die Treppe hinauf ins obere Bad. Er verschloss die Tür und glitt auf die kalten Fliesen.

In was für einen beschissenen Film war er hier um Himmels willen hineingeraten? Das gab es doch gar nicht! Er fühlte, wie sein Herz aufbegehrte, wie Schweiß den Rücken hinuntersickerte, wie sein Leben ihm entglitt. Einem Angler gleich schnappte er nach dem glitschigen Fisch, aber sowohl seine Ehefrau als auch seine Träume, ja, sogar seine Erfolge flutschten hinweg. Einfach hinweg.

Natürlich wusste er, dass seine Eltern es noch niemals geschafft hatten, Gutes im Stillen zu tun. Weder bei den werbeintensiven Basaren, die seine Mutter mit den Rotarierinnen veranstaltete, noch bei den Diavorträgen über ihre Reisen an entlegene Orte, die sie in Bürgerhäusern und Volkshochschulen hielten, und deren Einnahmen sie auf

Galas publikumswirksam spendeten. Demut war eine vom Aussterben bedrohte Eigenschaft. Und dennoch.

»Papa?« Jonas klopfte an die Tür.

Tom sprang auf, drückte schnell die Toilettenspülung, drehte den Wasserhahn auf und öffnete die Tür.

»Würdest du Großmama bitten, das Gästezimmer aufzuschließen? Sie hat alle Räume zugesperrt, damit …« Jonas malte mit Mittel- und Zeigefinger Anführungszeichen in die Luft. »… *nichts passiert.* Ich dachte, das sind hier alles ihre Freunde! Alter!«

»Was wollt ihr denn im Gästezimmer?«

»Uns zurückziehen? Ganz ehrlich – was sollen wir im Garten zwischen all den Leuten, die wir sowieso nicht kennen? Sobald ich mein Handy in die Hand nehme, stürmt Großmama auf mich zu und sagt, ich soll es wegstecken.« Er imitierte ihre Stimme. »*Was sollen denn die Leute denken!* Alter, ist mir doch egal! Hat sie mich gefragt, ob ich hier sein will?«

Nein, dachte Tom, mich auch nicht. Er spürte plötzlich, wie sein Leben an Stellen kniff und drückte, die er noch vor kurzer Zeit überhaupt nicht wahrgenommen hatte. Es passte nicht mehr richtig, war einfach zu eng geworden.

Er legte den Arm um Jonas' Schulter. »Okay. Lass uns gehen.«

»Ernsthaft?«

»Jep.«

Sie stiegen die Treppe hinab und schritten durch das übermöblierte Haus mit all seinen vererbten Gegenständen, den Erinnerungen, Traditionen und Regeln. Lothar und Regine konnten nicht loslassen. Sie klammerten sich an die Vergangenheit, an Vorschriften, die lang verstorbene Menschen irgendwann einmal aus damals nachvollziehbaren Gründen aufgestellt hatten, und hielten sich bis heute sklavisch daran. Eigentlich war das noch nie sein Weg gewesen. Seltsam, dass er das irgendwann vergessen hatte.

AUF DEM WEG NACH BLECKEDE

Die Hitze kroch aus dem Asphalt. Agnes hatte den Deichrücken verlassen, weil sie sich dort zu exponiert gefühlt hatte, der Sonne gnadenlos ausgeliefert. Doch der betonierte Elberadweg neben dem Deich verbesserte die Lage um keinen Deut. Nirgends ein Baum oder Strauch, keine Hütte, kein Unterstand. Kein Schatten.

Agnes hatte sich die beiden Verbände von den Knien um den Kopf gewickelt, aber sie fühlte bereits, wie der Sonnenstich sich in ihr Hirn brannte. Es waren sicher über dreißig Grad und außer einer Herde Schafe, die sie vor einigen Kilometern durchschritten hatte, schien sich niemand raus in die Höllenglut dieses Tages zu wagen. Sie verfolgte ihren Weg auf Google Maps und überzeugte sich alle paar Minuten davon, der Etappe weitere Meter abgerungen zu haben. Doch die gerade Strecke legte sich zäh und glühend unter ihre schmerzenden Füße.

Etwa vier Kilometer vor der Elbfähre nach Bleckede bog Agnes auf einen Seitenweg ab, da die Satellitenansicht der Karte hier die ersten Bäume seit der Waldlichtung mit der

Datsche zeigte. Nach einigen Hundert Metern auf einem schmalen asphaltierten Korridor, in dem sich die Hitze zwischen üppigen Büschen und hohem Gras auf Saunaqualität potenzierte, erreichte sie hinter der nächsten Kurve den lebensrettenden Schatten zweier Kastanien. Sie sank auf den schmalen Schotterstreifen zwischen Asphalt und ausgetrocknetem Entwässerungsgraben, streckte sich der Länge nach auf den piksenden Steinchen aus und dachte eine ganze Zeit lang gar nichts.

Das Klingeln des Handys riss sie aus ihrem Dämmerzustand. Tom. Agnes setzte sich auf. Sie fühlte sich kaum in der Lage, zusammenhängende Gedanken zu fassen, geschweige denn ein Telefonat zu führen. Schon gar nicht mit Tom. Andererseits hatten sie seit Tagen nicht gesprochen. Eigentlich gar nicht seit dem Streitgespräch in dieser trostlosen Einliegerwohnung neben dem kleinen Cosmo und seiner einsamen Mutter. Und als Gespräch konnte man das kaum bezeichnen. An jenem Freitagabend, als ihrer beider Leben implodierten, hatten sie auch nicht geredet. Tom hatte geschrien, ihr war die Rolle der weinenden Ehefrau zugefallen. Agnes versuchte, sich an ihr letztes richtiges Gespräch zu erinnern. An eine Unterhaltung, die über organisatorische Absprachen und elterliches Erraten pubertären Verhaltens hinausging. Aber es wollte ihr nicht gelingen. Da verstummte das Handy.

Agnes trank die Wasserflasche bis auf einen letzten Schluck leer und stärkte sich mit Sandwiches in Herzform, die Bas ihr beim Abschied zugesteckt hatte. Die Sehnsucht nach den unbeschwerten Stunden mit ihm und der Angst, die Vertrautheit ihres bisherigen Lebens zu gefährden, standen sich auf dem Schlachtfeld ihrer Gefühle gegenüber. Agnes erschöpfte bereits der Gedanke daran. Als wäre die Wanderung nicht Wagnis genug.

Sie erhob sich. Ihr Atem pumpte abgestandene Wärme in die Lungen, und ihre Füße schienen in den billigen Wanderstiefeln zu schwimmen. Es half nichts. Sie musste weiter. Zu diesem entlegenen Winkel würde wahrscheinlich nicht einmal ein Rettungswagen durchkommen. Sie verließ den Kastanienschutz, schleppte sich weiter in Richtung Fähre und stoppte in jedem Fitzel Schatten, der sich auf die Straße legte. Nach einer kleinen Anhöhe erreichte sie endlich wieder den Deich, und direkt dahinter glitzerte die Elbe im Sonnenlicht. Sie wollte weinen vor Erleichterung. Aber die Sonne hatte alle Tränen ausgedörrt.

Auf einer blau-weißen Fähre überquerte Agnes die frühere innerdeutsche Grenze. In Niedersachsen schlurfte sie die Straße vom Anleger hinauf und kehrte in das erste Hotel am Weg ein, wo sie klugerweise vor einigen Stunden ein Zimmer reserviert hatte. Sie ließ sich von der Besitzerin in einen kühlen Anbau führen, entledigte sich aller Kleidungsstücke und fiel wie ein geschälter Baum aufs Bett.

Erst zwei Stunden später wachte sie wieder auf. Mit Kopfschmerzen, brennender Haut und knurrendem Magen. Im Bad bestätigte der Blick in den Spiegel ihre Befürchtungen: Platt gedrückte Haare schmiegten sich um einen hochroten Kopf, glühende Ohren und ein v-förmig verbranntes Dekolletee. Leichter Schwindel ließ sie das Waschbecken umklammern. Agnes sank auf die kühlen Fliesen, lehnte sich gegen die Duschwanne und konzentrierte sich auf ihren Atem. Schon wieder hockte sie in einem Badezimmer auf dem Boden. Es schien ein *running gag* zu sein.

Sie rollte sich auf die Knie und krabbelte in die Dusche. Nicht an Bas denken. Nicht an die kühle Datsche, das gute Essen, Bas' Fürsorge. Nicht an seine Lippen. Oder die geflatterten Küsse, die zarte Innenseite seiner Schenkel, die Sommersprossen auf den Handrücken oder an die Worte, die er sagte, als die Nacht am dunkelsten war und der Morgen noch fern. Das war der Zauber des Anfangs. Agnes kannte ihn aus der ersten Zeit mit Tom.

Bis sie ihn kennenlernte, war alles nur unbedeutende Knutscherei gewesen. Das Zusammensein mit Jens in der elften Klasse endete wegen Jonathan aus der zwölften, der sie wiederum verließ, um nach dem Abitur durch Australien zu reisen. An der Uni in Hamburg folgten eine Affäre mit einer Partybekanntschaft, zwei One-Night-Stands und eine oberflächliche Beziehung zu einem Chemiestudenten. Sie erkannte gerade, dass sie nicht nur den lindgrünen Teppich seines WG-Zimmers hinter sich lassen wollte, als sie die Chefin der Kneipe, in der sie damals jobbte, mit einem Mann zwischen den Mülltonnen im Hof erwischte. Während Suse dieser Zwischenfall derart amüsierte, dass sie noch wochenlang jedem am Tresen davon erzählte, passte ihre sehr viel jüngere Affäre Agnes am nächsten Tag nach Schichtende ab und entschuldigte sich. Sie verstand nicht recht warum, bis Tom sich ihr auf einem fünfstündigen Spaziergang durch die mitternächtlichen Straßen anvertraute.

Seit diesen tintenschwarzen Stunden waren sie zusammen. Agnes hatte gewusst, dass am Ende der seltsam wachen Nacht ein heller Morgen auf sie wartete, einer, der andere Gedanken bereithielt, hellere, und dass er die Dämonen der Nacht vertreiben könnte. Sechzehn Monate später war sie schwanger. Ungeplant. Aber nicht ungewollt.

Es klopfte, als Agnes sich in ein Handtuch wickelte. Jemand von der Rezeption. Sie wollte rasch in das Etuikleid schlüpfen, doch als sie den Rucksack öffnete, flauschte sich Bas' grün kariertes Hemd in ihre Hände. Lächelnd schlang sie es um den nackten Körper und öffnete die Tür.

»Das ist für Sie abgegeben worden.« Ein junger Typ in weißem Hemd mit Hotelweste reckte ihr einen großen Schuhkarton entgegen.

»Was? Von wem?«

Er zuckte mit den Schultern. »Ich wollte es Ihnen vorhin schon geben, aber da waren Sie wohl unterwegs.«

MONTAG

HAMBURG, CONTASTRAßE

Fluchen. Türkrachen. Ein Schrei. Tom zog die Pfanne mit dem Rührei vom Kochfeld und schaltete den Herd aus.

»Was ist denn da los?«, rief er, lief von der Küche in den Flur und prallte gegen Jonas, der mit nassen Haaren und einem Handtuch um die Hüften aus dem Bad stapfte.

»Das solltest du deine Tochter fragen!«

Emma reckte den Kopf aus ihrem Zimmer. »Ja, versteck dich ruhig hinter Papa! Sehr erwachsen!«

Jonas wirbelte herum. »Ich verstecke mich überhaupt nicht! Hör auf, so ein Drama zu veranstalten!«

»Oh, jetzt passt dir meine Art zu streiten nicht? Das ist *tone policing*, du Honk! Schöne Grüße ans Patriarchat! Gott, ich dachte wirklich, du wärst weiter!«

»Fuck!«, schrie Jonas. »Es ist mir scheißegal, wie du streitest, verstehst du das, Emma? Ich finde das Thema Bullshit!«

»Stopp!« Tom schrie ebenfalls, um die Kinder zu übertönen. Wahrscheinlich hatten sie inzwischen das ganze Haus aufgeweckt. »Herrgott, worum geht es eigentlich?«

»Dein Sohn versucht, mich mundtot zu machen, weil ihm mein Ton nicht passt!« Emma verschränkte die Arme vor der Brust.

Jonas brüllte mit geballten Fäusten. »Schwachsiiinnnn!«

»Jonas, bitte!« Tom berührte ihn am Arm. Doch Jonas stieß seine Hand weg.

»Schon gut.« Tom bemühte sich, sanft zu sprechen. »In der Tat, vielleicht beruhigen wir uns alle erst mal.«

Emma lachte auf.

Tom setzte erneut an. »Was war denn der Auslöser für den Streit?«

»Kann ich dir gerne zeigen!« Emma marschierte ins Bad. Tom folgte ihr. »Hier.« Sie zeigte auf die seit mindestens einer Woche nicht gereinigte Kloschüssel und einige gelbliche Flecken auf den grauen Fliesen. »Das ist so ekelig!«

»Wenn es dich derart stört, dann mach doch sauber!«, schrie Jonas aus dem Flur.

Emma drängte sich an Tom vorbei aus dem Bad. »Ich soll deine Pisse wegwischen? Tickst du noch richtig?«

»Emma!« Tom schrie wieder und ärgerte sich im selben Moment darüber. Irgendwie musste er die Situation entschärfen. »Okay. Also.« Er trat zu den Kindern auf den Flur. »Die Toilette ist schmutzig. Das ist ekelig, verstehe ich. Keiner von uns hat in der vergangenen Woche das Bad geputzt.«

»Und ich sehe auch nicht ein, warum ich eure Pi…« Emma schloss kurz die Augen. »Euren Urin wegwischen sollte! Ich setze mich schließlich hin und pinkle nicht neben die Kloschüssel.«

»Ich sitze auch!«

214

»Das ist super, Jonas«, beeilte sich Tom zu sagen. »Vielleicht ist dir nicht ganz klar, Emma … ich meine, auch im Sitzen funktioniert das Pinkeln bei Männern manchmal nicht ganz kleckerfrei. Da kann immer mal was zwischen Klobrille und Toilettensitz hindurch…« Er suchte nach dem passenden Wort. »… flutschen. Wenn man den Penis nicht doll genug nach unten drückt, dann …«

»Papa!« Emma hielt sich die Hände über die Ohren. »Kopfkino!«

Jonas lachte.

Tom rieb Finger und Daumen aneinander. »Okay. Vielleicht sollten wir das nicht vertiefen.«

Emma stöhnte. Sie rollte mit den Augen und schüttelte den Kopf.

Tom spürte, wie die Anspannung im Flur nachließ, auch wenn die Kinder weiter genervt wirkten. Wenigstens schrie niemand mehr. »Was haltet ihr davon: Ich säubere gleich schnell die Toilette und erstelle heute Abend einen Putzplan für uns drei.«

»Wird Zeit, dass Mama zurückkommt«, sagte Jonas.

»Du Arsch!« Emma verschwand in ihrem Zimmer und knallte die Tür zu.

»So habe ich das doch gar nicht …« Jonas sah hilfesuchend zu Tom, der sich aber keine andere Reaktion als ein Seufzen abringen konnte. Daraufhin verzog auch Jonas sich in sein Zimmer und stieß die Tür mit dem Fuß zu.

Es war 7:20 Uhr an einem Montagmorgen. Tom hätte den Tag am liebsten zurückgegeben und einen neuen begonnen.

BLECKEDE

Agnes erwachte aus einem Schlaf, der sich wie eine Ohnmacht angefühlt hatte. Sie schlug die Decke zur Seite und rollte aus dem Bett. Helligkeit funkelte durch die Blätter des Quittenbaums vor dem Fenster und sprenkelte Schatten in ihr Gesicht. Die Haut spannte.

Sie griff zu der After Sun Lotion, die ganz oben in Bas' *Überlebensbox für Elbwanderinnen* gelegen hatte. Gleich neben der Sonnencreme. Sie konnte die Feuchtigkeit zischen hören, als sie sie auf die Wangen rieb.

Agnes streifte das grün karierte Hemd ab, das Bas ihr in den Rucksack geschmuggelt hatte, roch an Shirt und Jeans, bedauerte, dass sie sich gestern nicht mehr zum Auswaschen hatte aufraffen können, stülpte das Etuikleid über und schob die Füße in die Chucks. Schmerz ließ sie zurückzucken. Sie betrachtete ihre geschundenen Füße und sah, dass eine Blase außen an der rechten Ferse sich zu einem fulminanten Ei entwickelt hatte. Da halfen weder Blasenpflaster noch die Urea-Salbe aus dem Paket. Sie seufzte. Frühstücken funktionierte auch barfuß.

Agnes schlingerte auf einem Schmerzvermeidungskurs durch den Flur und nahm an einem der Tische draußen unter den Eichen Platz. Die Höllenhitze des gestrigen Tages hatte sich auf ein erträgliches Niveau heruntergeregelt. Wolken zogen über das Land. Es war spät im Sommer, der Herbst lauerte bereits. Man konnte es fühlen.

Agnes rüstete sich mit zwei Brötchen, Rührei, einem kleinen Müsli und Joghurt für die dreizehn Kilometer nach Neu Darchau. Doch nach diesem fürstlichen Mahl fühlte sie sich erschöpfter als zuvor. Am liebsten hätte sie sich in ihrem Zimmer auf dem Bett abgelegt, eingekuschelt in das grün karierte Hemd, und genau gar nichts gemacht. Die Blasen schmerzten, die verbrannte Haut ebenfalls, genauso wie die aufgeschürften Knie und das linke Handgelenk. Und das war nur äußerlich. Körperlich.

»Darf ich Ihnen noch einen Kaffee einschenken?« Der Paketbote von gestern Abend lächelte hinter einer Kanne hervor.

Agnes schüttelte den Kopf. Sie traf die Entscheidung im Moment des Aussprechens. »Ich bleibe übrigens noch eine Nacht. Würden Sie das wohl weiterleiten?«

Er nickte und wandte sich dem Ehepaar am Nebentisch zu.

Agnes legte den Kopf in den Nacken und starrte hinauf zwischen die dunklen Äste der Eiche. Viele Pflanzen spürten, wenn Gefahr drohte. Sie erkannten ein knabberndes Reh an seinem Speichel und wehrten sich, indem sie eine Art Salizylsäure an die verbissene Stelle leiteten und damit die Produktion von Tannin anregten, einem Bitterstoff, den Rehe nicht mochten. Auch Agnes' Körper schien auf Prädatoren zu reagieren. Nicht nur äußerlich. Diese Müdigkeit echote schon lange in ihr. Vielleicht sollte sie sich mehr Zeit nehmen, um die Energieräuber in ihrem Umfeld zu identifizieren. Rehe waren es sicher nicht.

Sie trippelte zurück in ihr Zimmer, zerrte sich das Etuikleid vom Leib und ärgerte sich über die geröteten Stellen an den Innenseiten der Oberschenkel, die es selbst nach dieser kurzen Zeit heraufbeschworen hatte. Sie wusch Unterwäsche, Shirt und Jeans und hängte alles zum Trocknen in das geöffnete Fenster. Dann gönnte sie sich den Flausch von Bas' Hemd auf der Haut.

Wie unfassbar sie sich gestern Abend über sein Paket gefreut hatte! Couscoussalat, Baguette und Hummus hatten ihr ermöglicht, im Zimmer zu bleiben. Und die After Sun Lotion bewahrte ihre Haut vermutlich vor irreversiblen Schäden. Ihr waren Tränen gekommen, als sie die kleine Flasche Weißwein entdeckte, ein Sportshirt von Fanny, das Bas irgendwo gefunden haben musste, und das ihr natürlich zu eng und zu kurz war, aber der gute Wille zählte, Blasenpflaster, Zeckenkarte, Fußcreme und Sonnenschutz. Alles in kleinen, leichten Verpackungen. Dazu ein Foto der Datsche mit einem Herz auf der Rückseite.

Bas musste alle Hotels in Bleckede abtelefoniert haben, um ihren Namen auf der Gästeliste zu finden. Dann wiederum gab es davon hier sicher nicht allzu viele. Trotzdem. Es blieb eine liebevolle Geste, die Agnes daran zweifeln ließ, ob es richtig gewesen war, keine Handynummern auszutauschen. Natürlich könnten sie sich über all die Dinge, die sie voneinander wussten, irgendwie wiederfinden. Von daher hatte ihr »Ich glaube nicht« auf Bas' Frage, ob sie ihm ihre Kontaktdaten geben wollte, allenfalls einen moralischen Wert. Wenigstens das.

Der vormittäglichen Uhrzeit zum Trotz, schraubte Agnes den Deckel von der kleinen Flasche Grauburgunder. Gestern Abend hatte sie in ihrem derangierten Zustand nicht gewagt, davon zu trinken. Sie konnte sich nicht erinnern, wann sie zum letzten Mal vormittags um 9:17 Uhr Wein getrunken hatte. Sicher, bevor sie Mutter wurde.

Sie schmiegte sich aufs Bett, nahm einen Schluck aus der Flasche, genoss das verwegene Gefühl und war ratlos.

Sie hatte sich gerade einen freien Tag geschenkt. Und zwar wirklich und vollkommen losgelöste Stunden bis zum nächsten Morgen. Natürlich war auch das Wandern selbstbestimmt, aber es blieb ein Projekt, etwas, was sie sich beweisen wollte, eine Aufgabe, die sie sich selbst gestellt hatte und die sie unbedingt erfüllen wollte. Und sicher, die Tage mit Bas … nun ja, auch die Tage mit Bas hatte sie gewählt und sich treiben lassen, aber eben nicht allein. So vollkommen zurückgeworfen auf sich selbst.

»Ein Tag mit mir allein.« Sie musste es laut aussprechen, den Klang auf den Lippen spüren, die Aussage wie den Wein goutieren.

Natürlich hatte es während all ihrer Jahre im Muttiversum freie Wochenenden mit Britta in einem Wellness-Hotel an der Ostsee gegeben. Meist im Februar, um den trüben Aussichten Hamburgs für zwei Tage zu entfliehen. Irgendwann hatte Agnes es auch einmal mit der Nachbarstochter als Babysitterin versucht, was ihr zu Prä-Kita-Zeiten zumindest einmal wöchentlich Muße für ein ausgiebiges Bad geschenkt hatte. Und an den Wochenenden versuchte Tom, die verpassten fünf Tage mit den Kindern nachzuholen. Da er sie montags bis freitags meist nur schlafend erlebte, freute er sich auf Spielplatzbesuche, Ausflüge in Schwimmbäder, Wildgehege, Kinos und Zoos. Für ihn war das Abwechslung. Familienzeit. Für Agnes blieb es Alltag.

Sie erinnerte sich, wie sie selbst die wenigen Momente allein zu Hause kaum genießen konnte. Immer gab es ein zeitliches Limit von zwei bis maximal drei Stunden, nach denen sie die Kinder irgendwo abholen musste oder Tom mit ihnen zu dem Essen zurückkehrte, das sie inzwischen vorbereitet hatte. Es gab während dieser kurzen Zeitfenster immer genug zu tun: die Kinderzimmer gründlich durchsaugen, ohne dass jemand Legosteine in den Weg schob, einkaufen gehen, immer wieder einkaufen gehen, zu klein gewordene Kinderklamotten aussortieren, in Ruhe die Steuer machen, Termine bei Ärzten vereinbaren, das Bad putzen, die Einkaufsliste für die kommende Woche schreiben (in Ruhe! und nicht todmüde, wenn die Kinder bereits schliefen), aufräumen, kochen, waschen. Die To-do-Liste ratterte 24/7 wie eine Achterbahn durch ihren Kopf. Dabei schuf Agnes mit all ihrer Aktivität nie wirklich Neues. Sie erhielt bloß den Status quo aufrecht.

Irgendwo hatte sie einmal gelesen, dass der Ausdruck *eine arbeitende Frau* eine Tautologie war, eine inhaltliche Wiederholung desselben Sachverhalts. Es gab keine nicht arbeitenden Frauen. Es gab lediglich viele, die für ihre

Arbeit nicht bezahlt wurden. Wahrscheinlich empfand ihre Mutter das Wandern deshalb als Affront. Sie schuftete schon ihr ganzes Leben lang im Haushalt, und Agnes ging einfach, vermittelte ihr dadurch das Gefühl, falsch zu handeln, sich einfach nicht genug um Alternativen bemüht zu haben, verweigerte ihr den Schulterschluss unter Frauen.

Agnes seufzte. Sie wanderte nur. An der Elbe entlang. Von Hamburg nach Berlin. Ein Plan, aus der Not geboren. Und plötzlich öffnete diese Idee ihr ganzes bisheriges Leben, lud Zweifel und Bedürfnisse ein und stellte alles infrage, was sie schon immer geglaubt hatte.

Sie schloss die Augen. Schon interessant, dass all diese Gedanken jetzt in sie hineinströmten, jetzt, da sie einen Moment lang innehielt. Sie lächelte und überlegte, was sie an einem Montagvormittag tun könnte, das sonst um diese Uhrzeit niemals möglich wäre. Vom Wandern einmal abgesehen.

Vielleicht Eis essen? Einen Film schauen? Schlafen? Sie gönnte sich einen weiteren Schluck Wein aus der Flasche. Guter Anfang.

HAMBURG WANDSBEK

Tom verzichtete auf die kurze Busfahrt von der S-Bahn Poppenbüttel aus und stromerte durch Wandsbek. Das Viertel seiner Jugend. Insgeheim hatte er gehofft, noch ein *tag* aus alten Zeiten wiederzufinden, ein schwarzes *tomix*, irgendwo verblasst an einer Fassade oder einem Mauervorsprung. Aber die künstlerische Qualität seiner *bombings* schien zu stümperhaft gewesen zu sein, um nicht übermalt zu werden.

Er schlenderte durch den gutbürgerlichen Teil des Quartiers. Hübsche Mietshäuser wechselten sich hier mit Einfamilienhäusern hinter gepflegten Vorgärten ab. Die ganze Gegend strahlte eine lächerliche Unbescheidenheit aus, und Tom erinnerte sich wieder an die jugendlichen Gefühle von erdrückender Spießigkeit.

Er bummelte durch kleine Nebenstraßen, bog auf immer schmalere Gehwege ab, bis er schließlich im Wendehammer einer Sackgasse endete. Tom seufzte. Da ließ er sich vor lauter Unentschlossenheit treiben, und nun nötigte die Stadtplanung ihm eine Entscheidung ab. Er sah sich um. Kein

222

Entkommen. Also doch umkehren und auf demselben Weg zurück zur S-Bahn. Schließlich wusste niemand von diesem abendlichen Ausflug, keiner ahnte etwas von den gedanklichen Schlenkern, die ihn seit Tagen umtrieben. Er könnte ganz einfach zu den Kindern nach Hause fahren.

Tom lief zurück zur Hauptstraße. Er wechselte die Straßenseite, stapfte entschlossen an einigen Mietshäusern vorüber, zog das Tempo an und entdeckte plötzlich zwischen zwei mit Sträuchern bewachsenen Grundstücksgrenzen den schmalen Trampelpfad von früher. Der schnurgerade Weg hatte es inzwischen als offizielle Abkürzung sogar zu einer Straßenlaterne gebracht. Tom seufzte erneut. *Karmaklatsche* nannten die Kinder das.

Er straffte die Schultern, holte tief Luft und bog auf den ungepflasterten Weg ab. An dessen Ende wandte er sich nach rechts, passierte sowohl das weiß als auch das grau getünchte Einfamilienhaus und erreichte schließlich den gelb geklinkerten Bungalow. Tom blinzelte verwundert. Die dunkelbraunen Holzfenster, das kassettenförmig geschnitzte Garagentor, der Jägerzaun, die kugelrunde Lampe auf dem ebenfalls gelb geklinkerten Poller. Alles sah noch genauso aus wie früher. Nur die Tannen ringsumher hatten sich in die Höhe gereckt. Zwischen ihnen wirkte das flache Haus wie ein schlafendes Reh.

Er überlegte kurz, die ewig quietschende Pforte mit einem seitlichen Sprung zu bewältigen, ganz so wie früher, besann sich aber rechtzeitig. Seine Hand zitterte ein wenig, als er die Klinke hinunterdrückte und die Tür aufschob. Sie quietschte nicht.

Vor der überdachten Haustür entdeckte er noch eine Veränderung: ein scheinbar selbst getöpfertes Namensschild mit einem Regenbogen. Familie Neumann.

Er klingelte.

Bahar öffnete die Tür. Groß, gerade Haltung, aufrecht in jeder Bedeutung des Wortes. Einen Moment lang starrten sie einander an. Vielleicht erwartete Bahar, dass er den Anfang machen und sich erklären würde. Vielleicht erkannte sie ihn auch nicht. Da schob sich aus dem Dunkel des Flurs eine weitere Person in die Tür.

»Bahi? Was ist denn? Wer …« Oliver legte eine Hand auf die Schulter seiner Frau und schaute nach draußen. »Tomix? Dasglaubichnich! Ha!«

Er schob sich an Bahar vorbei nach draußen und fiel Tom um den Hals. Genau wie früher umschlang er ihn kurz darauf mit den Beinen, was Tom so überraschte, dass er fast das Gleichgewicht verlor. Sie umarmten einander, klopften sich auf den Rücken und lachten.

»Tomix! Was für eine Überraschung!«

»NewMan! So schön, dich zu sehen!«

Oliver glitt zurück auf den Boden und trat einen Schritt zurück. »Digga! Was führt dich denn her?« Er blickte über die Schulter zu Bahar, die noch immer regungslos in der Tür verharrte. »Erinnerst du dich an Tom? Er, Olli und ich …«

»Ich weiß, wer Tom ist. Hallo Tom.« Sie verschränkte die Arme vor der Brust.

»Bahar.« Tom versuchte sich an einem Lächeln. »Schön, dich wiederzusehen.«

Sie nickte.

Oliver hieb ihm erneut auf die Schulter. »Komm, komm rein! Alter, wie lange ist das her?«

Tom folgte Oliver durch das Haus. Noch bevor sie die Terrasse auf der Rückseite erreichten, war der Mann, der früher als NewMan *taggte*, gedanklich in den Neunzigern verschollen. Oliver rekapitulierte die Highlights ihrer nächtlichen Aktionen, wie er beim Rausschleichen einmal von seinem Vater erwischt worden war, Toms dreistestes *tag* quer über das *no toys*, das alle Dilettanten von der Mauer in der Augustenpassage fernhalten sollte, Regines Schimpftirade, als sie die Spraydosen im Schuppen entdeckte. Tom nickte beiläufig. Er staunte über die Veränderungen im Bungalow. Ganz im Gegensatz zum altbacken wirkenden Äußeren strahlte die Einrichtung in hellen Beigetönen. Die Holzvertäfelungen waren weiß lackiert. Genauso wie die Terrakottakacheln im Wohnzimmer, zu Lebzeiten der ganze Stolz von Olivers Eltern. Tom erinnerte sich gut an den Puschenzwang, der auf die Verlegung der italienischen Keramik folgte. Gleich vorne neben der Eingangstür offerierte ein Korb weiche Filzhausschuhe, die jeder überstreifen musste, der auch nur in die Nähe des Wohnzimmers vorrücken wollte. Glücklicherweise hatte Oliver sich auch davon verabschiedet.

»Bier?«

Tom nickte erneut und nahm auf einem der Lehnstühle unter der Markise Platz. Trotz all der offensichtlichen und sicher noch viel weiter reichenden Änderungen am Haus und in Olivers Leben, schien er selbst ihm doch geradezu unheimlich vertraut.

»Prost!« Oliver stieß zu Tom auf die Terrasse und mit der einen Astraflasche gegen die andere. »Und? Was treibst du so? Wie geht es Agnes?«

»Gut.« Tom trank und stellte die Flasche zurück auf den Gartentisch. »Denke ich …«

»Oh.« Oliver wischte sich Schaum aus dem Dreitagebart. »Seid ihr …«

»Nein, nein. Wir sind noch zusammen. Es ist nur gerade … schwierig.«

Oliver lehnte sich zurück und klemmte das linke Bein unter das rechte. »Sonst wärst du ja auch kaum vorbeigekommen, oder?«

»Nein, das …« Tom seufzte. »Vielleicht.« Er ließ den Blick in die seidig schimmernde Dämmerung über dem Garten gleiten. Selbst mit seinen ungeübten Augen erkannte er das Unkraut, das sich nicht nur in den Beeten an der Grundstücksgrenze, sondern auch auf der kleinen Rasenfläche tummelte. Trotzdem strahlte der Garten keinerlei Verwahrlosung aus. Eher ein entspanntes leben und leben lassen.

»Was ist los, Tom? Warum hast du den weiten Weg hierher auf dich genommen?«

»So weit ist es eigentlich gar nicht.«

»Ich weiß.« Oliver grinste.

Tom erkannte, dass er Oliver nicht länger Neumann oder NewMan nennen mochte. Die Zeiten waren vorbei und sowieso immer nur ein Behelf gewesen. Wenn die beiden besten Freunde Oliver hießen, brauchte es distinktive Unterscheidungsmerkmale. Und da Oliver Neumann immer mit NewMan *taggte* und das Brunkhorst des anderen

Olivers sich nur schwer in ein cooles Brunki oder Horsti übersetzen ließ, verwandelten sich die beiden Olivers in Olli und Neumann. Doch inzwischen hatten sie neue Metamorphosen durchlaufen.

»Ich bin kein guter Freund gewesen, was?«

Oliver schnaubte. »Echt jetzt? Absolution? Bist du deshalb hergekommen?«

Tom schüttelte den Kopf. »Hast du mal wieder was von Olli gehört?« Er griff nach der Bierflasche und drehte sie in den Händen.

»Ja.«

»Wirklich?« Tom schaute auf.

»Es war nicht deine Schuld, okay? Niemand denkt das. Es war ein dämlicher Unfall.«

»Wie geht es ihm?«

Oliver leerte sein Astra. »Ehrlich gesagt super. Er hat mit 'nem Kumpel zusammen eine Strandbar auf Bali. Schon 'ne ganze Weile. Sie handeln auch ein bisschen mit Batikklamotten und Kunsthandwerk. Wir haben ihn vor einigen Jahren besucht.«

»Ach, echt?«

Oliver erhob sich. »Ich hol uns mal 'n neues Bier.«

Tom stand ebenfalls auf und schwankte die zwei Holzstufen von der Terrasse hinunter auf den Rasen. Ihm war schwindelig. Lag wohl kaum an der einen Flasche Astra. Er hockte sich auf die unterste Stufe und rieb Daumen und Zeigefinger aneinander.

»Alles klar?« Oliver reichte ihm ein neues Bier und setzte sich dazu.

Tom nickte. Er hielt sich die kühle Flasche an die Wangen.

»Bahar fand Olli ziemlich aufgeblasen, da auf Bali. Ist natürlich leicht, draufgängerisch zu sein, wenn man nichts zu verlieren hat, wenn in Deutschland ein Sicherheitsnetz aus Wohlstand und Versicherungen und Staatszugehörigkeit existiert.«

»Bahar war schon immer so viel klüger als wir.«

»Wem sagst du das.« Sie stießen an.

»Weißt du, was sie damals über unsere Graffitis dachte?« Oliver lächelte. »Sie fand es weder rebellisch noch *underground* oder gar cool. Für sie waren wir großbürgerliche Kids, die dem zufälligen Glück ihrer Herkunft mit Ignoranz und absoluter Rücksichtslosigkeit begegneten. Das wahre Privileg der Privilegierten.«

»Sehe ich noch immer so.« Bahar erhob sich vor dem schwindenden Sonnenlicht auf der Terrasse über ihnen wie eine Erscheinung. »Bleibst du zum Essen, Tom?«

Oliver legte einen Arm um Toms Schulter. »Klar bleibt er. Von meiner Lasagne neulich habe ich 'ne ganze Menge eingefroren. Die könnten wir aufwärmen.«

»Ich habe Kisir gemacht.«

»Oh, wow, super.« Oliver lächelte. »Wir kommen gleich.«

»Danke«, sagte Tom.

Bahar verschwand im Haus. Tom sah ihr nach, dann wandte er sich an Oliver. »Lebst du das Leben, das du immer leben wolltest?«

»Oh Gott! So philosophisch?« Oliver lachte.

Tom stimmte nicht mit ein. »Keine Ahnung, ob ich ohne den Unfall damals Arzt geworden wäre. Versteh mich nicht falsch, ich liebe meinen Beruf. Aber wahrscheinlich wäre alles anders gekommen.«

Oliver zuckte mit den Schultern. »Ziemlich sicher sogar. Hätte ich sonst mein Jurastudium geschmissen und wäre Sozialarbeiter geworden? Bestimmt nicht. Und ganz sicher würde Olli jetzt keine Partys auf Bali feiern, sondern die Sanitärtechnik-Firma seines Vaters schmeißen. Aber wäre das besser gewesen? Für wen?« Er leerte die zweite Astra-flasche. »Ich sage meinen Knackis immer, dass ich umge-kehrten Freigang habe. Sie tags, ich nachts. So isses halt. Jeder macht Fehler. Das gehört zum Leben dazu. Es ist uto-pisch, das vermeiden zu wollen. Schafft niemand. Aber du musst bereit sein, aus deinen Problemen und Fehlern zu lernen. Auf Erfahrungen aufzubauen. Dich weiterzu-entwickeln.«

Tom drehte sich zu Oliver, schaute ihn einen Moment lang an, schlang dann die Arme um seinen Hals und drückte sich an ihn. Oliver tätschelte seinen Rücken. »Wird alles gut, Digga.«

»Ich will ja nicht stören ...« Bahar räusperte sich. »Das Essen ist fertig.«

Die beiden Männer ließen voneinander ab. Tom lächelte, irritiert vom eigenen innerlichen Chaos. Er wischte sich mit dem Handrücken einige Tränen aus den Augenwinkeln.

Nach dem Essen überredete Oliver Tom zu einem Film-abend. *»For the memories!«* Tom gab den Kindern Bescheid, die er seit dem morgendlichen Streit nicht mehr gesehen hatte. Aber zu Hause schien sich nach einem langen Tag alles wieder entspannt zu haben.

Sie streamten einen Western. Wie früher. Das einfache Gut gegen Böse inklusive der vollkommenen Abwesenheit jeglicher moralischen Zerrissenheit. In unwegsamen Situationen brachte das stete Hufgeklapper reitender Cowboys die eigenen Gedanken wieder auf den richtigen Pfad.

DIENSTAG

VON BLECKEDE NACH NEU DARCHAU

Der asphaltierte Weg auf dem Deich löste sich von der Stadt, ließ reetgedeckte Höfe und rot geklinkerte Fachwerkhäuser zurück und öffnete den Blick in die weitläufige Au. Ein kleiner Schwarm Kanadagänse segelte auf den Schwingen des auffrischenden Windes in Richtung Fluss. Das hohe Gras schien in Wellen über die Wiesen und den Deich hinaufzulaufen. Es scheitelte sich mit jeder Böe und tanzte im aufkommenden Sturm.

Agnes blieb stehen, als der Himmel weiter eindunkelte und die Wolken wie Tinte aus einem zerbrochenen Füller ineinanderliefen. Sie lud ihren Rucksack auf einer Bank ab und kramte das Regenzeug hervor. Der Gummizug der türkisfarbenen Hose schnitt ihr in den Bauch, dafür entpuppte sich die Jacke als so weit, dass sogar der Rucksack darunter Schutz fand. Gerade als sie die Reißverschlüsse an den Hosenbeinen öffnete, um sie über die Wanderschuhe zu ziehen, pingte eine Nachricht von Jonas auf.

Jonas: Wie geht es dir? Wo bist du?

Rational, auf das Wesentliche reduziert. Jonas kam in so vieler Hinsicht nach seinem Vater.

Agnes: Gut, mein Schatz. Ich wandere heute von Bleckede nach Neu Darchau. Es soll regnen. Wird also eine nasse Angelegenheit. 🌂 😂 *Wie geht es dir? Alles okay zu Hause?*

Jonas: Ja viel Spaß

Agnes bedankte sich, schrieb noch einige weitere Zeilen, fragte nach Leons Bewerbung für das Praktikum, aber Jonas blieb offline. Sie schob das Handy zurück in den Rucksack, zubbelte die Regenhose zurecht und stülpte die Kapuze über den Kopf. Wenn Kinder sich gar nicht oder nur kurz meldeten, war das eigentlich immer ein gutes Zeichen, oder?

Das Unwetter entlud seine volle Kraft hinter Alt Garge, etwa auf der Hälfte der dreizehn Kilometer, die Agnes sich für heute vorgenommen hatte. Bis dahin war sie durch offene Wiesenlandschaften gestapft, in denen Astern und Disteln zwar die Köpfe neigten vor der Unbill der Natur und der Regen bereits in langen Fäden schnürte, ganz so, als gäbe es kein anderes Wetter, doch die Natur hatte sanft gewirkt. Kaschierend. Sie legte einen Schleier über die Welt und all die Fehler, die Menschen tagein tagaus begingen. Agnes fühlte sich verstanden. Nass, aber akzeptiert.

Doch mit der sich verändernden Landschaft, dem Wald, der Landstraße, frischte der Wind auf. Er fegte Agnes so hart ins Gesicht, dass sie nach Luft schnappte. Er riss ihr die Kapuze vom Kopf, zerzauste ihr Haar und fuhr kalt unter die Regensachen. Einzelne Böen stauten sich auf dem

Weg, und Agnes stemmte sich mit aller Kraft dagegen. Sie patschte durch Pfützen, lief in den Schmerz der Blasen und Abschürfungen hinein, setzte einen Schritt vor den anderen, durchnässt, vollkommen allein, mit keiner Menschenseele in Sicht, der Witterung trotzend und fühlte sich lebendig wie selten zuvor in ihrem Leben.

Als Agnes nach vier Stunden Neu Darchau erreichte, hatten sie und das Wetter sich ausgepowert. Ein rhythmisches Outro aus sanft prasselndem Regen begleitete sie auf den letzten Metern in den Ort hinein und unterstützte sie bei der Suche nach der Pension, in der sie für heute Nacht ein Zimmer reserviert hatte.

Der zweigeschossige Klinkerbau markierte das Ende einer Stichstraße. Dahinter begannen die Auwiesen. Agnes starrte auf den flachen, komplett eingerüsteten Anbau, der eine Seite des Hauses flankierte, und dessen ummauerte Terrasse verriet, dass sie ein einst angesagtes Ausflugslokal betrachtete. Auf die wackeligen Waschbetonplatten hatten sich ein runder Tisch und drei Metallstühle verirrt. Rost blühte unter dem aufgeplatzten Lack.

Agnes stapfte zum Briefkasten vorne am Haus. Sie öffnete ihn mit dem Zahlencode, den sie bei der Buchung erhalten hatte, und entnahm einen Schlüssel mit roter Markierung. Er passte nicht einmal bis zur Hälfte in das Schloss der dunklen Holztür. Verdutzt versuchte sie es erneut. Und noch einmal. Aber es blieb sinnlos, dasselbe zu tun und dabei auf ein anderes Ergebnis zu hoffen.

Agnes umrundete das Gebäude. Sie marschierte den eingerüsteten Anbau entlang und entdeckte auf der Rückseite eine Hintertür aus Metall. Der Schlüssel glitt ins Schloss, ließ sich drehen und die gefederte Tür sprang auf. Agnes blickte in eine Art Speisekammer mit Kühltruhen und Regalen. Alles war leer. Sie durchquerte den Raum und landete in einer alten Gastwirtschaft. Holztheke, Holztische, Holzstühle, Holzvertäfelung. Es roch nach ausgefeierten Festen, leeren Bierflaschen und ranzigem Schweiß.

Am anderen Ende des Raums entdeckte sie eine weitere Tür und zückte den Schlüssel. Aber es gab kein Zylinderschloss, nur so ein altes Ding, für das man einen dieser großen Schlüssel mit Bart benötigte.

»Na toll …«

Agnes zog die Jacke aus. Ein Rinnsal schwappte aus einer Falte in ihren Nacken, und sie erschauerte. Als sie endlich das Handy aus dem Rucksack gezerrt und die Nummer des Eigentümers gewählt hatte, patschten die Wanderstiefel bereits in einer Wasserlache.

Ralph Kastner entschuldigte sich wortreich. Der ganze Umbaustress, die Handwerker, time limits, unzuverlässige Subunternehmer und dann auch noch das Wetter. »Da kann man einen orangefarbenen und einen roten Schlüssel schon mal verwechseln, was?« Er lachte. »Ich mache mich gleich auf den Weg. Allerdings sitze ich gerade im Büro des Fensterbauers in Pritzwalk. Dauert also ein bisschen, was? Aber bedien dich ruhig an dem Fach unter der Theke. Geht natürlich aufs Haus. Ach – und keine Sorge. Oben ist schon alles hübsch.«

Agnes sackte auf einen der Stühle nieder, sprang jedoch gleich wieder auf, als sie die gepolsterte Sitzfläche spürte.

Feuchtigkeit und Schimmel gäben dem Raum sicher den Rest. Der Mief war so schon kaum zu ertragen. Sie stellte ihren Rucksack auf einer der leeren Kühltruhen der Speisekammer ab. Jetzt sah sie auch die Schwingtür, die neben der Theke in eine abgewirtschaftete Küche führte. Alles hier atmete die Aura von Verfall. Aber Agnes spürte auch die Präsenz eines gelebten Lebens. Narben, die blieben, Risse in der Fassade, Falten auf der Stirn. Botox und Kernsanierungen verhüllten, was Zeugnis ablegen könnte. Dabei war erinnern doch so wichtig.

Sie verwarf den Gedanken, trotz Regen, Schmerzen und Erschöpfung doch noch bis zur nächsten freien Unterkunft weiterzuwandern und öffnete die Schublade unter der Theke. Mit einer Flasche Weißwein und einem der kleinen Wassergläser, die sich neben der Spüle stapelten, trat sie nach draußen.

Es regnete noch immer. Die Luft war sauber und gewaschen. Es roch ein wenig modrig nach Erde, doch unter diesen Duft mischte sich auch etwas Liebliches, Blumiges. Die Wolken schienen sich zum größten Teil ausgewrungen zu haben, sodass nachmittägliche Helligkeit die Welt überzog. Blätter und Gräser glitzerten unter den Tropfen. Alles schien aufgeladen mit Erwartung und Bedeutsamkeit.

Agnes schleppte den runden Tisch und einen Stuhl auf die ungemähte Rasenfläche neben dem Haus, setzte sich, zog die Regensachen fest, schenkte Wein in das Wasserglas und lächelte.

»Salute!«

Tropfen platschten auf die Kapuze, während Agnes gar

nicht mal so schlechten Wein trank und den Blick über Wiesen, einen Teich und Schafkoppeln gleiten ließ. Vielleicht war nicht alles schlimm, was zunächst so erschien. Es hing auch vom Blickwinkel ab. Von der inneren Beweglichkeit.

Agnes spürte, wie der Alkohol sie wärmte. Sie schob die Kapuze vom Kopf und strich sich die Haare hinter die Ohren. Jetzt war es ganz still. Die Welt schien innezuhalten und die sanfte Regenmassage zu genießen. Agnes lächelte. Ein Leben in Abhängigkeit vom Wetter und den Jahreszeiten. Davon hatte sie früher geträumt. Sich in Hitze und Kälte zu spüren, mit dem Zyklus des Lebens zu schwingen. Auf einer Wiese im Regen Wein zu trinken.

Das Dröhnen eines Motors war hinter dem Haus zu hören. Ein Auto schien auf der anderen Seite der Pension zu parken. Ralph Kastner? Wie unterschiedlich konnte man *dauert ein bisschen* interpretieren? Wo lag eigentlich Pritzwalk? Agnes spähte am Haus vorbei zur Straße, aber niemand kam.

Sie nippte erneut am Wein, der sich dank des Regens allmählich in eine Schorle verwandelte, als sie jemanden um die hintere Hausecke biegen sah. Dunkle Haare, hochgezogene Schultern, ein Mann. Die Hände tief in den Taschen der Jeans vergraben, die ganze Statur irgendwie steif und gestaucht. Aber das konnte nicht sein. War ja gar nicht möglich. Er sah auf, verzog den Mund zu etwas, das früher einem Lächeln geähnelt haben musste, hob den Kopf, ließ den Regen auf Stirn und Wangen tröpfeln, blinzelte, sah aus wie jemand im Monsun, gleichgültig gegen das Wetter, nass bis ins Herz.

Agnes beobachtete, wie er sich umschaute, die beiden Stühle auf der Terrasse entdeckte, ausscherte, sich einen schnappte, zu ihr herübertrug, abstellte, die Hände zurück in die Jeanstaschen schob und auf die Sitzfläche floss.

»Hallo«, sagte Tom.

NEU DARCHAU

Tom wünschte, Agnes würde etwas Bedeutsames sagen, etwas, an das sie sich später erinnern könnten, einen Satz, der seinem platten *Hallo* einen tieferen Sinn verlieh, eine Einladung, die er annehmen, auf der sie aufbauen könnten.

»Was machst du hier?« Agnes blinzelte mit nassen Wimpern. Ihre Wangen schimmerten rosafarben, auf der Nase pellte sich die Haut. Sie sah aus wie immer, während sie da im Regen an einem Tisch saß und Wein trank, durchnässt zwar, aber ganz genau so wie er sie in seinen Gedanken malte. Und doch anders. Da war etwas Aufrechtes an ihr, eine veränderte Haltung. Sie drückte nicht einfach den Rücken durch, wirkte weder trotzig noch herablassend. Eher sicher. Ruhig. Sich ihrer selbst bewusst. Hatten diese wenigen Tage Agnes bereits verändert? Lag es an der Distanz zwischen ihnen? Oder war etwas in ihm in Bewegung geraten?

»Das Gleiche könnte ich dich fragen, oder?«

Agnes trank einen Schluck von ihrem inzwischen sicher

zu einer Schorle mutierten Wein. »Ich wandere an der Elbe entlang nach Berlin, wo ein neuer Job auf mich wartet.«

Tom seufzte. So viel wusste er bereits von Britta. Landschaftsökologin beim Pflanzenschutzamt mitten in der Hauptstadt. Nie hätte er eine derartige Anstellung mit Agnes in Verbindung gebracht. Das passte nicht zu ihr. Aber was wusste er schon.

»Und die Kinder?« Tom spürte, wie dieses Gespräch die falsche Abzweigung nahm, noch bevor sie es in Gang geschubst hatten. So viel Ungesagtes zappelte zwischen ihnen und bettelte um Aufmerksamkeit. Aber er konnte sich nicht überwinden und eine Hand zur Hilfe ausstrecken.

»Wir können einen DNA-Test machen, falls du die Vaterschaft anzweifelst.«

»Okay, Agnes, es reicht!« Tom zog die Hände aus den Jeanstaschen. »Lass uns damit aufhören.« Er strich sich die tropfenden Haarspitzen aus der Stirn. »Ich weiß nicht, wie du dir das vorstellst. Soll ich mich in Hamburg um die Kinder, den Haushalt und meine Arbeit kümmern, während du in Berlin beruflich durchstartest?«

Agnes nickte. »Ehrlich gesagt – ja.«

»Wie bitte?«

»Ich habe so lange gewartet …« Tränen glitzerten in ihren Augen, aber vielleicht hatten sich auch nur ein paar Regentropfen verirrt. »Sechzehn lange Jahre. Ich habe gewartet, dass die Kinder selbstständiger werden. Dass der nachmittägliche zwei-Stunden-Kita-Platz zu einem vollen Vormittagsplatz wird. Dass beide Kinder gleichzeitig betreut werden. Dass sie in die Schule kommen. Dass sie tagsüber auch mal allein zurechtkommen.« Agnes ballte die Hände zu Fäusten. »Meine Wünsche und Bedürfnisse haben während all dieser Jahre keine Rolle gespielt. Ganz im Gegenteil. Die Launen und Emotionen der Kinder sickerten Tag für Tag in mich ein, sodass ich mich abends meist fühlte wie ein prall aufgeblasener Luftballon. Bis zum Äußersten gespannt und doch vollkommen leer. Ich habe Angst, dass nichts von mir übrig bleibt, wenn ich so weitermache.«

»In der Tat …« Tom fror. Die Nässe drang durch Jacke, Shirt, Jeans. Sie umklammerte seine Haut mit eisigem Griff. »Das war sicher belastend, als die Kinder noch jünger waren. Es gab damals ja auch einfach noch nicht so viele Betreuungsmöglichkeiten. Keine Frage. Aber du hast doch jetzt schon seit Jahren die Vormittage frei. Da kannst du doch was machen.«

»Frei?« Agnes lachte auf. Ihre Stimme klang eine Oktave höher als zuvor. »Was glaubst du, wann all die Dinge passieren, die das bequeme Leben ermöglichen, das du und die Kinder führen? Wann glaubst du, koche ich? Gehe einkaufen? Putze das Bad? Du beteiligst dich in keiner Weise an der Hausarbeit. Ich mache alles allein!«

»Das stimmt doch gar nicht!« Tom richtete sich auf. »Ich mache auch viel.«

»Ach ja? Im Vergleich zu anderen Männern oder im Vergleich zu mir?«

»Ich helfe im Haushalt und …«

Agnes unterbrach ihn. »Ja! Genau! Du hilfst! Du hilfst mit UNSEREN Kindern, du hilfst mit UNSEREM Haushalt. Aber es sind auch DEINE Kinder, Tom! Es ist auch

DEINE Wohnung! Ist es da nicht selbstverständlich, dass du dich darum kümmerst? Eigenverantwortlich? Du bist doch nicht mein Assistent!«

»Ich arbeite!«

»Genau wie ich!« Agnes sprang auf. Der Stuhl kippte auf das nasse Gras. »Nur bekomme ich kein Geld dafür! Keine Anerkennung! Stattdessen abfällige Kommentare – das Hausmütterchen … glaubst du, ich wollte das so? Ich bin Biologin! Denkst du, ich wollte schon immer lieber Windeln wechseln, statt in einem Biosphärenreservat zu arbeiten?«

Tom verschränkte die Arme vor der Brust. »Wir haben uns für Kinder entschieden, Agnes. Da muss sich jemand kümmern.«

»Ja, jemand! Aber wer hat je festgelegt, dass ich das bin? Du hast damals schon Geld verdient, Geld, das wir brauchten. Also bist du weiter arbeiten gegangen. Und das war's. Es gab damals nicht einfach nur ungenügend Betreuungsplätze, es gab gar keine! Erst nach achtzehn Monaten konnte ich Jonas nachmittags für zwei Stunden in einer Krippe unterbringen. Zwei Stunden! Nach achtzehn Monaten! Was sollte ich damit anfangen? Außerdem war ich längst zum zweiten Mal schwanger. Ich saß fest, Tom! Ich habe mit den Schwangerschaften meinen Körper verloren, die Promotion, einen Job nach der Uni, imaginäre Kolleginnen und Kollegen, eine Absicherung fürs Alter, Geld natürlich, unglaublich viel Geld. Aber vor allem: Anerkennung. Und du? Was hast du verloren? Das wöchentliche Feierabendbier mit den Kollegen? Abende auf dem Sofa, weil ich dich bat, die Spülmaschine auszuräumen?«

Tom stand jetzt ebenfalls auf. »Ich finde es schrecklich, dass du die Kinder so siehst. Als Verlust deiner persönlichen Freiheit.«

»Sagt der Mann, der seine persönliche Freiheit noch nie gefährdet sah! Herrgott, Tom! Es ist so einfach, sich moralisch überlegen zu fühlen, wenn der eigene Lebensplan nie zur Diskussion stand! Ich liebe unsere Kinder! Über die Maßen! Aber ich hasse dieses Leben im Muttiversum, das die Gesellschaft mir aufzwingt. Oh Gott …« Agnes schluchzte. Tom hatte sie noch nie so reden gehört. So unversöhnlich, radikal. Es schien sie selbst zu erschrecken.

»Okay.« Er räusperte sich. »Ich versuche, das zu verstehen. Aber noch mal: Wenn du so unbedingt als Biologin arbeiten willst – was machst du dann bei Britta? Die Kinder sind vormittags in der Schule, oft sogar nachmittags. Du kannst dir doch jetzt einen passenden Job in Hamburg suchen.«

»Verdammt!« Agnes wirbelte herum. »Ich will keinen Job, der passt! Keinen, den ich reinquetschen muss in irgendein Zeitfenster, das der Alltag mir lässt! Nur damit euer Leben genauso bequem weiterläuft wie bisher! Diesen Job habe ich schon! Ihr macht alle, was ihr wollt, und bei mir muss es passen? Ich soll mich strecken und verbiegen und kleinmachen? Das will ich nicht mehr! Ich will tun, was ich will. Genau wie du!«

Tom verschränkte die Arme vor der Brust. »Du hast überhaupt keine Ahnung, was ich will.«

»Ach nein?« Agnes trat in diesen seltsamen türkisfarbenen Regenklamotten auf ihn zu. Die Haare in nassen Strähnen um ihr Gesicht verteilt. »Dabei hast du mir das neulich doch sehr anschaulich mitgeteilt. Anerkennung als Arzt, mehr Bewunderung von Seiten der undankbaren Ehefrau und auf keinen Fall noch mehr Familienarbeit. Schließlich kümmerst du dich ja schon ums Geldverdienen.«

Tom schüttelte den Kopf. »Ich habe heute alle Termine abgesagt, nur um mit dir hier einen Abklatsch unseres Streits von neulich aufzuführen. Das ist absurd!«

»Ich habe dich nicht gebeten zu kommen.« Agnes wandte sich ab, richtete den umgekippten Stuhl auf, setzte sich, goss Wein in das noch halb volle Glas und leerte es in einem Zug. »Du irrst übrigens, wenn du glaubst, dieser Streit sei eine billige Kopie. Es sind zwar nur elf Tage vergangen, aber in dieser Zeit habe ich mehr über mich herausgefunden als in den letzten elf Jahren. Vielleicht, weil es endlich einmal Platz nur für mich gibt.« Sie schüttelte den Kopf. »Nein, ich korrigiere: weil ich mir diesen Raum endlich genommen habe.«

Tom stützte sich auf die Stuhllehne. Er hätte am liebsten geschrien. So hatte er sich dieses Gespräch nicht vorgestellt, als er Jonas bat herauszufinden, wo Agnes gerade steckte. Er hatte sich extra freigenommen, war zwei Stunden runter in dieses Kaff gefahren, um sie zu finden, nur um gegen dieselben Mauern anzurennen wie zuvor. Er wollte mit Agnes über Oliver reden, ihr von der neuen Street Art im Wohnzimmer erzählen, von dem Wiedersehen mit Ilias berichten. Aber all das schien sich in einem Paralleluniversum abzuspielen. Tom fand kein Portal, das ihn und Agnes hinübergeleitet hätte.

»Und jetzt?«

»Wandere ich weiter, und du kümmerst dich. Übrigens zum ersten Mal, Tom. Zum allerersten Mal kümmerst du dich mehr als zwei Tage lang allein um den Haushalt und die Kinder, die inzwischen Teenager sind. Ist das wirklich zu viel verlangt?«

Tom schüttelte den Kopf. Er schloss die Augen.

Damit war alles gesagt.

NEU DARCHAU

Agnes packte das Wasserglas und schleuderte es quer über die Wiese, kaum dass Tom abgefahren war. Sie fand es unversehrt am Stamm einer jungen Birke, griff erneut danach, stieß es mit einem lauten Schrei von sich und zuckte befriedigt zusammen, als es an einem Stein zerschellte. Gleichzeitig schämte sie sich für diesen Gefühlsausbruch und begann, die Scherben aufzusammeln. Wie konnte Tom bloß derart selbstgefällig und blind sein? Spannte Jonas für seine Ziele ein, preschte runter nach Neu Darchau und erwartete dann auch noch … ja, was? Dass sie die Wanderung abbrach? Einfach zurückkehrte in ihr altes Leben? Vergaß, wie unglücklich sie war? Agnes schnitt sich an einer Scherbe und fluchte. Sie nahm den linken Zeigefinger in den Mund, saugte an der verletzten Stelle, ließ die Glassplitter zurück auf die Wiese plumpsen und trat gegen den Stein. Sie musste etwas tun. Irgendetwas, um das Adrenalin abzubauen, das wie Brause in ihren Adern schäumte. Sie war wütend! Wie konnte Tom die Augen derart vor der Realität verschließen? Warum sah er nicht, wie sehr sie litt? Wie sie sich aufgeopfert hatte? Für ihn und die Kinder! Sie hatte auf eine Karriere verzichtet, auf jeglichen Freiraum, Eigenständigkeit, Unabhängigkeit, hatte sich komplett allein gekümmert, alle Bedürfnisse und Wünsche hintangestellt. Wie konnte er es wagen, ihre Opfer als selbstverständlich hinzunehmen? Wie konnte es irgendjemand wagen?

Agnes trampelte mit den Füßen auf den Boden. Sie spürte, wie die Schwerkraft in ihr widerhallte. Doch das reichte nicht. Sie lief zur Terrasse und griff nach einer Stange vom Gerüst, die unverbaut an der Wand lehnte. Sie eilte zurück zur Wiese und drosch auf das Gras ein, auf die Erdkrume, die ganze Welt. Agnes prügelte sich in einen Rausch. Sie konnte sich nicht erinnern, jemals so wütend gewesen zu sein. Es war, als hätte die Mädchenerziehung ihrer Eltern wie ein Staudamm funktioniert, dessen Mauern seit Jahren bröckelten. Jetzt brachen sich die Wassermassen Bahn. Sie überschwemmten Agnes' Glaubenssätze, schockierten jedes einzelne Nervenende und ordneten ihr Innerstes neu. Sie wusste nicht, welche Welt in ihr entstand. Sie konnte nur mit Sicherheit sagen, dass kein Stein auf dem anderen bleiben würde.

»Äh … hallo?«

Agnes hatte die Stange gerade fallen gelassen, da wedelte ein Mann mit einem Schlüssel von der Straße herüber. Ralph Kastner. Agnes spürte die altvertraute Scham. Sie hatte sich gehen lassen. Rastete in ihren türkisfarbenen Regenklamotten auf einer Wiese in Neu Darchau aus. Was würde er von ihr denken? Sie schüttelte den Kopf. Warum sollte sie das interessieren?

Ralph Kastner überreichte ihr den Schlüssel für die Vordertür und führte sie in das erste, bereits vollständig renovierte Stockwerk. Seine beflissenen Hinweise auf neue Fliesen, neue Türen, neue Bäder, das neue Porzellan und die neue Kaffeemaschine ließen sie vermuten, dass ihr Ausraster auf der Wiese ihn nachhaltig verunsichert hatte.

Für diese Nacht waren bislang keine weiteren Gäste angemeldet, sodass Agnes frei zwischen den fünf Gästezimmern wählen konnte. Ralph Kastner wohnte zwei Orte weiter, wäre aber in kürzester Zeit vor Ort, sollten sich Schwierigkeiten ergeben. Agnes nickte, verabschiedete sich in eines der hübscheren Zimmer zum Garten hin und schloss die Tür.

Sie entledigte sich der nassen, vollkommen verdreckten Regenklamotten, duschte alles im Bad ab, wusch die ebenfalls in Mitleidenschaft gezogene Jeans, den Hoodie, Shirt, Slip und BH und schlüpfte in Bas' grünes Karohemd. Nachdem sie die Kleidung zum Trocknen im Zimmer verteilt hatte, schlurfte sie in die Küche. Agnes fand Teebeutel und hockte sich mit einer heißen Tasse Assam ins offene Fenster.

Der Regen tröpfelte noch immer. Eine kleine Reminiszenz an den gesprengten Staudamm in ihrem Inneren. Agnes spürte die Wut abfließen. Sie ließ sie erschöpft zurück, irgendwie formlos, wie aufgeweichte Pappe. Es schien ihr kaum möglich, ihr labbriges Selbst je wieder zu stabilisieren. Vielleicht half trocknen.

»Ich würde ja an einer Rosenranke zu dir hinaufklettern«, rief plötzlich jemand vom Gehweg hinauf. »Nur leider gibt es keine.«

Agnes schaute hinunter. »Bas!«

Er lächelte. »Du könntest dein Haar herunterlassen. Aber ich wäre auch mit einem gänzlich unmärchenhaften Aufstieg über das Treppenhaus zufrieden.«

Agnes glitt von der Fensterbank. Sie mochte keine Märchen. Weder tapfere Ritter noch schöne Prinzessinnen, die es nötig hatten, gerettet zu werden, weil sie selbst einfach gar nichts auf die Reihe bekamen. Sie hatte es früher immer vermieden, die Kinder mit derartigen Klischees vollzustopfen. Aber Bas in ihrem derzeitigen Zustand die Tür zu öffnen, sein Engagement anzunehmen, sich von ihm trösten zu lassen. Die Verlockung war einfach zu groß.

Sie sprang durch das Treppenhaus in die untere Diele. Bas musste sich gestern und wohl auch heute beim Hotel in Bleckede nach ihr erkundigt haben. Vielleicht kannte er jemanden aus der Belegschaft. Und dann? War er alle Hotels und Pensionen im Umkreis abgefahren? Hatte herumtelefoniert? Sich als besorgter Ehemann ausgegeben? Egal. Agnes wollte das Geheimnis seiner leidenschaftlichen Suche nicht auflösen. Nur genießen.

Sie riss die Tür auf, warf sich Bas an den Hals und küsste ihn. Sie fühlte sich wie in einem dieser kitschigen Highschool-Filme, die Emma so liebte. Begehrenswert. Bas schob sich mit ihr ins Haus hinein und zog die Tür hinter sich zu. Sie knutschten in der Diele, bis Agnes' Füße auf den kalten Fliesen kribbelten.

»Wir sind hier zwar ganz allein«, flüsterte sie, »aber oben ist es vielleicht doch bequemer.«

Sie zog Bas hinter sich her, die Treppe mit dem dunkelblauen Teppich hinauf. Plötzlich spürte sie, wie seine Hand über ihre nackte Haut unter dem Karohemd glitt.

»Scheiß auf bequem«, raunte er und zog sie an sich.

Sie purzelten lachend auf die Stufen, und Bas küsste Agnes so drängend, als wäre sie allein alles, was er zum Leben brauchte.

Wie einfach war es doch, das zu glauben.

NEU DARCHAU

Tom parkte das Auto an einer Bushaltestelle am Straßenrand. Er war falsch abgebogen, hatte Neu Darchau in südlicher Richtung durchquert, statt sich nach Norden zu orientieren, wo Hamburg lag. Zu seiner Rechten säumten alte Bauernhöfe die Landstraße wie Perlen an einer Schnur. Jenseits der kleinen Böschung auf der anderen Seite ergoss sich die Elbe, das Wasser noch kabbelig vom nachlassenden Regen. Schilf und vereinzelte Bäume prägten das ausgefranste Ufer. Der Himmel schien hier weiter zu sein als anderswo. Vielleicht führten die nach Drama schreienden Theaterwolken ihr Schauspiel aber auch eigens für ihn auf. Grau und wild und vehement warfen sie sich über die Welt.

Tom stieg aus, überquerte die Straße und lehnte sich an den Zaun oberhalb der Böschung. Er fror in den nassen Klamotten. Alles an ihm fühlte sich durchweicht an, klamm, mit einem schmierigen Film überzogen. Wie hatte es so weit kommen können? Warum hatte er nichts von Agnes' Unzufriedenheit geahnt? Was um alles in der Welt hatte ihn ihren Kummer übersehen lassen? Wie hatte er dieses Gespräch vorab nur so falsch einschätzen können?

Tom hatte sich selbst immer als modernen Vater betrachtet. Er liebte seine Kinder, wechselte Windeln, stromerte mit ihnen über Spielplätze, freute sich auf Wochenendausflüge mit der Familie. Er hatte Sindri einen andalusischen Zopf geflochten! Und trotzdem übergoss Agnes ihn mit dem klebrigen Vorwurf, schon immer ganz in der Rolle des männlichen Ernährers aufgegangen zu sein. Aber für wen ackerte er sich denn so ab?

Tom fühlte sich erschöpft. Leer. Freudlos. Schwach. Er war unglücklich.

Ein seltsamer Gedanke.

Eigentlich hatte er geglaubt, dass es an der Überlastung lag. Den vielen Überstunden, der aufreibenden Arbeit, der ständigen Einsatzbereitschaft, den wenigen Erholungsmomenten. Und sicher stimmte das. Aber da war noch mehr. Das Unglück saß tiefer.

Und stimmte das wirklich? Er hatte während der sechzehn Jahre von Jonas' Leben und der vierzehn von Emmas noch nie mehr als zwei Tage am Stück allein mit seinen Kindern verbracht? Das hatte er sich so noch nie vor Augen geführt. Was sagte das über ihn als Vater aus?

Tom stöhnte. Er hätte gern geschrien, traute sich aber nicht. Stattdessen begann er zu gehen. Er lief die Landstraße entlang zurück in den Ort, marschierte geradezu, nahm Fahrt auf und zog im Stechschritt durch Alleen und Wohnviertel, über Wiesen und Straßen.

Das Gehen wärmte ihn. Es bewegte seine Gedanken,

rief ganz deutlich, dass Unglück immer eine Funktion hatte. Wie sonst sollte er erkennen, dass etwas in seinem Leben falschlief? Vielleicht musste er versuchen, seine Kränkung hintanzustellen. Vielleicht könnte er Agnes dasselbe vorschlagen. Vielleicht kämen sie so zurück auf eine Ebene, die ihnen zumindest die Möglichkeit eröffnete, wieder auf Augenhöhe miteinander zu reden.

Tom orientierte sich in Richtung Stadtmitte. Er nahm die Hauptstraße, ließ die alte Wassermühle hinter sich und bog in den kleinen Weg ein, der an den Elbwiesen endete.

Vor der Pension parkte ein rot-weißer Bulli. Sicher der Vermieter.

Tom überquerte die Straße und wollte gerade hinter dem Wagen hervortreten, als er aus dem Augenwinkel in der Haustür der Pension ein küssendes Paar wahrnahm. Er blieb stehen. Vielleicht waren doch noch mehr Gäste zum Übernachten angereist. Tom sah zunächst nur den Rücken des Mannes. Ein großer Kerl mit breiten Schultern, strubbeligem Haar, schwarzem Shirt und Jeans. Er hob die andere Person hoch, scheinbar vollkommen unangestrengt. Sie drehten sich ein wenig. Tom erkannte jetzt das grün karierte Holzfällerhemd, das die Frau mit den nassen Haaren trug. Die Frau in den Armen des Mannes. Die Frau, die den Mann küsste. Die Frau, die den Mann hinter sich her ins Haus zog.

Die Frau, die Agnes war.

MITTWOCH

VON NEU DARCHAU NACH HITZACKER

Stille. Friedliche Stille. Die Elbe floss mit leisem Gemurmel. Eine Libelle schwebte vorbei. Vor dem Schilf duftete wilde Kamille. Ab und an stieß ein Fisch auf Beutezug
durch die Wasseroberfläche, vielleicht auch aus Übermut.
Die Sonne übergoss die Welt mit einem Glitzern.

Agnes ließ den Blick flussaufwärts gleiten. Sie erkannte
den Wald hinter der Biegung am Horizont. Bas hatte ihr
empfohlen, die Neu Darchauer Fähre zu nehmen, entspannt
auf dem rechtselbischen Deich entlangzuwandern, und bei
Hitzacker zurück auf die niedersächsische Seite überzuset-
zen. Er hatte die sechzehn Kilometer durch die Hügelland-
schaft des Drawehn auf der linken Elbseite einmal mit dem
Fahrrad zurückgelegt und fand es extrem mühselig. Agnes
dankte ihm für seinen Tipp. Aber sie wollte keine Rat-
schläge mehr für ihr Leben. Weder von Bas noch von Tom.

Sie verließ Neu Darchau und blieb auf derselben Elbseite. Alte Bauernhöfe säumten die Straße landeinwärts
wie Perlen an einer Schnur. Auf der anderen Seite, jenseits
einer kleinen Böschung, spiegelten sich pludrige Wolken

im polierten Wasser. Auwiesen, Schilf und einzelne Weiden prägten die Landschaft. Der Himmel schien hier weiter als anderswo.

Agnes marschierte die Landstraße entlang, am Rand einer schmalen Fahrbahn ohne Markierungen. Ab und an preschte ein Auto vorüber, aber meist blieb es ruhig. Zwei der Blasen an ihren Füßen waren aufgeplatzt, sodass der Druckschmerz ein wenig nachließ. Dafür pochte der Schnitt in ihrem Zeigefinger. Sie versuchte, die linke Hand immer mal wieder hochzuhalten, damit das Blut sich nicht in den Händen staute. Der Sex auf den Treppenstufen hatte ihr zudem einen fetten blauen Fleck an der rechten Hüfte beschert. Und die Schürfwunde am linken Knie war auch wieder aufgeplatzt. Agnes schüttelte den Kopf. Sie brauchte inzwischen mehr als zehn Finger, um all ihre Blessuren aufzulisten, und fühlte sich trotzdem gut wie lange nicht.

Der Streit mit Tom, aber vor allem die Wut danach hatte eine seltsame Klarheit mit sich gebracht. Eine eindeutige Aufteilung der Welt, Toms Leben und ihr eigenes. Alles schien ganz logisch zu sein. Die Wut brachte Ordnung in ihre Gedanken. Während all der Jahre zu Hause mit den Kindern fühlte sie sich immerzu erschöpft, ständig müde, manchmal traurig, häufig gelangweilt. Aber nie wütend. Denn dafür hätte sie sich eingestehen müssen, wie unglücklich sie war. Wie wenig sie ihr Leben erfüllte. Doch das grenzte an Blasphemie. Eine unglückliche Mutter – das gab es nicht.

Jetzt erst erkannte Agnes, wie sehr sie sich vermisst hatte. So viele Jahre lang. Sie verzehrte sich nach der Frau, die sie vor den Kindern gewesen war. Aber das konnte sie nicht sagen, durfte nicht sein in einer Gesellschaft, die eine Kathedrale aus selbstloser Mutterliebe errichtete. Also meckerte sie. Klagte. Beanstandete. Nörgelte. Zeterte. Sie hasste die Person, zu der die neue Lebenssituation sie machte. Diese spaßbefreite, dauerunzufriedene, überforderte Mutter. Sie konnte sich selbst nicht leiden. Natürlich suchte sie die Schuld an diesem Dilemma bei sich selbst – und begann, sich mehr anzustrengen. Bemühte sich mit aller Kraft, das zu erreichen, was schon Millionen von Frauen vor ihr geschafft hatten: eine gute Mutter zu sein. Agnes wollte ihren Job nicht nur irgendwie erledigen, sie wollte ihn so perfekt ausfüllen, wie noch keine Frau zuvor. Also backte sie Muffins, die sie mit Piratengesichtern verzierte. Bastelte Schultüten. Fuhr die Kinder nachmittags stundenlang zu irgendwelchen Freizeitaktivitäten. Übernahm jedes Mal das Ehrenamt als Elternsprecherin. Sie wollte die beste Mutter der Welt werden. Vielleicht ließ sich so Anerkennung finden. Eine Auszeichnung. Lob. Jemanden, der sah, was sie leistete. Vielleicht fand sie so den Weg zurück zu sich selbst.

Ein Irrglaube. Das erkannte sie jetzt.

Die fehlende Aufrichtigkeit zwischen Tom und ihr kostete sie gerade ihre Ehe. Der Mangel an Reflexion, die Unfähigkeit, über das eigene Unglück zu sprechen. Sie hatten gemeinsam so viel erlebt, waren so weit gekommen. Und doch verloren sie sich gerade.

Agnes verließ die Landstraße hinter Drethem und schlug einen Pfad ein, der näher am Fluss entlangführte. Sie rastete kurz, trank einen Schluck und warf einen Blick auf das Smartphone.

Bas: Guten Morgen, Schönheit. Ich nehme an, du wanderst linkselbisch und kämpfst dich durch den Dschungel des Drawehn. 🏚️ 👞 Ich lasse dir schon mal ein Bad in der Pension ein. Freue mich, wenn du endlich ankommst.

Agnes lächelte. Sie war froh, Bas' Wunsch entsprochen und ihm doch ihre Handynummer gegeben zu haben. Nach allem, was sie miteinander erlebt und gemeinsam aneinander entdeckt hatten, fühlte sich inzwischen jeder Hinweis auf moralische Werte nach Heuchelei an. Außerdem mochte sie den Gedanken, dass Bas Termine verschob, um Zeit mit ihr zu verbringen.

Agnes machte ein Foto vom schmalen Pfad zwischen Schilf und Wildnis und schickte es an die Kinder. Vielleicht war es gut, dass sie erlebten, wie ihre Mutter sich von gängigen Klischees emanzipierte. Und dass auch ein Vater sich im Alltag kümmern konnte. Was auch immer diese Wanderung am Ende für sie als Familie bereithielt, vielleicht erweiterte es ihrer aller Horizont.

Agnes setzte den Rucksack auf und lief los. Sie schnürte über einen schmalen Trampelpfad, auf dessen rechter Seite sich die Hügel des Drawehn wie eine Wand in den Himmel bauten. Die Elbe strömte irgendwo hinter dem Schilf auf der anderen Seite. Mit jedem Schritt schien der Weg mehr zuzuwuchern. Bis auf ein paar rote Hagebutten, die im Sonnenlicht wie chinesische Lampions leuchteten, beherrschte allumfassendes Grün die Sicht.

Agnes entdeckte eine Blindschleiche, die sich in einiger

Entfernung auf dem warmen Sand des kaum dreißig Zentimeter breiten Wegs sonnte. Sie fädelte sich eilig zurück in die schützende Botanik, als die Erschütterung der Schritte sie erreichte. Es war ein seltsames Gefühl, so ganz allein und abgeschnitten auf diesem schmalen Pfad inmitten einer unwirtlichen Natur zu wandern. Agnes fragte sich gerade, ob die Situation sie ängstigte, als sie spürte, wie eine warme Flüssigkeit in ihren Slip sickerte. Sie blieb stehen, öffnete die Jeans, schob die Hand hinein und tastete. Als sie sie wieder herauszog, klebte Blut an den Fingerspitzen.

Agnes konnte sich nicht erinnern, wann sie ihre Tage zum letzten Mal gehabt hatte. Sie müsste einen Blick auf den Menstruationskalender in dieser App werfen, die sie nutzte, seit Emma sie ihr gezeigt hatte. Aber es machte ja doch keinen Unterschied. Sie blutete. Jetzt. Ohne Tampons oder Binden in Reichweite. Noch nicht einmal Taschentücher befanden sich im Rucksack. Agnes überlegte, die Jeans auszuziehen. Hier sah sie sowieso niemand. Aber dann erinnerte sie sich an die roten Stellen auf den Innenseiten ihrer Oberschenkel, nachdem sie neulich nur ganz kurz zum Frühstücken in das vermaledeite Etuikleid geschlüpft war. Es würde so gehen müssen.

Sie knöpfte die Jeans zu und wanderte weiter. Zunächst fühlte es sich komisch an, die Ausscheidungen ihres Körpers nicht zu kontrollieren. Menstruationsblut auf der Haut zu spüren und es nicht gleich von irgendeinem feuchtigkeitsabsorbierenden Material wegsaugen zu lassen. Doch dann entspannte sie sich. Sie spürte, wie ihr Körper blutete.

In welchen Abständen es aus ihr herauspulsierte. Schätzte ab, wie viele Tropfen es ungefähr waren. Wie warm es sich anfühlte, als es ihre Beine hinableckte. Sie hatte ihre Periode noch nie so eingehend studiert. Konnte sich nicht erinnern, wann sie außerhalb der Schwangerschaften einmal so intensiv auf ihre Gebärmutter geachtet hatte. Sie registrierte alles. Intervenierte nicht. Fühlte. Ließ los.

Auf Agnes' Jeans bildeten sich rote Flecken, und mit jeder dieser Stellen fühlte sie sich gesehener. So war sie. Agnes. Eine vierzigjährige Frau, die blutete. Ein weiblicher Körper, der menstruierte. So simpel.

Sie stapfte mit großen Schritten voran, genoss die Abgeschiedenheit des Trampelpfads, das Plätschern des Flusses, Windböen, die mit den Ginstersamen in den Schoten rasselten. Agnes gab sich der friedlichen Stimmung hin, ließ ihre Natur mit dem Leben rundum verschmelzen.

Umso erstaunter reagierte sie auf den plötzlichen Anblick eines Fahrrads, das am Stamm einer breiten Buche lehnte. Sie schaute sich um, entdeckte aber niemanden. Das Rennrad kam ihr seltsam bekannt vor. Die Klingel in Form eines silbernen Rings, schwarze Radtaschen zu beiden Seiten des voll beladenen Gepäckträgers, eine unbequeme Querstange. Instinktiv schaute Agnes nach oben. Tatsächlich. Etwa fünf Meter über ihr klemmte in einer Astgabel der Baumfreund und sah mit einem Fernglas hinaus auf die Elbe.

»Per!«, rief Agnes. »Das gibt es doch gar nicht!«

Er schaute zu ihr hinunter. »Agnes? Wie crazy ist das denn!«

Per kletterte vom Baum herunter und umarmte sie. Etwas überrascht erwiderte Agnes seine Begrüßung.

»*Casus ubique valet.*« Er grinste.

Agnes sah ihn fragend an.

»Überall herrscht Zufall. Sagt Ovid. War mein Zeugnisspruch in der sechsten.«

Agnes musste noch immer reichlich verwirrt schauen, denn Per fühlte sich bemüßigt hinzuzufügen: »Waldorfschüler.«

Agnes wusste nicht, was sie darauf entgegnen sollte. Warum liefen die Begegnungen mit Per immer derart seltsam ab?

Plötzlich umfasste er ihre Schultern. Trat gleichzeitig einen Schritt auf sie zu und hielt sie doch auf Abstand. »Scheiße, Agnes!« Sein entsetzter Blick fuhr ihren Körper hinab und blieb an den Beinen hängen. »Du bist verletzt! Was ist passiert?«

Agnes entzog sich seinem Griff. »Schon gut. Alles okay. Ich habe bloß meine Tage bekommen.«

»Ach du scheiße …« Er wandte sich ab und begann in einer Satteltasche zu wühlen. Schließlich zog er ein blaues Hemd heraus und reichte es ihr. »Bind dir das um die Hüften.«

»Ist schon gut. Ist nur Blut.«

»Du willst doch nicht so weiterlaufen?« Per umfasste sie und schlang das Hemd mit zusammengeknoteten Ärmeln um ihren Bauch. »Hilft zwar nicht gegen die Flecken an den Beinen, aber okay. Wo musst du hin?« Er blickte den Hügel hinauf. »Oben ist der Aussichtsturm. Da ist bestimmt ein Parkplatz, wo du ein Taxi hin ordern kannst.« Agnes setzte an, etwas zu erwidern, aber Per plapperte weiter. »Wenn du das Hemd gut um dich rumwickelst, sieht der Typ die Flecken vielleicht nicht und nimmt dich trotzdem mit. Musst dich halt auf ein Handtuch draufsetzen. Oder du nimmst deinen Rucksack. Ja, genau! Von dem Material kann man easy später alles wieder abwischen.«

»Per!« Agnes sprach lauter als geplant. »Alles ist okay! Ich menstruiere. Passiert alle vier Wochen.«

»Aber doch nicht so!«

Es schien ihn wirklich zu treffen. Es war, als hafte das Blut an seiner Haut, nicht an ihrer. Agnes beschloss, das Thema zu wechseln. »Bist du auch auf dem Weg nach Hitzacker?«

Per zog das Fernglas von seinem Hals und bettete es sacht in die Satteltasche. »Mir ist gerade die Kette gerissen. Totaler Mist. Ich schieb jetzt den Hügel rauf, mache ein paar Bilder vom Aussichtsturm und dann auf direktem Weg nach Hitzacker. Diese Tour ist eine Odyssee!«

Agnes entdeckte den schmalen Pfad, der sich derart zwischen wucherndem Gestrüpp tarnte, dass sie ihn allein vermutlich übersehen hätte. Sie beschloss, Per zum Aussichtsturm zu begleiten. Gemeinsam stapften sie über den sandigen Boden des Mischwalds, ziemlich steil bergan, immer weiter die Elbhöhen hinauf. Per schnaufte. Agnes sah, wie die dunklen Schweißflecken auf seinem hellgrauen Shirt von Minute zu Minute weiter ausfransten.

»Wie kommt es eigentlich, dass du erst jetzt hier unterwegs bist?« Agnes zog sich an einem schmalen Buchenstamm nach oben. »Ich dachte, du wärst mit dem Fahrrad schon viel weiter.«

Per stöhnte, bevor er etwas kurzatmig antwortete: »Sarah ist gestürzt. Sie hat sich den Arm gebrochen.«

»Sarah?«

»Meine Frau.«

»Deine …«

Per holte tief und laut hörbar Luft. »Ich musste bei Flynn bleiben, bis ihre Mutter endlich aus Darmstadt angereist ist.«

»Flynn?«

»Mein Sohn.«

»Dein …« Agnes wusste, dass sie Per an jenem weinseligen Abend vor der Nacht im Baumzelt von Tom und dem Streit erzählt hatte. Sie konnte sich weder an ein Gespräch über seine Frau noch an eines über seinen Sohn erinnern. »Wie alt ist dein Sohn?«

»Sieben Monate.«

»Und wie lange bist du für deine Tour unterwegs?«

»Geplant sind vier Wochen, weil ich ja zwischendurch immer noch recherchieren muss, Orte erkunden, Interviews führen, Campingplätze auschecken und so.« Per keuchte. »Würde ich durchfahren, bräuchte ich keine zwei Wochen.«

Vier Wochen. Agnes lief hinter Per und seinem Fahrrad den inzwischen angenehm breiten und festen Waldweg hinauf. Vier Wochen. Der Vater eines sieben Monate alten Säuglings reiste vier Wochen lang durch die Weltgeschichte. Rief seine Schwiegermutter, damit sich jemand um die verletzte Ehefrau und das Baby kümmerte.

»Hast du kein schlechtes Gewissen?«

»Warum?«

Agnes spürte die Wut aufschäumen. Sie hatte sich nicht abgebaut, sondern schien weiter in ihr zu brodeln. Es war kein schlechtes Gefühl. Auf gewisse Weise ähnelte es einem Gewitter. Laut, weit nach außen gerichtet, manchmal zerstörerisch, reinigend. Wie schon tags zuvor wies die Wut ihr den Weg.

Agnes zerrte Pers Hemd von den Hüften und knautschte es zwischen die Satteltaschen auf dem Gepäckträger. »Das brauche ich nicht.«

Sie überholte den Baumfreund, lief voran, ignorierte das Stechen in der Lunge, marschierte weiter den Kniepenberg hinauf und erblickte endlich den Aussichtsturm, der sich zwischen Kiefern, Eichen und Buchen in den Himmel reckte.

Agnes erklomm die Stufen mit einer fünfköpfigen Familie. Sie überholte die kraxelnden Kinder, gönnte sich kein Verschnaufen, flog die vier Ebenen hinauf bis zum umzäunten Ausguck. Erst dort, mit Blick auf den majestätisch dahinströmenden Fluss, das weite Land, die Welt zu ihren Füßen, öffnete sie den Mund und schrie.

HAMBURG EPPENDORF

Tom streifte die Handschuhe ab und blickte hoch zur Uhr über dem Türrahmen. Schon 13:47 Uhr. Die OP war gut verlaufen, auch wenn sich Sibylles Urlaub an feinen Abstimmungsschwierigkeiten im Team bemerkbar machte. Ihre professionelle, vorausschauende Art fehlte. Ganz davon abgesehen, dass er ohne den täglichen Zuckerschock von *Sibylles Own* schon seit Tagen Entzugserscheinungen verspürte.

Tom verabschiedete sich von Marina, Colin, Lara und Arash. Er wünschte allen noch einen guten Nachmittag und machte sich auf den Weg.

Die Krankenhausflure zogen sich an diesem Tag, Gänge wie aus einem dystopischen Film. Alles ergonomisch, effektiv, hygienisch, belastungsarm, verletzungsfrei. Er fragte sich, wie viele Kilometer Flur in den Gebäuden der Klinik verbaut worden waren. Hatte das mal jemand ausgerechnet? Ein Hightech-Schaltkreislauf, der von oben betrachtet sicher dem Streckenplan der Londoner Tube ähnelte oder der Pariser Metro.

Tom schlüpfte in sein Büro, vermied den Blick auf den Heiligenschein aus Post-it-Zetteln rund um den Bildschirm und flüchtete aus der Klinik. Er fühlte in letzter Zeit häufiger, wie die Verzweigtheit der Architektur seine Gedanken auf unnötige Umwege leitete. Vielleicht ließ seine Konzentration nach. Das Alter? Es schien, als müsste er mit aller Kraft Fähigkeiten mobilisieren, die ihm bislang als Teil seiner Persönlichkeit erschienen waren.

Obwohl die Zeit drängte, überquerte Tom die Martinistraße und entschied sich für einen Abstecher durch den Eppendorfer Park. Er blendete das Rauschen des Verkehrs auf den verschachtelten, teils zwölf Spuren umfassenden Kreuzungen des Ring 2 aus und atmete durch. Fokus. Darum ging es. Einfach alles andere ausblenden. Agnes in diesem grün karierten Hemd. Halb nackt. Wie sie diesen Mann umarmte. Ihn küsste. Mit ihm im Haus verschwand, um … Fokus. Alles eine Frage der Konzentration. Verdrängung war ein fundamentaler Schutzmechanismus, der Menschen das seelische Überleben ermöglichte. Es gab gerade genug andere Dinge, mit denen er sich auseinandersetzen musste.

Tom entschied sich für den Weg entlang der Seniorenresidenz, überquerte die Tarpenbekstraße, schlängelte sich an den Geschäften in der Erikastraße vorbei und stapfte weiter am Hayns Park entlang in Richtung des kleinen Deli, das Sibylle ihm empfohlen hatte. Zwei Mittagsgerichte aus regionalen Bioprodukten, frisch gebrühter Fair-Trade-Kaffee, ornamentierte Kacheln und die Inneneinrichtung eines alten Krämerladens. Dazu ein lauschiger

Innenhof mit bunten Blumen in großen Kübeln. Eigentlich hatte er diese kleine Perle irgendwann einmal Agnes zeigen wollen. Nun ja. Jetzt lagen die Dinge anders.

Emina Kaplan winkte ihm zu, als er sich von der Parkseite aus näherte. Sie hatte sich für einen Platz an einem der Tische vor dem Deli entschieden, den Blick auf mehrstöckige Gründerzeithäuser und die glänzenden Karosserien schräg parkender Autos gerichtet. Seltsame Entscheidung. Passte aber gerade ganz wunderbar zu seinem Leben.

»Hallo. Entschuldige die Verspätung. Ich hoffe, du wartest noch nicht allzu lange.«

Emina zuckte mit den Schultern. »Wartet man nicht immer auf einen Arzt?«

Tom versuchte sich an einem Lächeln und hoffte, es misslang nicht allzu offensichtlich.

Sie bestellten Gemüsequiche mit Salat, Baguette und Weißwein. Trotz des Alkohols, den Tom bereits nach den ersten hektisch heruntergespülten Schlucken spürte, kam das Gespräch nicht so richtig in Gang. Emina erschien ihm abwartend, zögerlich, wie eine Patientin mit Gipsbein vor einem Bungee-Sprung. Sie unterhielten sich über die Klinik, den Excellence-Award, Eminas Selbstständigkeit, doch keines der Themen streifte auch nur entfernt die Fragen, die zwischen all den banalen Sätzen zu lauern schienen.

Schließlich unterbrach Emina ihn. »Was soll das hier, Tom?«

»Was meinst du?« Er sah sie an. Hoffte, sein naiver Gesichtsausdruck strafte ihre Gedanken Lügen.

Emina verschränkte die Arme vor der Brust und schwieg.

Tom schenkte Wein nach. Er suchte verzweifelt nach einem Gesprächsthema oder zumindest irgendeinem Satz, den er hätte sagen können, doch ihm fiel nichts ein. Schließlich schüttelte Emina den Kopf und begann, in ihrer Tasche zu wühlen. Sie zückte ein gelbes Portemonnaie, legte es vor sich auf den Tisch und blickte Tom erneut fragend an. Er versuchte sich wieder an einem Lächeln, spürte aber selbst, wie schief es geriet.

Sie stand auf. »Was mache ich hier eigentlich …« Emina schob den Stuhl zurück, griff nach Strickjacke und Tasche.

»Bitte …« Tom hielt sie am Handgelenk zurück. »Bleib.«

»Warum?«

»Weil …«

»Wie geht es deiner Frau? Agnes, oder?«

Er zuckte zurück, öffnete die Hand, gab Eminas Handgelenk frei. Es fühlte sich an, als hätte ihre Stimme den Schorf einer alten Wunde gepackt und ihn mit einem schmerzhaften Ruck abgerissen. Tom sah sich plötzlich in dem Park, damals in der Spezialklinik für Brandverletzte. Tag einundfünfzig für Olli auf der Intensivstation. Es gab Blutungen an einer Stelle, der vom Bein auf den Arm transplantierten Haut. Tom hatte Ollis Verzweiflung nicht ausgehalten, war in den Park geflüchtet und weinend auf einer Bank zusammengesackt. Bahar hatte ihn gefunden. Und Tom hatte sie geküsst. Statt den Trost der Pflegerin seines besten Freundes anzunehmen, hatte er die Person geküsst, für die sein anderer bester Freund seit einundfünfzig Tagen schwärmte. Tom wusste damals nicht wohin mit seinem Schmerz, wollte ihn irgendwie durch etwas anderes,

Schöneres ersetzen. Aber er war kein Alchimist. Und selbst die hatten Eisen nicht in Gold verwandeln können.

Jetzt sah er zu Emina auf. »Agnes und ich haben uns gestritten. Das ist jetzt zwei Wochen her. Seitdem läuft sie an der Elbe entlang nach Berlin. Sie will da einen neuen Job anfangen und …« Er zögerte. »Und seit gestern weiß ich, dass es jemand anderen gibt.«

Emina stand hinter ihrem Stuhl und blickte auf Tom hinab. Sie schien nachzudenken, abzuwägen. Schließlich steckte sie das Portemonnaie in die Tasche, schob den Stuhl zurück an den Tisch und setzte sich.

DONNERSTAG

HAMBURG EPPENDORF

Tom massierte seine Schläfen. Die Kopfschmerzen bauten sich trotz des Schmerzmittels nur langsam ab. Er öffnete das Fenster, nahm einige tiefe, ganz bewusste Atemzüge. Das Schwindelgefühl ließ nach. Immerhin. Er kehrte zurück an den Schreibtisch, versuchte zum dritten Mal Herrn Schröter zu erreichen. Endlich ging der Hausmeister ans Handy. Tom erzählte von der kaputten Dunstabzugshaube, dem auf Kipp stehenden Schlafzimmerfenster und erhielt einen Reparaturtermin für den nächsten Tag. Das Ganze hatte ihn kaum mehr als vier Minuten gekostet.

Tom riss einen pinkfarbenen Post-it-Zettel von der oberen Ecke des Monitors. Arbeiten nach Farben. Es half, das bunte Chaos zu sortieren und in überschaubare Teile zu zerlegen. Die grünen Papierchen sammelten sich bereits im Papierkorb. Jetzt waren die pinkfarbenen dran.

Gerade als er die letzte E-Mail in diesem Farbschema formulierte, klopfte es an der Tür. Konstantins blonder Pony schob sich noch vor dem daran hängenden Oberarzt in den Raum.

»Junge, Junge, so früh schon so fleißig.« Er nickte anerkennend. »All das Lob und die Anerkennung gibt es nicht umsonst, was?«

Tom seufzte. So lief das für Männer in seiner Position. Wenn er nichts Negatives zu erkennen gab, würde man immer Positives annehmen. Der engagierte Arzt. »Was kann ich für dich tun, Konstantin?«

Es ging um den verpassten Antiquitätenmarkt am letzten Wochenende. Konstantin hatte die Feier zum fünfundsechzigsten Geburtstag seiner Schwiegermutter verschwitzt, deshalb hatte er sich nicht gemeldet. »Aber wir holen das nach!«

Tom nickte. Als die Bürotür zurück ins Schloss fiel, schnappte er sein Handy und googelte nach dem Bild einer Kaiser idell Lampe, die seiner ähnelte. Er kopierte das Foto und platzierte eine Anzeige auf eBay. Heute Abend würde er das Angebot mit Bildern vom Original ergänzen.

Es dauerte bis spät in den Vormittag und erforderte zwei weitere Aspirin, bis Tom die grünen Zettel im Papierkorb zunächst mit pinkfarbenen, dann mit blauen und zuletzt mit gelben überdeckte. Erst dann schrieb er die E-Mail an Dr. Hank Krolicki, einen amerikanischen Kollegen mit entfernter Familie in Deutschland, den er beim Kongress *Der optimale Einsatz des Fixateur externus bei osteolytischen Erkrankungen* vor zwei Jahren kennengelernt hatte.

Tom fuhr den PC herunter und streckte den Umrissen seines Spiegelbilds auf dem schwarzen, komplett nackten Bildschirm die Zunge raus.

Als Nächstes tippte er auf seinem Handy eine Nachricht

an Emina. Im ersten Versuch stand *Vielen Dank noch mal für gestern*. Doch das erschien ihm zu banal, geradezu nebensächlich. Er löschte die Zeile. Zweite Variante: *Ich danke dir!* Zu antiquiert. Schließlich entschied er sich für ein schlichtes *Danke.* Irgendwie drückte das alles aus.

Tom entrümpelte die Schubladen seines Schreibtischs und leerte die Arbeitsfläche. Dann machte er sich auf den Weg zu Professor Dr. Dr. Heidbrinks Büro. Der Chefarzt erwartete ihn bereits. Obwohl Toms Daumen die ganze Zeit über nervös an den Fingern entlangglitten, lief das Gespräch reibungslos. Er hatte seinen Text während der schlaflosen Nacht hinreichend geübt und rechnete jetzt faktenbasiert die Überstunden der letzten Monate zusammen, die verfallen würden, wenn er sie nicht endlich nutzte. Heidbrink nickte widerstrebend. Tom wusste, dass seine Karrierechancen mit diesem Gespräch sanken, dass der nächste Excellence-Award dem nächsten Oberarzt kurz vor dem Burn-out verliehen werden würde. Es war absurd. Weder der hippokratische Eid noch das Genfer Gelöbnis oder die Berufsordnung der Ärztekammer sahen Leistungen vor, deren leidenschaftliche Erfüllung das eigene Wohl hintanstellte. Erwartet wurden sie trotzdem.

Tom schlug den Weg zum Personalbüro ein. Das Gespräch mit Sabina König gestaltete sich trotz der Zustimmung des Chefarztes ungleich zäher als das vorherige. Sie führte den unpassenden Zeitpunkt an, die vielen Urlaubsanträge, die betriebsbedingten Kündigungen, warf alles zusammen mit Toms Pflichtgefühl und seiner Arbeitsmoral in die Waagschale und lächelte.

»Das verstehe ich«, sagte Tom und lächelte ebenfalls. »Aber ich verfüge über keinerlei Verhandlungsspielraum. Ab morgen bin ich für dreiundfünfzig Tage raus.«

HITZACKER

Die Trennung fiel Agnes schwer. Sie mochte die Verbindung nicht kappen, sich nicht absondern, nicht länger außerhalb des Lebens schwingen, so sehr sie es auch liebte, allein zu sein. Außerdem plagten sie Menstruationsschmerzen.

Bas hatte gestern Abend Tampons organisiert. Es lagen immer welche im Handschuhfach des Bullis. Fannys Notfallreserve. Zudem hatte sie sich vorhin in Drogerie und Apotheke mit weiteren Tampons, Schmerztabletten, einer Rolle Toilettenpapier und kleinen Beuteln für unterwegs ausgestattet. Und dennoch. Der neuerliche Aufbruch zerrte an ihr. Vielleicht lag es an den Hormonen.

Inzwischen war es fast zwölf. Agnes hatte das Pensionszimmer bis zur finalen Auscheckzeit behalten, um halb elf noch einmal mit Bas geschlafen und saß jetzt auf der Terrasse eines Cafés in der Altstadt. Gleich würde sie die vierzehn Wanderkilometer des heutigen Tages auf dem Deich entlang nach Damnatz antreten.

Ein Schatten fiel auf den Tisch.

»Du bist noch hier?« Per und sein Rennrad hatten sich vor die Sonne geschoben. Agnes blickte zu ihm auf. Ein Treffen mit dem Baumfreund ohne Baum. Ungewöhnlich. In diesem Moment kehrte Bas von der Toilette zurück und küsste sie auf die Schläfe.

Per blinzelte. »Oh. Ich wusste gar nicht, dass dein Mann mitwandert.«

»Das …«, setzte Agnes an, stellte jedoch fest, dass sie nicht die richtigen Worte für Bas' Anwesenheit in ihrem Leben fand.

»Hi.« Bas streckte Per die Hand entgegen. »Schön, dich kennenzulernen.«

Sie führten einen seltsamen Small Talk, in dem es um Hitzacker und seine Weinbergzwerge ging. Dann erklärte Per, dass sein Rennrad gestern irreparablen Schaden genommen hatte und er es jetzt mit Bus und Bahn nach Hause transportieren würde. Der Tourguide zum Elberadweg musste noch ein wenig warten. Sie verabschiedeten sich.

Bas amüsierte die Begegnung. Agnes hatte ihm von Per erzählt, und er mokierte sich über das Rennrad, das seiner Ansicht nach zur Tour de France passte, aber sicher nicht zum Radwandern entlang der Elbe. »Was für ein egozentrischer Aufschneider.«

Agnes lächelte, aber insgeheim bedauerte sie den Blick auf Per, den Bas ihr öffnete. Es nahm dem Baumfreund und ihren Begegnungen den Zauber.

Bas begleitete Agnes und den Rucksack bis zum Parkplatz gleich außerhalb von Hitzacker.

»Ich denke, ich bin gegen 21 Uhr in Damnatz.« Er küsste sie. »Ich werde den Termin in Berlin so schnell über die Bühne bringen wie möglich.«

»Du musst nicht kommen.«

»Ich weiß.«

»Du sitzt sechs Stunden im Auto.«

Er zuckte mit den Schultern.

»Willst du mich jetzt jeden Abend besuchen?«

»Wenn du es erlaubst …«

»Ich weiß einfach nicht, wo das hinführen soll.«

»Idealerweise nach Berlin.«

Agnes umarmte Bas und küsste ihn. Es fühlte sich gleichzeitig vertraut und aufregend neu an. Sie konnte ihre Empfindungen für ihn nicht einordnen. Es gab kein Schema, in das sie passten.

Bas hielt den Rucksack hoch, und Agnes schlüpfte in das vertraute Gewicht auf ihrem Rücken. Sie verabschiedeten sich, und Agnes machte sich auf den Weg.

Es ging zunächst auf dem niedrigen Deich zwischen Landstraße und Fluss entlang. Die Elbe vollzog einen lang gestreckten Bogen, mäanderte entgegen ihrer eigentlichen Fließrichtung für einige Kilometer südwärts. Agnes blickte auf Weiden und Auwiesen, deren Grün mit jedem Tag stärker verblasste. Als die Sonne sich kurz durch die Wolkendecke schob und das gegenüberliegende Ufer beleuchtete, schimmerte das Gras fast gelb.

Wie immer lief sie Meter für Meter in den Schmerz hinein, der sich unter ihren Fußsohlen, in den Gliedern, den Knien, ihrem Rücken, den Händen ausbreitete. Qualen und

Wandern bildeten die beiden Seiten einer Medaille, so viel stand nach zwei Wochen fest. Sie fragte sich, ob es je besser werden würde, ihr Körper und sie sich jemals an die Alltäglichkeit des Gehens gewöhnen könnten.

Nach einer guten Stunde erreichte sie einen kleinen Ort, hinter dem sich der Deich von der Landstraße trennte. Agnes passierte ein märchenhaftes Kiefernwäldchen und folgte dem schnurgeraden Weg, der sich landeinwärts neben dem Deich entlangschob. Die Wasser der Elbe strömten hinter den gemähten Wiesen. Eine riesige Fläche, die Ruhe und Würde ausstrahlte.

Agnes verfiel gerade in einen Trott, der die Gedanken aus ihrem Kopf schubste und sie in einen fast meditativen Zustand versetzte, als das Handy klingelte. Sie brauchte einen Moment, um zu sich zu kommen, das Smartphone im Rucksack zu finden und Emmas Anruf entgegenzunehmen.

»Mama? Kannst du kommen? Jonas und Britta hatten einen Unfall.«

Agnes hörte Emmas Worte, als dröhnten sie durch ein langes Rohr. Sie erfasste die Bedeutung, konnte aber keinen Zusammenhang herstellen. Emma weinte. Sie konnte Tom nicht erreichen, er operierte gerade. Offenbar hatte jemand zu Hause angerufen und mitgeteilt, dass Jonas sich im Asklepios Westklinikum in Rissen befand.

»Schatz, ich komme. Wir treffen uns im Krankenhaus.«

Agnes hielt das tutende Smartphone in der Hand und versuchte, klar zu denken. Es war bestimmt nichts Schlimmes passiert. Vielleicht ein gebrochener Arm, so wie damals,

als Jonas es mit dem Skaten versucht hatte. Maximal eine Gehirnerschütterung, weil er die Kurve in die Contastraße hinein mal wieder zu rasant mit dem Rad genommen hatte und weggerutscht war. Aber wie passte das Krankenhaus ganz im Westen der Stadt in dieses Bild? Und Britta? Woher wusste Emma, dass sie und Jonas zusammen unterwegs waren? Und warum? Was hatten ihr Sohn und ihre beste Freundin miteinander zu tun? Und warum war Tom nicht erreichbar?

Agnes zwang sich nachzudenken. Sie googelte das nächste Taxiunternehmen und versuchte dem Mann in der Zentrale zu erklären, wo genau sie sich befand, was sich als extrem schwierig erwies. Schließlich schickte sie ihm ihren Standort. Er würde ihn weiterleiten. Gleich darauf rief sie im UKE an und verlangte, Tom zu sprechen. Aber sie erklärten ihr, dass das zurzeit nicht möglich wäre. Ein komplizierter Hüftprothesenwechsel. Es würde sicher noch zwei Stunden dauern. Agnes sprach ihm auf die Mailbox.

Dann begann das Warten. Agnes stellte sich auf den Deich, in der Hoffnung, das Taxi so schneller zu entdecken. Aber niemand kam. Weder zu Fuß noch mit dem Fahrrad und schon gar nicht mit dem Auto. Sie marschierte hundert Meter in die eine, dann hundert Meter in die andere Richtung. Nichts. Die Stille summte in ihren Ohren. Sie rief Jonas auf seinem Handy an. Mailbox. Sie versuchte es bei Emma. Mailbox. Wahrscheinlich war sie gerade unterwegs. Mit dem Rad oder der Bahn? Sie rief Tom an. Mailbox. Agnes spürte, wie es unter der Haut kribbelte. Sie wollte sich gerade bei Bas melden, als das Geräusch eines Motors zu ihr drang. Kurz darauf sah sie das Taxi hinter der Kurve vor dem Kiefernwäldchen auftauchen. Sie rannte vom Deich und stürmte dem Auto entgegen.

Die Fahrt zog sich. Agnes wippte erst mit dem rechten, dann mit dem linken Fuß, schließlich mit beiden. Sie fuhren die komplette Wanderstrecke des heutigen Tags zurück, durchquerten Hitzacker, verließen die Elbe grußlos. Sie schlängelten sich über die Dörfer nach Lüneburg. Winsen. Seevetal. Endlich auf die A7 in Richtung Elbtunnel. Die Taxifahrerin bemühte sich anfangs noch um Konversation, aber Agnes konnte sich auf kein Gespräch einlassen. Sie starrte auf den blauen Punkt, der sich viel zu langsam, wenngleich auch stetig, auf der Karte ihres Handys nach Norden schob. Im Radio kamen die Nachrichten. Staumeldungen. Zähfließender Verkehr vor dem Elbtunnel. Irgendein Unfall bei einer der innerstädtischen Abfahrten. Agnes trommelte mit den Fingern auf den Oberschenkeln. Es kostete sie alle Kraft, die Gedanken an Jonas und Britta aus dem Kopf zu schieben. Bitte lass Jonas nicht schwer verletzt sein. Nicht daran denken. Waren er und Britta mit dem Auto unterwegs gewesen? Nicht daran denken. Hoffentlich ging es Britta gut. Nicht daran denken. Wo war Emma? Wusste Tom inzwischen Bescheid? Wann hatte sie zum letzten Mal mit Jonas gesprochen? Sicher nur ein gebrochener Arm. Ganz bestimmt. Nicht. Daran. Denken.

Sie quälten sich zwischen Lastwagenkolonnen durch

die rechte Röhre des Elbtunnels. Agnes wäre am liebsten ausgestiegen und den Rest des Wegs gerannt. Im Autoradio lief der neue Song von Harry Styles. Und obwohl sie das eher an ihr kleines Fangirl Emma erinnerte, musste sie daran denken, dass Jonas nie ohne Kopfhörer unterwegs war. Egal ob er sich Nudeln kochte, zur Schule radelte oder lernte. Immer steckten diese kleinen weißen Dinger in seinen Ohren. Es war, als wäre es erst ein Leben, wenn man es mit Musik unterlegte.

Sie nahmen die Ausfahrt Othmarschen, gleich hinter dem Elbtunnel, und platzten mitten hinein in das innerstädtische Stop-and-Go. Baustelle reihte sich an Baustelle, Grünphasen schienen abgeschafft. Agnes spürte, wie die aufgestauten Tränen begannen, sich Bahn zu brechen. Wo sollte sie auch hin, die übermenschliche Liebe zu den Kindern? Die schiere Wucht der Sorge. Das Grauen. Und wieder formte es sich in ihren Gedanken. Rabenmutter. Wärst du nicht so vollkommen egoistisch die Elbe entlanggewandert, hättest deine Ziele nicht rücksichtslos verfolgt, deine Kinder, deinen Mann nicht hinter deine Bedürfnisse sortiert – dann wäre das alles nicht passiert.

Endlich scherte das Taxi auf den Parkplatz der Klinik ein. Agnes zahlte die zweihundertsiebenundfünfzig Euro und achtunddreißig Cent mit der Karte, riss die Beifahrertür auf und stürzte ins Gebäude. Sie drängelte sich an den Wartenden in der Schlange vor der Information vorbei, ignorierte die teils lautstarken Beschwerden und bekam endlich von der Frau hinter dem Tresen die Information, geradeaus bei der Notaufnahme nachzufragen. Agnes spurtete durch die Halle. Sie klingelte am unbesetzten Schalter, klopfte an die Scheibe, rief.

Da hörte sie eine vertraute Stimme.

»Mama …«

HAMBURG

Tom rieb Daumen und Zeigefinger aneinander. Er hasste diese Marotte, die er von seinem Vater hatte, bemerkte aber jedes Mal, wenn sie in sein Bewusstsein drang, wie sehr sie ihn beruhigte.

Die Bustüren öffneten sich. Endlich in Altona. Tom spurtete die Treppen hinunter in den hohlen Bauch des Bahnhofs. Er flog durch die Halle, übersprang jede zweite Rolltreppenstufe, nur um am Gleis vier Minuten auf die S-Bahn warten zu müssen. Zweihundertvierzig Sekunden, während derer er die Haltestelle Länge mal Breite durchmaß. Er fühlte sich wie in diesem Neunzigerjahre-Film. *Speed*. Bei Stillstand explodierte die Bombe. Wieso dachte er jetzt daran? Wie hieß noch gleich die Schauspielerin? Sandra Bullock?

Die Bahn fuhr ein. Tom drängelte als Erster durch die Türen, blieb gleich am Eingang stehen und rieb Daumen und Zeigefinger aneinander. Auf der Kieler Straße hatte sich ein schwerer Unfall ereignet. Die Autos stauten sich wie eine Wasserlache in die westlichen Viertel. In der Taxizentrale hatte man ihm empfohlen, besser auf Bus und Bahn umzusteigen. Aber die Odyssee durch die Stadt schliff seine Nerven blank.

Tom starrte aus dem Fenster. Häuser und Straßenzüge flimmerten vorbei wie ein Rausch. Seine letzte OP. Nicht beendet. Ein Kollege hatte übernommen, nachdem die plötzlich aufgetretene Blutung gestoppt war. Hätte der Unfall nicht erst morgen geschehen können? Ab morgen wäre er da gewesen. Bereit. Ansprechbar. Vielleicht wäre dann auch gar nichts passiert. Hatte er zu spät reagiert? Wäre alles anders gekommen, wenn er seine Entscheidung schon letzte Woche getroffen hätte? Letzten Monat? Letztes Jahr? Was hätte das für die Kinder bedeutet? Für seine Ehe?

Er wusste, Jonas war nicht ernsthaft verletzt. Vielleicht ein gebrochener Arm, wie damals, als er sich mit den anderen Jungs beim Skateboarden messen wollte. Oder eine ausgerenkte Schulter. Nichts Gravierendes. Es konnte nicht sein, was nicht sein durfte.

In Rissen sprang Tom aus der Bahn, jagte die Treppen hinauf und joggte zum Krankenhaus. Er ignorierte die Übersäuerung der Muskeln, schnaufte, rannte weiter und erreichte endlich den Eingang zur Klinik. Das Schild der Notaufnahme prangte am anderen Ende der Halle.

Tom schob sich zwischen den Menschen in der Schlange vor der Info hindurch, beschleunigte seinen Schritt, passierte die Holzwand zum Wartebereich und sah Agnes, die Emma und Jonas umarmte.

Er blieb stehen. Keuchte. Stützte die Hände auf den Oberschenkeln ab. Rang um Atem. Weinte.

Emma sah ihn zuerst. Sie rannte zu ihm. Er umschloss sie mit seinen Armen und wünschte, nie wieder loslassen zu müssen. Gemeinsam gingen sie zu Jonas und Agnes. Er umarmte seinen Sohn, dessen rot unterlaufene Augen auf eine Menge Tränen deuteten.

»Geht es dir gut? Was ist passiert? Wo ist Britta?«

Sie setzten sich auf die Holzbänke im Wartebereich. Agnes und er nahmen die Kinder in ihre Mitte.

»Wir hatten Ausfall nach der zweiten Stunde«, erzählte Jonas. »Da bin ich zu Britta nach Rissen ins blaue Haus. Ich wollte mit ihr reden, sie fragen, ob sie weiß, was gerade abgeht.« Er wandte den Kopf, musterte erst Agnes, dann Tom. »Ihr erzählt uns ja nichts! Mama ist seit zwei Wochen weg, und Papa dreht am Rad und malt die Wohnung an!« Er schnaubte. »Wir sollen immer alles aus der Schule und von unseren Freunden erzählen, aber von euch kommt original gar nichts! Wenn ihr euch trennen wollt, geht uns das auch was an …«

Tom setzte gleichzeitig mit Agnes zu einer Erwiderung an. »Wir wollen …« »Das steht …« Er hielt inne. Sie auch.

Jonas winkte ab. Es schien, als wäre er einen seit geraumer Zeit einstudierten Text losgeworden und würde sich sammeln.

Er erzählte, dass er sich mit Britta unterhalten und Kaffee getrunken hatte. Später bot sie an, ihn nach Hause zu fahren. Im Auto unterhielten sie sich über Musik, und Britta schaute die ganze Zeit auf die Straße. Aber an einem Zebrastreifen bremste sie plötzlich abrupt ab.

»Sie meinte, dass sie die Frau mit dem Kinderwagen gar

nicht gesehen hätte. Sie hat total seltsam gesprochen, irgendwie lallend, so als wäre sie betrunken. Das war gruselig ...« Tränen liefen über Jonas' Wangen. Tom legte den Arm um seine Schulter. »Ich habe gesagt, dass sie rechts ranfahren soll, aber sie hat einfach Gas gegeben, so richtig, und dann sind wir voll den Bordstein rauf und gegen einen Baum geknallt.« Er schüttelte den Kopf. »Ich bin sofort aus dem Auto raus, aber Britta ist einfach sitzen geblieben, ich bin dann zu ihr rüber und sie hat gesagt, ich soll den Krankenwagen rufen, und dass ihr Arm eingeschlafen ist, immer wieder *Mein Arm ist eingeschlafen, mein Arm ist eingeschlafen ...*«

Agnes beugte sich über Emma und streichelte Jonas' Wange. »Hast du etwas von ihr gehört? Weißt du, wie es ihr geht?«

Jonas schüttelte den Kopf.

»Haben sie dich schon durchgecheckt?« Tom betrachtete seinen Sohn und versuchte Schrammen, Abschürfungen oder Veränderungen der Haltung festzustellen.

»Ja. Bei mir is alles okay. Leichtes Schleudertrauma, sonst nichts.«

Tom stand auf. »Ich werde mich mal nach Britta erkundigen.«

FREITAG

HAMBURG RISSEN

Agnes stieg in die Buslinie 20 nach Altona. Eine Glocke aus Wolken, feuchter Luft, grauem Licht und Trübsinn hatte sich über die Stadt gelegt. Es war merklich kühler geworden. Die Ereignisse des gestrigen Tages erschienen ihr wie Treibsand. Je stärker sie strampelte, versuchte zu begreifen, was geschehen war, welche Konsequenzen alles nach sich zog, desto tiefer sank sie.

Agnes starrte auf die urbanen Farbstrahlen, die am Fenster vorbeiflossen. Töne wie in Toms Stencil Piece. Das Wohnzimmer im Wohnzimmer. Sie schloss die Augen. Die Wohnung hatte sie gestern vorwurfsvoll empfangen. Geschirr stapelte sich in der Spüle, das Bad war ungeputzt, Klamottenberge vor der Waschmaschine. Nur im Wohnzimmer, ja, da schimmerte in perfekt abgestimmten, matten Tönen ein riesiges *getaggtes* Stencil. Es fühlte sich an wie eine feindliche Übernahme.

In Altona wechselte Agnes in die S1 und ließ sich in weiteren acht Stationen an den Rand der Stadt befördern. Eine Reise ans Ende der Welt.

In Rissen stieg sie aus, durchquerte den Schöns Park, bog kurz darauf in eine der Nebenstraßen ein und erreichte das bonbonblaue Haus. Heute stachen ihr die vielen *tags* ganz anders ins Auge als sonst. Sie schmerzten.

Agnes schloss auf und warf sich gegen die ewig klemmende Haustür. Beim letzten Mal war sie dabei gegen Britta geprallt. Britta. Auf den Tag genau vor zwei Wochen hatte sie ihr von dem Job in Berlin erzählt. Begeistert. Ermutigend. Motivierend.

Agnes schlüpfte in das Kabuff neben dem Billardzimmer, hängte Tasche und Strickjacke an einen Haken und entdeckte die Klamotten von vor zwei Wochen neben dem Rucksack im Metallregal. Sie stellte die Kaffeemaschine an, öffnete die Fenster und trat hinaus auf die Terrasse. Der verwilderte Garten wirkte trostlos im Grau-in-Grau des Herbstes. Die Blätter der Buchen und Birken, die das Grundstück säumten, verteilten sich in gelben und braunen Flecken über Moos, Brombeerranken, Feuerstelle und Rasenschollen. Im Hochbeet wucherten Giersch, Melde und Vogelmiere. Das Unkraut musste sich als Samen bereits in dem Boden befunden haben, den Agnes zum Auffüllen verwendet hatte. Die Stangenbohnen im kleinen Nutzacker schrumpelten ungeerntet am Rankgerüst. Nur die Blätter des Farns hielten grün und aufrecht die Stellung.

Die Tür fiel krachend in den Rahmen. Jemand war gekommen. Agnes ging ins Haus und traf auf Cheyenne und Vanessa.

»Hi.«

»Morgen.«

Die Mädchen pfefferten ihre Taschen unter den Küchentisch und bedienten sich am inzwischen durchgelaufenen Kaffee.

»Guten Morgen, ihr beiden.« Agnes wusste nicht, was Britta über ihr plötzliches Fernbleiben erzählt hatte. Von sich aus würde sie nichts erzählen, die Jugendlichen interessierte es wahrscheinlich sowieso nicht. Sie kämpften ihre eigenen Schlachten. »Ich würde euch heute gerne um einen Gefallen bitten.«

Vanessa und Cheyenne blickten gelangweilt zu ihr hinüber.

»Würdet ihr wohl bitte für uns alle Brötchen kaufen? Ich gebe euch gleich Geld. Ich weiß, dass wir eigentlich immer montags zusammen frühstücken, aber ich muss etwas mit euch besprechen.«

Zwei Stunden später saß Agnes mit Marcel, Leah, Vincent, Cem, Miron, Cheyenne und Vanessa am gedeckten Tisch.

»Also ...« Sie räusperte sich. »Es ist leider etwas passiert. Britta hatte gestern einen Schlaganfall. Es geht ihr so weit gut, aber sie wird noch einige Tage im Krankenhaus bleiben müssen. Und danach geht es wahrscheinlich mit einer Reha weiter. Ich habe keine Ahnung, wann sie wieder arbeiten kann.«

»Machst du eben weiter.« Miron zuckte mit den Schultern.

Die anderen nickten, und damit war das Thema erledigt. Die Jugendlichen hatten einfach keine freien Kapazitäten für die Probleme anderer. Dafür waren ihre eigenen zu groß.

Nach dem Frühstück half Agnes Vincent bei der Bewerbung um einen Praktikumsplatz. Sie sprach mit Leah über deren Mutter, die nicht mehr zu den Anonymen Alkoholikern gehen wollte. Cheyenne und Vanessa gluckten wie immer zusammen und stimmten erst einer Runde Billard mit den Jungs zu, als Melissa gegen Mittag in der Maßnahme erschien und sie weibliche Unterstützung erhielten. Agnes zog sich in Brittas Büro zurück und versuchte, sich einen Überblick zu verschaffen. Sie kannte das Passwort, weil es nur einen PC gab und sie ihre Berichte ebenfalls hier tippte. Nur reichte das nicht. Sie hatte keine Ahnung, mit welchen Themen Britta sich gerade beschäftigte, welche Anträge, Maßnahmen, E-Mails, Telefonate anstanden. Sie wusste noch nicht einmal, an wen sie sich wegen einer Krankheitsvertretung wenden sollte. Gab es das überhaupt bei einer sozialen One-Woman-Show? Würde man die Einrichtung schließen, wenn herauskam, dass Britta längerfristig ausfiel? Agnes wollte nichts in die Wege leiten, was ihr schadete. Sie würde warten, bis sie mit Britta besprechen konnte, wie es weitergehen sollte.

Eigentlich fand freitags immer der Lagerfeuerabend statt, aber Agnes fühlte sich bereits am Nachmittag dermaßen erschlagen, dass sie kaum noch aufrecht sitzen konnte. Unter lautem Protest der Jugendlichen schloss sie die Einrichtung bereits um 15 Uhr.

Agnes stapfte durch die Wohnstraßen am südlichen Ausläufer des Klövensteen. Sie spürte die Blasen an ihren Füßen bei jedem Schritt, obwohl sie in den Dr.-Martens-Stiefeln anders schmerzten als sonst. Es tat gut, sich zu bewegen. Wenn nichts mehr geht, geht gehen.

Sie bog in den Marschweg ein und beschloss, die Klinik zu umrunden, sich ihr von Osten her zu nähern, um noch ein wenig länger laufen zu können. Hinter der riesigen Anlage des Sportvereins mit den Tennis-, Hockey- und Fußballplätzen begannen die Felder. Öde braune Flächen mit stiekeligen Ackerfurchen. Der Roggen war längst abgeerntet. Nur auf einem Feld raschelten noch trockene Maispflanzen. Auf der anderen Seite Kuhweiden und Pferdekoppeln. Es roch irgendwie kratzig, nach Stroh und Fell. Agnes passierte eine Grundschule und entdeckte gleich dahinter eine alte Badewanne, die jemand durchgeschnitten und zu einer Bank umgebaut hatte. Grün angemalte Emaille mit weißen Pferden, Häusern und einem gewundenen grauen Weg.

Sie setzte sich, spürte die Tränen, lange bevor sie über den feinen unteren Wimpernkranz rollten und ihre Wangen benetzten. Sie entsprangen einem Schmerz, der sich anfühlte wie ein Ziehen, transportierten eine Sehnsucht, die vom Kopf über den Rücken bis in den Bauch riss, wo die Eingeweide schrien. Agnes' Beine wippten ein unablässiges Stakkato.

Sie zog das Handy aus der Tasche, um Bas eine Nachricht zu schreiben, starrte aber nur mit wässrigem Blick auf das leere Eingabefeld und wusste nicht weiter. Was sollte sie ihm sagen? Er schien erschüttert, als sie gestern Nachmittag spät einige Zeilen geschrieben und erklärt hatte, was passiert war und warum sie nicht in der Pension in Damnatz erscheinen würde. Aber hier, zurück in ihrem altvertrauten Leben, wirkte allein der digitale Kontakt zu ihm so abwegig und falsch und billig, dass sie sich vor sich selbst schämte.

HAMBURG, ELBFÄHRE

Das Wasser rannte gegen das Land an. Welle für Welle. Tom verfolgte die pfeilförmigen, gischtgekrönten Strudel, die die Fähre hinter sich her über die Elbe zog. Er konnte sich nicht entscheiden, ob darin etwas Spielerisches lag, ein Necken, Liebkosungen oder ob es sich eher um die Versinnbildlichung von Leerlauf handelte. Er starrte vom oberen Deck ins Wasser und schüttelte sich. Es war merklich kühler geworden.

Fast drei Stunden lang gondelte Tom im Zickzackkurs stromauf- und -abwärts. Durch den Hafen, an den Stränden Övelgönnes entlang bis hinüber nach Finkenwerder und zurück. Sie durchpflügten das Wasser, schnitten mit dem Rumpf hindurch, zerteilten Wellen und rangen mit den Strömungen. Tom schwankte. Er war erleichtert, weil Jonas sich zu Hause erholte. Betroffen wegen Brittas Zustand. Befreit, weil er sich für einige Zeit dem Arbeitsdruck entzog. Besorgt wegen seiner Ehe. Bekümmert wegen Agnes. Verletzt wegen eines Unbekannten.

Sein Leben hatte während der vergangenen zwei Wochen

einen Sog entwickelt, dem er sich gern entzogen hätte. Er versuchte zu schwimmen, den Kopf über Wasser zu halten. Aber er war nicht sicher, wie es ihm gelingen würde.

Zurück an den Landungsbrücken ging Tom von Bord und fuhr einkaufen.

Herr Schröter war bereits am Morgen zum vereinbarten Reparaturtermin erschienen, was Tom in all der Aufregung natürlich vergessen hatte. Es stellte sich heraus, dass ein Haargummi das Turbinenrädchen der Dunstabzugshaube blockierte, sodass jedes Mal die Sicherung rausknallte, sobald die Flügel sich vergeblich zu drehen versuchten. Der Hausmeister hatte sprachlos auf das rote Ding in seiner Hand gestarrt, doch Tom zuckte nur mit den Schultern. In seiner Reihe verstörender Erlebnisse belegte das Haargummi keinen der vorderen Plätze.

Herr Schröter versprach, sich mit dem Fensterbauer wegen eines neuen Scharniers für das Schlafzimmerfenster in Verbindung zu setzen, und schien froh, die Wohnung verlassen zu können.

Tom hatte sich bei Jonas abgemeldet, der heute zu Hause bleiben und sich erholen sollte, aber schon wieder irgendeine Netflix-Serie streamte, und war losgeradelt. Doch der innerstädtische Verkehr verlangte zu viel Aufmerksamkeit, ließ zu wenig Raum für Gedanken. Deshalb trieb es Tom ans Wasser. Die Elbe gab die Richtung vor, navigierte ihn wie ein Kompass, schenkte Orientierung. Er konnte Agnes verstehen. Eine Wanderung entlang eines Flusses, die Gedanken strömten mit dem Wasser, der Körper musste nur noch folgen. Es klang verlockend.

Als Tom mit einem gefüllten Rucksack und zwei prallen Einkaufstaschen zurück nach Hause kam, lagen Emma, Jonas und Leon auf dem Sofa. Sie schauten mal wieder eine Folge *Sense8,* und Tom wunderte sich, dass sie die Bilder noch sehen, die Dialoge noch hören mussten, um eine der Szenen in ihren Köpfen abzuspielen. Er verräumte die Einkäufe, machte sich einen Kaffee und setzte sich zu den Kindern. Sie hatten sich für das fulminante Finale in Paris am Eiffelturm entschieden und schon nach wenigen Minuten konnte auch Tom sich dem Episodentitel *Amor Vincit Omnia* nicht mehr entziehen. Wenn es doch auch im echten Leben so wäre und die Liebe einfach alles besiegte.

Am späten Nachmittag kochte Tom Labskaus, Jonas' Leibgericht. Er deckte gerade den Tisch, als Agnes aus Rissen zurückkehrte. Alles an dieser Situation war seltsam. Tom mit den Tellern in der Hand über dem Esstisch, ein Geschirrhandtuch in den Bund der Jeans gestopft wegen der Roten Bete, die Kinder auf dem Sofa, Agnes, die unsicher zwischen Küche und Wohnzimmer verharrte.

»Wie geht es Britta?«, fragte Jonas und schaltete den Fernseher aus.

»Sie war gerade beim MRT. Ich besuche sie morgen.« Agnes stellte ihre Tasche ab. »Und wie geht es dir?«

Jonas zuckte mit den Schultern. »Ein bisschen Kopfschmerzen, nicht schlimm.«

Sie aßen gemeinsam, und Tom war dankbar für Leons Unbekümmertheit. Er erzählte vom Theater, den Kostümproben, Fortschritten beim Bühnenbild. Fast fühlte es sich normal an.

Nachdem sie gemeinsam den Tisch abgedeckt hatten, verzogen die Kinder sich in ihre Zimmer. Tom und Agnes waren allein. Gestern hatten sie sich nach all den Ereignissen des Tages einfach zurückgezogen. Tom überließ Agnes das Bett und schlief auf dem Sofa. Jetzt quoll ein langer gemeinsamer Abend vor ihnen auf.

»Möchtest du ein Glas Wein?« Tom öffnete den Kühlschrank.

Agnes schüttelte den Kopf.

»Bier?«

»Ich gehe duschen.«

»Agnes …«

Sie sah ihn an.

»Was wird aus dem Job in Berlin?«

»Das war doch nur ein Hirngespinst.«

SAMSTAG

HAMBURG, CONTASTRAßE

Agnes' Beine hatten sich verheddert. Irgendwie war es ihr während der Nacht gelungen, das Spannbettlaken von den Matratzenecken zu zupfen und sich einer Mumie gleich einzuwickeln. Sie strampelte mit den Füßen, riss die Bettdecke auf den Boden und befreite sich. Mit angezogenen Beinen hockte sie auf einem Wulst aus Stoff und Daunen und Latex und starrte auf das gekippte Schlafzimmerfenster. Staubkörnchen wirbelten im Licht des Sonnenstrahls, der sich zwischen Hochhäusern und Eiche durch den Innenhof gequetscht hatte.

Sie stand auf, ging in die Küche, trank ein Glas Wasser, fühlte sich unruhig und getrieben. Eine Wanderin, die man zum Stillstand zwang. Tom schlief auf dem Sofa, die Kinder in ihren Zimmern. Niemand außer ihr war wach. Niemand hatte sich auf den Weg zum Markt gemacht, um einzukaufen. Niemand brachte frische Brötchen. Niemand hatte das Bad geputzt.

Sie holte Eimer, Lappen, Putzmittel aus dem Schrank unter der Spüle und stapfte ins Badezimmer.

Agnes hasste es zu putzen. Sie fand es nicht einfach nur lästig, sondern geradezu unerträglich. Eine Sisyphusarbeit. Staub und Dreck war nicht beizukommen. Sie reproduzierten sich in einer endlosen Schleife. Tag für Tag, Woche für Woche. Putzen war das Eingeständnis, niemals eine Lösung finden zu können. Für immer auf dem Weg zu bleiben, niemals anzukommen. Agnes hasste alles an der Vorstellung. Lieber räumte sie auf, sortierte Dinge an angestammte Orte, schuf klare Muster im Kopf. Immerhin gab es dabei die zumindest theoretische Möglichkeit, dass die Ordnung erhalten bliebe.

»Was machst du?« Tom lehnte augenreibend im Türrahmen.

»Wonach sieht es deiner Meinung nach aus?«

»Es ist noch nicht einmal 8 Uhr.«

»Oh.« Agnes sah ihn an. »Was ist denn deiner Ansicht nach die perfekte Putzzeit für ein Bad? So wie es hier aussieht, hast du die wohl noch nicht gefunden.«

Tom schloss die Tür und ging.

Agnes schrubbte den Boden rund um die Toilette, schäumte alles ein, scheuerte mit der Wurzelbürste über die Fliesen. Sie entfernte Flecken, löschte Spuren, ließ keine Abdrücke zurück, alles wurde so unsichtbar wie die Frauen auf der Ahnentafel an der kleinen Kapelle.

Es war nur ein Gedanke, aber plötzlich fühlte sich der Moment an wie die Ewigkeit, so als gäbe es keine Vergangenheit, keine Zukunft, nur diesen endlosen Augenblick, der nicht die geringste Linderung brachte.

Was tat sie hier überhaupt?

Agnes schleuderte die Bürste quer durch den schmalen Raum gegen die Badewannenumrandung. Eine Fliese knackte, Risse zogen durch die Keramik, eine dreieckige Scherbe löste sich, knallte auf den Boden und zerbrach.

Agnes starrte durch einen verschwommenen Tränenfilm auf das Unglück. Dann sprang sie auf, ließ alles liegen, stürmte ins Schlafzimmer, zog sich an, schnappte ihre Tasche und stürzte aus dem Haus.

Sie hastete den Gehweg entlang, überquerte die Gärtnerstraße und eilte in Richtung Eimsbütteler Park. Die Häuser schienen mit jedem Schritt näher zu rücken, die Gehwege schmaler zu werden. Alles war Beton. Jede Lücke verplant. Es gab nichts Unfertiges, keine Möglichkeit, die Gedanken wandern zu lassen. Hamburg bedrängte Agnes, schob sich in ihr Blickfeld und gierte um Aufmerksamkeit.

Endlich erreichte sie den kleinen Weiher, um den bereits die ersten Mütter mit Kinderwagen ihre Runden drehten. Agnes reihte sich ein in den morgendlichen Strom aus Joggern, Coffee-to-go-Eltern und Rentnern mit Schlafstörungen. Nach drei Runden um das stehende Gewässer, ließ sie sich auf eine Bank fallen. Am anderen Ende saß ein älterer Mann. Er nickte ihr zu, und auch Agnes senkte das Kinn.

»Na«, sagte er. »So früh schon so schlecht gelaunt? Lächeln Sie mal. Heute ist ein guter Tag, um einen guten Tag zu haben.«

Agnes sah ihn an. »Ich bin nicht da, um Ihnen zu gefallen. Sie werden mit meinem Gesichtsausdruck klarkommen müssen, oder Sie setzen sich um. Ihre Entscheidung.«

Der Mann starrte sie an. Mehrere Sekunden lang. Sprachlos. Dann holte er Luft. »So eine Frechheit!« Er stand auf. »Da will man nett und freundlich sein und dann so was! Kein Wunder, dass Sie hier allein rumsitzen! So eine will doch niemand. Hat man so was schon erlebt …« Er eilte davon.

Agnes blieb noch ein bisschen auf der Bank sitzen, beobachtete die Enten auf dem Wasser, ein kleines Kind im gelben Strickpulli, das erste wacklige Schritte unternahm. Gehen, hinfallen, Krone richten, aufstehen, weitergehen. So ähnlich lautete der Spruch auf einer Postkarte, die Jonas einmal an den Kühlschrank gepappt hatte. Ein gutes Motto.

Agnes erhob sich und schlenderte zur Bushaltestelle. Sie nahm die 20er-Linie zum Bahnhof Altona, kaufte sich ein Croissant zum Frühstück und fuhr mit der S-Bahn nach Rissen ins Krankenhaus.

Britta lag mit leicht erhöhtem Kopfteil in ihrem Bett und schaute aus dem Fenster. Sie wirkte zart und verschwommen zwischen der weißen Bettwäsche. Ihre braunen Haare verteilten sich wie ein Heiligenschein auf dem Kopfkissen. Am linken Arm hing der Schlauch eines Tropfs. Agnes spähte hinüber zum anderen Bett, aber die Patientin schien gerade unterwegs zu sein.

»Schatz …«

Langsam drehte Britta den Kopf, sah Agnes und begann zu weinen. Agnes beugte sich zu ihr, umarmte sie, drückte den schmalen Körper an sich und schluchzte ebenfalls. Eine ganze Weile hielten sie einander. Es gab viel herauszuweinen.

»Puh«, ächzte Britta irgendwann. »Reicht jetzt, glaube ich.«

Sie wischten sich über die nassen Gesichter und lachten.

»Reichst du mir mal die Hose?« Britta deutete zu dem Kleiderstapel, der über dem Stuhl vor dem Fenster hing.

»Die Jogginghose?«

»Ich nenne sie nicht so …« Britta lächelte. »Keine von uns beiden ist je gejoggt.«

Agnes lachte auf. So sehr sie sich um ihre Freundin sorgte, wie schlimm dieser Schlaganfall gewesen sein mochte, Britta war da. Präsent. Ganz sie selbst.

Britta schlug die Decke zur Seite, und Agnes half ihr in die Hose. Sie setzten sich nebeneinander im Schneidersitz auf das Bett und lehnten sich an die Wand.

»Wie geht es dir?«

Britta ahmte mit der rechten Hand die Winkbewegung der Queen nach. »Die Untertanen müssen sich derzeit alle rechts von der Kutsche positionieren.« Sie hob den linken Arm mit dem rechten hoch, aber er plumpste gleich wieder auf die Bettdecke. »Die Ärzte sagen, dass sich die Lähmung in der Reha sicher bessert. Aber ob es je wieder so wird wie vorher …« Tränen tropften auf ihre Wangen, und Agnes nahm sie in den Arm.

»Weißt du, warum es passiert ist?«

Britta zuckte mit den Schultern. »Mein Vater hatte einen Schlaganfall, meine Cousine auch. Ich habe schon ewig Bluthochdruck und keine Zeit gefunden, etwas dagegen zu unternehmen. Dann der ganze Stress mit der Maßnahme … Ich weiß auch nicht. Vielleicht dachte ich,

ich muss besonders viel leisten, wo ich schon keine Kinder will. Um etwas zurückzugeben, weißt du? Der Gesellschaft, meine ich. Um zu beweisen … also, na ja, irgendwie …« Sie schluchzte. »… dass ich trotzdem einen Wert habe.«

Agnes zog Britta an sich. Sie wusste um den Stich, den dieses wohlwollende Nicken gutmeinender Menschen ihrer Freundin seit jeher zufügte, wann auch immer sie von der Arbeit mit den Jugendlichen erzählte. Es sagte: kann keine eigenen Kinder bekommen, deshalb der Job, ist halt genetisch, das Muttersein. Im Laufe der Zeit mussten sich Sedimente dieses seltsamen Glaubenssatzes, der einer Frau weder Singledasein noch Kinderlosigkeit zugestand, als Bodensatz in Brittas Gedanken abgelagert haben.

»Ach Schatz.« Agnes küsste Britta auf die Stirn. »Wer hätte gedacht, dass eine so kluge Frau wie du einen solchen Schwachsinn denkt.«

Britta lachte heiser. »Dito!«

Agnes grinste. Dann hielt sie Britta, während sie weinte. Manche Tränen ließen sich nicht trocknen, das hatte sie schon vor langer Zeit gelernt. Britta würde sie weinen müssen.

Später legte Britta sich wieder hin, und Agnes zog sich einen Stuhl ans Bett.

»Warst du gestern im blauen Haus?«

Agnes nickte.

»Wie haben sie es aufgenommen?«

»Gut, mach dir keine Sorgen. Ich kümmere mich, bis du dich erholt hast.«

»Und niemand könnte das besser! Du bist engagiert und empathisch und klug und meine allerbeste Mitarbeiterin.«

»Ooooh.« Agnes grinste. »Das ist jetzt aber ein romantischer Moment zwischen uns, oder?«

»In jedem Fall.« Britta lächelte. »Wenn man davon absieht, dass du meine einzige Mitarbeiterin bist.«

SONNTAG

HAMBURG SCHANZENVIERTEL

»Eigentlich ist es ganz einfach, Digga.« Oliver biss in seine Pastel de Nata, leckte mit der Zunge den Rest der süßen Creme von den Lippen, spülte alles mit einem Schluck Galao hinunter und lehnte sich gegen den Stehtisch.

Tom seufzte. Sein portugiesisches Puddingtörtchen glänzte unberührt auf dem Teller. Er konnte sich nicht zum Essen überwinden. Dafür leerte er sein Kaffeeglas und genoss, wie die warme Flüssigkeit durch den Hals rann. Es half ihm, gedanklich nicht abzuschweifen, bei sich zu bleiben, in dieser Situation.

Oliver musterte ihn.

»Was?«

»Liebst du sie?«

Tom rollte mit den Augen.

»Okay. Einfacher. Willst du, dass eure Ehe weiterbesteht?«

»Alter!«

»Schon gut. Anders: Willst du aufgeben?«

»Was aufgeben?«

»Dein bisheriges Leben?«

»Ja.«

Oliver grinste. »Welcome back, Tomix.«

Sie stießen mit ihren Galaogläsern an, und Tom fragte sich, was er wohl mit dieser Erkenntnis gewonnen haben sollte, aber seltsamerweise fühlte sich das *Ja* gut an. Wie ein Trittstein in einem rauschenden Fluss. Fester Untergrund. Nicht wirklich ein Weg, aber ein sicherer Stand.

Tom schob seine Nata zu Oliver hinüber, der sie mit zwei Happsen verschlang. Sie bezahlten und stromerten weiter durch die Straßen.

Als Kinder hatten ihnen Schanze und Karoviertel Respekt abverlangt. Tom hörte noch immer die warnenden Worte seiner Eltern, diese schmuddeligen Stadtteile mit ihren Punks und der Roten Flora zu meiden. Natürlich zog es sie später genau deshalb hierher. Trotzdem wagten sie das *Taggen* in diesen Vierteln nur selten. Zu groß war die Ehrfurcht vor den renommierten Sprayern.

Tom dachte an die cleanen Einfamilienhäuser im Viertel seiner Eltern. So überdimensioniert, dass sie wirkten, als hätten sie Wachstumshormone geschluckt. Der Rasen zu grün, die Fassaden zu weiß, alle Grundstücke vom Gärtner durchgeplant. Wie hatte er nur eine geradezu hysterische Angst davor entwickeln können, dass der Wohlstand, den er früher als dekadent abgetan hatte, plötzlich aus seinem Leben verschwinden könnte? Wann war das passiert?

Er hatte es während all der vergangenen Jahre für notwendig und erstrebenswert erachtet, Besitz anzuhäufen. Nicht nur für sich. Für die Familie. So musste es sein. Tom ackerte für neue Anschaffungen, mühte sich, den Status quo jeder neuen Entwicklungsstufe zu erhalten. Weil das zum Erwachsensein dazugehörte. Weil er der Mann war. Weil er Verantwortung trug. Weil man das so machte.

»Schwer vorstellbar, dass wir hier mal ängstlich durchgehuscht sind, was?« Oliver lachte.

Toms Blick glitt hinüber zur Piazza, dem breiten Platz gleich gegenüber der Roten Flora, wo Trauben von Kaffee trinkenden Hipstern sich an, auf und jenseits der Tische Dutzender Restaurants gruppierten.

Oliver schnaubte. »Dem Viertel haben sie die Seele weggentrifiziert.«

»Vielleicht sind wir auch einfach älter geworden.«

»Digga, du bist gediegen festgefahren. Schließ man nicht von dir auf andere.« Oliver grinste.

Sie schlugen den Weg zum Park gleich hinter der Roten Flora ein. Der hohe Bunker am Ende wurde inzwischen an zwei Seiten als Kletterwand genutzt, bot aber immer noch genug Platz für eine meterhohe *wall of fame*, an der Crews legal zeigen konnten, was sie draufhatten. Tom bewunderte die soften Farbverläufe eines großflächigen Graffitis von einem Engel und einem Teufel. Immer genau den richtigen Abstand zwischen *cap* und Wand zu finden, um die stark deckende Farbe passend zum Motiv zu dosieren, war ihnen damals nicht einmal ansatzweise gelungen.

Oliver zeigte auf den *keine tags* Schriftzug, das darüber geschriebene *no toys*, das die Anfänger fernhalten sollte, und all die sie umgebenden *bombings*. Er lächelte. »Netter Versuch. Aber Sprayer vom *Taggen* fernzuhalten, ganz egal wie unbegabt sie sind … das hat schon bei uns nicht funktioniert.«

Sie schlenderten weiter durch die Straßen. Toms Magen rumorte. Ihm war ein bisschen schlecht. Vielleicht die nicht gegessene Nata. Er hob den Kopf, um Luft zu holen, und blickte hinauf zum *schanzenupgrade*, zwei Stockwerke, die man im Rahmen urbaner Nachverdichtung auf ein bestehendes Gebäude gepfropft hatte. Die konvex-konkave Fassade sollte die Abstraktion der Moderne mit der Sinnlichkeit des Barocks kombinieren. So ähnlich hatten es die Architekten formuliert. Tom mochte die Aussage und war doch ein ums andere Mal enttäuscht, wenn er die seltsam gewellten Kästen sah, die wie die Tore eines monumentalen Sperrwerks wirkten, das die Flut der Mieter regelte.

Natürlich mussten die Wohnungsprobleme der Stadt gelöst werden. Aber doch nicht durch Gentrifizierung. Hamburg blähte sich auf durch all die Dinge, die es sich zulegte. Es war wie bei ihnen zu Hause. Auf jeden Schritt musste ein noch größerer folgen. Der Weber Grill auf den Son of Hibachi, die Pitchpinedielen aufs Laminat, die Terrasse auf den Balkon. Das Auto auf die Fahrräder. Die Eigentumswohnung. Der nächste große Schritt nach dem ewigen Mietchaos. Eine Absicherung. Natürlich. Dann die Einrichtung. All der Kram im Keller. Höher, schneller, weiter, teurer. Wozu? All dieser Besitz fühlte sich an wie Ballast. Tom hatte so viel gearbeitet. Am Wohlstand maß man seinen Erfolg. Dabei wünschte er nichts sehnlicher, als in die ganze dicke Zeugblase mit einer Nadel hineinzustechen, um zu beobachten, was übrig blieb, nachdem die Luft entwichen war. Vielleicht das Graffiti eines Wohnzimmers an der Wohnzimmerwand.

Oliver erzählte gerade eine Anekdote aus ihren Sprayertagen, als eine Welle der Aufbruchstimmung durch Toms Gedanken wogte. Da war eine Idee, aber sie verschwamm im Nebel, ließ sich noch nicht greifen.

Nachdenklich schlenderte er neben Oliver durch die Straßen. Sie wiesen einander auf Graffitis und Street-Art-Objekte hin, diskutierten Trends und amüsierten sich über fast vergessene Geschichten. Es war ein seltsamer Mix aus Erinnerung und Abschiednehmen. Tom spürte, dass sie diesen Nachmittag brauchten. Er bildete eine Art Fundament für ihre neu zu gestaltende Freundschaft.

Sie verabschiedeten sich an der S-Bahn Sternschanze. Oliver umarmte ihn. »Ich bin froh, dass du dich gemeldet hast.«

»Ich auch.«

Tom trat den Heimweg durch den Schanzenpark an, der trotz aller Modernisierungsmaßnahmen noch immer einen Hauch von Schrabbeligkeit ausstrahlte. Er lief einen Bogen um den Sportplatz, überquerte den Kleinen Schäferkamp und setzte seinen Weg durch die Weidenallee fort, eine seltsame Übergangsstraße zwischen den Vierteln, deren Architektur irgendwie niedriger und heruntergekommener wirkte, obwohl oder vielleicht gerade weil niemand es für notwendig erachtete, die Sechzigerjahre-Bauten mit Graffitis zu verzieren.

Da begann die Idee von vorhin aus dem Dunst emporzusteigen. Tom erhöhte sein Schritttempo, hörte das Echo seines *Ja*, das Oliver aus ihm herausgekitzelt hatte. Ja, er wollte aufgeben. Aber das hatte nichts mit seiner Ehe oder den Gefühlen für Agnes zu tun. Er wollte dieses Leben, das sie führten, aufgeben. Es passte nicht mehr. Hatte es vielleicht noch nie. Da gab es keine Leichtigkeit, keine Spontaneität. All ihr Besitz, die biblischen Ausmaße all des Krams zogen sie in die Tiefe. Dorthin, wo es dunkel war und einsam.

Tom erkannte, dass er sich befreien, sie alle im wahrsten Sinne des Wortes erleichtern musste. Wer brauchte schon Geschirr für vierundzwanzig Personen, zwei Fondue-Sets, Dutzende Flaschenöffner, Loungemöbel, Terrassenstühle, Esszimmerstühle, Klappstühle für Gäste, Schubladen voller Tischdecken, Platzsets, Tischläufer, Tupperdosen, kleine Pfannen, große Pfannen, gusseiserne Pfannen, Keramikpfannen, Teflonpfannen, Spargeltöpfe. Wenn nichts mehr da war, würde der Druck nachlassen. Sie könnten sich auf das Wesentliche konzentrieren. Sich wiederfinden.

Natürlich war dies ein Umweg über Materielles. Tom wusste, er näherte sich dem Problem von außen, von einer unfassbar privilegierten Position heraus. Na und? Wenn dies doch sein Weg war, seine Art, sich mit seinem Leben und den Problemen auseinanderzusetzen. Irgendwo musste er beginnen. Agnes hatte das Wandern für sich entdeckt. Er würde mit Entrümpeln starten.

MONTAG

BFR – BILDUNGS- UND FÖRDERSTÄTTE RISSEN

Agnes hockte auf der Fensterbank vor dem Küchenfenster und starrte hinaus in den triefenden Garten. Sie fröstelte. Ihre durchnässten Klamotten hingen in dem Kabuff neben dem Billardzimmer. Zum Glück hatte sie am Freitag vergessen, die Sachen von vor zwei Wochen mit nach Hause zu nehmen, sodass sie sich umziehen konnte. Eingekuschelt in eine Fleecedecke nippte sie an einem heißen Kaffee und beobachtete, wie die prallen Tropfen gegen die Scheibe des Fensters platschten. Ein Trommeln ohne Rhythmus oder Takt.

Hier in der Stadt schien Regen der natürliche Feind zu sein. Die Menschen bewaffneten sich mit Schirmen, Kapuzen, Mützen, Bussen, Autos und Bahnen, um gegen das Nasswerden aufzurüsten. Wetter hatte in den Straßen der City nichts Empowerndes.

Vielleicht hatte Agnes deshalb auf dem Weg ins blaue Haus auf einen Schirm verzichtet. Sie war sogar eine Haltestelle früher ausgestiegen, weil die Konsequenzen dieses allgemeinen Schutzbedürfnisses sie zunehmend einengten.

In der Stadt bewegte man sich nur in Räumen. Wohnung, Supermarkt, Büro, Krankenhaus, Café, Klamottenladen. Die Wege dazwischen verbrachte man in weiteren Räumen: Bus, Bahn, Auto. Agnes sehnte sich danach, wenigstens die Räume zwischen den Innenräumen verlassen zu können. Zu Fuß zu gehen. Zu wandern. Oder vielleicht mit dem Rad zu fahren. Irgendwie gab das dem Leben ein größeres Gefühl von Selbstbestimmung.

Sie goss Kaffee nach und deckte den Tisch für das Wochenstartfrühstück. Eigentlich eine Aufgabe, die die Jugendlichen selbst übernahmen, aber Agnes konnte nicht länger stillsitzen. Sie nahm die Teller aus dem Schrank und versuchte, nicht an Bas zu denken. Sie stellte Tassen auf den Tisch und versuchte, nicht an Bas zu denken. Sie platzierte Messer neben den Tellern und … Es war zum Verrücktwerden!

Während der vergangenen Tage kreisten ihre Gedanken um Jonas und Britta, aber mit dem ersten Blinzeln an diesem Morgen hatte sich die Erinnerung an Bas dazwischengeschoben. Immer wieder. Ständig. Sie konnte nicht aufhören, an die Momente mit ihm zu denken. An seine Stimme. Die Gespräche. Den Sex. Wie sie sich fühlte, wenn er bei ihr war. Sein Geruch. Die Adern auf seinen Unterarmen. Als würde er nach Feierabend gegen wilde Tiere kämpfen. Seine Augen. Wie er sie angesehen hatte. Selbst als sie nackt war.

Die schwere Haustür fiel krachend ins Schloss. Vor Schreck ließ Agnes das Besteck fallen. Zum Glück landete das Messer einige Zentimeter neben ihrem besockten Fuß.

Sie bückte sich, übte ein Lächeln, um es gleich Cheyenne oder Vanessa entgegenzustrahlen, erhob sich und sah Tom.

»Was … Ist etwas mit Jonas? Oder Britta? Geht es Emma gut?«

Er hob beschwichtigend die Hände. »Ja! Alles ist okay.«

Agnes atmete hörbar aus. Sie legte das Messer auf dem Tisch ab und setzte sich. »Was machst du hier?«

Tom litt meist unter einem blassen Teint. Zu viele Stunden in fensterlosen Krankenhausräumen. Aber jetzt sah er aus wie etwas, was man ganz unten aus einem Wäschekorb gefischt hatte. Sein Trenchcoat triefte, die Kapuze des Hoodies tropfte auf dem Rücken, der Saum der Jeans strotzte vor schmutzigen Spritzern. Es schien, als hätte auch er die Räume zwischen den Innenräumen verlassen.

»Ich möchte dir etwas vorschlagen.«

Die Haustür krachte erneut. Cheyenne trottete in die Küche. »Morgen.«

»Guten Morgen.« Agnes stand auf. »Ich habe schon angefangen, den Frühstückstisch zu decken. Machst du bitte weiter?« Sie ging in den Flur und bedeutete Tom, ihr ins Büro zu folgen.

Neben dem Schreibtisch, zwei deckenhohen Regalen mit Ordnern, Büchern und Unterlagen, dem Kopierer und einer leicht zerzausten Kentiapalme hatte Britta noch einen kleinen Tisch mit einem Sessel in den überfüllten Raum gestopft. Agnes setzte sich auf den Schreibtischstuhl.

Tom sah sich um, leerte die Sitzfläche des Sessels, bettete die Fachbücher auf den kleinen Tisch, zog den Trenchcoat aus, legte ihn über die Beine und setzte sich.

Er sagte: »Du solltest gehen.«

»Wie bitte?«

Tom holte Luft. »Zu reisen ohne anzukommen ist dasselbe wie anzukommen, ohne je gereist zu sein. Es funktioniert nicht. Oder ist zumindest höchst unbefriedigend.« Er senkte den Blick. Die Sätze klangen wie auswendig gelernt, als ob er Stunden über die Worte nachgedacht hätte. Tom blinzelte, sah auf und schaute Agnes in die Augen. »Du bist gewandert, um Antworten zu finden. Das wird dir hier im blauen Haus kaum gelingen. Du solltest beenden, was du begonnen hast, deshalb … Geh wandern, Agnes. Lauf, bis du weißt, was du willst.«

»Ich kann nicht!« Sie schrie fast. Ihre Wut grollte seiner mangelnden Sensibilität, seiner Unfähigkeit zu erspüren, was in ihr vorging. Er verstand noch immer nicht, welche Zwänge sie in den Grenzen hielten, die stündlich näherzurücken schienen.

»Ich übernehme zu Hause und auch die Maßnahme, bis Britta aus der Reha zurückkommt.«

»Was?«

Tom seufzte. »Ich habe dreiundfünfzig Tage Überstunden angehäuft. Seit heute bin ich für gut zwei Monate raus. In der Tat …« Er lächelte. »Ein amerikanischer Kollege hat eventuell Interesse, meinen Posten für ein, zwei Jahre zu übernehmen. Zumindest war das seine erste Reaktion auf meine E-Mail. Keine Ahnung. Mal sehen, was passiert. Es gibt viele Möglichkeiten …«

Agnes stand auf und lief in dem kleinen Raum jeweils zwei Schritte zwischen Schreibtisch und Regal hin und her. »Nur damit ich das richtig verstehe – du hast frei und willst dich während dieser Zeit hier um die Jugendlichen kümmern, damit ich weiter an der Elbe entlangwandern kann?«

Tom wandte den Kopf und schaute aus dem schmalen Fenster hinaus in den Regen. »Findest du, wir sind spießig geworden?«

»Was?« Agnes schüttelte den Kopf. »Wir haben Kinder.«

»Ich weiß nicht, was das heißen soll …« Tom schaute sie erneut an. »Du willst doch weiterwandern, oder?«

Agnes schluckte. In Toms Augen schienen ihre eigenen Tränen zu schimmern. Sie wagte nicht zu antworten, hatte Angst, in diesem mickrigen Büro zu zerspringen und ihre Einzelteile nie wieder zusammensetzen zu können.

Schließlich nickte sie.

Tom tat es ihr gleich. »Wenn wir es schaffen, darüber zu reden, was wir uns wünschen, dann passiert vielleicht auch, was wir wollen.«

Tränen liefen über Agnes' Wangen. Da war Tom. Ganz präsent. Klug. Empathisch. Der Mann, in den sie sich vor so vielen Jahren verliebt hatte. Es gab keine parallelen Gedanken, keine Hintertüren, kein Danach. So authentisch, vollkommen offen und wahrhaftig hatte sie ihn lange nicht erlebt.

Sie dachte an Bas, und die Scham zerfleischte ihre Eingeweide wie ein wildes Tier.

DIENSTAG

HITZACKER

Sie hatte Stunden für die Antwort gebraucht. Was lächerlich war, schließlich hatte sie die Frage provoziert. Und trotzdem schlich sich Angst vor der eigenen Courage in ihr Handeln. Bevor Agnes ein simples *Ja* in ihr Smartphone tippte, vergingen fast zwanzig Stunden. Erst als sie in dem kleinen Café in Hitzacker saß, wo Bas und sie Per begegnet waren, schaffte sie es, die Scham zu bezwingen.

Gestern

Agnes: Ich fahre morgen nach Hitzacker, um weiterzu-wandern.

Bas: Soll ich kommen?

Heute

Agnes: Ja.

Vielleicht lag es an der Umgebung. Am Zurückkommen. An diesem vertrauten Gefühl, das der Ort ihr vermittelte. Erinnerungen an die Nacht in der Pension. Was auch immer es war, es deckte nicht annähernd so gut wie Toms Sprayer Farben – die Ereignisse der vergangenen Tage schimmerten die ganze Zeit hindurch. Wirkten die Begegnung mit Bas in seiner Datsche, das gemeinsame Wochenende, ja selbst die darauffolgenden abendlichen Stelldicheins noch wie eine logische Abfolge, wie die zwingende Konsequenz ihrer Begegnung, so fühlte sich das Wiedersehen heute Abend ganz anders an. Juristisch hätte Agnes bislang auf Handlungen im Affekt plädiert. Doch jetzt gab es einen Plan. Sie betrog Tom vorsätzlich.

Agnes bezahlte und lief los. Sie hatte den Rucksack dieses Mal umsichtiger gepackt, an Wechselklamotten gedacht, für Blasenpflaster gesorgt, Sportsocken angezogen und einen kleinen Kosmetikbeutel zusammengestellt. Sie fühlte sich gut ausgestattet, während sie durch die Gassen von Hitzacker schlenderte und darauf wartete, in die Pension einchecken zu können. Wie eine Touristin. Frei und neugierig.

Sie stapfte auf den Weinberg gleich außerhalb der Stadtinsel. Hundertvierundsechzig Stufen führten hinauf zu einem Panoramablick über Elbe und Land. Die Sonne hatte alle Wolken vom Himmel gekratzt. Die Welt schien einmal mehr groß und verheißungsvoll.

Agnes schaute hinab auf die roten Dächer der Stadt, die schmale Fußgängerfähre setzte gerade über ans nördliche Ufer. Am Horizont schob sich Wald zu einem fetten Grünstreifen zusammen und zwischen dem sich langsam verfärbenden Laub der Bäume ringsum erspähte Agnes die Alte Jeetzel, ein Stillgewässer, das sich wie eine Ringelnatter durch üppige Auwiesen schlängelte. Sie wusste: Egal, was kommen würde, unabhängig davon wie diese Reise endete, sie könnte nie wieder in ihr altes Leben zurückkehren.

Eingesperrt in den Räumen der Stadt, abgeschnitten vom Puls der Natur, immerzu wartend, sorgend, kümmernd. Niemals hatte sie ihre um Aufmerksamkeit brüllenden Kinder ignoriert, wohl aber ihr eigenes, inneres schreiendes Kind. Sie erkannte, dass sie die Mauern um sich herum verinnerlicht und all die Jahre über nur versucht hatte, sich in diesem Gefängnis einzurichten. Es war Zeit auszubrechen. Zu rebellieren. Sie wollte sich nicht einfach einen Wunsch erfüllen, so wie man jemandem zum Geburtstag eine neue Tasche schenkte. Das hier ging viel tiefer. Sie musste ein Bedürfnis befriedigen, ein existenzielles Verlangen, weil ihr Leben sonst nicht lebenswert wäre.

Agnes wollte arbeiten, sich ihren Traum von beruflicher Anerkennung verwirklichen, geistig herausgefordert werden, die Welt mit ihren Gedanken verändern, so viel mehr sein als Hausfrau und Mutter. Ob das mit dem Job von Brittas Schwester gelänge, würde sich herausstellen. Einen Versuch war es wert.

Agnes wanderte den Weinberg hinunter und schlenderte zurück in die Altstadt. Sie telefonierte einige Male mit Tom, der trotz aller gestrigen Übergabegespräche Fragen zur Maßnahme oder einzelnen Jugendlichen hatte. Er würde das schon hinbekommen. Tom war empathisch und zugewandt, organisiert und pragmatisch. Es würde funktionieren. Es musste. Vielleicht profitierten Cheyenne und all die anderen sogar von einem männlichen Ansprechpartner.

Sie hatten vereinbart, Britta erst Ende der Woche von den Neuigkeiten zu berichten. Zum einen, damit sie sich weiter in Ruhe erholte. Zum anderen, damit Tom ihr bereits von ersten Erfolgen und einem guten Einstieg berichten konnte. Es war vielleicht nicht ganz fair. Agnes bedauerte, ihre Freundin hintergehen zu müssen, sah aber keine bessere Lösung.

Am Nachmittag checkte sie in die Pension ein, in der sie vor fünf Tagen mit Bas übernachtet hatte. Fünf Tage, die ihr erschienen wie eine Ewigkeit. Sie legte sich auf das Bett und las ein wenig in dem Krimi, den sie mitgenommen hatte. Es fühlte sich an wie Urlaub.

Um halb sechs klopfte es. Mit schlagweise aussetzendem Herzschlag öffnete Agnes die Tür. Bas hatte sich zu den obligatorischen Jeans für eines seiner Holzfällerhemden entschieden. Dieses Mal in Rot. Er hielt einen Tortenbehälter mit Abdeckhaube in den Händen.

»Hi.«

»Hallo.«

Sie sahen einander an, über die Türschwelle hinweg, ein Blick von drinnen nach draußen und umgekehrt. Agnes konnte sich nicht rühren. Sie wusste nicht, was sie tun sollte. Gedanken an Tom hingen wie ein Schleier zwischen ihnen.

Tom, der einen Schritt auf sie zugegangen war, der die Maßnahme stemmte, die Kinder, den Haushalt, damit sie sich wiederfand. Doch statt zu suchen, traf sie Bas.

»Meinst du, ich darf reinkommen?«

»Entschuldige …« Agnes ging zurück in den Raum und setzte sich auf die Kante des grauen Boxspringbetts.

Bas stellte die Kuchenplatte auf dem Tisch ab, ging zum Fenster, zog den Vorhang zurück und schaute hinaus in den Wald. »Beim letzten Mal war die Aussicht besser.« Er drehte sich um, verschränkte die Arme vor der Brust. »Möchtest du, dass ich gehe?«

Agnes biss sich auf die Lippe. »Ich weiß es nicht …«

»Geht es deinem Sohn gut? Und deiner Freundin?«

»Ja. Also … im Großen und Ganzen.«

Bas seufzte. Er glitt auf einen der beiden Stühle, beugte sich vor und stützte die Arme auf die Beine. »Darf ich dir zeigen, was ich mitgebracht habe?«

Agnes nickte.

Bas hob die Haube von der Tortenplatte, stellte sie auf den Boden, und präsentierte einen Kuchen. Er hatte die Form eines Flusses. Bäume säumten das Ufer, feine Kiesel lagen im Wasser, auf einer Wiese leuchteten bunte Blumen. In der Mitte, dort, wo der Fluss die Richtung änderte und einen Bogen beschrieb, stakste eine kleine Figur mit einem Rucksack und hochgekrempelten Hosenbeinen durch das Wasser.

»Du meine Güte … Bas …« Agnes biss sich erneut auf die Lippe, konnte die Tränen aber nicht zurückhalten. »Das ist wundervoll. Ich weiß nicht …« Sie schluchzte.

Bas stellte den Kuchen zurück auf den Tisch, setzte sich neben Agnes auf das Bett und nahm sie in die Arme. Er hielt sie, während Agnes versuchte herauszufinden, warum sie weinte. Bas strich ihr über den Kopf, streichelte ihren Rücken, küsste sie auf die Haare. Agnes fühlte sich geborgen. In ihrem Schmerz gesehen. Scheinbar reichte das.

Sie schliefen miteinander, leidenschaftlicher als während der vergangenen Male, gieriger, verzweifelter.

Später kosteten sie von dem Kuchen, sprachen über ihre Kindheit, Urlaube, das Wandern. Irgendwann schlief Bas ein. Da war die blaue Dunkelheit schon lange ins Zimmer gekrochen. Agnes lag wach neben ihm und fand keine Ruhe.

Noch später und eigentlich viel zu spät, um noch wach zu sein, schickte Emma ihr ein Reel auf Instagram. Es war von einer Inuit, der sie schon lange folgte. In dem Video erzählte die junge Frau von einem Brauch, der beim Umgang mit Wut half: Man ging in einer vollkommen geraden Linie über Land und Eis, powerte sich derart aus, bis die Wut nachließ. Die Stelle, an der es passierte, markierte man mit einem Stock. So wurde das Ausmaß der Wut sichtbar. Agnes lächelte. Wütend bis Hitzacker. Im selben Augenblick bemerkte sie, dass es stimmte. Die Wut, mit der sie die Scheuerbürste durch das Bad gepfeffert hatte, war verblasst.

Agnes: Danke! ♥ *Tolle Geschichte!*

Emma: weißt du schon wann du zurückkommst?

Agnes: Zwei Wochen brauche ich bis Berlin bestimmt noch.

Emma: Mama! was soll ich meinen Freundinnen sagen wo du bist? Die fragen alle schon

Agnes lächelte. Es schien, als wäre das der größte Vorteil daran, nicht mehr jung zu sein. Es spielte keine Rolle, was andere dachten.

Agnes: Sag die Wahrheit. Meine Mama wandert an der Elbe entlang nach Berlin. Von mir aus auch: Sie macht Urlaub.

Emma: ohne uns

Agnes: Mütter sind nicht nur Mütter. Sie sind auch Frauen mit eigenen Wünschen und Bedürfnissen. Wenn du dich mit Seyda oder Elli triffst, willst du mich ja auch nicht dabeihaben. Und das ist total okay! Ändert nichts an der Liebe zwischen uns. 🖤

Emma: 🖤

Irgendwann musste Agnes doch eingeschlafen sein. Als sie aufwachte, saß Bas angezogen auf der Bettkante und musterte sie.

»Guten Morgen.«

Agnes versuchte sich an einem Lächeln.

»Ich muss los. Ein Termin in Hamburg. Wir sehen uns heute Abend in Damnatz.« Er küsste sie auf die Stirn und verschwand.

Agnes drehte sich um. Sie hätte gerne noch ein wenig geschlafen, merkte aber, wie es in ihren Beinen kribbelte. Sie frühstückte unten im Restaurant, packte ihre wenigen Sachen und machte sich auf den Weg.

Den ersten Teil der Strecke kannte sie. Durch die Altstadt, am Wohnmobil-Parkplatz vorbei und rauf auf den Deich, der sich zwischen Landstraße und Elbe entlangschob. Agnes trug die Wanderstiefel, die sie in Geesthacht gekauft hatte. Sie wollte ihren Füßen keine anderen Schuhe aufzwängen, die womöglich neue Stellen für weitere Blasen fanden. Die fünf wanderlosen Tage waren den Schmerzen gut bekommen. Ihr Körper hatte zu heilen begonnen.

Nach einer guten Stunde erreichte sie den kleinen Ort, hinter dem sich der Deich von der Landstraße trennte.

Agnes passierte das Kiefernwäldchen und folgte dem Betonweg, der landeinwärts neben dem Deich und den gemähten Wiesen entlangführte. Schließlich erreichte sie die Stelle, an der sie am Donnerstag mit Emma gesprochen hatte. Agnes zückte ihr Handy und machte ein Foto.

Agnes: (Foto) Hier hat Emma mich vor fünf Tagen angerufen. Ist ein komisches Gefühl. Geht es euch gut?

Tom: Ja. Mach dir keine Sorgen. Emma war heute Morgen todmüde, weil sie bis spät in die Nacht mit ihrer Mutter gechattet hat 😊*, Jonas hatte erst zum zweiten Block und konnte ausschlafen und Cheyenne und Vanessa haben gerade Zoff. Läuft.*

Agnes: Danke.

Tom: Ich bin froh, dass du mir schreibst.

Agnes wusste nicht, wie sie darauf reagieren sollte. Die Gedanken an Bas hielten ihre Finger vom Tippen ab.

Tom: Welche Strecke wanderst du heute?

Agnes: Von Hitzacker nach Damnatz. Bis nach Dömitz ist es mir zu weit. Zum Glück gibt es auf halber Strecke eine Pension.

Tom: Dann wünsche ich dir einen guten Wandertag. 🥾

Agnes: Und ich wünsche dir einen entspannten Tag im blauen Haus. 🧘

MITTWOCH

BFR – BILDUNGS- UND FÖRDERSTÄTTE RISSEN

Endlich räumte Tom den letzten Ordner zurück in das Regal. Er hatte alle Unterlagen durchgesehen und seine Fragen thematisch auf farbigen Post-its notiert. Vier Stapel in Blau, Gelb, Grün und Pink klebten auf dem Schreibtisch. Die strukturellen Abläufe blieben ihm jedoch ein Rätsel. Außerdem fragte er sich, ob es Deadlines für einzelne Maßnahmen gab. Das musste er unbedingt in Erfahrung bringen. Er las die digitalen Akten und versuchte, Brittas Notizen mit seinen Eindrücken der Jugendlichen zu verbinden. Auch wenn Cheyenne, Vanessa, Cem und die anderen den erneuten Betreuerwechsel mit einem Schulterzucken hingenommen hatten, wusste Tom doch, dass hinter jedem *mir egal* ein bisschen Gefühl steckte, hinter jedem *vielleicht* eine kleine Entscheidung und hinter jedem *passt schon* ein wenig Qual. Er würde sein Bestes geben.

Dabei musste er Agnes unbedingt noch einmal fragen, bis wie viel Uhr die Maßnahme täglich geöffnet sein sollte. Und wie lange einzelne Jugendliche sich hier aufhalten mussten. Er hatte Cheyennes Vorschlag, mit allen gemeinsam runter an die Elbe zu gehen, als Engagement verbucht. Als persönlichen Einsatz und einen Hauch von Interesse, sodass er sie alle um 14 Uhr hatte ziehen lassen. Keine Ahnung, ob das okay war. Erfahrungen machte man beim Handeln. War jetzt auch nicht mehr zu ändern.

Tom betrachtete seine bunten Post-its auf Brittas cleanem Schreibtisch. Hoffentlich tat er hier das Richtige.

Mit einem Seufzer erhob Tom sich, trottete vom Büro in die Küche, schloss Terrassentür und Fenster, zog den Stecker der Kaffeemaschine, griff nach seinem Trenchcoat und verließ das blaue Haus.

Es war mild. Sanfter Wind zog um die Häuser. Das Wetter schien sich noch immer nicht zwischen Sommer und Herbst entscheiden zu können.

Als Tom die Contastraße erreichte, stieß er beinahe mit Jonas zusammen, der für einen gerade erst überstandenen Unfall entschieden zu rasant um die Ecke radelte.

»Sorry, Papa!« Er trat in die Pedale. »Bin spät dran, treffe mich mit Leon im Theater.«

Tom stapfte weiter bis zum Haus Nummer 15, öffnete die Tür, atmete den vertrauten, jahrhundertealten Essensgeruch ein und erreichte endlich die Wohnung. Emma hatte Reitunterricht. Er war allein.

Eine seltsame Stille wucherte in den Raum hinein und dehnte sich aus wie ein Schwamm. Tom schaltete die Boombox ein und streamte eine Punk-Playlist aus den Neunzigern. Er entschied, das gestapelte Geschirr in der Spüle zu ignorieren. Genauso wie die benutzten Töpfe auf dem Herd, die Jeans auf dem Stuhl und irgendwelche Schulhefte auf dem Sofa. Stattdessen stapfte er viermal hinunter in den Keller und schleppte Kisten ins Wohnzimmer.

Mit dem Körper zur Musik wippend wühlte er sich durch alte Weihnachtsdeko, die Brio-Bahn der Kinder, Schulhefte aus der Grundschule, Briefe und Fotos. Tom verabschiedete fast alle Sachen auf die Verkaufen-, Verschenken- und Wegschmeißen-Stapel, bis er die Strampler fand, in denen sie Emma und Jonas aus dem Krankenhaus abgeholt hatten. Er erinnerte sich an die Blumenkränze an der Haustür, mit denen er Agnes und das Baby willkommen geheißen hatte, an den Zauber dieser ersten Tage. Eine so intensive Verbundenheit, dass sie eigentlich die ganze Zeit über entweder gestaunt oder geweint hatten. Tom verpackte die Strampler in eine Tüte und platzierte sie auf dem bislang noch leeren Behalten-Stapel.

Dann sah er die Fotos durch. Agnes auf dem Campus. Agnes als Tutorin in einem Seminar. Wie sie mit Britta in der winzigen WG-Küche kochte. Tomaten pflanzend auf dem Balkon. Lachend auf einem Konzert. Beim Campingurlaub in Norwegen. Es war nicht nur das Alter, das die Frau auf den Fotos von der heutigen Person unterschied. Damals wirkte Agnes frei. Unbekümmert. Herzlich. Die Welt mit ihren Möglichkeiten umarmend.

Ein Schlüssel rasselte in der Wohnungstür. Tom schaltete die Musik aus. Er hörte Emma und Leon diskutieren. Kurz darauf standen sie gemeinsam mit Jonas zwischen Küche und Wohnzimmer und starrten ihn und das Chaos an.

Emma stöhnte mit einer Vehemenz, die das ganze Leid

eines Teenagerlebens umspannte. »Ich möchte einmal wieder nach Hause kommen, und alles ist normal!« Sie pfefferte ihre Reitstiefel zurück in den Flur, und Tom sah Pferdemist durch die Luft segeln.

»Ich entrümple nur …«

»Sehen wir!« Emma stemmte die Hände in die Taille. »Aber warum mariekondost du unser Leben? Das Zeug im Keller juckt doch niemanden.«

»Doch, mich.« Tom stand auf.

Es war wie immer Leon, der versuchte zu vermitteln. »Vielleicht gibt es was Cooles zu entdecken.« Er grinste. »Babyfotos von Jonas auf einem Schaffell.«

Emma rollte mit den Augen und verschwand in ihrem Zimmer.

Jonas schnaufte. »Weißt du, Papa … du könntest dir auch einfach die Haare blau färben oder eine Glatze rasieren. So was macht man bei Veränderungen im Leben.«

Tom setzte sich an den Tisch. Leon folgte seinem Beispiel. Nur Jonas blieb mit verschränkten Armen im Raum stehen.

»Ich weiß, dass Veränderungen Angst einflößend sind.« Tom versuchte, seiner Stimme einen Hauch von Samt zu verleihen, war sich aber nicht sicher, ob es gelang. »Vor allem, wenn sie die eigenen Eltern betreffen. Aber Stillstand gibt es nur im Tod.«

Jonas plumpste stöhnend auf einen der Stühle.

»Mama und ich hatten nichts, als wir uns kennenlernten. Wir studierten beide, lebten in winzigen WGs. Dann kamst du und Emma, und wir begannen, uns ein Leben aufzubauen, Wohlstand zu erarbeiten. Ich war über die Jahre so damit beschäftigt, uns materiell abzusichern, Dinge anzu-häufen, dass ich vollkommen vergessen habe, worum es eigentlich geht.« Tom holte Luft. »Um dich und Emma, Mama und mich. Ich habe das Gefühl, in diesem Kon-sumrausch zu ersticken! Deshalb miste ich aus. Es ist ein Anfang.«

»Ihr lasst euch also doch scheiden.«

Tom sah auf und entdeckte Emma, die im Flur hinter der Ecke gelauscht hatte. »Komm her, Süße, setz dich zu uns.«

Betont langsam schlich sie zum Tisch und quetschte sich neben Jonas auf dessen Stuhl.

»Niemand spricht von Scheidung, okay?«

»Was für ein Dementi!« Jonas schnaubte. »*I did not have sex with this woman*. Bist du Clinton, oder was? Alter!«

Tom faltete die Hände auf dem Tisch und versuchte, ru-hig zu bleiben. Dramatisierten die Kinder hier im teen-agerüblichen Rahmen? Oder interpretierten sie die Situa-tion einfach plausibler als er? Was war mit dem Mann, in dessen Armen Agnes neulich in dieser Pension verschwun-den war? Den sie geküsst hatte? Seit Tagen schon verbat Tom sich, daran zu denken. Es bedeutete sicher nichts. Agnes würde ihn nie betrügen. Wo sollte sie diesen Typen auch kennengelernt haben? An der Elbe? Beim Wandern etwa? Höchstens eine Ablenkung. Ein kurzer Ausbruch aus dem Alltag, ein One-Night-Stand, für den sie sicher nicht ihre fast zwanzigjährige Beziehung opfern würde. Er musste nachsichtig sein. Geduldig. Seine Bereitschaft für

Veränderungen signalisieren. Alles ausmisten, ihr Leben befreien. Sie würde zurückkommen.

Er räusperte sich. »Wir haben gerade Probleme. Ja, das stimmt. Aber wir sind in unserer Ehe noch nie einfach weggegangen, wenn es mal schwierig wurde.«

»Bis jetzt«, flüsterte Emma.

»Nein!« Toms Stimme schien in der Wohnung zu hallen. »Also ... in der Tat, das ist etwas vollkommen anderes. Mama muss mal den Kopf freibekommen und ...«

»Und was hast du gemacht, Papa, dass sie das allein an der Elbe macht? Ohne uns?« Emma sprang auf und rannte zurück in ihr Zimmer.

»Emma ...«

Jonas erhob sich. »Ich zieh nächstes Jahr mit Leon zusammen. Dann müsst ihr nur noch klären, bei wem Emma wohnt.« Er griff nach Leons Hand und zog ihn hinter sich her in sein Zimmer.

Tom ließ den Kopf in die Hände sinken.

DAMNATZ

Es war das Klischee eines Dorfs. Überall rot geklinkerte Fachwerkhäuser, Kopfsteinpflaster, Staketenzäune, Apfelbaumalleen, blütenreiche Rabatten, Kinderlachen, riesige Eichen und Kastanien, entferntes Hundegebell. Im Westen abgeerntete Getreidefelder, auf der anderen Seite die Elbe. Es war ruhig, pittoresk, idyllisch. Es schien als lauerte das Unheil überall, nur nicht hier.

Agnes blickte von der Bank auf dem Deich hinunter auf gelbgoldenes Gras. An schmalen Stränden säumten Sträucher die aufgeschütteten Buhnen. Sie sollten die Launen des Flusses in dieser weitgestreckten Schlaufe zähmen. Doch der Pegelstand der Elbe unterschritt bereits im dritten Jahr in Folge den Standardwert, sodass sich das Wasser glatt zwischen den Gestaden staute und die sich spiegelnden Wolken wie in zwei Parallelwelten oberhalb und unterhalb der Ufer ihrer Wege zogen.

Neben Agnes wetzte eine Grille die gezähnte Schrillader ihres rechten Vorderflügels über die Hinterkante des linken und erfüllte die Luft mit hellem, heiserem Zirpen. Es gab einen Zusammenhang zwischen aktueller Temperatur und den Gesangsintervallen bestimmter Grillen, das Dolbearsche Gesetz, aber Agnes hatte vergessen, mit welcher Formel man es berechnete. Sie erinnerte sich lediglich an die vereinfachte Version: dreizehn Sekunden lang zählen, wie oft eine Grille zirpte, vierzig zu dieser Zahl addieren und schon hatte man die Temperatur. Allerdings in Grad Fahrenheit.

Agnes stand auf. Sie hatte keine Lust zu rechnen. Die milde Wärme des beginnenden Herbstes spürte sie auch so.

Sie schlenderte zurück zur Pension, die sich gleich in erster Reihe hinter einem breiten, steinigen Sandstreifen am Deich erhob. Ein hübsches Fachwerkhaus mit breitem Scheunentor, das dank der Glasscheiben einen weiten Blick vom Speisesaal hinaus auf den Fluss ermöglichte. Sie ging an üppig verblühten Hortensien vorbei auf die blau eingezäunte Terrasse und wollte sich gerade auf einem der Liegestühle niederlassen, als sie Tom erkannte.

Er saß auf der Bank unter dem Apfelbaum, sprang auf, sobald er sie entdeckte, und kam auf sie zu. Es sah aus, als nähme er Anlauf.

Agnes hielt die Luft an.

Tom näherte sich ihr, durchbrach alle Distanzzonen, nahm ihre Hände in seine, führte sie zusammen und hob sie an seine Brust.

»Ich habe heute den ganzen Tag versucht, nicht an dich zu denken.« Er flüsterte, seine Worte kaum mehr als ein Hauch. »Dann habe ich diese Fotos von früher gefunden und … Agnes, ich habe solche Angst, dich zu verlieren.«

Toms Blick war gesenkt. Agnes spürte sein Herz an ihren Fingerspitzen pulsieren. Die Wärme seiner Hände, Haut an Haut. Ein Kribbeln flimmerte über die feinen Härchen ihrer Arme. Es fühlte sich an wie früher, wie ganz am Anfang, als sie während eines fünfstündigen Spaziergangs durch die nächtlichen Straßen der Stadt immer mehr Kraft aufwenden mussten, um nicht alles hinter sich zu lassen und knutschend auf den Asphalt zu sinken.

Damals, in diesen tintenschwarzen Stunden, hatte Tom ihr seine Schuld an Ollis Unfall gebeichtet, dass es seine Idee gewesen war, auf den Waggon des Güterzugs zu steigen, der unter einer Brücke stand, um ein *Tag* ganz oben auf dem Pfeiler zu hinterlassen. Olli hob den Arm mit der Spraydose als Erster, das Metall verwandelte sich in eine Antenne, die Luft übertrug die Spannung der Leitungen in einem Lichtbogen und er flog mit fünfzehntausend Volt im Körper vom Wagen. Überlebte wie durch ein Wunder. Allerdings waren vierzig Prozent seiner Haut verbrannt, und er verlor den Zeh, durch den der Strom aus seinem Körper ausgetreten war. Das Gefühl der Schuld fraß Tom auf.

Er hatte danach sein ganzes Leben geändert, um Ruhe zu finden, gab das Rebellentum auf, verbannte Spraydosen, Graffitis und die Crew aus seinem Leben, schmiss das Kunstgeschichtestudium, folgte dem Vorbild seines Vaters und wechselte zu Medizin. Er war erfolgreich. Seit Jahren schon.

Doch während die Nacht damals über sie fiel und die Dunkelheit an den Rändern undurchschaubarer wurde, offenbarte Tom sich ihr. Dass er seit einiger Zeit ausbrach, den Alltag verließ, die geregelten Strukturen, die Wochenenden durchfeierte, oft auch die Tage von Montag bis Freitag, seinen Konsum auf mindestens einen Joint pro Tag steigerte, One-Night-Stands sammelte wie andere Bierdeckel. Den zugedröhnten Quickie mit Suse zwischen Mülltonnen, Getränkekisten und Ratten auf dem Hof der Kneipe empfand er als seinen persönlichen Nadir, den tiefsten Wert, den er seinem Leben seit dem Unfall je beigemessen hatte. Dann entdeckte Agnes ihn mit Suse, und die Scham ätzte den letzten Hauch von Würde hinweg.

Tom wusste damals nicht genau, warum er sich am nächsten Tag bei Agnes entschuldigte, sich ausgerechnet ihr anvertraute. Sie entschieden später, dass es wohl gleich eine Art Verbindung zwischen ihnen gegeben haben musste. Vielleicht war es aber auch einfach an der Zeit für ihn, einen Weg aus dem Unglück zu finden.

Tom hielt Agnes' Hände noch immer an seinem Herzen, blickte sie jetzt aber an. Der dunkle Rand um seine Iris färbte sich schwarz. Agnes spürte die Kraft seiner Hände auf ihren, das Gewicht ihrer gemeinsamen Vergangenheit. Es fühlte sich stabiler an, als sie es in Erinnerung hatte.

Sie sahen einander an und sahen einander.

Agnes küsste Tom. Sie konnte gar nicht anders.

Er reagierte sofort. Seine Lippen pressten sich auf ihre, öffneten sich und als seine Zungenspitze ihre berührte, fühlte es sich an wie ein langer, Leben bringender Atemzug nach Jahren des Untertauchens.

Agnes verschränkte ihre Hände mit seinen. All die wütenden Tage, der Streit, die Wanderung, ihre Träume, die Unsicherheiten, ihre Zweifel an dem, was sie fühlte, ihre Jahre zusammen, das zarte Flüstern in ihrem Kopf, all das war hier zwischen ihren Fingern.

Sie zog Tom hinter sich her in den ersten Stock, schloss die Zimmertür auf, stolperte in den kleinen Raum, drehte sich um und schlang die Arme um seinen Hals, während Tom die Tür zukickte. Er küsste sie mit einer Leidenschaft, die keinerlei Zweifel kannte. Es fühlte sich ganz anders an als während der vergangenen Jahre, in denen sie Toms Berührungen oftmals achtlos entgegengenommen hatte. Jetzt spürte sie jede seiner Fingerkuppen auf ihrer Haut.

Sie nestelten aneinander wie zu ihren ausgehungerten Anfangszeiten. Jedes Mal, wenn sie in eine vertraute Choreografie abzugleiten drohten, wechselte einer von ihnen das Tempo. Änderte die Bewegung. Alles schien neu. Ein großes Abenteuer, das es zu erforschen galt.

Als Agnes Tom zum Bett ziehen wollte, hob er sie hoch und drückte sie beide gegen die Wand. Agnes dachte kurz an Toms sehnigen Körper, an all ihr überflüssiges Gewicht, das er stemmen musste. Sie versuchte, sich mit einer Fußspitze auf dem Boden auszubalancieren, doch Tom hob ihr Bein und Agnes gab den Gedanken auf. Das Begehren war absolut. Es gab nichts außerhalb dieses Gefühls. Kein vorher, kein danach. Weder Anstrengung noch Beurteilung. Es war einfach egal.

Agnes küsste ihn und schloss die Augen.

»Sieh mich an«, stieß Tom hervor.

Agnes hob den Blick, und sie bewegten sich gemeinsam,

langsam, schwer atmend, einander anschauend. Sehend und erkennend.

Als sie schließlich erschöpft die Wand hinabrutschten, löste Agnes endlich die Arme von Toms Hals und glitt rücklings auf die kühlen Dielen. Tom tat es ihr gleich, und sie keuchten wie zwei Marathonläufer nach dem letzten Sprint.

»Gott, war das anstrengend!« Agnes japste. »Ich bin total fertig. Ermatteter könnte ich gar nicht sein.« Einige Atemzüge später fügte sie hinzu: »Komisches Wort … er-ma-tte-ter … Wie oft hast du ermatteter gesagt in deinem Leben?«

Tom schüttelte den Kopf.

»Ermatteter … klingt wie ermattataaaa. Ermattataaa toranaga sana! Hai!« Sie lachte. »Wie aus *Shogun*, weißt du noch?«

Tom stöhnte. »Du hast mich an unserem ersten gemeinsamen Neujahrstag gezwungen, alle sieben Folgen zu schauen. Sieben!«

Agnes brummte in tiefem abgehacktem Stakkato: »Hai! Anjin san, du Memme! Toranaga sana! Ermattataaa!« Sie lachte laut auf. »Hai! Ermattataa!« Agnes konnte nicht aufhören. Sie spürte, wie das Ganzkörperlachen sich näherte, wie es ihren Körper zu beherrschen schien und schließlich mit einem ungeduldigen Prusten aus ihr herausplatzte. Es folgte ein giggelndes »Hai!«, bevor sie sich quieksend zu Tom auf die Seite drehte. Sie konnte nicht aufhören zu lachen. Tom grinste. Wahrscheinlich eher über sie als mit ihr.

»Ermattataaa …« Agnes wischte sich Tränen von den Wangen. Sie schaute zu Tom, der sich auf einem Arm abstützte und sie anlächelte.

»Was?«

»Deine linguistischen Kapriolen sind beeindruckend.« Agnes betrachtete die fächerförmigen Fältchen um seine Augen, die ihm seit einigen Jahren eine amüsierte Grundhaltung verliehen. Seine Wangen glühten, die dunklen Bartstoppeln wiesen auf verwegene Zeiten. Er beugte sich zu ihr und küsste sie sanft auf ihre gut durchbluteten Lippen.

Da klopfte es an der Tür.

Agnes erstarrte. Ihr Herzschlag setzte aus. Sie konnte sich nicht rühren.

Tom erhob sich und zog die Jeans hoch. »Ich mache auf.«

»Nein!«

Er drehte sich zu Agnes um, die jetzt ebenfalls aufgesprungen war und mit zitternden Fingern an den Knöpfen ihrer Hose zerrte.

»Wer ist das denn?«

»Keine Ahnung, aber ich möchte jetzt niemanden sehen.«

Tom ging zur Tür. »Ist vielleicht wichtig …«

»Nicht!«

Er drückte die Klinke herunter, zog die Tür auf und stand Bas gegenüber.

»Hi …« Bas schaute Tom an, blickte auf die blaue Zahl an der Zimmertür und wieder zurück zu dem Mann, den er hier wohl nicht erwartet hatte.

»Ja?«

Agnes sah, wie Tom die Türklinke mit aller Kraft nach unten drückte, die Haut spannte weiß über den Knöcheln, verdrängte das Bild aber sogleich und schob sich neben ihn in den engen Flur. Sie hoffte, er würde ihrer Stimme die Verzweiflung nicht anhören.

»Hallo, Bas.« Sie räusperte sich. »Das ist ja eine Überraschung. Ich wusste gar nicht, dass du es heute noch bis Damnatz schaffen würdest.« Agnes' Magen zog sich zusammen. »Tom, das ist Bas. Wir haben uns neulich beim Wandern kennengelernt. Bas, das ist mein Mann. Tom.«

Die beiden schüttelten einander die Hand. Fest, wie es schien und ein wenig zu lang, so als müssten sie über den abgegebenen Druck ihre Rollen festlegen. Wüsste Agnes es nicht besser, sie hätte darauf gewettet, dass Tom die Situation nicht nur durchschaute, sondern geradezu antizipierte.

Bas fand seine Stimme als Erster wieder. »Ja … na ja. Ich muss dann auch mal wieder.«

»Was wolltest du denn?« Tom verschränkte die Arme vor der Brust.

»Ach so, ich …« Er blickte mit einem knappen Blinzeln hinüber zu Agnes. »Ich wollte dich eigentlich fragen, ob du mit zum Abendessen kommst.«

»Gute Idee.« Tom stellte sich vor Agnes und stopfte sein Shirt in den Jeansbund. »Sex macht hungrig.« Er lächelte. Schaute erst Bas an, dann Agnes. »Lasst uns gehen.«

Agnes folgte Bas und Tom wie ferngesteuert. Als hätte

die Zombieapokalypse, die ständig in Emmas und Jonas' Filmen heraufbeschworen wurde, tatsächlich endlich stattgefunden. Sie fühlte sich vollkommen leer und so fehl am Platz wie nie zuvor in ihrem Leben.

Im Restaurant steuerte Tom auf einen Tisch an der Panoramascheibe der alten Scheune zu. Die Einrichtung, deren reduzierte, edle Optik Agnes vorhin noch bewundert hatte, verblasste hinter dem grellen Drama, das sie hier zur Aufführung brachten.

Tom bestellte Pfifferlinge und eine Flasche Rotwein für alle. Bas entschied sich für eine hausgemachte Soljanka, und Agnes spürte, dass sie jetzt auf keinen Fall mehr das eine oder das andere wählen durfte. Sie entschied sich für einen überbackenen Schafskäse und wusste, sie würde keinen Bissen hinunterbekommen.

Bas begann das Gespräch. »Wie schön, dass du Agnes auf ihrer Wanderung doch noch mal besuchst.«

»Ich bin Arzt. Meine Patienten sind von mir abhängig. Ich kann nicht kommen und gehen, wie ich will. Das scheint bei dir anders zu sein.«

»Ich bin selbstständig. Das bietet viel Freiheit. Eine bewusste Entscheidung. Wir leben schließlich nur einmal, nicht wahr?«

»Wenn man es zu etwas bringen will, arbeitet man als Selbstständiger aber auch selbst und ständig, oder?«

Agnes nahm drei große Schlucke von dem Rotwein, der endlich an den Tisch gebracht worden war. Sie ahnte, dass es auf der Welt nicht genug Alkohol gab, um sie durch dieses Gespräch zu bringen.

Tom und Bas erteilten einander in einem kurzen Frage-und-Antwort-Spiel beständig Abfuhren. Einer brachte ein Thema auf, es ging ein paarmal hin und her, dann schlug der andere mit der verbalen Faust zu und setzte es k.o. Es war schwer auszuhalten.

Agnes trug nichts zu dem Gespräch bei. Sie trank und schob den Salat im Kreis um den überbackenen Käse herum. Es fühlte sich an, als rausche dieser Abend an ihr vorüber, während sich die Sekunden gleichzeitig wie Stunden in die Länge zogen. Sie wollte die Situation entschärfen, dieses Drama beenden und suchte verzweifelt nach einem unverfänglichen Thema.

»Oh, schaut mal.« Sie deutete auf ihren Teller. »Der Käse sieht auf dem Salat jetzt aus wie einer der Silberreiher, die ich vorhin auf einer Sandbank gesehen habe.«

»Hm …« Bas grinste. »Vielleicht überlässt du das Food-Styling doch lieber mir.«

»Ach, du kochst?« Toms Ton klang süffisant.

»Nein. Ich designe, wie Essen dargeboten wird. Der Zander an Kürbisschaumpüree zu einem Pokal mit deinem Namen arrangiert? Auf der Feier im Museum für Hamburgische Geschichte? Das war ich.«

Toms Mund öffnete sich, aber es kam kein Ton heraus. Als er die Lippen wieder schloss, schaute er von Bas zu Agnes, musterte sie einen Moment lang, dann sprang er auf.

Er stieß den Stuhl so energisch mit den Beinen zurück, dass er sich drehte, gegen den Tisch stieß, Bas touchierte und schließlich polternd auf den Steinboden krachte. Die anderen Gäste folgten Tom mit ihren Blicken, als er mit weit ausholenden Schritten das Restaurant verließ.

Agnes schaute zu Bas.

Dann erhob sie sich ebenfalls und eilte Tom hinterher.

DAMNATZ

Tom war aus dem Restaurant hinaus in Richtung Elbe gelaufen. Agnes fand ihn in dem trockengefallenen blauen Holzboot, das ziemlich heruntergekommen neben einigen Fahrradständern oberhalb der aufgeschütteten Uferbefestigung kauerte. Er hockte auf dem Brett in der Mitte, hatte den Kopf in die Hände gestützt und schien zu weinen.

Agnes stieg ebenfalls in die Barke und setzte sich auf das gezimmerte Dreieck vorne am Bug. Trotz der Kanthölzer unter dem Rumpf schwankte das Boot ein wenig. Tom schaute auf.

Er schüttelte den Kopf. »Tut mir leid. Dieser Hahnenkampf war unter meiner Würde.«

Agnes blickte hinaus auf den Fluss. Obwohl die Sonne sich Zeit gelassen und noch bis weit in den Abend hinein mit Orange- und Lilatönen geflirtet hatte, konnte sie das Wasser jetzt nur noch als eine andere Art von Dunkelheit ausmachen. Sie hörte ein Gurgeln, ein sanftes Plätschern an den Steinen der Buhne. Der Abend war so leise wie seine Farben.

»Ich habe mit Bas geschlafen.«

Tom seufzte. »Ach, Agnes …« Er seufzte noch einmal. »Glaubst du wirklich, ich wüsste das nicht? Wir sind seit siebzehn Jahren zusammen. Denkst du, ich sehe das nicht?«

Agnes biss sich auf die Lippen. Die Tränen kamen trotzdem. Im fahlen Licht, das von der Terrasse der Pension über den Kies bis zu ihnen herübersprühte, sah sie, wie Tom mit ihr weinte.

»Und?« Er wischte sich über die Wangen. »Was jetzt? Willst du aufgeben? Mich, die Kinder, all die Jahre, alles, was wir uns aufgebaut haben? Willst du das wegschmeißen wegen eines unbedeutenden One-Night-Stands nach einem Streit?«

Agnes dachte: Es war nicht unbedeutend. Und: Es war kein One-Night-Stand.

»Es geht nicht um den Streit.«

»Ich weiß …«

Agnes holte Luft. »Ich brauche Zeit. Ich muss mir über so vieles klar werden.«

Tom legte den Kopf in den Nacken, als könnte er das Gewicht seiner Gedanken nicht länger tragen. »Wie besorgt soll ich sein, Agnes?«

»Ich weiß es nicht …«

Tom stieß einen Laut aus, den Agnes irgendwo zwischen Schmerz und Sarkasmus verortete. Die Ironie, sein Selbstschutz, wenn er nicht mehr weiterwusste – es schien, als könnte er nicht einmal mehr darauf zurückgreifen.

»Okay.« Tom erhob sich, kletterte aus dem Boot. »Ich bin hergekommen, weil ich kämpfen wollte. Um dich. Unsere

Ehe. Um all die Jahre, die uns verbinden. Aber ...« Er rieb mit den Daumen über Zeige- und Mittelfinger. »... das nächste Mal, wenn du mich siehst, werde ich nicht mehr kämpfen. Ich bin dann bereit, dich aufzugeben. Es liegt also bei dir.«

Tom ließ die Worte fallen wie einen Stein. Er klopfte zweimal kurz auf den Rand der Barke, dann knirschte er über den Kies, stieg die Treppen zur Terrasse hinauf und verschwand hinter dem Haus.

Agnes hockte am Rand des Streulichts, sah ihren an-geleuchteten rechten Arm und den linken, an dem sich die Dunkelheit wie an Flügelspitzen sammelte. Ein Igel schlurfte vorbei, raschelte kurz in den Sträuchern unter-halb der Terrasse. Danach war nichts mehr zu hören. Selbst die Elbe schwieg. Tönende Stille betonte das ganze Ausmaß des Elends. Und es war nicht einmal ein Don, ne? Stag.

DONNERSTAG

VON DAMNATZ NACH DÖMITZ

Eine Meise hatte sich unter eine Gruppe Spatzen gemischt und stritt sich mit ihnen um die Krümel auf dem Gras. Die meisten Gäste hatten die Pension inzwischen verlassen, und das Frühstück war längst von den Terrassentischen abgeräumt – die letzten Brösel ausgenommen. Agnes hockte mit einem Kaffee auf der Bank. Die Meise glitt jetzt über den Rasen zu einem kleinen Findling, landete, spreizte die Flügel und sonnte sich. Sie war eine Meisterin darin, zur Reglosigkeit zu erstarren, nicht nur in Hitzeperioden, sondern auch bei sehr niedrigen Temperaturen, um Energie für noch schlechtere Zeiten zu sparen.

Agnes dachte an die vergangene Nacht. Bas war verschwunden, Tom gegangen und sie hatte Stunde um Stunde auf dem Bett gelegen und die Decke angestarrt, ein allumfassendes Gefühl von Erschöpfung in Geist und Gliedern. All das rechtfertigte sicher die Lethargie, mit der sie seit vier Stunden auf der Terrasse hockte. Allerdings glaubte sie nicht, dass die Zeiten noch schlechter, die Temperaturen ihres Lebens noch eisiger werden könnten, sodass sie

Energiereserven aufsparen sollte. Sie wusste nicht einmal, ob sie noch welche besaß.

»Guck ma!« Ein vielleicht dreijähriges Mädchen mit abstehenden Zöpfen und einer blauen Latzhose sprang von der Türschwelle auf die Terrasse. Sie breitete die Arme aus, um sich auszubalancieren, stand aufrecht und schaute hinüber zu Agnes.

»Toller Sprung.«

Das Mädchen grinste. Sie blickte hinab auf ihre Füße, die in roten Gummistiefeln steckten. »Meine Beine sind so stark, die passen in Linas Stiefel!«

»Super.«

Das Mädchen flitzte los, rannte einmal um Agnes und den Apfelbaum herum, kicherte und blieb dicht vor ihr stehen.

»Guck ma! So schnell sind die!«

»Ja, sehe ich. Richtig schnelle Beine.«

Das Mädchen hob den rechten Fuß in die Höhe, versuchte das Gleichgewicht zu halten, wackelte ein wenig, balancierte dann auf dem anderen. »Ich hab schöne Beine!«

Agnes betrachtete die Kleine, und etwas in ihr verschob sich. Oder vielleicht auch in der Welt um sie herum. Als hätte ein Telefongespräch eine atmosphärische Störung erlitten, kurz ausgesetzt und liefe nun um eine Sekunde zeitversetzt weiter.

»Ja … das hast du.« Agnes dachte an ihre Füße und die Blasen, die Schürfwunden an den Knien, dieses Ziehen manchmal im Handgelenk. »Und so schnelle und starke Beine.«

Die Kleine strahlte und wetzte zurück ins Haus, wo erwachsene Stimmen sie in Empfang nahmen.

Starke Beine. Ein passender Körper. Agnes blickte hinüber zur Elbe, die ähnlich glatt dahindümpelte wie am Abend zuvor. Je chaotischer sich ihr Leben und die Gedanken darin gebärdeten, desto ruhiger schien der Fluss zu treiben.

Was war gerade geschehen? Starke Beine. An was hatte sie das erinnert? Sicher nicht an ihre zu kurzen und zu breit geratenen Gliedmaßen. Oder vielleicht doch? *Du kannst deinen Körper nicht in eine Form hassen, die du liebst.* Bas hatte das gesagt. Bas. Alle Gedanken an ihn ein ständiger Konjunktiv. Hätte, könnte, wäre. Sie wollte jetzt nicht an ihn denken, ihm nicht schreiben, ihn nicht sehen. Das Gleiche galt für Tom. Das Ausrufezeichen in ihrem Leben. So lange schon. Warum nur setzte er sie derart unter Druck? *Es liegt bei dir.* Vielen Dank auch!

Die unantastbaren Themen ihres Lebens schienen sich zu mehren. Agnes wollte nicht an Bas denken, nicht an Tom, weder an ihre Beine noch an ihren Körper, die Kinder kamen gleich gar nicht infrage, genauso wenig wie Britta und was den Job in Berlin betraf – war sie dem überhaupt gewachsen?

Agnes fiel zurück in eine gedankenlose Starre. Sie beobachtete einige Gänse, die in V-Formation über das Wasser segelten und neben Graureihern, Kormoranen und Stockenten auf der gegenüberliegenden Sandbank landeten. Ein weiß-blaues Boot schipperte hinter den Buhnen heran. Es sah aus wie eine Fähre oder ein kleines Ausflugsschiff.

Agnes schaute hinüber zur Uferbefestigung und erkannte, dass das blaue Häuschen auf dem Steg kein Schuppen für Kajaks war, wie sie ursprünglich vermutet hatte, sondern eine kleine Anlegestelle. Direkt davor wartete jemand mit einem Rennrad.

Sie legte das Geld für den Kaffee auf einen Tisch, schnappte sich ihren Rucksack und sprang die Terrassenstufen hinab. Als sie das blaue Holzboot und die Fahrradständer passierte, dachte sie kurz an Tom, verdrängte die Erinnerung, joggte über den Kies und erreichte Per, als er gerade den Steg betrat.

»Agnes!« Er schüttelte den Kopf.

Sie schnaufte. »Wohin fährst du?«

»Rauf nach Dömitz. Ist eine ziemlich angesagte Tour.«

»Na dann …«

Es waren kaum Passagiere an Bord. Die Saison näherte sich dem Ende. Agnes und Per stellten sich ans untere Heck der *MS Elise*, und Per begann mit dem Dozieren.

»Die Elbe hat ihren Namen ja vom lateinischen Wort *albia*, was so viel wie helles Wasser bedeutet. Deshalb hat sie wohl auch den weiblichen Artikel von *albia* übernommen.«

Agnes betrachtete Per, dessen Profil auf einem Filmplakat aus den Vierzigern sicher edel gewirkt hätte. Die geschürzten Lippen, hohe Wangenknochen. Er wusste um seine Attraktivität. »Ich dachte immer, es waren die Elfen in den weißen Flussnebeln, die für den Namen verantwortlich waren. Auf Mittelhochdeutsch hießen sie nämlich *alb*.«

Per schnaubte. »Das ist wohl eher eine poetische als eine wissenschaftliche Erklärung.«

Agnes lächelte. »Wundervoll, nicht wahr?«

Die *Elise* kreuzte stromaufwärts. Das Wasser spiegelte die Welt, und es schien, als könnte man sich leicht im Oben und Unten verirren. Sandbänke wechselten sich mit Röhricht ab, Kiesstrände mit Weidenwäldern. Pferde badeten ihre Hufe in einer kleinen Bucht. Agnes entdeckte eine Stöckerburg, die einem Biber gehören mochte. Dazu gesellte sich das Schnattern der Flussvögel an den Buhnen. Es roch frisch und ein wenig herb nach Aufbruch und Blättern. Obwohl sie seit so vielen Tagen an der Elbe unterwegs war, verzauberte die Flusslandschaft sie immer wieder.

»Und? Welche isses?«

Agnes erschrak. Sie hatte nicht zugehört. »Wie bitte?«

Per rollte mit den Augen. »Die peinlichste Person, der du auf Insta folgst!«

»Ähm … ich …«

»Also ich folge einer zahmen Elster in Australien. Ist aber nur halb so peinlich, wie man denken könnte. Da steckt eine Wahnsinnsgeschichte hinter!«

Per erzählte von einer kranken Frau, die durch den Vogel neuen Lebensmut gewonnen hatte, und Agnes wunderte sich über den Konversationsverlauf. Sie sprachen weder über Pers offenbar repariertes Fahrrad noch über ihre blutige vorletzte Begegnung oder warum sie nun wieder allein unterwegs war, nachdem Per sie in Hitzacker mit Bas gesehen hatte. Das Gespräch mäanderte seltsam dahin und berührte die Natur um sie herum in keiner Weise.

Agnes folgte Pers Ausführungen ohne Gegenwehr. Es war leichter so.

Einige Zeit später tauchte endlich die Dömitzer Elbbrücke auf, und sie liefen in den kleinen Hafen der rechtselbischen Stadt ein. Agnes überkam das Gefühl, weder ihr Leben noch diesen Fußmarsch je aktiv geführt zu haben. Vielmehr hatte das Leben sie an die Hand genommen, war wie ein Schiff vorgefahren, während sie ächzend an Bord gestolpert war. Das alles hier fühlte sich überhaupt nicht mehr wie ihre Wanderung an.

HAMBURG

BFR – BILDUNGS- UND FÖRDERSTÄTTE RISSEN

Tom drückte die schwere Holztür zu und sperrte hinter Cem ab, der das blaue Haus an diesem Tag als Letzter verließ. Mit dem Schlüssel in der Hand sank er auf den Boden und legte die Handflächen neben sich auf die kühlen Fliesen. Irgendwie hatte er diesen Tag seinem Ende entgegengeführt, mit Stunden, die ihm folgten wie ein lahmes Pferd. Stunden, die nicht wussten, wie locker die Leine in seinen Händen lag.

Als die Kälte durch den Jeansstoff drang, stand Tom auf. Er schritt durch die Räume, versicherte sich, dass alle Fenster geschlossen waren, räumte die Küche auf. Am Ende stopfte er den To-do-Ordner aus dem Büro in seinen Rucksack, öffnete die Haustür, schlüpfte hinaus und sperrte zu. Am liebsten wäre er erneut zu Boden gerutscht, die schwere Holztür ein Fels, der ihm den Rücken freihielt. Aber es hatte geregnet. Den Boden bedeckten feuchter Kies und braune Blätter. Sie schluckten das Licht, und Tom blinzelte gegen fahle Trübsinnigkeit an.

Ich habe mit Bas geschlafen. Agnes' Worte kolonisierten

346

seine Gedanken, eroberten immer mehr Raum, beherrschten ihn. Selbstverständlich hatte er es geahnt. Gewusst. Und dennoch. Worte hatten eine ganz eigene Macht.

Tom ließ sich von S-Bahn und Bus durch die Stadt schaukeln. Ab der Daimlerstraße ging er zu Fuß. Der Rucksack nahm rapide an Gewicht zu. In der Ohmstraße glaubte er, ihn kaum mehr die Stufen bis in den dritten Stock hinauftragen zu können. Schnaufend erklomm er den letzten Treppenabsatz. An der Tür erwartete ihn eine ältere Frau.

»Hallo. Ich bin Rosemarie Scheuer, Brittas Mutter. Wie überaus aufmerksam, dass Sie meine Tochter besuchen kommen, ja wirklich! Und das nach einem langen Arbeitstag.« Sie lächelte, winkte Tom hinein. »Möchten Sie ein Glas Wasser? Oder ein Bier?« Sie ging durch den Flur voran. »Britta hat es ja wirklich nicht leicht, immer so ganz allein. Da muss dann die Mama anreisen, wenn es mal eng wird, nicht wahr?« Sie lachte. »Schatz, hier ist ein netter Mann, der dich sehen möchte.«

Tom zwängte sich an Frau Scheuer vorbei ins Wohnzimmer, wo Britta unter einer Decke auf dem Sofa lag.

»Tom?« Sie richtete sich auf.

»Ich lasse euch dann mal allein …« Frau Scheuer verließ das Wohnzimmer und schloss die Tür.

»Entschuldige bitte …« Britta rollte mit den Augen und richtete sich auf. »Ist alles okay? Wie geht es Jonas?«

»Mach dir keine Sorgen. Es geht ihm gut.« Tom setzte sich auf einen knallorangefarbenen Sessel, der bequemer war, als er aussah. Neben ihm leuchtete eine gelbe Stehlampe, ein Teppich mit Dschungelmotiv schmückte den Boden und das tiefgrüne Sofa wirkte vor der rosafarbenen Wand schon fast beruhigend. Brittas eigene Blässe stand in scharfem Kontrast dazu.

»Wie geht es dir?«

Sie lächelte. »Beschissen.«

Frau Scheuer kam mit einem Bier, Salzstangen und einem Glas Wasser ins Wohnzimmer. »So … bitte schön. Wohl bekomm's! Haben Sie Hunger? Ich bereite gerade das Abendessen zu.«

»Mama …« Britta wirkte erschöpft. »Das ist Tom, der Mann meiner Freundin Agnes. Sein Sohn war bei mir im Auto, als es passierte.«

»Oh … nun ja … Ich hoffe, Ihrem Sohn geht es gut«, sagte sie und zog sich zurück.

Tom ignorierte das Glas auf dem Tablett, setzte die Bierflasche an und trank sie in einem einzigen Zug zur Hälfte leer.

»Okay …« Britta beugte sich vor. »Nachdem wir die peinlichen Verkupplungsversuche meiner Mutter ertragen haben, halten wir bestimmt auch die Neuigkeiten aus, die du mir erzählen willst.«

Tom rülpste. »Entschuldigung.« Er fuhr sich mit den Händen durch die Haare und wünschte, beim dutzendfachen Durchspielen dieses Gesprächs hätte sich eine Variante als tauglich herauskristallisiert. »Agnes … also …« Tom stöhnte. »Also Agnes … sie braucht diese Wanderung. In der Tat … während der vergangenen Jahre … das waren wir in unserer schlechtesten Form. Überfordert, unglücklich. Aber irgendwie konnten wir nicht darüber reden.« Er lächelte. »Ich will dich nicht mit unseren Problemen belasten … nicht mit meinen. Du sprichst mit Agnes darüber, und das ist gut. Ich möchte nur betonen, wie wichtig dieser Fußmarsch nach Berlin für sie ist.«

»Ich weiß. Allerdings glaube ich, dass er für euch beide wichtig ist. Auf sehr unterschiedliche Art und Weise.«

Tom blickte aus dem Fenster in die bunte Krone eines Baums. Die Farben passten zu Brittas Einrichtung. »Agnes hat jemanden kennengelernt.«

»Oh, Tom … das …«

»Nein. Bitte. Ich will nicht darüber reden. Eigentlich will ich noch nicht mal daran denken. Was ich dir eigentlich sagen will, warum ich gekommen bin …« Er holte Luft. »Agnes wandert wieder. Es macht mich wahnsinnig, aber ich denke, darin liegt die einzige Chance, die wir haben.«

Er erzählte ihr, wie er sich seit vier Tagen in die Abläufe der Maßnahme einarbeitete. Dass es sehr gut lief. Die Jugendlichen hatten den Betreuerwechsel schulterzuckend hingenommen, was sich natürlich aus ihrer Geschichte heraus erklärte, und dennoch. Es funktionierte. Er hatte sogar schon ein etwas tiefgründigeres Gespräch mit Cem geführt. »Ich gebe mein Bestes, bis du wieder da bist.«

Britta schien in ihrem pinkfarbenen Sweatshirt mit dem restlichen Interieur zu verschmelzen. Steif thronte sie auf dem Sofa. Erst einige Sekunden nach Toms letzten Worten kam Bewegung in sie. Mit einem flattrigen Zucken griff sie nach seiner Bierflasche.

»Britta, nicht. Das ist …«

Sie setzte an und trank die Flasche leer.

Tom seufzte. »Okay, ja … Aber als Arzt …«

»Aber als Arzt bist du nicht hier.« Sie stieß die Decke von den Beinen und starrte hinaus in die Baumkrone. »Ich weiß nicht, was mich mehr erschüttert. Die Tatsache, dass du hier sitzt und nicht Agnes oder meine eigene jämmerliche Bedürftigkeit.«

»Es tut mir leid, dass wir das einfach über deinen Kopf hinweg geplant haben.«

»Ja.« Sie wischte sich mit der rechten Hand über das Gesicht. »Sollte es auch.«

Tom blieb noch eine ganze Weile. Er hatte irgendwann den Ordner aus der Tasche gezogen und Fragen zur Maßnahme gestellt. Sie waren die Abläufe durchgegangen, hatten sich über die Teilnehmer unterhalten und die Büroorganisation besprochen.

Am Ende seufzte Britta laut. »Danke, Tom.«

Er winkte ab.

»Nein, wirklich …« Sie lehnte sich vor und ergriff seine Hände. »Danke, Tom.«

HAMBURG, CONTASTRAße

Tom wurde von einem Scheppern geweckt. Jemand kicherte, gefolgt von einem flüsternden Zischen. Er sah sich um. Aus irgendeinem Grund lag er auf dem Sofa. Es war dunkel, alle Farben ein ausgewaschenes Schwarz. Erneutes Rumpeln. Tom setzte sich auf und stieß dabei gegen den Couchtisch. Eine leere Flasche Rotwein polterte auf den Teppich. Nach dem Gespräch mit Britta und einem Abend allein vor dem Fernseher musste er wohl auf dem Sofa eingeschlafen sein. Auf dem Bildschirm schlich Clint Eastwood in schwarzem Cape und Cowboyhut durch den Regen. Erbarmungslos. Genau.

Tom schaltete den Fernseher aus. Giggeln drang durch den Flur. Es schien aus Jonas' Zimmer zu kommen. War morgen schon Wochenende? Nein. Heute war erst Donnerstag. Laut Deal durfte es also keinen Übernachtungsbesuch geben, schließlich mussten alle morgen früh zur Schule.

Tom reckte sich und rieb über die Bartstoppeln am Kinn. Sollte er Leon mitten in der Nacht nach Hause schicken?

Er brachte die Rotweinflasche zum Altglaskarton in der Küche, schlurfte durch den Flur und stieß die Tür zu Jonas' Zimmer ohne Klopfen auf. Vielleicht wäre der peinliche Moment lehrreich.

Tom wollte gerade zu einer Dealbreaker-Rede ansetzen, als ein süßlich scharfer Lösungsmittelgeruch in seine Nase schnitt. Ein seltsamer Dunst waberte durch das Zimmer. Tom kniff die Lider zusammen. »Mach das Fenster auf!« Er hörte das Drehen des Griffs, noch bevor er die Augen wieder öffnete und sich orientierte.

Im Zimmer standen drei Personen stocksteif wie Erdmännchen am Eingang zum Bau. Mit hängenden Armen und aufgerissenen Augen spähten sie zu ihm hinüber. Jonas rührte sich als Erster, blickte von Tom zur Wand hinter dem Bett, trat einen Schritt zurück, als wollte er etwas verbergen. Da entdeckte Tom das Graffiti: Jonas' Zimmer in Regenbogenfarben. Das Zimmer im Zimmer. Eine wirklich gute Arbeit. Sehr gut sogar. Künstlerisch anspruchsvoll. Raumgreifend mit fließenden Farbverläufen. Tiefenwirkung. Ein ganz eigener Ausdruck. Es gab sogar einen *tag*: D€nn/s.

Tom starrte auf den Blondschopf zwischen Jonas und Leon. Er trug einen knielangen blauen Rock, dazu ein weißes Shirt mit großen schwarzen Punkten, Dr.-Martens und eine Lederjacke.

»Du bist Dennis!«

Der Zweiundzwanzigjährige streckte ihm eine Hand voller Farbflecken entgegen. »Hi.«

Überrascht erwiderte Tom die Begrüßung.

»Sorry, das hier is'n bisschen eskaliert.«

So viel zu Ilias' vielbeschworener Rotzlöffeligkeit. Allerdings lallte Dennis ein wenig. Tom schaute erst zu Jonas, dann zu Leon. Nüchtern war hier niemand.

Er seufzte. »Okay, Jungs, das war's. Party ist vorbei. Ich rufe jetzt ein Taxi, und dann macht ihr euch auf den Heimweg. Wo wohnst du, Dennis?«

»Im Hotel.«

»Und in welchem?«

»In Hamburg.«

»Aha.«

Schließlich sprang Leon ein und erklärte, dass Dennis in der Hafencity wohnte. Er hatte heute das Bühnenbild im Schauspielhaus fertiggestellt, danach waren sie noch mit einigen anderen essen gegangen. Und noch was trinken.

»Wir wollten Dennis das wahre Hamburg zeigen! Die ganze Spießigkeit und mit allem Drum und Dran!«

»Interessant«, sagte Tom und überlegte, ob die Beleidigung ihn amüsierte. Zumal er Leons Eltern für wesentlich spießiger hielt. Vielleicht waren die Jungs deshalb hierhergekommen.

Eine Viertelstunde später saßen Leon und Dennis im Taxi. Tom hatte dem Fahrer Geld und die Adressen gegeben. Im Anschluss verfrachtete er Jonas mit einer Schüssel auf das Sofa im Wohnzimmer und lüftete die Wohnung.

»Papa?«

Tom hockte sich auf die Sofakante.

»Weißt du … ich will nicht ans Theater.«

»Ach nein?«

»Ich mag das, und Dennis is cool, und Leon liebt das, aber ich … nich.«

»Aha.«

»Künstler … das is so … so wenig Hand und Fuß, weißt du, was ich meine? Ich mach lieber Architektur oder was mit wissenschaftlicher, also … Natur oder so, ne?«

»Das ist dir sicherer?«

»Nee … ich glaub, das bin einfach mehr ich.«

FREITAG

VON DÖMITZ NACH MÖDLICH

Agnes hatte keine Lust mehr. Ja, die Elbe war wundervoll. Die Flusslandschaften bezaubernd. Das Wetter gut. Die ersten Zugvögel beeindruckend.

Die Blasen an den Füßen hatten sich hornhäutig zusammengeschrumpelt, und ihr Körper trug sie seit nunmehr hundertfünfzig Kilometern treu und ausdauernd. Agnes war sogar so weit zu behaupten, dass ihr Körper und sie sich einander annäherten, sich eigentlich gar nicht so sehr unterschieden. Sie waren keine zwei Wesen, Geist und Leib kämpften nicht gegeneinander. In ihr hauste kein schlankes Ich, das darauf wartete, befreit zu werden. Ja, sie liebte nicht jede Stelle ihres Körpers. Sie mochte aber auch nicht all ihre Gedanken. Vielleicht wollten Geist und Leib einfach mal in Ruhe gelassen werden. Sie mussten weder geliebt noch gehasst werden. Sie waren einfach da. Machten sie aus. Waren sie. Agnes.

Keine Diät der Welt hatte je angeschlagen, weil der Hunger nicht in den Abnehm-Tipps einer Industrie saß, die ihr Geld mit dem Gefühl der Unzulänglichkeit verdiente, das sie selbst den Frauen einimpfte. Er wartete nicht auf die Rezeptvorschläge einer App und ließ sich sicher nicht mit Pulver von Mahlzeitenersatzprodukten besänftigen. Der Hunger lauerte in Herz und Seele. Er verlangte weder nach Burgern noch nach Chips oder Schokolade. Er lechzte nach Leben.

Deshalb spielte es auch keine Rolle, ob Bas oder Tom ihren Körper mochten. Sie musste ihn akzeptieren. Sich satt fühlen. Agnes hatte starke Beine. Einen starken Körper. Einen starken Geist. Leider keine roten Gummistiefel wie die von Lina. Aber es würde auch so gehen.

Agnes keuchte. Sie hatte sich in Rage gelaufen. Die Gedanken trieben sie voran, obwohl sie keine Lust mehr auf das Wandern hatte.

Sie stoppte an einer Eiche, die hinter drei hübschen Reetdachhäusern den Weg zur Landstraße markierte. Viel Dorf gab es hier nicht. Die gemähten Auwiesen wirkten trostlos. Weit und offen, aber auch melancholisch mit den vereinzelten Weiden. Schafe grasten ein Stück weiter vorne am Deich. Agnes hockte sich auf die Bank im Schutz der Äste und aß das Brötchen, das sie sich heute Morgen in der Pension geschmiert hatte. Ein hübsches Bed & Breakfast in der Altstadt von Dömitz. Ein Tipp von Per. Natürlich ein Tipp von Per.

Als Agnes gestern Abend nach dem Duschen in Bas' grün kariertem Hemd beim Essen neben Per saß und an Tom dachte, hatte sie sich gefühlt wie in einem Drama von Shakespeare'schem Ausmaß. Sie zog sich zeitig zurück, erklärte, früh am Morgen aufbrechen zu wollen und

hoffte, sich endlich zum letzten Mal von Per zu verabschieden. Bislang hatte er sie auf seinem Rennrad nicht
überholt.

Agnes packte ihre Brotzeit zurück in den Rucksack
und schaute durch Äste und Blätter hinauf in die Eichen-
krone.

Es gab ein- und zweihäusige Bäume. Sal-Weiden, Eiben,
Espen, Wacholder – sie alle waren entweder männlich
oder weiblich, brauchten also den Pollen anderer Bäume,
um Früchte zu entwickeln. Kastanien, Pinien, Birken oder
auch Eichen waren einhäusig und schmückten sich sowohl
mit weiblichen als auch männlichen Blüten und kamen
prima allein zurecht. Und dann gab es noch die jung-
fernfrüchtigen Arten, allesamt weiblich, die ganz ohne
Befruchtung wundervolle Trauben, Äpfel oder Gurken
hervorbrachten.

Agnes wollte keine seltsamen Naturbeispiele bemühen, weil es sich immer anfühlte, als wollte man zwei un-
gleiche Terme zu einer Gleichung verbinden. Und dennoch.

Sie wusste, sie brauchte weder Bas noch Tom. Die Welt
hatte sich weit geöffnet. Sie hatte sich die Welt weit geöffnet. Alles war möglich. Sie konnte sich von Tom trennen,
wenn sie wollte. Sie musste nicht bleiben. Sie durfte ein
neues Leben wählen. Obwohl sie Mutter war. Schließlich
trennte sie sich nicht von den Kindern. Es würde eine Lösung geben.

Sie musste auch kein schlechtes Gewissen Bas gegenüber haben. Er war ein erwachsener Mann und wusste von

Anfang an Bescheid. Sie hatte ihm nichts vorgespielt, keine Gefühle vorgegaukelt oder Versprechungen gemacht.

Sie war eine jungfernfrüchtige Art. Sie war frei.

SAMSTAG

VON MÖDLICH IN DIE WELT

Der letzte Morgen ihrer Wanderung war hellgelb. Wie gepudert drang das Licht durch die grauen Leinenvorhänge und tauchte das Zimmer in Aufbruchstimmung. Obwohl Agnes noch immer nicht wusste, wie dieses Abenteuer für sie alle enden würde, hatte sie eine erste Entscheidung getroffen. Gleich beim Aufwachen, schon beim Öffnen der Augen, oder nein, sogar noch davor, in diesem dämmrigen Zustand zwischen Schlaf und Sein, schien plötzlich alles ganz klar. Ihre Wanderung endete heute. Es fühlte sich nicht mehr richtig an. Schon seit Tagen nicht mehr.

Galt die Wanderung anfangs dem Besinnen, der Heilung von etwas Wundgescheuertem, dem Erkennen ihrer Unzufriedenheit, Wut, der Wiederentdeckung ihres Selbst – so überlagerte in den Tagen seit dem Unfall ein seltsam unstimmiges Gefühl das Gehen. Statt einer Reise zu etwas hin, empfand Agnes es nun wie davonlaufen.

Sie stand auf, duschte, packte ihre Habseligkeiten, verließ das reizende Pensionszimmer und ging hinüber ins angeschlossene Café, um zu frühstücken.

Beim Googeln der möglichen Verbindungen stellte sie fest, dass ihr noch Zeit blieb. Also machte sie sich auf zu einem Abschiedsspaziergang an die Elbe.

Agnes schlenderte durch Mödlich, das wie eine Insel zwischen Feldern und Auwiesen lag, auf einer Seite begrenzt von der Landstraße, auf der anderen vom Deich. Am westlichen Ende, dort, wo Deich und Landstraße einander berührten, schlug Agnes einen unbefestigten Weg in Richtung Wasser ein. Sie streifte durch die Wiesen und erreichte die erste von vielen kleinen Einbuchtungen zwischen den Buhnen. Durch die veränderte Fließgeschwindigkeit hatte sich Sand abgelagert, sodass schmale Strände entstanden waren. Agnes hangelte sich von Bucht zu Bucht, kletterte über Steine, duckte sich unter Weiden hindurch und gelangte schließlich zum letzten Bogen, bevor der Weg zurück ins Dorf führte.

Sie zog die Schuhe aus und stakste barfuß durch das kühle Wasser. Der Sand war weich, ganz fein und hell. Die Elbe umspülte ihre Beine geräuschlos. Hier gab es keine Gezeiten, der Einfluss der Nordsee reichte nicht bis Mödlich. Kein Zyklus, kein Rhythmus außer dem, den der Strom selbst vorgab. Genau wie sie, war die Elbe hier nur sich selbst und vielleicht noch den *alb*, den Elfen in den weißen Flussnebeln, verpflichtet.

Agnes schaute über das glitzernde Wasser auf den Wald am anderen Ufer. Weiße Wolken reisten still und hoch über die Welt und spielten mit den Sonnenstrahlen. Ein roter Milan zog weit über ihr seine Kreise, den gegabelten Schwanz elegant im Luftstrom wiegend.

Agnes spürte das Schluchzen im Hals, lange bevor die Tränen kamen. Sie liebte diese Landschaft! Die Wanderung! Das Leben ohne Räume! Da gab es eine tiefe Dankbarkeit in ihr für die vergangenen Wochen. Sie hatte Glück stets als einen Hauch empfunden, ein wehender Vorhang am Pool, die kristalline Struktur von Schneeflocken, ein Lächeln. Die Vergänglichkeit schenkte dem Glück seine Macht. Doch Agnes konnte sich für immer an diesen Moment erinnern.

Sie nahm den Bus um 9:44 Uhr. Er brachte sie in den nächstgrößeren Ort, wo sie eine Viertelstunde wartete, die Linie wechselte und in einem weiten Bogen nach Wittenberge fuhr. Dort stieg sie in die Regionalbahn und zuckelte in einer knappen Stunde in Richtung Norden bis nach Schwerin, wo sie erneut umsteigen musste. Als Agnes mit zwei Dutzend weiteren Passagieren den verspäteten Anschlusszug betrat, stellte sich ein etwas jüngerer Mann an den leeren Sitz neben ihrem Fensterplatz.

Er trug einen grauen Anzug und nuschelte in sein Headset.

»Hey, Mausezahn.« Der Mann blickte zu den sich schließenden Türen. »Frag doch bitte Mama mal kurz, welchen Fisch ich kaufen soll.« Die Bahn fuhr an. »Okay. Und wie viele?« Sie verließen den Bahnhof. »Das reicht?« Pause. »Alles klar. Frag mal, ob wir sonst noch was brauchen.« Er schulterte seinen Rucksack, den er auf dem Boden abgestellt hatte, und sprang zwei Minuten später an der Haltestelle Schwerin Mitte aus dem Zug.

Agnes schüttelte den Kopf. Wie oft war sie in Bussen

oder Bahnen bereits Zeugin genau dieser Unterhaltung geworden. Eine Frau hatte einem Mann morgens aufgetragen, einen Teil des Einkaufs auf dem Rückweg von der Arbeit zu erledigen. Es hatte entweder exakte Anweisungen oder eine Liste gegeben, die er entweder vergessen oder verloren hatte. Deshalb rief er an.

Agnes hatte schon oft gedacht, dass diese Männer ihre Frauen als ausgelagerte Speicher missbrauchten. Auf diese Weise mussten sie selbst ihr Gehirn nicht bemühen, geschweige denn sich an die Einkaufliste erinnern oder morgens in den Kühlschrank schauen, um festzustellen, ob noch Milch in der Tür stand. Die Frauen hingegen leisteten eine ganze Reihe an planerischen Vorarbeiten. Sie überlegten, was heute oder morgen gekocht werden sollte, was im Kühlschrank oder der Speisekammer fehlte, was die Kinder sich zu essen wünschten. Dann teilten sie dem Mann ihre Erkenntnisse mit – mündlich, analog auf einem Zettel oder digital per Nachricht. Und trotz exzellenter Organisation waren sie abends gezwungen, in ihren Hirnen Platz für die Antworten auf erneute Nachfragen der Männer zu schaffen. Platz, den sie sicher für sinnvollere Dinge nutzen könnten.

Agnes stöhnte. Da war sie wieder, die Wut. Sie hatte sich nicht gänzlich abgebaut, war weder mit den Metallstangenschlägen auf Neu Darchauer Boden noch mit dem Bürstenwurf durch das heimische Badezimmer aus ihrem Leben verschwunden. Es schien vielmehr, als richtete sie sich häuslich ein. Vielleicht war das ganz okay. Wer nie wütend wurde, akzeptierte die Welt und das Leben. So unreflektiert wollte Agnes nie wieder sein. Schließlich war auch Tom der Überzeugung, viel geleistet zu haben. Sogar über die Maßen viel geleistet zu haben. Und, ja, sicher. Die Bürde, eine Familie finanziell allein versorgen zu müssen und lediglich Gast im Alltag der eigenen Kinder zu sein, erschien Agnes ebenso wenig erstrebenswert wie das Leben im Muttiversum. Und dennoch. Die gesellschaftlichen Erwartungen verlangten geschlechterspezifische Opfer. Im Gegensatz zum Drinnen einer Wohnung, umfasste Toms Gefängnis die ganze Welt.

Vierzig Minuten später fuhr der Zug in den Bahnhof von Boizenburg ein. Agnes stieg aus, trat auf den Bahnsteig und machte sich auf den Weg. Diesen Teil des Orts kannte sie nicht. Er lag östlich der Altstadt, gleich unterhalb des Fliesenwerks. Agnes marschierte entlang der Durchfahrtsstraße, bog links ab, passierte lang gestreckte Mietshäuser und Schrebergärten, bis sie den Ortsteil Bahlen erreichte. Sie blieb an der Landstraße und war froh, nach einem weiteren Kilometer endlich auf den Weg durch die Felder nach Gothmann abbiegen zu können. Es war inzwischen 15 Uhr.

Agnes stapfte über den Pfad. Die Dächer Boizenburgs leuchteten hinter den abgemähten Feldern wie Klatschmohn vor einer grünen Waldwand. Genauso hatte sie es in Erinnerung. Dabei näherte sie sich der Lichtung dieses Mal von der anderen, der östlichen Seite. Die feuchte Begegnung mit den Wassern der Sude blieb ihr erspart.

Agnes überquerte eine alte Binnendüne, sank mit den Füßen tief in den weichen Sand, schritt vorbei an Kiefern und Besenheide. Danach führte der Weg über Magerrasen bis an den südlichen Zipfel des Dorfs. Sie ging über die schmale Brücke, deren Asphaltlöcher ihr beim letzten Mal die Fahrradstange unsanft in die Oberschenkel gedrückt hatten. Noch ein kurzer Marsch durch die Weiden, dann erreichte sie endlich den Wald mit der kleinen Lichtung. Die rosa getünchte Datsche duckte sich noch immer neben der Scheune, die zum Glück nicht mehr qualmte. Nur ein altes, kaputtes Gebäude, das sich nach Ruhe sehnte.

Agnes machte ein Foto. Für den Fall, dass sie vergeblich auf Bas warten würde, wollte sie es später ausdrucken und ihm einen Brief schreiben. Ganz oldschool. Plötzlich schien ihr das überhaupt die beste Lösung zu sein. Ein Brief. Sie könnte über ihre Worte nachdenken, alles vernünftig erklären. Hastig verstaute sie das Handy und wandte sich ab, um zu gehen. Da öffnete sich die Haustür.

Bas stand in Jeans und hellgrauem Hemd im Eingang. Agnes' Herzschlag rauschte in ihren Ohren. Sie wünschte, die Idee mit dem Brief wäre ihr eher eingefallen. Bas' Blick hielt ihren fest, bis sie es nicht länger ertrug und den Kopf senkte.

»Möchtest du reinkommen?«

Sie nickte.

Bas ging voran. Er durchschritt Flur und Küche und deutete auf das Sofa im Wohnzimmer. Agnes hätte sich lieber auf einen der beiden Barhocker am Tresen gesetzt. Irgendwie erschien das unverfänglicher. Aber auf allen freien Flächen stapelten sich buntes Papier und gefaltete Origami-Kraniche in sämtlichen Größen und Farben. Es roch nach Kuchen und selbst gebackenem Brot.

»Entschuldige …« Bas räumte aufgeschlagene Bücher vom Couchtisch. »Ein neuer Auftrag.«

»Ich hatte gar nicht damit gerechnet, dich hier anzutreffen.«

»Ich habe auf dich gewartet.« Er hielt in der Bewegung inne, und sie fühlte seine Sehnsucht wie einen körperlichen Schmerz. »Schon seit Tagen.«

Agnes schloss die Augen. Da war eine Bedürftigkeit in seinem Blick, die sie bekümmerte.

»Möchtest du einen Kaffee? Bier? Was Stärkeres?« Er lächelte. »Eine Stulle?«

Sie schüttelte den Kopf und ging ins Wohnzimmer. Agnes glitt auf das Sofa und wünschte, sie könnte in die hintere Ritze fließen und verschwinden.

Ihr Blick irrte hinüber zu den Regalen, den Büchern, Kornblumen im Glasrahmen, dem Ohrensessel, Schaffellen, frischen Gladiolen. Die Datsche war so viel mehr als ein Ort. Sie war ein Gefühl, gespeichert in Agnes' Herz.

Bas ließ sich auf dem Couchtisch nieder. Ihre Knie berührten sich.

Agnes räusperte sich. In welche Worthülsen passte Unsagbares? Wie sollte sie Bas erklären, wie dankbar sie ihm war, ohne ihn zu verletzen? Er hatte ihr auf der Flucht die Hand gereicht, sie gewärmt und geliebt. Aber sie wollte nicht länger wegrennen. Es gab kein Gefängnis mehr in ihr, sie hatte die Mauern eingerissen. Bas selbst hatte dabei geholfen.

Sie zwang sich, ihn anzusehen. Agnes wollte ehrlich sein, wahrhaftig, Bas die Wertschätzung entgegenbringen, die er verdiente. »Die vergangenen Wochen … also meine Wanderung, alles, was in dieser Zeit passiert ist – du …« Sie stockte, musste sich kurz sammeln. »Das hat mein Leben aus den Angeln gehoben. Nichts wird je wieder so sein wie zuvor. Ich habe mich verändert … auch durch dich. Deshalb bin ich dir so dankbar …«

Abrupt stand Bas auf. Er lief durch den Raum und begann, sein Hemd aufzuknöpfen.

Irritiert sah Agnes ihn an. »Was machst du?«

»Keine Sorge. Hier gibt es nichts, was du nicht schon gesehen hättest.« Er zog das Oberteil aus, warf es zu den Kranichen auf einen der Barhocker, verließ das Wohnzimmer und stapfte die Treppe hinauf. Agnes hörte die Tür zum Ankleidezimmer quietschen und stieß die angehaltene Luft aus. Es gab keine angenehmen Worte für unangenehme Situationen. Ganz egal, wie sehr es ihr widerstrebte, Bas zu verletzen, sie hatte es getan.

Die Tür zum Ankleidezimmer quietschte erneut, die Treppenstufen knarrten und Bas erschien in einem schwarzen T-Shirt in der Küche.

»Ich brauche einen Kaffee. Möchtest du auch einen?«

Agnes schüttelte den Kopf.

Bas kehrte mit einer Tasse zurück ins Wohnzimmer. »Lass uns rausgehen.« Er öffnete die Terrassentür und setzte sich draußen an den Tisch. Agnes folgte ihm.

»Okay.« Bas nippte an seinem Kaffee. »Du gehst also zurück zu deinem Mann. Und hier bei mir bist du, um dich als Heldin deiner und Schurkin meiner Geschichte zu präsentieren.«

Agnes dachte an die Tage in der Datsche. Nächte unter fremdem Himmel. Eine losgelöste Zeit in einer fremden Umgebung mit fremden Geräuschen, einem fremden Geruch in einer fremden Luft. Alles so vertraut. »Es tut mir leid, Bas. Ich habe die Zeit mit dir so sehr genossen. Du bist …«

»Bitte!« Er schaute Agnes an, und sie erkannte, wie sehr sie ihn verletzt haben musste. »Erspar uns das.« Dann lächelte er. »Hey! Wir hatten eine nette Zeit zusammen. Behalten wir das in guter Erinnerung.«

Agnes nickte. Sie hätte Bas gerne erzählt, welche umwälzenden Veränderungen die vergangenen Wochen bewirkt hatten, wie viel die Zeit mit ihm ihr bedeutete, welchen Einfluss die Tage in der Datsche auf ihr Leben hatten, wie wenig sie an eine gemeinsame Zukunft mit Tom glaubte, was ihre Pläne für die nächste Zeit waren. Aber sie erkannte, dass nur einige Dinge erzählt werden konnten, andere hatten ihre eigene Zeit und manche blieben für immer ungesagt.

DONNERSTAG

HAMBURG

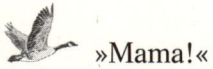»Mama!«

Agnes zuckte zusammen. Die geöffneten Fenster auf dem hellen Bildschirm des Laptops verschwammen ineinander. Biosphärenreservat Schleswig-Holsteinisches Wattenmeer, Nationalpark-Haus Greetsiel, Stellenausschreibung, Multimar Wattforum, Kooperationen, Umweltforum Dornumersiel, Forschung, Ranger, Nationale Naturlandschaften. Agnes blinzelte. Sie brauchte einen Moment, um aus den Tiefen der neuen Möglichkeiten aufzutauchen. Nach Tagen der Recherche begann sie langsam, die Suche einzugrenzen, Prioritäten zu setzen. Es gab Optionen. Allein der Gedanke berauschte sie.

»Es ist gleich 17 Uhr!« Emma baute sich neben ihr und dem Esstisch auf, stemmte die Hände in die Hüften und zog die Stirn in Falten.

»Ich mache mich jetzt fertig.« Agnes klappte den Laptop zu. Trotz der genervten Pose sah Emma hübsch aus in dem zarten rosafarbenen Oberteil und dem roten Rock. Die Haare wellten sich in großzügigen Locken über Stirn und Wangen und sollten wohl von den zurzeit reichlich sprießenden Pickeln ablenken. »Das sieht hübsch aus.«

Emma blinzelte übertrieben wie eine Cartoonfigur. Im Film hätten ihre Wimpern geklimpert. »Was auch immer.«

»Wie bitte?«

»Mütter finden noch den dicksten Pickel niedlich! Man kann ihrer Meinung nicht trauen.« Sie verschränkte die Arme vor der Brust.

Agnes unterdrückte ein Lächeln. »Interessanter Ansatz. Deshalb fragst du mich auch immer, wie mir deine neuen Klamotten gefallen, oder?«

Emma stöhnte.

»Ich glaube, du kannst viel besser damit umgehen, wenn mir etwas nicht gefällt, als wenn ich dir ein Kompliment mache. Das ist schade, Schätzchen, denn du bist …«

»Stopp!« Emma winkte ab. »Mehr Pädagogik ertrage ich nicht.« Sie drehte sich um und verschwand in ihrem Zimmer.

Agnes seufzte. Pubertät war, wenn die Eltern schwierig wurden. Genau. Zum Glück gab es noch immer die, allerdings rarer werdenden, Augenblicke, in denen Emma sich Nähe suchend an sie kuschelte. Es standen vielfältigste Veränderungen ins Haus.

Agnes ging in die Küche und trank einen Schluck Wasser. Ihr Blick fiel in den Hinterhof. Die Blätter der Eiche auf der hinteren Seite färbten sich bereits gelb und rot. Wenn sie fielen, spätestens dann, wollte sie die Innenräume dieser Wohnung verlassen haben.

»Mama?« Jonas stürmte in die Küche. Er trug einen

beigefarbenen Anzug mit rosafarbenem Hemd im Dip-dye-Look. Früher hätte man wohl Batik gesagt. »Kannst du die dämlichen Manschettenknöpfe …« Er stutzte. »Du bist noch nicht umgezogen?«

»Mache ich gleich. Wobei soll ich dir helfen?«

Ein Schrei tönte aus dem Flur. Kurz darauf stürmte Emma zurück ins Esszimmer. »Jonas!«

Er stöhnte. »Was habe ich jetzt wieder gemacht?«

Tom trat aus dem Schlafzimmer. »Alles okay hier?« Agnes hatte sich gefragt, was er anziehen würde, und erkannte jetzt mit Schaudern die blaue Hose des dreiteiligen Anzugs, den er sich für die Feierlichkeiten im Museum zugelegt hatte.

Emma schrie: »Die Badsituation eskaliert!«

»Alter! Nicht schon wieder! Wir brauchen eine Putzfrau!«

»Okay. Wisst ihr was?« Tom kam in die Küche. »Wir hatten mal eine Putzfrau, aber das verändert gar nichts. Was wir brauchen, ist ein Putzplan.«

»Wir hatten mal eine Putzfrau?« Emma kräuselte angewidert die Lippen. »Eine illegal beschäftigte Frau, die in Deutschland unseren Dreck wegmacht, während ihre eigene Familie in Polen oder wo auch immer ohne sie klarkommen muss?«

Jonas verdrehte die Augen.

»So war das nicht«, sagte Tom. »Mia hat studiert. Das Putzen war ein Nebenjob. Aber …« Er stockte, blickte hinüber zu Agnes, die noch immer am Küchentresen stand.

»… aber ich habe immer aufgeräumt, bevor Mia kam, was das ganze ad absurdum führte. Das wolltest du doch sagen, oder?« Angespannte Stille zog durch die Wohnung. Agnes starrte Tom an, der sich unter ihrem Blick zu winden schien. »Das Problem war, dass das Chaos zu Hause immer nur auf mich zurückgefallen ist. Schließlich warst du ja arbeiten und nie da und als Mann sowieso nicht zuständig. Ich war die schlechte Hausfrau, die nicht einmal ein bisschen Unordnung in den Griff bekam.«

»Das habe ich so weder je gesagt noch gedacht. Du hast das damals alles großartig gemeistert.«

»Ach, hör doch auf mit den Lobhudeleien!« Agnes ballte die Hände zu Fäusten. »Die helfen niemandem! Ganz im Gegenteil: Zu allem Unglück rauben sie einem noch das Recht, sich erschöpft und überfordert zu fühlen. Und genauso habe ich mich damals gefühlt: erschöpft und überfordert!« Da war sie wieder, die Wut. Ständig schwappte sie über, ganz plötzlich, während der nebensächlichsten Gespräche, in gänzlich banalen Situationen, als hätte das Leben Agnes' Glas über die Jahre gefüllt und sie niemals davon getrunken. »Selbst Mia hat damals für mich Stress bedeutet, weil ihre Putzpläne ständig mit den Schlaf- oder Stillzeiten eines Babys kollidierten und ich mich nicht einfach erledigt in Jogginghose auf dem Sofa ablegen konnte, während sie um mich herumwuselte.«

Jonas stieß sich von der Wand ab, an der er gelehnt hatte. »Und das habt ihr in all den Jahren seitdem nie besprochen?« Er schüttelte den Kopf. »Wow.«

Er drehte sich zu Emma und hielt ihr den rechten Arm

hin. »Mach mal zu, bitte.« Emma zwängte die Manschetten-knöpfe durch die schmalen Löcher, dann verzogen sie und Jonas sich in ihre Zimmer.

Tom stand vor dem Esstisch, die Hände tief in den Taschen der Anzughose vergraben. »Es tut mir leid. Ich weiß nicht, ob wir all die Jahre aneinander vorbeigeredet haben, ob es einfach ständig um Orga und Abläufe und die Kinder ging und viel zu wenig um uns oder ob wir einander schlicht aus den Augen verloren haben.«

»Ja.«

Tom verzog das Gesicht zu einem Ausdruck, den Agnes irgendwo zwischen Erstaunen und Ernüchterung einordnete. Schließlich versuchte er sich an einem Lächeln. »Kennst du Kintsugi?« Er kam zu ihr in die Küche, blieb aber auf der anderen Seite der Theke stehen. »Das ist eine Kunstform aus Japan. Wenn ein Gefäß zerbricht, dann klebt man die Scherben mit deutlich sichtbaren Fugen aus Gold wieder zusammen. Es geht um die Wertschätzung von Fehlern, um Einfachheit, das Erhalten von Dingen. Die Goldverbindung hebt den Makel hervor und zeigt, dass es sich lohnt, nicht gleich alles zu entsorgen.«

»Du willst unsere Ehe mit Goldfugen kitten?«

Er winkte ab. »Ich habe angefangen, den Keller zu entrümpeln. Es ist unglaublich, wie viele unnötige Dinge wir besitzen. Es scheint … ich weiß auch nicht … als wäre ich in den vergangenen Jahren in eine Art Konsumrausch geflüchtet. Ich dachte, je mehr wir besitzen, je mehr wir uns leisten können, desto sicherer sind wir. Aber ich merke gerade, was für ein Quatsch das ist.«

Agnes runzelte die Stirn. »Aus einem sehr privilegierten Blickwinkel heraus vielleicht.«

»In der Tat …« Tom zuckte mit den Schultern. »Ich weiß.« Er sah sie an. Lange. Als läge das Gewicht seiner Welt darin. »Ich habe einfach das Gefühl, das Wesentliche zwischen all dem Kram aus den Augen verloren zu haben.«

Agnes dachte an die Elbe, das Wasser, das ihren Geist bewegt, sie stets vorangetrieben hatte. Sie vermisste die klare Orientierung des Wanderns. Der Fluss, der sie navigierte, die Richtung vorgab. Jetzt musste sie den Kompass wieder in sich selbst finden.

»Ich glaube, es geht uns ähnlich.« Sie nickte. »Ich habe in den Jahren seit den Kindern auch einiges aus den Augen verloren. Ich weiß nur nicht, ob wir dasselbe suchen.«

»Alter!« Jonas fegte um die Ecke ins Esszimmer. »Wenn ihr euch nicht endlich fertig macht, gehen wir allein!«

Tom zögerte einen Moment, schaute noch einmal zu ihr hinüber und verschwand ins Bad, während Agnes unter Jonas' strengem Blick ins Schlafzimmer huschte.

Sie lehnte sich an die Tür und schloss die Augen. Wie gerne würde sie jetzt mit Britta durch eine der üppigen Auwiesen an der Elbe stromern und reden. Aber ihre Freundin war gestern zu einer sechswöchigen Reha gefahren. Zwei Tage zuvor hatten sie sich ausgesprochen. Tränenreich. Im Anschluss wollte Britta ihr für den heutigen Abend eines der langen Abendkleider aufschwatzen, die sie aus unerfindlichen Gründen gleich dutzendfach besaß.

»Ich liebe jedes Einzelne«, hatte sie trotzig erklärt. »Sie sind wunderschön, und irgendwann werde ich alle tragen!«

Agnes überlegte, ob sie eine gemeinsame Kreuzfahrt planen sollten. Captain's Dinner. So etwas gab es doch, oder?

Für den heutigen Abend hatte sie Brittas Angebot abgelehnt. Die eng anliegenden Roben hätten ihr sowieso nicht gepasst. Agnes wusste genau, was sie tragen wollte. Nichts Geliehenes, keinen zum Kleid umfunktionierten Rock, kein altes Stück aus dem Schrank, nichts, was der Form eines Etuikleids auch nur ähnelte. Sie war gestern durch etliche Läden gestreift, hatte sich in grell ausgeleuchteten Umkleidekabinen im Spiegel betrachtet, war nicht verzweifelt und hatte schließlich genau den Tüllrock gefunden, den sie gesucht hatte. Eine knöchellange, rosafarbene Wolke, zu der sie jetzt die weinroten Chucks anzog, dazu ein weißes T-Shirt und einen dicken grauen Strickpulli. Das Outfit war extravagant, gleichzeitig zu viel und zu wenig für eine Premierenfeier, nicht figurschmeichelnd und zu jung.

Agnes liebte es.

Auf der Feier im Museum war sie von den hohen Klippen der gesellschaftlichen Erwartungen gestürzt. War schon vor dem freien Fall ins Straucheln geraten. Dabei ging es am Abgrund nur noch um Haltung. Allerdings wusste Agnes jetzt, dass das Wissen um einen Abgrund bei der Haltung half. Und zwar ganz ungemein. Der heutige Abend würde es beweisen.

Als sie das Schlafzimmer verließ, um ins Bad zu gehen, stieß Agnes im Flur auf Tom. Er hatte sich umgezogen. Statt der unsäglichen blauen Anzughose trug er zum weißen Hemd nun eine überkandidelte schwarze Smokinghose mit Kummerbund, die er mit einem rosafarbenen Samtjackett kombinierte. Dazu eine schwarze Fliege und einen verlegenen Gesichtsausdruck. Agnes kannte keines der Kleidungsstücke und auch Toms Miene nur aus längst vergangenen Tagen. Wüsste sie es nicht besser, sie hätte vermutet, dass er ihr zur Seite stehen wollte.

»Oh Gott!« Emma linste aus ihrem Zimmer und schlug theatralisch die Hände vor dem Gesicht zusammen. »Ihr seht aus, als würdet ihr zu einem Kostümball gehen!«

Tom lächelte. »*Tenue de ville in pink*. Der Dresscode war eindeutig.«

»Papa!«

Jonas rief aus der Küche. »Können wir jetzt endlich?«

»Ihr seid total overdressed!«

»Ich muss noch schnell ins Bad.« Agnes schob sich und den Tüll an Tom und Emma vorbei. Sie kämmte ihre Haare, entschied sich für die Granat-Ohrringe ihrer Großmutter, legte ein wenig Lipgloss auf, tuschte die Wimpern und lächelte ihrem Spiegelbild zu. Das war sie. Agnes Morgenthaler, vierzig Jahre alt, Biologin. Overdressed in Tüll. Sie war vorbereitet.

Jonas klopfte an die Badezimmertür. »Wo steht das Auto?«

Agnes öffnete ihm. »Wir fahren mit dem Rad.«

»Was?«

Emma drängte sich neben ihren Bruder. »Das ist nicht dein Ernst!«

Agnes zuckte mit den Schultern. »Du kannst natürlich den Bus nehmen.«

»In diesen Klamotten?« Emma schaute an sich und dem langen Satinrock hinunter. »Niemals!«

Die Kinder diskutierten. Emma versuchte es mit Erpressung und dem *cringe*-Argument, Jonas setzte auf die Unversehrtheit seiner geliehenen Klamotten auf dem Weg in die City. Aber Tom schüttelte gemeinsam mit Agnes den Kopf, sodass sie sich zehn Minuten später endlich alle auf die Fahrräder schwingen konnten.

Sie fuhren durch die Mansteinstraße und passierten die kleine Brücke über den Isebekkanal. Agnes genoss den Fahrtwind, der den Tüll um sie herum wie eine Krinoline aufwirbelte. Emma hatte ihren Rock dank eines Tik-Tok-Hacks mit einer zwei-Euro-Münze und einem Haargummi zwischen den Beinen zusammengebunden, sodass er nicht flatterte. Selten war Agnes so froh, kein Teenager mehr zu sein.

»Wisst ihr was?« Jonas überholte sie von hinten, wie immer freihändig fahrend, und hielt das Handy in die Höhe. »Diese Szene braucht einen Soundtrack!«

Er tippte ein paarmal auf das Display, dann erklang die Stimme von Elsa aus *Die Eiskönigin*, Musik, die jahrelang 24/7 in Emmas Zimmer dudelte. Tom lachte. Als Agnes sich zu Emma umdrehte, sah sie wie das Gesicht ihrer Tochter versuchte, sich zwischen kindlicher Freude und angemessen überheblicher Teenager-Pose zu entscheiden. Dann hob Elsa ihre Stimme, und Emma hielt es nicht länger aus. Gemeinsam mit Jonas schrie sie: *»No right, no wrong, no rules for me – I'm free!«*

Tom setzte wie so viele Male zuvor gemeinsam mit

Agnes zum Refrain ein: »*Let it go, let it go, I am one with the wind and sky, let it go, let it go, you'll never see me cry. Here I'll stand, and here I'll stay. Let the storm rage on.*«

Tom versuchte immer wieder, Agnes' Blick aufzufangen und lächelte, wenn es ihm gelang. Es schien, als flirtete er mit ihr, was Agnes überraschte. Vor allem, weil es zu funktionieren schien.

Am Schauspielhaus schlossen sie die Fahrräder an, und Emma eilte zu ihrer Freundin Seyda, die bereits vor dem Eingang auf sie wartete. Jonas textete Leon, der kurz darauf in einem rosafarbenen Leinenanzug und weißen Sneakern zu ihnen stieß. Er hatte die Spitzen seiner Haare hochtoupiert und pinkglitzernd angesprayt.

»Leon!« Agnes umarmte ihn. »Du siehst toll aus!«

Er grinste. »Das Kompliment kann ich nur zurückgeben.«

Sie gingen gemeinsam ins Foyer und fanden sich zwischen Menschen in Jeans, Männern in dunkelblauen Anzügen und Frauen in Etuikleidern wieder. Agnes spürte, wie die Blicke an ihnen haften blieben.

Da schob Tom sich neben sie und griff nach ihrer Hand. »Im falschen Aufzug am falschen Ort zu sein lässt sich leichter ertragen, wenn man nicht allein ist.«

Agnes starrte ihn an. Wirklich? War ihm endlich klar geworden, wie sehr dieser Abend im Museum sie verletzt hatte? Wie viel mehr als der Streit geschehen war? Wie illoyal er sich verhalten hatte?

»Es gibt Momente, denen man mit großer Würde begegnen muss.« Tom schaute sie an. »Habe ich nicht immer geschafft. Das tut mir sehr leid.«

»Ich dachte, du wolltest nicht mehr kämpfen.«

Er lächelte ein wenig schief und zuckte mit den Schultern. »In der Tat … das war gelogen.«

Leon erschien mit seinen Eltern im Schlepptau. Gisa und Erik hatten sich ebenfalls an den Dresscode für die Premierenfeier gehalten und glänzten in einem rosafarbenen Etuikleid und einem grauen Anzug mit rosafarbener Krawatte. Gemeinsam stiegen sie zur Loge hinauf, die Leon für sie reserviert hatte.

Agnes setzte sich zwischen Gisa und Tom, arrangierte den Tüll um sich herum und schaute hinunter zur Bühne. Graffitis und *tags* in Regenbogenfarben bedeckten riesige Holzwände, die die Spielfläche in Räume teilten. Betrachtete man sie aus einem bestimmten Winkel, schoben sie sich ineinander, so als klackten Puzzleteile, die gemeinsam ein Bild vom Innenraum des Schauspielhauses ergaben. Das Schauspielhaus im Schauspielhaus. Jonas' Zimmer in Jonas' Zimmer. Auch wenn die Farben sich unterschieden, das Bühnenbild viel greller und aufdringlicher, künstlerischer und irgendwie formvollendeter wirkte als das Graffiti zu Hause an der Wand, so war die gemeinsame Urheberschaft doch unverkennbar.

»Dieser Dennis ist wirklich gut.«

Tom seufzte. »Erkenne ich neidvoll an.«

»Du wolltest nie wirklich als Graffitikünstler die Welt erobern.«

»Ach nein?«

»Für euch war es ein Ausdruck von Rebellion.«

»Das eine schließt das andere doch nicht aus.«

»Vielleicht schon.«

Sie schauten sich die äußerst modern umgesetzte Liebesgeschichte zwischen Romeo und Julia an, die sich bis auf das Regenbogengraffiti gänzlich in Rosa und Blau abspielte. Das Setting war ein Supermarkt. Agnes hatte zunächst befürchtet, sich nicht auf das Stück, auf Theater an sich einlassen zu können, weil ihre Gedanken immerzu um die Suche nach einem möglichen Job kreisten. Aber schon während des ersten Akts spürte sie, wie das Schauspiel sie erfüllte. Es war wohltuend, eine Zeit lang nicht über das Leben nachdenken zu müssen.

Nach dem Stück blieben sie alle im Haus und stießen auf der Premierenfeier gemeinsam mit Leon an. Dennis war bereits zu einer Ausstellungseröffnung nach Argentinien weitergereist, aber Leon hatte ihm Fotos und Videos von der Aufführung geschickt und hoffte sehr, sie würden irgendwie in Kontakt bleiben.

Wie erwartet hielten sich die schrillen Outfits in Grenzen. Selbst bei diesem Dresscode. Natürlich gab es einige wundervoll kreative Paradiesvögel, aber der Rest der hanseatischen Gesellschaft blieb beim vertrauten Understatement. Agnes hätte ihr Trauma gerne dramatischer aufgearbeitet.

»Wollen wir gehen?« Tom lehnte sich zu ihr hinüber. »Seydas Eltern sind auch hier, und Emma möchte mit ihnen fahren und dort übernachten. Jonas und Leon bleiben sicher bis zum bitteren Ende. Wir könnten unsere Outfits noch ein wenig weiter ausführen.«

»Was hältst du von Essen?«

»Was hältst du von Fast Food?«

Sie verabschiedeten sich und radelten Richtung Dammtor, wo der Burgerladen um diese Zeit noch geöffnet hatte. Agnes genoss die Fahrt. Der Tüll bauschte sich und tanzte im Wind. Sie fühlte sich frei und rang der Welt Raum ab.

Am Dammtor parkten sie die Räder, kauften Pommes und Cola und spazierten mit ihrer Beute in den Park. An den Mittelmeerterrassen im Alten Botanischen Garten hatten auch an diesem Abend etliche Pärchen die hölzernen Deckchairs nebeneinandergestellt und unterhielten sich leise, während hohe Bäume über sie wachten.

»Hier habe ich nach unserem Streit vor dem Museum beschlossen, im Hotel zu übernachten.«

Tom sah sie einen Moment lang an, dann drückte er ihr seine Pommes in die Hand, stellte die Cola auf dem Boden ab und schob zwei Hummelstühle zusammen. »Zeit für neue Erinnerungen an diesem wundervollen Ort.«

Sie setzten sich auf das weiß lackierte Holz, und Agnes drapierte den Tüll. Die schwarzen Schieferplatten am Hang dünsteten die gespeicherte Wärme des Tages aus, und Säulenzypressen, Bitterorangen und Hibisken versetzten sie olfaktorisch ans Mittelmeer.

Sie redeten. Nicht über die Wanderung, den Streit oder die Zukunft. Sie plauderten. Über die Aufführung, den milden Herbstabend, das bonbonblaue Haus. Tom erzählte, dass er wieder Kontakt zu Oliver hatte, was Agnes aufrichtig freute. Sie hatte ihn und Bahar immer gemocht.

»Vielleicht treffen wir sie mal zum Essen? Ich weiß

nicht, ob du dich erinnerst, aber Olivers Tiramisu ist michelinsternverdächtig.«

»Wohnen sie noch immer im Haus seiner Eltern?«

»Sie haben alles renoviert. Bis auf den Garten.« Tom lächelte. »Du würdest sicher mehr daraus machen.«

Agnes' Blick glitt in den dunklen Park. »Ich weiß nicht, ob mir das reicht, ein Garten in der Stadt …«

»In der Tat …« Tom nickte. »Wenn du dich beruflich neu orientierst, wird wahrscheinlich sehr viel mehr Natur dabei rausspringen.« Er schaute hinauf in den lichtverschmutzten Nachthimmel. »Ich musste neulich an die Geltinger Birk denken. Emma und die Wildpferde, weißt du noch? Ich habe euch überredet, um die ganze Landzunge herum zu wandern, und natürlich wurden die Kinder nölig, genau so wie du es vorausgesehen hattest. Aber neben den Songs, die ihr dann gesungen habt, ist mir vor allem die Ruhe in Erinnerung geblieben. Der Wind, die Salzwiesen. Ich bin zwar kein Schleswig-Holsteiner, aber doch ein waschechtes Nordlicht.«

Als Agnes unter den Tüllschichten zu frösteln begann, brachen sie auf. Die Nacht war schon lange ins Schweigen getreten und hatte die meisten Menschen in die Innenräume gescheucht.

Ganz allein radelten sie durch Planten un Blomen, immer am Wallgraben entlang, unterquerten die Jungiusstraße, durchfuhren die kleinen Wallanlagen. Sie passierten das Justizforum, dessen angeleuchtete Palastfassade dem Park Helligkeit schenkte. In den großen Wallanlagen reihten sich die Lichtkreise der Laternen aneinander wie Perlen auf einer Schnur. Agnes und Tom rauschten durch das Wechselspiel von Hell und Dunkel, während das Grollen der Stadt hinter Bäumen, Büschen und Blumen verklang.

Als sie das Museum für Hamburgische Geschichte erreichten, streckte Tom seine Hand nach ihrer aus. Agnes griff zu.

Sie ließen das dunkle Gebäude hinter sich, rollten gemeinsam die Helgoländer Allee hinab bis an die Elbe, wo die Lichter des Hafens die tintenschwarzen Stunden bespielten. Von den Landungsbrücken radelten sie über den Alten Fischmarkt bis nach Övelgönne an den Strand.

Sie legten die Fahrräder in den Sand und zogen trotz der aufsteigenden Kälte die Schuhe aus. Das Wasser des Flusses sippschte sanft auf das Land und umschmeichelte ihre Füße. Der Tüll saugte sich voll Leben.

Als Tom sie in den Arm nahm, ihre Schatten zu einer Silhouette verschmolzen, wusste Agnes, dass am Ende dieser Nacht ein gemeinsamer Morgen auf sie wartete, einer, der neue Gedanken und Ideen bereithielt. Sie würden miteinander reden, sich annähern, alles entrümpeln, Goldfugen gießen und Wutgläser leeren. So würde es kommen. Ganz sicher. Schließlich war heute Don, ne? Stag.

NACHBEMERKUNG

Ich möchte gerne einige Bücher empfehlen, die mich beim Schreiben von Agnes' Geschichte inspiriert haben. Lauter kluge, ermutigende Werke über Mental Load, Mutterschaft, Körperwahrnehmung und Gleichberechtigung. Wenn du dich eingehender mit diesen Themen beschäftigen möchtest, findest du hier viele großartige Gedanken ganz wunderbarer Autor*innen!

Antonia Baum, *Stillleben*

JJ Bola, *Sei kein Mann*

Patricia Cammarata, *Raus aus der Mental Load Falle*

Caroline Criado-Perez, *Unsichtbare Frauen*

Laura Fröhlich, *Die Frau fürs Leben ist nicht das Mädchen für alles*

Roxane Gay, *Hunger*

Gemma Hartley, *Es reicht. Warum Familien- und Beziehungsarbeit nicht nur Sache der Frau ist*

Ciani-Sophia Hoeder, *Wut und Böse*

Mareice Kaiser, *Das Unwohlsein der modernen Mutter*

Melodie Michelberger, *Body Politics*
Aus diesem Buch stammt das wundervolle Zitat von Ijeoma Oluo, das Bas Agnes in ihrer ersten gemeinsamen Nacht zuraunt: »Du kannst deinen Körper nicht in eine Form hassen, die du lieben wirst.«

Franziska Schutzbach, *Die Erschöpfung der Frau*

Rebecca Solnit, *Wenn Männer mir die Welt erklären*

Alexandra Zykunov, *»Wir sind doch alle längst gleichberechtigt!« – 25 Bullshitsätze und wie wir sie endlich zerlegen*

DANKE

liebe*r Leser*in, dass du Agnes auf ihrer Wanderung entlang der Elbe begleitet hast, und ihr durch Kerbtäler und auf Geesthänge gefolgt bist, ja, sogar bis zu einer kleinen rosa getünchten Datsche auf einer Lichtung. Ich hoffe, du hast weniger Blessuren davongetragen als sie.

DANKE liebe Dorothee Schmidt! Beste Agentin der Welt! Ohne dich gäbe es weder dieses Buch noch mich als Schriftstellerin.

DANKE liebe Carolin Klemenz und liebes Diana-Team! Ihr habt schon die Bienen auf den Weg gebracht und auch Agnes gleich ins Herz geschlossen. Erst eure Leidenschaft und euer Engagement machen aus meinen Geschichten Bücher.

DANKE liebe Frau Steinhäuser! Ihr Lektorat gibt meinen Geschichten den nötigen letzten Schliff. Unsere Gespräche über Worte, die es nicht gibt, sind mir ein Fest.

DANKE liebe Romy Pohl! Das Cover für dieses Buch ist wieder wundervoll!

DANKE liebe Silke Heimes und liebe Nina Fuhrmann!

Ihr habt jedes einzelne Wort dieses Romans unter die Lupe genommen, stundenlang mit mir über Nebensätze diskutiert, mich aufgebaut, mit mir gezaudert, gehofft und gelitten. Ihr seid die besten und kritischsten Erstleserinnen und ich bin so wahnsinnig froh, dass es euch gibt!

DANKE lieber Jan Ladiges, dass du einen prüfenden Blick auf das Hamburger Platt in dieser Geschichte geworfen hast.

DANKE lieber Oliver Neumann, dass du so ein guter Freund gewesen bist. Ich vermisse dich.

DANKE Schatz, dass du mir zu jeder Tages- und Nachtzeit dein ornithologisches Spezialwissen zur Verfügung stellst und einfach alles über Flora und Fauna weißt. Wir lieben dein Fernglas. Ja, auch das Messer.

DANKE, DANKE, DANKE liebste family! Ohne euer Backup wäre mein Schreiben gar nicht möglich! Und ohne euch ist sowieso alles nichts. Ich liebe euch über die Maßen! In der Tat.

LESEPROBE

Das Glück liegt zwischen Lavendelfeld und Nordseeküste

Anna hat ihren Urlaub an der sonnigen Côte d'Azur gerade beendet und will zurück nach Hamburg reisen. Als sich die Türen des Flugzeugs schließen, hat sie eine Panikattacke und verlässt fluchtartig die Maschine. Wie soll sie jetzt nach Hause kommen? Bus und Bahn scheiden aus, denn auch dort wäre sie eingesperrt und könnte nicht jederzeit aussteigen. Schließlich registriert sie sich bei der Mitfahrzentrale – und lernt Harm kennen. Er ist auf dem Rückweg von Südfrankreich nach Kiel. In seinem Gepäck: Bienenköniginnen. Er nimmt Anna mit und gemeinsam machen sie sich auf zu einem emotionalen Roadtrip, der völlig anders endet als erwartet.

ISBN 978-3-453-36084-6
Auch als E-Book erhältlich

Myriaden von Glühwürmchen tanzten über dem verschwenderisch blühenden Lavendel in den hohen Tonkrügen. Lichtpünktchen, die aufleuchteten, verloschen und wieder aufglimmten. Selbst zwischen den Palmen und Zypressen hinter mir blinkte und glitzerte es. Es war ein bisschen wie auf dem Jahrmarkt, nur nicht ganz so bunt.

Ich hatte die hochhackigen Schuhe abgestreift und mich neben den Stuhl auf den Steg gesetzt. Der Duft des Lavendels war betörend. Ich tauchte meine Füße in das kühle Teichwasser unter den Seerosenblättern. Am Ende des Gartens, tief unter uns, erstrahlte das gigantische Lichtermeer Nizzas. Ein Funkeln und Flimmern, an dem ich mich nicht sattsehen konnte. Rundherum, auf allen Hügeln, über alle Ebenen schillerte es wie in einem Kaleidoskop. Nur das Meer lag dunkel und still am Horizont, so als müsse es sich von einem aufreibenden Tag erholen.

Von der Terrasse am Haus drang lebhaftes Stimmengewirr, Gelächter und das Klirren von Gläsern. Ich blickte hinüber und sah Christopher, der unter den quer über den Garten gespannten Lichterketten auf mich zusteuerte. Der Mond bummelte über ihm an einem wolkenlosen Himmel. Eine sanfte Brise schaukelte die zarten Makrameevorhänge, die rund um den Pavillon am anderen Ende der Rasenfläche hingen. Christopher hatte sein Jackett abgelegt und die Ärmel hochgekrempelt. Er trug einen Ausdruck tiefster Zufriedenheit und zwei Gläser Champagner. Die ganze Szenerie wirkte maximal kitschig. Und unüberbietbar romantisch.

»Pass auf, dass die Fische nicht anbeißen.« Christopher reichte mir das gefühlt zwanzigste Glas Schampus an diesem Abend. »Kois stehen auf knallrote Köder.«

»Santé!« Ich wackelte mit den Zehen. »Auf mutige Anglerinnen!«

Wir ließen die Gläser klirren und küssten uns. Christopher hockte sich auf die Holzplanken neben mir, behielt aber seine Schuhe an.

Der Alkohol perlte an meinem Gaumen. Im dunklen Wasser vor mir spiegelte sich der Schein Dutzender Fackeln. Einzelne Pärchen tranken, aßen oder unterhielten sich leise. Sie entspannten in Liegestühlen aus Bambus, deren Design an den verschnörkelten Jugendstil der Belle Époque erinnerte. Die Frauen trugen Kleider, die Männer Anzüge. Es gab einen Dresscode. In einem Restaurant! Hoch über der Côte d'Azur schienen wir ein wenig aus der Zeit zu fallen.

»Ein Wunder, dass man aus diesem unglaublichen Anwesen ein Restaurant und keine ewig ausgebuchte Hochzeitsfeier-Location gemacht hat.« Ich ließ meinen Blick zu den Olivenbäumen am anderen Ende des Gartens gleiten, zu den Lavendelamphoren, den Spalieren an der Terrasse, die unter der Last prächtiger Blüten nachzugeben drohten, den schimmernden Farben des Oleanders, den Lichterketten, Lampions und Feuern. Und natürlich den Glühwürmchen.

»Weißt du«, sagte Christopher, stützte sich auf den linken

Unterarm und beschrieb mit dem rechten einen weiten Kreis, »hier, heute Abend, in diesem Garten … da kann ich mir so etwas auch vorstellen.«

Ich folgte seiner Armbewegung und verlor den Blick am Pavillon, wo ein livrierter Kellner gerade einem älteren Paar das unter einer silbernen Servierglocke verborgene Menü servierte.

»Es ist verzaubernd.« Ich lächelte. »Wahrscheinlich, weil wir zum ersten Mal hier sind. Ich weiß nicht, ob man so einen Abend wiederholen kann.«

»Das will ich auch gar nicht. Ich will einen eigenen verzaubernden Abend.«

Ich lachte. Christopher war klug, charmant, zielstrebig, zuverlässig. Mein Fels in der Brandung. Das Wort romantisch hatte bislang keinen Platz in meiner Auflistung seiner Charakterstärken gefunden. Aber diese südfranzösische Nacht schien mich eines Besseren belehren zu wollen.

»Christopher, Christopher … du entdeckst doch nicht etwa eine gefühlsduselige Seite in dir?«

»Da besteht keine Gefahr.« Er lächelte. »Aber ich glaube, du missverstehst mich.« Zärtlich nahm er meine Hand. »Sieh mal, Anna, ich weiß, dass wir uns eigentlich dagegen entschieden haben. Und dazu stehe ich auch. Aber irgendwie … ich weiß auch nicht …«

Auf einmal lief ein Schauer von meinen Schultern quer über den Rücken. Ich zitterte, dabei atmete das Holz noch immer die Hitze des Tages. Hier fiel die Temperatur auch nachts nicht unter angenehme 18 Grad. Christopher sprach weiter, und ich hatte keine Zeit, mir über die seltsame Reaktion meines Körpers Gedanken zu machen.

»Außerdem ist mein Vater nicht mehr der Jüngste, und nach seinem Herzinfarkt … Ich denke einfach, dass es das Richtige wäre. Es würde ja auch eigentlich nichts ändern. Aber nach diesem Abend hier, da kann ich mir vorstellen, dass es ein schönes Fest geben würde. In jedem Fall draußen, im Sommer. Du könntest dekorieren, was das Zeug hält. Und du wärst mit Sicherheit wunderschön.«

Ich schüttelte den Kopf. Der Champagner flutete meinen Verstand. War das ein Heiratsantrag?

»Christopher – was willst du mir sagen?«

»Ach Anna, mach's mir doch nicht so schwer. Du weißt, dass ich so was nicht gut kann …«

»So was wie einen Heiratsantrag?«

»Ja.«

»Ja, was?«

»So was wie einen Heiratsantrag.«

Ich schluckte. Jetzt war es raus. Christopher hatte gerade gefragt, ob ich ihn heiraten möchte. Okay, vielleicht nicht mit diesen Worten. Und auch nicht mit Worten wie Liebe, Zukunft, Leidenschaft oder für-immer-und-ewig. Stattdessen fanden Begriffe wie Vater, Herzinfarkt und Deko ihren Weg in diesen Antrag. Aber was wusste ich schon? Dies war der erste Heiratsantrag meines Lebens. Und er kam von dem Mann, mit dem ich seit nunmehr sechs Jahren eine Beziehung führte.

»Anna? Was sagst du?«

»Ich … nun ja, das war nicht unbedingt der romantischste Antrag, den ich mir vorstellen kann …«

»Ach Anna …«

»Ja, schon gut. Ich glaube auch nicht, dass ich einen Mann

auf den Knien brauche. Bei deinen Meniskusproblemen
wäre das wohl auch weniger ratsam …«

»Herrgott! Würdest du das bitte ernst nehmen?«

Ich schluckte. Stritten wir uns jetzt während des Heirats-
antrags?

»Es tut mir leid, dass ich dich so überrumpelt habe.«
Christopher fuhr jetzt ruhiger fort. »Ich hatte das nicht geplant und deshalb auch nichts vorbereitet. Ist ja sonst eher
nicht meine Art. Aber dieser Abend, der Champagner, die
Location … keine Ahnung. Vielleicht sollten wir morgen
noch mal in aller Ruhe darüber reden. Wir müssen nichts
überstürzen.«

Überstürzen? Nach sechs Jahren? Wie sehr hatte ich mir
anfangs gewünscht, Christopher würde mich um meine
Hand bitten. Ganz altmodisch. Um ein Zeichen zu setzen: Wir gegen den Rest der Welt! Wie meine Eltern, die
schon mit sechzehn wussten, dass sie füreinander bestimmt
waren, und kaum volljährig heirateten. Wie Christophers
Eltern, die sich zeitlebens heroisch über vierundzwanzig
Jahre Altersunterschied hinwegsetzten und allen Kritikern
gleichmütig trotzten. Eine verschworene Gemeinschaft, ein
Team. Ein Ehepaar.

Aber derart sentimentale Ansichten verloren sich in unserem karrieregeprägten Alltag. Wann war mir das eigentlich zum ersten Mal aufgefallen? Dass ein Großteil unseres
Lebens sich im Job abspielte. Dass wir schon deshalb meist
samstagnachmittags im Bett landeten, weil in der Woche
gar kein Zeitfenster dafür zur Verfügung stand. Wann hatte
ich zum ersten Mal festgestellt, dass wir eine geschickte
Routine lebten? Jetzt gerade? Wirklich?

Vielleicht inhalierte ich diesen letzten Urlaubsabend auch deshalb wie reinen Sauerstoff, weil ich eigentlich schon lange so eine Ahnung hatte.

Christopher erhob sich. Er wirkte traurig und abgespannt. »Ich bin müde. Lass uns ins Hotel fahren. Wir müssen morgen ziemlich früh am Flughafen sein.«

Ich stand ebenfalls auf. »Christopher?« Ich nahm seine Hand. »Danke. Danke, dass du mich gefragt hast. Ich weiß, dass dir das nicht leichtgefallen ist. Und ich kann deine Argumente nachvollziehen – auch wenn sie nicht besonders romantisch klingen.«

Er lächelte.

Ich streichelte seine Wange und das Grübchen am Kinn, das ich so liebte. »Weißt du … eigentlich wollte ich dich schon immer heiraten. Auch wenn wir uns darauf geeinigt haben, dass wir keinen Trauschein brauchen, um eine Beziehung zu führen. Tief in mir wollte ich es, glaube ich, schon immer. Ich bin nur ein wenig … überrascht. Verstehst du?«

Er nickte, küsste mich auf die Stirn. »Lass uns morgen weiterreden. Da sehen wir bestimmt klarer.«

Dunkelheit war das Erste, was ich wahrnahm, als ich aufwachte und versuchte, meine schweren Lider zu öffnen. Ich hörte Türen schlagen, das Gleiten von Schubladen auf ihren Schienen, jemanden, der fluchte. Irgendwo unter meinen Haaren musste es eine Schaltstelle, so etwas wie einen ON-Knopf für konstruktives Denken geben, aber ich konnte ihn nicht finden. Es dröhnte in mir. Irgendwie tat alles weh.

»Verdammter Mist! Anna! Jetzt steh endlich auf!«

Christopher riss etwas von meiner Stirn, und ein greller Blitz schlug direkt oberhalb meiner Nasenwurzel ein.

»Au!«

»Das war nur der Waschlappen! Werd' endlich wach!«

Vorsichtig linste ich unter meinem rechten Augenlid in den Tag. Es war hell. Viel zu hell. Die Fensterläden luden weit geöffnet die ersten morgendlichen Sonnenstrahlen in unser Hotelzimmer ein. Christopher lehnte mit den Händen in den Haaren an der geschmiedeten Balkonbrüstung und taxierte den Hang mit der Olivenbaumplantage. An meinen Schläfen trommelte ein Djembe-Ensemble einen eingängigen Pre-Chorus. Ich schielte auf mein Handy.

»Es ist erst vier Minuten nach sechs!« Ich zog die Bettdecke bis über mein Kinn. »Ich will schlafen!«

Christopher fuhr zu mir herum.

»Ja, das will ich auch«, flüsterte er in einem so akzentuiert zischenden Ton, dass ich mich überwand und ihn anschaute. »Ich hätte auch gerne einen Lottogewinn und Weltfrieden. Am allerliebsten aber hätte ich jetzt gerade gerne mein Handy, das ich bereits seit einer geschlagenen Stunde suche! Das Handy, Anna, das ich dir gestern in die Hand gedrückt habe, als ich zum x-ten Mal Champagner holen ging!«

Okay. Ich war wach.

»Oh Gott, ich … es muss noch am Seerosenteich sein. Ich hatte es auf den Steg gelegt.«

»Toll! Genau so habe ich mir das gedacht … Dann los! Ich besorge uns ein Taxi. Wir müssen unbedingt auf dem Weg zum Flughafen dort vorbei.«

Christopher stürmte aus dem Raum und pfefferte die Zimmertür hinter sich zu. Eine Zehntelsekunde später knallte die geöffnete Balkontür gegen den Rahmen. Eine kleine Vase mit Lavendelzweigen taumelte von der Fensterbank und zersplitterte auf den Fliesen. Das Echo hallte in meinem Kopf. Sieben Jahre Pech. Oder galt das nur für Spiegel?

Beunruhigt stemmte ich mich aus dem Bett und wankte ins Bad, möglichst ohne die Trommel-Combo in meinem Kopf aus dem Rhythmus zu bringen. Ich meinte mich zu erinnern, irgendwo einmal gelesen zu haben, dass Champagner keinen Katzenjammer verursachte. Fake News. So viel stand fest. Ich schlurfte zur Dusche und tat mir selbst furchtbar leid.

Das Wasser brauchte eine Weile, bis es heiß aus dem Duschkopf rieselte. Als es die altertümlich wirkende Duschwanne erwärmt hatte, hockte ich mich hinein. Rinnsale strömten über meinen Rücken und tropften von den Haaren auf mein Gesicht. Das entsetzliche Pochen in meinem Schädel verebbte. Ich schloss die Augen und entspannte mich.

Bilder der vergangenen Nacht tauchten vor mir auf. Christophers seltsam verwickelter Heiratsantrag. Die Ehen unserer Eltern. Seine Karriere. Mein Job. Die Routine.

Ich schlug die Augen auf. Etwas hatte mich erschreckt. Zumindest fühlte es sich so an. Mein Herz schlug bis zum

Hals. In den Ohren hörte ich mein Blut rauschen. Wasserdampf hatte die Duschkabine beschlagen und das Bad in eine Saunalandschaft verwandelt. Warmer Nebel umwaberte mich, die Dusche, das Waschbecken, die Toilette. Alles verschwamm. Dennoch hatte ich das Gefühl, die Wände des Raums bewegten sich auf mich zu. Meine Hände zitterten. Ich hatte Angst. Überwältigende Angst. Ich musste raus. Raus! Raus hier!

Ich warf mich gegen die Glastür der Dusche, stolperte aus dem Bad und riss die Balkontür auf. Mein Atem pulsierte hektisch. Ich stützte mich auf das Geländer. Keuchte. Versuchte zur Ruhe zu kommen. Zu atmen. Ich fixierte die Olivenbäume. Ein Stamm. Noch einer. Ich begann zu zählen. Drei, sechs, neun, zwölf ... Die Konzentration beruhigte mich. Vielleicht lenkte sie mich auch einfach nur ab. Ich realisierte, dass die Sonne schien, ein einsamer Hund trabte durch den Hain, sanfte Seeluft kühlte meinen nassen Körper.

»Was tust du denn da?« Christopher zog mich an den Schultern vom Balkon. Ich hatte ihn gar nicht zurückkommen gehört.

»Anna, was ist los? Bist du noch immer betrunken? Um deine exhibitionistische Seite zu erkunden, hättest du wahrlich keinen besseren Zeitpunkt finden können. Jetzt beeil dich! Wir müssen los. Unten wartet ein Taxi.«

Christopher verstaute den Kulturbeutel in seinem silbernen Hartschalenkoffer. Ich trottete benommen ins Bad, das jetzt wieder genauso aussah wie der leicht altbackene Raum, über den er sich seit sieben Tagen beschwerte, den wir aber nicht hatten wechseln können, weil in dem kleinen

Boutique-Hotel, in das ich mich zu Hause am Bildschirm schockverliebt hatte, kein anderes Zimmer mehr frei gewesen war. Hochsaison an der Côte d'Azur. Lavendelblüte. Zum Glück hatte der hübsche Pool, in dem wir täglich Stunden verbrachten, ihn besänftigt.

Ich schüttelte den Kopf. Was war nur los mit mir? Ich fühlte mich zugleich erschöpft und aufgeregt. Was um alles in der Welt war gerade im Bad mit mir passiert? Wovor hatte ich auf einmal solche Angst gehabt? Obwohl mein Herz noch immer raste, drückte eine tiefe Mattigkeit mich nieder.

Christopher drängelte, aber ich schaffte es nur mit großer Mühe, mich anzuziehen und meine restlichen verstreuten Sachen in die Reisetasche zu stopfen. Er zog mich hinter sich her aus dem Hotel und in das Taxi. Während der ganzen Fahrt trommelte er nervös mit den Fingern auf dem Armaturenbrett herum. Mir war schlecht. Der Taxifahrer unterhielt sich ausschließlich mit Christopher, der in einem schwer verständlichen Französisch, das meinem nicht annähernd das Wasser reichen konnte, kauderwelschende Sätze über Handys und Hochzeiten stammelte.

Als wir vor dem verschlossenen Tor der Einfahrt hielten, lag die Villa Claire noch in tiefem Schlaf. Christopher sprang aus dem Taxi, stürmte zur rechten Steinsäule und klingelte energisch. Nichts regte sich.

»Hier ist erst am Nachmittag wieder jemand«, rief der Taxifahrer aus dem geöffneten Seitenfenster. »Habe ich Ihnen ja gesagt.«

Christopher fuhr herum. Seine Mimik schwankte zwischen Verzweiflung und Tatendrang. Plötzlich nickte er entschlossen, wirbelte herum und kletterte über das Holztor. Der Taxifahrer stürzte aus dem Wagen.

»Monsieur! Was tun Sie denn da? Kommen Sie sofort herunter! Ich rufe die Polizei! Das ist Einbruch! Damit will ich nichts zu tun haben!«

Ich hievte mich aus dem Auto. Christopher spurtete über die kiesbedeckte Auffahrt. Es war beeindruckend. Mein Freund, Inbegriff von Rechtschaffenheit, Guru von Anstand und Schicklichkeit, setzte sich hastend über das Gesetz hinweg. Ich versuchte, dem Taxifahrer die Außergewöhnlichkeit der Situation zu vermitteln, aber er fühlte sich von uns konspirativ in die Falle gelockt.

»Ich hätte es gleich wissen müssen!«, rief er. »Um diese Uhrzeit hier hochzufahren! Was soll das bringen? Aber ich will nichts damit zu tun haben! Hören Sie? Gar nichts! Ich verschwinde von hier! Ich habe nichts gesehen, nichts getan! Ich habe rein gar nichts damit zu tun!«

Er fiel geradezu über den Kofferraum her, zerrte unser Gepäck heraus und schleuderte es auf die Straße.

»Monsieur, bitte …«

Der Taxifahrer sprang ins Auto und preschte tatsächlich mit quietschenden Reifen von dannen.

Ratlos starrte ich ihm hinterher. Die Villa Claire lag am Ende einer steilen Sackgasse. Über uns erhob sich ein kleines Waldgebiet. Geradezu senkrecht ragten die Bäume in den nizzablauen Himmel. Bergab führte in haarsträubenden Serpentinen eine mehr schlecht als recht geteerte Straße, auf der wir uns gerade mühsam nach oben gequält hatten. Sonst gab es nichts. Die nächsten Nachbarn wohnten eine Kreuzung weiter unten.

Das Gefühl der vergangenen Nacht, irgendwie aus der Zeit gefallen zu sein, überkam mich erneut. Allerdings hatte es nun einen weitaus weniger romantischen Beigeschmack. Unser Flug ging in zwei Stunden. Eigentlich sollten wir jetzt gerade unser Gepäck einchecken. Ich knipste mein Handy an. 8:42 Uhr. Ich schob alle Erinnerungen beiseite. Wir mussten diesen Flug erwischen.

Christopher hatte am Montag um 10 Uhr den Pitch vor Dr. Knoll, dem Deutschland-Geschäftsführer des norwegischen Telekommunikationskonzerns, für den er arbeitete. Dabei ging es um ein Finanzierungsmodell für den schnelleren Glasfaserkabelausbau in Deutschland. Christopher und sein Team hatten Monate daran gearbeitet, tägliche Überstunden wie Zähneputzen akzeptiert. Er gönnte sich auch jetzt nur eine Woche Urlaub und verbrachte trotzdem täglich wenigstens zwei Stunden am PC. Den Pitch hatte er mir abends auf dem Balkon bei einem Glas Rotwein vorgetragen, wir hatten gemeinsam an Formulierungen gefeilt und die Stringenz seiner Argumentation modelliert. Wir mussten nach Hause. Dringend.

Ich googelte nach der Nummer eines Taxiunternehmens. Es würde zwanzig Minuten dauern, bis jemand hier draußen bei uns wäre, teilte man mir mit. Weitere vierzig Minuten zum Aéroport Nice Côte d'Azur. Nervös schielte ich zur Villa Claire, deren verzauberter Garten Christopher verschluckt zu haben schien. Es würde knapp werden.

ENDE DER LESEPROBE